Rumjana Zacharieva

7 Kilo Zeit

Roman

Horlemann

1

Jeden Morgen stieg ich auf den Esstisch, hockte mich nackt vor Maminkas Spiegel und hoffte, endlich richtige Brüste zu entdecken. Mein Spiegelbild blickte mir matt entgegen: Zwei blasse, bräunlich auslaufende Augen, die Höfe meiner zukünftigen Brüste, sahen mich an, sonst nichts. Ich seufzte und zog mich wieder an. Nur Bedrisch, die einzige Türkin in unserer Klasse, hatte schon richtige Brüste. Trotzdem war sie dreimal sitzengeblieben. Von diesem Standpunkt aus betrachtet war meine Lage nicht so hoffnungslos, wie sie im Spiegel aussah. Dieses Warten auf die Brüste machte mich nervös.

Manchmal, wenn ich die weißen Wände meines Zimmers betrachtete, packte mich die Lust zu malen, am liebsten Freitag und Robinson Crusoe an die Wand über dem Ofen, dazu in der Ferne die Silhouetten der Menschenfresser. Und zwischen Spiegel und Fenster den kleinen Clochard, wie er die Fahne der Revolution auf den Pariser Barrikaden schwenkt.

Ich wollte für die Freiheit sterben, manchmal. Pioniere, man kann Heldentaten vollbringen, wenn man will! Der Organisationsleiter hatte Recht. Man hätte zum Beispiel mehr Kamille als vorgeschrieben in den Ferien pflücken können. Ich zog es aber vor, für die Freiheit zu sterben, statt sieben Kilo Kamille für die Kooperative zu pflücken.

Die Kamille. Nachts träumte ich davon. Ich schwebe über einem Kamillenblütenfeld. Ich schwebe. Ich trage einen Riesenkorb, und der Korb zieht mich voran. Der Korb verwandelt sich in einen Ballon. Meine Mutter flicht einen Kranz, einen Kranz aus Kamillenblüten, und möchte ihn mir im Haar befestigen. Sie läuft durch das Kamillenblütenfeld und ruft meinen Namen, streckt die Hände empor, schreit. Ich aber fliege fort, entferne mich von ihr und vom Kamillenblütenfeld. Dann wird der Korb schwer, so schwer, dass er mich nach unten zieht. Ich falle langsam, halte die Luft an, der Korb ist voll mit dampfenden Kamillenblüten. Warum hast du die Blüten nicht auf der Zeitung ausgebreitet, Mila, sagt plötzlich Großmutter und hält sich am Korb fest. Wir versinken in einer Woge aus Kamillenduft, es wird tiefer und tiefer unter mir, ich versinke in einer Flut aus Kamillenblüten, Mutter will mir unbedingt den Kranz ins Haar stecken, sie stolpert, hält sich am Korb fest, halt dich fest, sagt Großmutter und streut Kamillenblüten über Mutters schwarzes Haar. Du hast mich nie Völkerball spielen lassen, Mutter, ich musste dauernd Brot backen, sagt Mutter zu Großmutter und entfernt sich, versinkt im Zeitlupentempo, und über ihrem Kopf schließt sich das Meer der Blüten. Du darfst nie wieder die Kamille über Nacht im Korb vergessen, sie schwitzt dann und ihre Heilkräfte schwinden, mahnt Großmutter, und ich sage, lass uns nicht weiter versinken, Großmutter, sonst können wir die Norm nicht erfüllen, und ich stehe da am Anfang des Schuljahres und kriege meine neuen Schulbücher nicht.

Sieben Kilo Kamille!

Ich gehörte weder zu den Tüchtigsten, die drei, vier Stunden am Tag pflückten, um Geld zu verdienen, noch zu denjenigen, die sich totpflückten, nur damit sie am 15. September, dem ersten Tag des neuen Schuljahres, als Stoßarbeiter gefeiert wurden. Ich wollte weder gelobt noch gefeiert werden. Ich wollte nicht mal Geld verdienen. Ich wollte nur meine Schulbücher haben. Sieben Kilo Kamille war der Preis. War der Preis zu hoch?

Der Traum endete meistens mit Großmutters Hand auf meiner nassgeschwitzten Stirn und einer Tasse Kamillentee, schwer gesüßt, mit einem über dem Feuer gerösteten Stück Weißbrot und einem unwillig angenommenen Happen salzigen Schafskäses ...

Später trank ich nur noch Lindenblütentee. Es half nichts. Als erstes musste ich unbedingt einen guten Kamillenpflücker finden. Dieses Gerät, ausgerüstet mit einem rostigen Eisenkamm mit 29 Zähnen, bestand aus einem primitiv zusammengehauenen Kasten. Der Holzkasten wog fast zwei Pfund und fasste zwei bis drei Pfund Kamillenblüten. Mit einer schwungvollen Bewegung führte ich den Eisenkamm durch die Kamille, zog den Kasten hoch, und etwa dreißig Blüten fielen in den Bauch des Holzkastens. In drei Stunden hätte er den Bauch voll haben können. Mein Arm war längst lahm, ich atmete schwer, schwitzte vor Anstrengung und maß die Zeit in Kamillenblütengramm. Mein Sommer hieß Kamille und wog sieben Kilo – von Mitte Juni bis Mitte September.

Nie schaffte ich es, mehr als eine Handvoll Kamille an einem Vormittag zu pflücken. Dann war ich gerädert für den ganzen Tag. Es blieb mir nichts anderes übrig, als jeden Tag zwei Stunden der Kamille zu widmen, so dass ich in einem Monat ...

Maminka tröstete mich: So ist es auch gemeint, und ... Die wollen euch doch bloß zeigen, wie man sein Brot verdient, es ist schon recht so! Und wenn du dumm bist und dir die Ferien damit verdirbst, so ist es deine Sache!

Ich wollte manchmal sterben für die Freiheit. Ich stellte mir vor: Die Tür geht auf, sie treten ein, die Faschisten. Ledermäntel, Deutschgebrüll. Die Stimme des ersten Ledermantels: Ihr Name, bitte! Meine Stimme: Soja Kosmodemjanskaja, junge sowjetische Partisanin, gequält und ermordet von den Faschisten im Zweiten Weltkrieg! Die Stimme des zweiten Ledermantels: Sie lügen! Ihr wahrer Name, bitte! Meine Stimme: Rajna die Königin, die 1848 die Fahne der Aufständischen bestickte und im Kampf gegen die Osmanen trug! Die Stimme des ersten Ledermantels: Sie lügen schon wieder, aber ... lassen wir das! Haben Sie ...? Meine Stimme: Ja, ich habe! Die Stimme des zweiten Ledermantels: Abführen! Heil ...!

Und es tat mir leid, dass es keinen Partisanenkrieg gegen die Faschisten mehr gab. Man hörte im Radio nur noch vom Kalten Krieg, und ich wollte mich daran beteiligen. Ich beschloss, den Organisationsleiter zu fragen, was dieser »Kalte Krieg« eigentlich war, und erst dann ...

Ich stellte mir immer wieder nur etwas Winterliches darunter vor. Ich wollte mich daran beteiligen. Dass ich eines Tages ein Denkmal dafür bekommen würde, stand außer Frage.

2

Sommer. Ferien. Im Radio der Kalte Krieg. Mir gelingt es nicht zu verschlafen: Seit fünf Uhr früh dröhnt der Lautsprecher auf dem Dorfplatz Volkslieder, Meldungen der Volksfront, der Weltpolitik, der Kooperative. Und immer wieder heißt es: der Kalte Krieg. Neulich hieß es, er sei in seine entscheidende Phase getreten.

Wie alt bin ich? Zehn oder zwölf. Ich sehe mich in Großmutters Bett mit dem geschnitzten Adler überm Kopf und einem Adler mit weniger pedantisch geschnitzten Federn am Fußende des Bettes liegen. Der Tag sendet seine Zeichen an mein Ohr: Das Krähen der Hähne im Schatten der Nussbäume, das Gurren der Tauben unterm Fenster, die Stimmen der Frauen, die sich unter der Weide am Dorfplatz versammeln. Gleich werden sie mit Pferdekarren oder Lastwagen aufs Feld gefahren.

Kalter Krieg. Die raunende Stimme der Sprechanlage will mir dauernd etwas mitteilen, das ich nicht verstehe. Wörter wie »Kapitalisten«, »Faschisten« und immer wieder »Kommunisten« bohren sich in meinen Schädel. Dann die Pfeife der Tante Mita, die ihre einzige Milchkuh zum Grasen treibt. Und die Gerüche: Palatschinkenduft, verbrannter Zucker, nasser Staub von der Straße. Die Sprechanlage redet sich in Rage. Dieser Kalte Krieg muss nahe sein; es fragt sich nur, wie nahe …

Der Palatschinkenduft jagt mich aus dem Bett. Ich schaue durch das Fenster: Getümmel. Der Bus aus der Stadt ist soeben angekommen, die Frauen der Siebten Brigade, die immer noch nicht abgeholt worden sind, gestikulieren, als würden sie einander anschreien. Die Herde der Kooperative, die zum Grasen geführt wird, überflutet den Dorfplatz mit ihren braunen Leibern – eine Szene wie im Krieg. Großmutter hat meine Phantasie mit solchen Bildern besiedelt. Großmutter.

Ich renne die Holztreppe hinunter, betrete die Sommerküche. Großmutters Gesicht leuchtet im Halbdunkel des Raumes. Über ihrem Kopf hängen Maiskolben und Knoblauchkränze. Sie sitzt da, die Hände ineinander verknotet, die Nägel weißumrandet, die Furchen ihrer Handflächen weißgezeichnet mit Mehl. Großmutter, der Kalte Krieg kommt! Ach, Kind, den werden wir auch überleben, ich hab schon zwei Kriege erlebt, was kann da noch passieren.

In mir wird es kalt und dunkel. Was ist aber ein kalter Krieg, bitte? Ich weiß es nicht, Kind. Krieg ist immer schlimm. Ich stehe schnell auf und umarme sie. Eifrig wischt sie sich die Mundwinkel mit dem Handrücken, gibt mir einen Kuss. Ich lasse sie nicht los. Von draußen dröhnen immer noch die Lautsprecher. Maminkas Haut, feucht und warm, riecht nach Sonnenblumenöl, Vanille und Schweiß. Ihr Ohrläppchen, das ich zwischen den Fingern halte, ist kühl. Sie riecht anders als Mutter. Hier, in ihrer Umarmung, fühle ich mich sicher. Ihre Hände sind so rau, dass sie mich jedes Mal beim Berühren kratzen. Ich möchte, dass sie mit mir spielt. Komm, spiel mit mir, sage ich, sonst weiß ich nicht, was ich tun soll. Heute Morgen geht es nicht, Kind, ich muss stricken, der Winter kommt ...

Plötzlich zählt nur noch der Kalte Krieg. Die Kamille habe ich längst vergessen. Ich möchte in die Bibliothek gehen und Bate Stefan nach dem Kalten Krieg fragen. Großmutter ist erleichtert: Geh nur, Kind, geh, dafür sitzt er ja den lieben langen Tag da und liest Bücher; er muss es ja wissen, und wenn er es nicht weiß, wer dann?

So untätig dasitzen und nichts tun, das konnte ich nicht. Der Kalte Krieg war nah, vielleicht war er auch schon da ... Ich ging durch die Straßen, die langgestreckt in der Sonne brieten. Mit Kuhfladen und Pferdemist verziert, zogen sie sich unendlich hin. Ich wollte wissen, wo dieser Kalte Krieg sich abspielte und wer genau daran beteiligt war. Ich sah die Winterlandschaft unseres Dorfes, die flachen, sanften Rundungen der Umgebung, mit Schnee bedeckt, als wären sie in Großmutters Backstube entstanden: weiße, in Mehl gewälzte Riesenbrote auf einem flachen Brett, die am Eingang des Backofens warteten – der angezündete Horizont. Oft krochen in meiner Vorstellung lauter Kolonnen von winzigen Soldaten um die Berge herum, knabberten die Berge vor Hunger an, richteten sich vor dem Horizonteingang auf, wollten ihren Kalten Krieg vorm Himmelsbackofen zu Ende führen. Jeder wollte siegen, es kämpften alle gegen alle und stießen einander in den Backofen hinein, wo die Sonne Wege und Wolken, Häusergiebel und Zwiebeltürme buk. Doch dann erschien Großmutter am Horizont, bewaffnet mit dem Holzspaten, die ausgebleichte Schürze an. Sie schaufelte sie alle miteinander in den Backofen hinein. Los! Das Grün ihrer Augen leuchtete gefährlich und fremd. Schweißtropfen kullerten ihr die Nase hinab, sie schaufelte und schaufelte, bis keiner der Kalten Krieger mehr übrigblieb, bis das Mehl der Schneeberge eine bräunliche, grasverbrannte Kruste bekam und es wieder Sommer wurde.

Jemand grüßte mich: Tach, Mädchen! Die alte Frau mit dem so zerfurchten Gesicht, als wäre Großvater mit dem Traktor hindurchgefahren, winkte mich mit dem Strickzeug herbei. Ich grüßte leise zurück und trat heran. Die alte Frau saß auf einem Schemel vor der Haustür und strickte. Ihr Schoß, bedeckt mit einer schwarzen Schürze, war voll Flusen. Sie spuckte in ihre Handflächen und rieb die Flusen weg, während sie mir vorwarf, dass Großmutter immer noch nicht gekommen sei. Sie hat doch versprochen ... Ich sagte einfach: Sie hat keine Zeit. Die alte Frau gab sich damit nicht zufrieden. Warum hat sie denn keine

Zeit, fragte sie, holte ihr Gebiss heraus und säuberte es mit der Stricknadel. Ich antwortete: Weil ... und mir fiel nichts ein; dann aber plötzlich: Sie hat wirklich keine Zeit. Sie strickt! Von der alten Frau kam nur ein: Sosonagutgrüßschön. Sie schob ihr Gebiss wieder in den Mund, wischte die Stricknadel an ihrem Knie ab und strickte weiter.

Zwei Häuser weiter saß noch eine Frau vor der Tür und ... strickte. Eigentlich ribbelte sie etwas auf; die Stricknadeln lagen neben ihr auf der Bank. Tach, sagte ich im Vorübergehen. Tach, kam als Antwort herüber. Willst'n paar Pflaumen haben, lächelte sie und griff in den Korb, der auf der Bank stand. Sag deiner Großmutter, dass sie mal vorbeikommen soll. Es gibt so viele Pflaumen in diesem Jahr, sie kann ein paar pflücken und einmachen. Ich weiß gar nicht, was ich zuerst tun soll: Marmelade kochen, einmachen oder stricken. Der Winter naht. Sie hätte auch sagen können: Der Kalte Krieg naht, so viel Unruhe lag in ihren Mundwinkeln, und dabei bewegten sich ihre Finger beim Stricken noch schneller. Ich ging weiter.

Die Sonne schien auf meinen Kopf. Der Weg zur Dorfbibliothek ging am Lebensmittelgeschäft vorbei. Eine lange Schlange wartete auf ... auf was? Ja, sie warteten auf Gummiringe für die Einmachgläser; gerade war eine Fuhre aus der Stadt gekommen. Der Winter nahte. Sie waren geschickt, die Erwachsenen. Sie waren sich einig. Keiner von ihnen traute sich zu sagen: Der Kalte Krieg naht! Alle hatten keine Zeit. Sie waren am Einmachen, Stricken, Vorbereiten. Sie backten selber Brot, im Sommer, und sparten die Coupons, die ihnen die Kooperative austeilte, für den Winter auf. Wenn zufällig genug Zucker ins Lebensmittelgeschäft geliefert worden war, kaufte jeder gleich einen Zentner. Monatelang gab es dann keinen mehr zu kaufen. Sie rannten in die Stadt und stiegen vollbepackt aus den Bussen aus. Sie hatten wieder mal auf Vorrat gekauft: Stoffe, händevoll Aspirin für die Einweckgläser, Seife und Schmalz.

Plötzlich wollte ich nur noch sitzen. Sitzen und ruhen. Meine Füße waren heiß in den Gummischuhen. Am liebsten hätte ich was getrunken, aber die nächste Wasserstelle war gegenüber der Dorfbibliothek. Unterm Lautsprecher versammelten sich lechzende Hühner mit ausgebreiteten Flügeln und aufgerissenen Schnäbeln. Zwei Zigeunerkinder bohrten hingebungsvoll in der Nase und fütterten die Hühner damit. Ein alter, zahnloser Mann ging schlurfend an ihnen vorbei und schimpfte sie aus. Zwei junge Männer bemühten sich, ein Transparent mit der Aufschrift »Alles für den Menschen« über die Straße zu spannen, und stiegen gleichzeitig die Stufen der Holztreppe empor. Der Lautsprecher forderte die Zigeunerkinder, die Hühner, den alten Mann und die zwei Aktivisten zu Sparmaßnahmen auf und versprach die Erfüllung des Jahresplans sieben Monate früher als vorgesehen. Dann machte er sie aufmerksam auf den Kalten Krieg und erinnerte sie nochmals daran, dass der Kalte Krieg in seine entscheidende Phase getreten war.

Ich stand auf. Ich hatte keine Zeit mehr, zur Bibliothek zu laufen. Ich wusste, was los war. Ich lief und lief und achtete weder auf die Kuhfladen noch auf die Steine unterwegs. Die Vorbereitungen liefen auf Hochtouren. In den Höfen wurden Seifen, Marmeladen und sonst noch was gekocht. Die Frauen strickten um die Wette.

Endlich wusste ich, was ich zu tun hatte. Keuchend, verschwitzt, stellte ich mich vor Großmutter hin und sagte:

Großmutter, bring mir das Stricken bei!

Du willst stricken?

Ja!

Was willst du denn stricken?

Handschuhe! Handschuhe für den Kalten Krieg!

3

Manchmal wusste ich nicht, ob ich geträumt hatte.

Es riecht nach Palatschinken. Ich stürze die Treppe hinunter. Das würde ich im Winter nie tun, da unsere offene Holzterrasse, dem Schnee und dem Regen völlig ausgeliefert, im Winter immer einfriert. Eine komische Treppe ist das, die zu der Terrasse hinaufführt: Sie gleicht eher einer Leiter. Zwischen den Stufen kann man bis in den Keller hinabblicken. Wenn Besuch da ist und die Männer im Hof noch eine rauchen und etwas länger schwatzen, gehen die Frauen vor und halten ihre Röcke fest. Der Wind ist tückisch. Es ist still, so still, dass kein Quittenblatt sich rührt. Plötzlich kommt ein Windstoß, als hätte das Kind eines Riesen mal eben über die Straße geprustet. Und wieder ist es still.

Maminka, meine Großmutter, ging immer schnell, egal, ob sie etwas die Kellertreppe hinaufschleppte oder den Hof mit leeren Händen durchquerte. Ihre Haltung – die Haltung eines Menschen, der stets gegen den Wind gehen muss. Sie bot dem Wind ihre Stirn und ihre Schulter, die Hände hielten die Röcke fest, als würde sie unentwegt eine steile Treppe hinaufsteigen.

Manchmal weiß ich nicht, ob ich das alles geträumt habe. Das ... Ein vierjähriges Kind steigt die Treppe hinauf. Es hält seine Röcke fest. Es trägt eine Porzellanschüssel. An den Füßen – Maminkas Galoschen. Noch zwei Stufen. Das Kind rutscht aus, schreit nicht. Rutscht durch die zwei obersten Stufen hindurch, bis in den Keller hinab, schreit nicht, hält die Schüssel fest. Die Kichererbsen aus der Schüssel beschreiben einen Bogen, weit, von der zweitobersten Stufe bis zum Keller hinab. In meinem Magen zieht sich etwas zusammen. Das Gefühl, in einem hinabstürzenden Aufzug zu sitzen ...

Das Zusammenziehen im Bauch – damals. Der Vergleich mit dem Aufzug – heute. Der rote Himmel, der sich über meine Augen legt – das Blut, das aus der Kopfwunde fließt. Damals der Schmerz, heute das Bild eines roten Himmels über den Augen. Und immer wieder der Versuch, das Damals nachzuvollziehen. Der Überblick rückwärts und das ungeduldige Klopfen an der Schwelle der damaligen Empfindung.

Heute sehe ich. Damals spürte ich: die raue Hand meiner Großmutter, die mir frisch abgeschnittene Schafwolle in die Wunde über dem Haaransatz stopft, überzeugt von den Heilkräften jener Stelle, an der sich der Lammschwanz hochstellt, um ein paar schwarze Bohnen abzuschütteln. Djado, mein Großvater, der mich hält und mir schwer ins Gesicht atmet, sein Geruch nach Tabak, Zwiebeln und Schnaps, sein spöttisches Lächeln: Manche haben Stroh im Kopf, und du – Schafwolle!

4

Jedes Jahr wurde der Backofen von Maminka eigenhändig repariert und mit Pferdemist verputzt. Für den Pferdemist war ich verantwortlich. Ich verpasste zwar die Morgenportion, da die Herde der Kooperative viel zu früh an unserem Haus vorbei zur Weide zog, aber abends wartete ich genau wie die Nachbarskinder, versteckt hinter der Pforte, die Nase zwischen die Latten gepresst, auf die Herde und zählte jeden Pferdeapfel, der vor unserer Haustür fiel, damit ich ihn, sobald die letzten Tiere vorüber waren, auflesen konnte. Ich war nicht sehr schnell, so dass mir manch kostbarer Pferdeapfel abhandenkam, wenn alle Kinder zugleich ihren Beobachtungsposten verließen und mit Eimern und Schaufeln auf die Straße stürzten. Trotzdem schaffte ich innerhalb einer Woche so viel heran, dass unser Backofen prächtig verputzt werden konnte. Nach ein paar Tagen war er von der bissigen Sonne so weit getrocknet, dass wir das erste Frühjahrsbrot darin backen konnten. Vier Riesenbrote in der Woche. Die Coupons, die uns die Kooperative für Brot austeilte, hoben wir für den Winter auf.

Alles läuft immer in gleicher Weise ab: In einer schweren Holzwanne liegt ein Berg aus Mehl. Maminkas Hand gräbt im Vorgebirge eine weiße Grube, in die sie in Blasen aufgequollene Hefe hineingießt. Mit einer regelmäßigen, kreisförmigen Bewegung gräbt sie den Mehlberg unter. Ihre Finger arbeiten sich langsam voran, wie ein Maulwurf, so lange, bis der ganze Berg verschwunden ist. Nur zwei Hände voll Teig sind von ihm übriggeblieben, mickrig, grauweiß. Dann fängt das Kneten an. Ich sehe gespannt zu, wie sich Maminkas Stirn schnell und immer schneller mit kleinen Schweißtropfen bedeckt. Sie sind beinahe kugelrund. Bald ist Maminkas Oberlippe ganz nass. Die Schweißperlen rollen von der Stirn die Nase herunter und manche landen im Teig. Sie wischt sich das Gesicht mit dem Handrücken und knetet, knetet ... Ich bin müde vom Zugucken. Fast schlafe ich im Stehen ein. Maminka deckt den Teig liebevoll mit dem schönen handgewebten Tuch aus ihrer Hochzeitstruhe zu. Er muss in der Holzwanne übernachten, schlafen muss er, meint sie.

Eines Tages kam Djado, mein Großvater, zufällig herein, volltrunken wie er es immer um jene Tageszeit war. Er sah Maminka zornig an, schimpfte auf die Kommunisten und ihre ganze Sippe. Sie hätten ihm die Kneipe geraubt und verjubelt. Und er wunderte sich, dass die Amerikaner immer noch nicht da waren, um sie ihm zurückzugeben. Worauf Maminka wie immer sagte: Möge Gott die Händchen der Kommunisten vergolden, dass sie dir die Kneipe weggenommen haben, du bist ja auch ohne Kneipe voll ... Und die Amerikaner, fügte sie hinzu, können mir gestohlen bleiben. Worauf er mit geballter Faust auf sie losging. Ich sah die fleischige Faust, fühlte den Luftstrom an meinem Gesicht vorbei ... Ich streckte den Fuß aus. Djado verlor das Gleichgewicht, und seine Faust landete im Teig. Mamka wi! fluchte er obszön, irgendeine Mutter betreffend, und – schlug zu. Wir rührten uns nicht, platt an die Wand gedrückt. Als ihm die Fäuste wehtaten, nahm er den Teig und schmiss ihn an die Wand. Mamka wi! schrie er dabei, holte den Teig von der Wand herunter, warf ihn in die Holzwanne, schnappte sich die Schaufel und schlug auf ihn ein, bis er selbst, völlig erschöpft, auf den Fußboden sank und – mamka wi! – einschlief.

Maminka pickte die wenigen Holzspäne, die sie fand, aus dem Teig heraus, sagte, so gut war das Brot noch nie durchgeknetet, legte es vorsichtig wie ein Baby in die Wanne zurück und deckte es wieder zu. Am anderen Morgen war der Teig so aufgegangen, dass er die Holzwanne hinunterlief. Wir mussten ihn vom Boden auflesen und konnten zum ersten Mal fünf statt vier Brote daraus backen.

5

Der Wunsch, etwas länger zu schlafen, war jeden Morgen unwiderstehlich. Wie lange hielt ich es mit geschlossenen Augen aus? Das Zittern der eigenen Wimpern war ein Zeichen des Wachseins, aber solange die Lider geschlossen blieben, war der Tag noch nicht da. Und er blieb draußen, vor dem Tor der Augen, sandte kleine Zeichen an mein Ohr, immer wieder die gleichen Zeichen: das Krähen der Hähne in Baba Penas Hof, das Gurren der Tauben im Geäst des wilden Nussbaumes unterm Fenster, die Stimmen der Frauen der Siebten Brigade, die sich im kurzen Schatten der Trauerweide mitten im Dorf versammelten, um mit Pferdekarren oder mit einem Laster aufs Feld gefahren zu werden; die Pfeife der Tante Mita, die ihre einzige Milchkuh zum Grasen trieb ... Dann sandte der Tag, jeder Tag von neuem, seine Gerüche aus. Durch das offene Fenster drang Palatschinkenduft, gemischt mit Rauch und kühler Luft. Dann roch es nach verbranntem Zucker. Ich öffnete die Augen jedes Mal mit dem Gefühl, betrogen zu sein: die Hähne, die Tauben, die Frauen, die Pferdekarren, der Laster, die Mita Maneva mit der Milchkuh ... All das wurde immer zu einem Stück gekalkter Decke über meinem Kopf, wenn ich die Augen öffnete. Die Gewissheit jedoch, dass die Palatschinken noch da waren, ließ mich die Treppe hinuntersausen.

Die Sommerküche war ein dunkles, aus Lehmwänden und zwei winzigen Fenstern bestehendes, viereckiges Loch. Eine Höhle, in der die Gerüche meiner Kindheit dicht aufeinanderprallten, einander bekämpften und durchdrangen: heißes Sonnenblumenöl, Bohnenkraut, Vanille und verbrannter Zucker;

Duft nach getrocknetem Mischobst aus Aprikosen, Quitten, Äpfeln und Pflaumen; Duft nach trocknenden Wollsocken und Lindenblüten, Knoblauch und frischgeschnittenen Zwiebeln, brennendem Holz und Essig.

Maminka wusch ihr Haar ausschließlich mit Regenwasser und spülte es zum Schluss mit einer dünnen Essiglösung nach. Einmal in der Woche sah ich ihre Haare offen und berührte sie. Sie glänzten, gelöst, in regelmäßigen Wellen. Ich betrat die Sommerküche. Meine Haut, gespannt von der Kälte der Morgenluft während des kurzen Laufs die offene Treppe hinunter an den Quittenbäumen vorbei, fühlte sich feucht und fast süßklebrig an, sobald mir die mit so vielen Gerüchen getränkte Wärme entgegenschlug.

Maminkas Gesicht, verjüngt und gerötet vom Feuer, leuchtet im Halbdunkel der Sommerküche, heute noch, genau wie damals. Maminka schiebt mir gleich zwei Palatschinken auf den Teller: Iss! Ich esse. Ich schaue ihr zu, wie sie die Haare löst, wie sie mit den flinken Bewegungen ihrer Finger die zwei langen Seile von Zöpfen löst und sich in eine Königin verwandelt. Mit dem Holzkamm kämmt sie das fließende Haar, das Haar aus Kupfer. Iss weiter, ich muss das ja auch mal machen, später hab ich keine Zeit, sagt sie und fühlt sich schuldig, dass sie die Pracht vor mir ausbreitet, Rapunzel, Rapunzel, lass dein Haar herunter! Ich schaue ihr wie gebannt zu. Ist sie es, die kleine flinke Frau, die immer dem Wind Schulter und Stirn bietet, wenn sie mit leeren Händen den Hof durchquert oder Schweres die Kellertreppe hinaufschleppt, abgearbeitet und überwiegend schweigsam, dem Suff, dem Zorn, der Tyrannei Großvaters ausgesetzt, ist sie es, meine Maminka, oder ist sie die Loreley oder Rapunzel, oder irgendeine Prinzessin, eine Königin aus den slawischen oder deutschen Märchen, die ich so gern lese?

Die Verwandlung Maminkas verzaubert mich, ich wage es nicht, den Tisch mit den Palatschinken zu verlassen, zu ihr zu gehen und mich umarmen zu lassen, die langen Haare im Gesicht zu spüren, nein, da darf nur die Sonne hin, die den Quittenbaum verlässt, das Fensterglas in tausend Kristallen bricht und in den Kupferhaaren meiner Maminka schwelgt. Ich schaue ihr zu, und mir wird bewusst, wie jung sie ist. Sie ist meine Großmutter, aber sie hätte meine Mutter sein können, denn Maminka ist jung und hübsch mit ihren Kupferhaaren und grünen Augen, mit ihrem schmalen Körper; aber vor lauter Arbeit und Kummer merkt keiner, wie hübsch sie ist, nur ich.

Ich kaue langsam die Palatschinken mit der doppelt gekochten Quittenmarmelade. So treibt Maminka ihr den Schimmel aus: gekocht, verkocht, bis sie rot wird und von der ganzen Marmelade nichts als Zucker und ein köstlicher Geschmack übrigbleibt. Ich kaue, schaue ihr zu und erst wenn es anfängt, nach Essig zu riechen, bleibt vom Zauber nichts mehr übrig, nur zwei Seile von nassen Kupferzöpfen.

Die Sonne kehrt in den Quittenbaum zurück, kittet beim Hinausschlüpfen das Fensterglas; mich erfüllt ein bekanntes Gefühl: Ich habe viel Zeit vor mir, ich habe viel zu tun und weiß nicht, was ich zuerst tun soll. Maminka meint, ich soll zuerst spielen gehen. Und die Kamille? Es braucht ja nicht gleich am ersten Tag zu sein, meint Maminka und nippt an ihrem schwergesüßten Lindenblütentee. Sie weiß, wie unglücklich ich bin, da es Sonntag ist und ich mir keinen Kamillenpflücker ausleihen kann. Beim Abräumen des Tisches verspricht sie mir, mit mir in die Blindengasse zu gehen und dort etwas Brennnesseln zu pflücken, während ich Kamille pflücke. Maminka steht langsam vom Tisch auf. Ihre Hand verselbständigt sich, greift in die Tasche der ausgebleichten Schürze. Sie reicht mir ihren Holzkamm, der breite und dicke Zähne hat: Nimm, damit kannst du bis morgen Kamille pflücken, dann sehen wir weiter! Verlier ihn bloß nicht, ich habe keinen anderen! Ich laufe hinaus, ein letztes Bild im Kopf: Maminka gegen die Tür, im Gegenlicht, ruhig, undurchsichtig. Ein Schatten.

6

Jedes Mal, wenn ich das »andere Zimmer« betrat, hielt ich den Atem an. Es war wirklich anders als alle anderen Zimmer. Es war stets aufgeräumt und wurde nur dann betreten, wenn Maminka etwas aus ihrer Hochzeitstruhe holen musste oder wenn Gäste da waren. Meine Eltern schliefen immer dort, wenn sie uns besuchten. Meine Tanten mit ihren Männern auch. Eines Tages betrat ich das »andere Zimmer«, ohne zu klopfen. Im Bett kämpfte meine jüngste Tante mit ihrem Bräutigam und hatte ein rotes Gesicht, als hätte sie stundenlang vor dem Backofen gestanden. Dabei schien der Kampf nach vorgeschriebenen Regeln zu verlaufen. Die Bewegungen unter der Decke waren heftig und regelmäßig, und der Onkel grunzte und atmete tief. Es berührte mich unangenehm, und ich vergaß es schnell oder versuchte es zu vergessen. Danach klopfte ich an jede Tür und wartete lange, ehe ich irgendwo eintrat, auch wenn wir keine Gäste hatten.

Ich klopfe an. Ich betrete das »andere Zimmer«. Kühle. Ich bin barfuß. Unter den Fußsohlen das noppige Muster des handgewebten Teppichs. Es riecht nach Mottenpulver und getrockneten Lindenblüten. Durch die geschlossenen Fenster, verdunkelt mit Reispapier, wird das grelle Licht gefiltert. Auf der Fensterbank die toten Mücken und Fliegen, ausgetrocknet. Das Bett: leer. Auf der Fensterbank: die Schachtel Pralinen. Jeden Tag darf ich nur einmal hinein, jeden Tag nur eine Praline, damit sie bis zum Ende des Monats reichen – bis Mutter und Vater aus der Stadt eine neue Schachtel geschickt haben. Mein Herz schlägt hoch bis in den Hals: Und was wäre, wenn ich mal zwei nähme?

Manchmal sind es keine Pralinen. Manchmal sind es Orangen. Dann darf ich nur eine halbe Orange haben, die zweite Hälfte bleibt für den nächsten Tag. Es sind keine Orangen, die auf der Fensterbank auf mich warten, es sind kleine runde Sonnen, die im Mund zergehen und die ich am liebsten mit der Schale essen würde, aber ich darf es nicht.

Ich betrat das »andere Zimmer«, und während ich mit geschlossenen Augen die Praline oder die halbe Orange im Mund zergehen ließ, sah ich Schiffe, beladen mit Orangen und Schokolade. Das Häuschen von Hänsel und Gretel war nichts im Vergleich mit meinen Phantasien, mit meiner Gier nach Süßem. Ich wagte es nie, eine zweite Praline oder die zweite Hälfte der Orange aufzuessen.

Im »anderen Zimmer«, neben der Nähmaschine, steht der Sack mit dem Würfelzucker an die Wand gelehnt. Ein Zentner Zucker in großen, 50 oder 100 Gramm schweren Würfeln lagert dort, und ich hole mir einen Würfel heraus, hocke mich neben den Sack hin und knabbere an dem Zucker, bis Maminka mich ruft. Dann schiebe ich den angeknabberten Würfel in die Schürzentasche und gehe hinaus.

Die Äpfel sind schon faustgroß, aber immer noch sauer. Ich hole mir einen vom Baum, werfe ihn hundertmal gegen die Hauswand, fange ihn auf und immer wieder gegen die Wand, bis er rundum weicher geworden und mit braunen Druckstellen bedeckt ist und der saure Saft an manchen Stellen herausspritzt. Dann eine Untertasse mit zerstampftem Würfelzucker holen, abbeißen, in den Zucker tunken, den sauren Saft, mit Zucker bestreut, durch die Zähne fließen lassen, träumen von Schiffen, beladen mit Schokolade und Orangen.

Neben dem Sack mit dem Würfelzucker im »anderen Zimmer« zu hocken und zu träumen war jedoch weit weniger aufregend, als hinter dem Holzstapel im Hof zu hocken und zu warten. Bis Montag hatte ich mein Problem gelöst. Endlich konnte ich in

Ruhe hinter dem Stall verschwinden und darauf warten, dass der Truthahn die Henne bestieg. Ich musste nur aufpassen, dass mich keiner sah, musste so tun, als ob ich spielte! Maminka ahnte meine schlimmen Gedanken nicht und goss gerade das Seifenwasser von der Wäsche an die Quittenbäume. Sie meinte, Seifenwasser sei gut für die Quitten. Ich hockte mich hinter einen Stapel Holz und wartete.

Ich wartete hinter dem Holzstapel. Die Hühner ächzen und beklagen die Mittagshitze, obwohl es noch längst kein Mittag ist. Das Dorf ist leer. Das dumpfe Brummen der Traktoren da draußen im Feld, das Krächzen der Säge, die sich jeden Tag um diese Zeit meldet. Über meinem Kopf die heranreifenden Mirabellen, die Blätter und die grünen, sonnigen Spinnweben. Manchmal kriecht mir ein unsichtbarer Faden übers Gesicht. Ich warte. Ich wage nicht, die Backsteinsplitter umzudrehen, obwohl ich es gerne täte: Unter jedem Backstein wohnt ein Regenwurm.

Da sind sie! Die Truthenne schreitet geziert, passt auf, dass sie nicht in Hühnerkacke tritt, und pickt unentwegt irgendetwas vom Boden auf. Es sieht so aus, als würde sie der Truthahn überhaupt nicht interessieren. Er plustert sich auf. Er ist ganz rot im Gesicht. Er tanzt, er tobt: Sieh mich an, ich komme! Mein Herz schlägt schneller. Was ist es denn, dieses Etwas, das sich mit jedem aufgewirbelten Staubwölkchen unter den Füßen des Truthahns in mir breit macht? Ich bücke mich, knie mich hin, stütze mich mit den Händen auf den Boden, liege fast unter dem Stapel Holz, ich will alles sehen, alles, was sich sehen lässt!

Jahrelang glaubte ich, das Geschlecht des Truthahns hinge ihm von der Nase herunter – bis ich eines Tages merkte, dass er genau wie der Hahn die Henne bestieg und seinen Hintern an ihrem Hintern festdrückte. Dass das Weibchen immer dem Männchen unterlag, empfand ich als ungerecht. Und es schmerzte mich, wenn der Truthahn seiner Henne die Federn mit den Krallen auszureißen begann, sobald sie unter ihm lag.

Wenn Maminka einen Hahn geschlachtet hatte, holte sie ihm vorsichtig die Eier heraus. Gekocht schmeckten sie besonders gut, und sie legte sie immer auf meinen Teller. Ich verstehe nur nicht, warum er seine Eier nicht legt, wenn er welche hat, sagte ich bei solchen Gelegenheiten zu Maminka, die meine Frage unkommentiert im Raum stehenließ. So schien mir der Truthahn ziemlich unnütz zu sein: bloß fressen, die Henne besteigen und noch nicht mal Eier legen!

Wie oft blieb ich auf dem Boden liegen, während die Steinchen und die trockenen Klümpchen Erde meine nackten Knie und meine Handflächen blutig rissen. So war es gut; über mir die Mirabellen und die grünen Spinnennetze, die Blätter, die unentwegt miteinander tuschelten, der Schmerz an den Knien und den Handflächen. Stummsein. Wehtun. Warten. Das hatte viel miteinander zu tun.

Maminkas langgezogenes Kooomm! schreckt mich auf. Ich springe auf, reibe meine Knie, entferne vorsichtig, aber hastig die kleinen Steinchen und die Erdkrümel, verschmiere das Blut. Ich kooooomme! Ob Maminka gesehen hat, dass ich die zwei da beim Liebesspiel beobachtet habe?

Ich nähere mich Maminka langsam, sehr langsam, am Nussbaum vorbei. Mein Schatten geht mir brav nach, dann geht mein Schatten Maminkas Schatten nach. Ich muss ein Körbchen für die Kamille mitnehmen, nicht wahr? Mein Schatten steckt den Holzkamm in die Schürze, während Maminkas Schatten beschwichtigend auf ihn einredet: Nimm lieber eine Tasse mit, Mila, mehr schaffst du sowieso nicht mit dem Kamm. Maminkas Schatten breitet verzweifelt die Arme aus, schlägt sich mit beiden Händen an den Kopf: Sieben Kilo Kamille, Gott sei mit Euch! Mein Schatten zuckt mit den Schultern, er weiß nicht genau, mit wem Gott sein soll, mit denen, die uns diese Norm auferlegt haben, oder mit mir und den anderen Kindern, die die Norm erfüllen müssen.

7

Wir gingen in Richtung Blindengasse. Die Blindengasse war voll mit Brennnesseln und Kamille. Maminka kochte die beste Brennnesselsuppe, die ich je gegessen habe. Im Frühjahr, ehe der Spinat noch ans Wachsen dachte, war die Brennnessel schon da. Wir alle, geplagt vom grünen Hunger, konnten den ersten Spinat nicht abwarten. Unsere Bäuche, verwöhnt, gereizt und einen Winter lang geplagt durch das sauer eingelegte Gemüse, den Wintersalat, wie wir es nannten, und durch das Sauerkraut, sehnten uns nach dem ersten grünen Blatt. Und das erste Essbare, das man entlang der Steinmauern und unter den Holzstapeln fand, war die Brennnessel. Wir bereiteten daraus den ersten Frühlingssalat, die erste Frühlingssuppe und sogar den ersten grünen Auflauf mit Reis, Zwiebeln und Eiern. Die Brennnessel gab es fast das ganze Jahr über bis zum späten Herbst, doch sie verlor ihre Anziehungskraft, sobald der Kopfsalat, die Radieschen und die Lauchzwiebeln da waren. Im Sommer kam es höchst selten vor, dass man eine Brennnesselsuppe vorgesetzt bekam; die gab es nur dann, wenn es Maminka zu spät eingefallen war, dass Großvater unbedingt eine Suppe haben wollte, egal, ob das Essen schon fertig war oder nicht.

Wir gehen durch das leere Dorf. Es ist heiß und staubig. Wir nähern uns der Blindengasse und ziehen unsere Schuhe aus. Der Staub glüht – ein vertrautes Gefühl. Ich habe Ferien. Am rechten Fuß hat Maminka nur vier Zehen. Warum hast du nur vier Zehen, Maminka? Djado Minko, mein Großvater, hat mir den einen Zeh abgeschnitten, als ich klein war, so klein wie du, Mila.

Die Sonne prallt auf meinen Kopf. So klein wie du, Mila. Und während ihre dünnen Lippen die einzelnen Worte formen, schaudert es mich; sie ist es nicht, die erzählt, ich bin es, die erzählt, von damals, und während ich dies heute erzähle, werden die Mila und die Maminka eins, Djado Minko nähert sich dem Kind mit dem Taschenmesser in der Hand. Es tut nicht weh, pass auf, es tut nicht weh, der Zeh muss weg, sonst stirbst du, mit einem blauen Pickel ist nicht zu spaßen! Da schreit ein Kind durch die Blindengasse, der Schrei zerschellt an den Fensterscheiben, die Fensterscheiben sind mit Reispapier versperrt, das Dorf ist leer, und der Schrei verdampft an den Wänden der heißen Häuser. Da schreit ein Kind vierzig Jahre zurück in der Zeit und fast dreißig Jahre vorwärts, bis der Schrei eins wird und zu Buchstaben erstarrt. Da tritt plötzlich die alte Frau aus dem Kind heraus, setzt sich an den Rand der staubigen Straße, aus der einen werden zwei, ist ja gut, mein Kind, es hat nur ganz kurz wehgetan, hast du denn schon wieder kein Taschentuch, Mila, wie oft soll ich dir das sagen, der Djado Minko hat es richtig gemacht, er hat das Messer vorher in den Schnaps getaucht, und wie du siehst, lebe ich noch!

Ich stand auf. Meine Handflächen waren feucht geworden, und ich merkte, dass ich vor Angst einen steifen Hals bekommen hatte. Maminka zog die Gummigaloschen wieder an, barfuß wie sie war, holte die Lederhandschuhe aus dem bunten Säckchen heraus, zog sie an und trat in die Brennnesseln hinein. Sie suchte die jüngsten Pflanzen, die an den Wurzeln seitwärts sprossen, und verstaute sie in ihrem Wollsäckchen. Ich zog meine Schlappen auch an. Die durchgeschwitzten Socken ließ ich in der Sonne lüften. Dann nahm ich den Holzkamm und beugte mich über das kleine Meer Kamille, das die Brennnesseln umgab. Der Kamm hatte vierundzwanzig Zähne; es passten genau dreiundzwanzig Kamillenblüten hinein. Ein Schwung mit dem Kamm durch die Kamille und hochziehen, als würde ich die Blüten kämmen. Die Hälfte fiel sofort wieder auf den Boden. Der Grund meiner Tasse wurde mit dem Rest der Blüten kaum bedeckt. Ob ich schon zehn Gramm gepflückt hatte? Ich muss unbedingt einen richtigen Kamillenpflücker haben, sonst bin ich erledigt, dachte ich unentwegt. Nach einer halben Stunde war meine Tasse fast voll, Maminkas Wollsäckchen mit den Brennnesseln auch, und wir machten uns auf den Weg nach Hause. Wie viel hab ich denn wohl gepflückt, Maminka, versuchte ich das Gewicht in der vollen Tasse zu schätzen. 100 Gramm vielleicht? Maminkas Antwort traf mich völlig unvorbereitet: Höchstens fünfzig, Mila, doch bis Montag sind es nur noch 25 Gramm.

Die Kamille trocknete schnell aus, das war es! Ich war verzweifelt. Maminka tröstete mich: Mach dir nichts draus, Mila, wir machen das schon! Aber ich war untröstlich. Später erfuhr ich, dass man uns drei Kilo getrocknete oder sieben Kilo frische Kamille als erfüllte Norm anerkannte, aber erst viel später.

8

Das Weib, das das Wort »verwöhnt« hatte fallenlassen, war längst weg. Das hatte ich schon mehrere Male gehört, fast immer, wenn mich meine Eltern an der Bushaltestelle abküssten. Ich mochte keine nassen Küsse und ließ sie nur zu, wenn es unumgänglich war.

Der Bus fährt ab. Mich packt etwas an der Gurgel, so fest, als würde mir eine Schlinge umgelegt. Man zieht zwar nicht zu, aber die Angst vor der Schlinge reicht. Dann klammere ich mich an Mutters Hals fest. Der Schaffner blickt finster drein, es eilt ... Die nassen Küsse machen mir nichts mehr aus, mir läuft es gleichermaßen aus Nase und Augen. Meine Lippen schwellen an, die Haut spannt sich. Der Bus fährt ab. Ich klammere mich an Maminkas Hals fest, so fest, als würde ich selbst die Schlinge zuziehen, doch nicht mehr um meinen eigenen Hals. Ein unsichtbarer Scheibenwischer verschmiert meine Sicht, der Bus fährt ab, ich rieche ihn, ich höre ihn, ich fühle die Schwingungen des großen Körpers, vollgestopft mit neugierigen Blicken ...

Maminka und ich schreiten ganz langsam, als würden wir eine riesige Glaskugel zwischen uns tragen, als hätten wir Angst, sie würde beim ersten unvorsichtigen Wort oder Schritt einfach zerspringen. Mein Blick klärt sich mit jedem Schritt mehr; die Häuser sind wieder da, den Bordstein kann ich am Rande erkennen. Meine Muskeln werden auf einmal locker, fast weich, in mir breitet sich ein weiches, weißes Kissen aus. Das Kissen ist so groß, dass ich ganz darauf passe. Eingerollt in mir selbst, ruhig und frei, werde ich da liegen bis zum nächsten Mal. In zwei Wochen besuchen uns Mutter und Vater wieder.

Nie wusste ich, wann der Bus ankam. Nie wusste ich, mit welchem Bus sie fuhren. Ich wusste nur, dass es heute sein sollte. So bestand Heute aus lauter ineinander verwobenen Spannungsmustern, die mit jeder vergangenen Stunde lichter und greller wurden: das Hinaufklettern auf die Fensterbank, das Überblicken des Dorfplatzes mit der Wasserstelle und dem langen, schmalen Trauerweidenschatten, der bis zum Mittag schrumpfte und den Platz freigab, dafür aber dicker wurde, um gegen Abend wieder lang und schmal zu werden ... Das Verharren mit Blick auf die Straße, das Steifwerden, das Ausmachen des ersten Staubwölkchens, das aus Richtung Stadt aufflammte ...

Erst waren es die Pferde der Kooperative, die zum Grasen getrieben wurden, die die Straße mit der zähen Masse ihrer Leiber überfluteten und unter meinem Fenster aus dem Nebel flossen. Ihr Fluss, aus bräunlich-glänzenden Wellen getrieben, verzweigte sich an der Wasserstelle, überquerte das Schattenfeld der Trauerweide, dröhnte mit tausend Hufen und mächtigem Schnauben, kehrte zur Straße zurück, floss weiter, zäh und gewaltig. Jetzt war das Flussbett der Straße trocken, besät mit Pferdemist, der in der Sonne dampfte und glänzte, bis sich die Staubwolken über ihn legten.

Wieder steif werden, warten.

Aus der schmalen, hohen Staubwolke taucht der Laster auf, der die Frauen der Siebten Brigade zur Arbeit fährt, ein uraltes, klappriges Dorftier, das einige Minuten im Schatten verschnauft und dann wieder losfährt, beladen mit Harken, Decken und Frauengeschwätz. Dann kommen die Schafe. Sie folgen ihrer eigenen breiten Spur aus Glockenklang und Hundegebell, aus klagendem Bäääh, durchstochen vom scharfen Pfeifton des Schäfers, der, vier Finger in den Mund gesteckt, die Herde treibt. Der niedrigen, wolligen Wolke folgt der erste Bus. Er kommt im langsamen Schafschritt heran, erst das Dach mit den Koffern, dann die steile, in der Sonne blinkende Glasfront, kommt die Biegung der unsichtbaren Straße heraufgezogen. Der Bus fährt langsam, zu langsam und zu gemütlich, der Bus treibt die Schafe vor sich her, als wäre er der Schäfer.

Manchmal hatte ich Glück und meine Eltern kamen schon mit dem ersten Bus an. Dann war Heute schon am Vormittag vorbei, und wir drei suchten den ganzen Hof nach Überraschungen ab, die ich vorbereitet hatte: das neuentdeckte Taubennest im Geäst des Nussbaumes, das Mauseloch hinter dem Hühnerstall, das sich später als das Loch eines Marders entpuppte (aber erst, als Maminkas Hühner reihenweise erdrosselt gefunden wurden), die im »anderen Zimmer« stehende Kiste mit den abgeschnittenen, langen braunen Zöpfen, zwanzig Jahre lang ... Dann zeigten sie mir ihre Überraschungen, die so schön nach Stadt rochen: backsteinähnliche Marzipanwürfel, goldfarbene Äpfel, die mehlig waren und das ganze Zimmer mit ihrem Duft beherrschten, steinharte Brezeln, luftgetrocknet, die ich den ganzen Tag als Kette um den Hals trug und beknabberte, und zwei bis drei Liter Bosa, jenes beigebraune, dicke und aus Weizen gebraute Getränk, das süß und sehr nahrhaft war und nicht so sauer wie die abgestandene Bosa im dörflichen Süßwarengeschäft ...

Lange wurde gegessen und gesprochen. Es wurde nur Schönes gesprochen: Wir waren immer gesund gewesen, auch wenn ich gerade die Masern hinter mich gebracht hatte; Maminka und Djado hatten sich immer prächtig verstanden, auch wenn er sie gerade am Tag davor verprügelt hatte ... Dann gingen meine Eltern und ich spazieren.

Ich gehe zwischen den beiden, halte ihre Hände fest, balanciere die riesige Schleife auf meinem Kopf, bin rot bis zum Haaransatz. Sie sind da ... Gelegentlich küsse ich Vaters Hemdsärmel, der so schön nach Waschpulver und Staub riecht, streichele Mutters Ellenbogen, der so komisch runzelig und hilflos an ihrem dunklen glatten Arm klebt. Das ist es wohl, was die Bauern meinen, wenn sie mich anstarren. Das ist es, wenn sie denken, dass ich verwöhnt bin.

Verwöhnt. Ein schönes Wort war das nicht, und ich trug es wie einen Stempel auf der Stirn. Was war es, das mir dieses Wort eintrug? Etwas mit mir schien nicht in Ordnung. Ich musste unbedingt dahinterkommen!

9

Ich bin nie richtig in den Kindergarten gegangen. Ich wollte nicht. Dann, auf einmal, wollte ich doch, aber dann durfte ich nicht: Du darfst nicht, weil deine Eltern nicht in der Kooperative sind. Für mich gab es einen Platz in einem Kindergarten in der Stadt, versicherte mir Maminka, aber ich konnte nicht den Platz eines anderen Kindes aus dem Dorf einnehmen. Alle, Plätze und Kinder, waren gezählt, und es gehörte sich nicht, dass ein Kind bei den Großeltern lebte, wo doch seine eigenen Eltern in der Stadt arbeiteten und lebten, das leuchtete mir ein. Maminka hatte ihr Bestes getan: Ich habe sogar mit dem Bürgermeister gesprochen, es geht eben nicht!

Eines Tages jedoch, als Maminka mit den anderen Frauen der Siebten Brigade aufs Feld gehen und ich zu Hause allein bleiben sollte, nahm sie mich an die Hand, schleppte mich hinter sich her, brachte mich doch noch in den Kindergarten und sprach lange mit der Kindergärtnerin, die dauernd die Schultern hochzog und auf ihre eigene dicke Brust zeigte. Ich hockte unter dem Nussbaum und verfolgte das Gespräch aus der Ferne. Der ganze Kindergarten glich einem Aquarium: hinten die kleinen, bunten Fischlein, die Kinder, die dauernd den Sandkasten belagerten und die Schaukel stürmten; im Vordergrund die zwei großen Fische, Maminka und die dicke Kindergärtnerin, die stets mit der kurzen Flosse auf ihre eigene Brust zeigte. Die Fischchen musterten mich stumm aus der Ferne, als sei ich eine unbekannte Amphibie. Schließlich kam Großmutter zu mir.

Sie nähert sich mit gelöstem Gesicht, sie lächelt mich an, sie zeigt mir ihre mit Silber bezogenen Seitenzähne. Du darfst doch bleiben! Und sie gibt mir einen Henkelmann mit Gekochtem, ein Stück Brot und einen Löffel. Ich bleibe, während sie sich entfernt, du sollst nicht weinen, Maminka, und ich weiß nicht mehr, was ich mit dem Beutel anfangen soll. Ich sehe mich um und stelle ihn vorsichtig am Nussbaum ab, in eine kleine Vertiefung in der Erde, so dass die Suppe nicht auslaufen kann. Erst dann schaue ich mir alles an.

Der Kindergartenhof ist weitläufig. Kleine Sträucher teilen ihn, grenzen den Gemüsegarten ab, in dem stets eine der Kindergärtnerinnen wühlt. Eine niedrige Steinmauer trennt Kindergarten und Kirchhof. Hinter der niedrigen Steinmauer das fleißige Geräusch einer Harke: chrrrrsss, chrrrrsss! Baba Popadija, die Frau des Popen, müht sich mit den Stangenbohnen ab. Im Schatten ist es kalt, aber ich traue mich nicht, die Schattengrenze zu überschreiten. Ich erkälte mich lieber, als mich den Blicken der anderen auszusetzen. Ich bleibe dort, wo ich bin, unterm dichten Dach der großen, sehnigen Blätter.

Ich kam mir überflüssig vor. Überflüssig und allein. Obwohl mich ein Junge einmal auf die Schaukel ließ, worauf ich mich sofort in ihn verliebte. Als die Kinder zum Mittagessen gerufen wurden, stellte ich mich als letzte an und glaubte, mitessen zu müssen. Ich sah durch die Tür die vielen schönen kleinen Tischchen, die Stühlchen, und fragte mich, bei wem ich wohl sitzen würde, ob vielleicht bei dem Jungen, der mich auf die Schaukel gelassen hatte? Als fast alle Kinder saßen, fragte die Kindergärtnerin, ob ich Hunger hätte, und ich bildete mir ein, sie hätten kein Essen für mich. Nein danke! Sie versprach, mich zu holen; ich aber schämte mich so sehr, dass ich zum Nussbaum zurückging, mein Gekochtes, das Brot und den Löffel herausholte und mich mit dem Henkelmann im Schoß auf die kleine Bank unter dem Nussbaum setzte. Ich tat so, als würde ich essen. In Wirklichkeit schämte ich mich zu Tode. Hoffentlich sah er mich nicht, der Junge von der Schaukel, sonst musste ich unbedingt sterben! Ich hob den leeren Löffel zum Mund hinauf, verharrte einen Augenblick lang, chrrrrsss, chrrrrsss! kam es hinter der Steinmauer hervor, der Löffel tauchte ins Essen, ich wischte mir den Mundwinkel mit dem Handrücken ab, wie es Maminka nach jedem Bissen oder Kuss tat. Als ich die Kindergärtnerin kommen sah, versteckte ich meinen Henkelmann hinter dem Nussbaum. Sie nahm mich an die Hand, komm, wir haben für dich noch einen Platz gefunden, und ich ging erleichtert mit.

Im Speisesaal herrscht Totenstille. Ich stehe neben der Genossin Leiterin, während alle dasitzen. Dann sitze ich auch – Pechvogel, der ich bin, natürlich mit dem Rücken zum Jungen von der Schaukel, den Blick auf die dampfende Suppe gerichtet. Sie riecht zwar nicht schlecht, doch schwimmen in ihr einige Fettaugen und drei winzige Bauklötze aus geröstetem Zwieback, den ich verachte. Langsam leeren sich die Teller um mich herum, nur mein Teller ist noch voll. Die Dicke mit der Fischflosse von vorhin nähert sich, hast du auch alles aufgegessen, und zeigt diesmal auf mich und ich schiebe den vollen Teller von mir weg. Ja! Die dicke Genossin Leiterin mit der Fischflosse richtet sich auf, oh, wie laut sie ist. Heute lasse ich das durchgehen (alle Köpfe drehen sich nach mir um), da es dein erster Tag hier ist (ich werde rot bis zum Haaransatz, ich spüre es). Ja, Genossin! Aber ab morgen wird der Teller leergegessen, verstanden? Alle Köpfe drehen sich zum Wasserpudding hin. Ja, Genossin, und, ich komme, Genossin, während die Genossin mich wieder an die Hand nimmt und diesmal in den Schlafsaal führt, komm jetzt, du darfst mit den anderen schlafen! Obwohl ich gar nicht schlafen will.

Alles im Schlafsaal, in dem alle dreißig Kinder zusammen schliefen, war so sehr sauber, dass ich im ersten Augenblick glaubte, im Krankenhaus gelandet zu sein. Ich kam mir auch besonders schmuddelig vor und schämte mich, als ich mein Kleid auszog. Ob der Junge von der Schaukel ... Ob er wohl den Tomatenfleck auf meinem Unterhemd sah? Hätte ich bloß auf Maminka gehört und gestern Abend das Hemd gewechselt! Dann lagen wir alle zwei Stunden lang ganz still, manche schliefen sogar, oder war ich die einzige, die vor Hunger nicht einschlafen konnte? Mir schlief stattdessen der linke Arm ein, doch ich wagte nicht, mich umzudrehen. Die Genossin, die am Eingang saß und strickte, nahm jede noch so kleine Bewegung, jedes Geräusch wahr. Sobald sich eine der Decken verdächtig rührte, hob sie den Kopf vom Strickzeug und schmetterte einen furchterregenden, warnenden Blick in Richtung Übeltäter. Dieser Mittagsschlaf war so anstrengend, dass ich nie wieder auf die Idee kam, in den Kindergarten gehen zu wollen. Ich blieb lieber zu Hause allein mit dem »anderen Zimmer«, mit dem ganzen stillen und auf mich lauernden Haus, allein mit den Gerüchen der Sommerküche und den Hühnern im Hof.

Damals gab es keinen Kalten Krieg, oder ich nahm ihn noch nicht wahr. Es gab noch keine Norm zu erfüllen. Die Kamille existierte noch nicht. Sie war da, aber daraus konnte man Armbänder, Kränze und Ringe flechten. Maminka hatte mir beigebracht, wie man aus dem dünnen, zarten Stiel der Kamille eine Schlinge um den Hals der Blüte machte, so dass man beim leichten Ziehen mit der Blüte »schießen« konnte. Es gab noch nicht die Zehn Gebote des Kodex der Pionierorganisation, die später auswendig gelernt und praktiziert werden mussten. Es gab die Fremdwörter nicht, die »Isten« wie Faschisten, Kommunisten und Kapitalisten, die später mein Bewusstsein umlagerten. Selbst die Buchstaben existierten nicht, da mir Maminka regelmäßig vorlas. Rajna Knjaginja, Rajna die Königin mit der Fahne der Aufständischen, bedeutete mir noch gar nichts ... Nur wenn ich fiel und mir die Knie aufschlug und heulen wollte, hörte ich von der tapferen Soja Kosmodemjanskaja, die niemals weinte. Ich wusste noch nichts von ihren Qualen, von ihrem Märtyrertod, die Faschisten waren mir noch kein Begriff. Ich falle hin, stehe auf, schweige, reibe das Knie, weine nicht, fünf Jahre alt und weine nicht, du bist unsere tapfere Soja, nicht wahr, höre ich Vaters Stimme, und ich weiß, dass ich immer tapfer sein werde, komme, was wolle. Später, beim Abschied im Bus – in zwei Wochen kommen Vater und Mutter wieder zu Besuch – weine ich lauthals. Es läuft mir aus Nase und Augen, ich schäme mich, weil ich Soja Kosmodemjanskaja verraten habe.

10

Stets stand jemand neben mir. Genau besehen stand er in mir und ließ sich überallhin mitnehmen, mittragen, mitschleppen. Ich hatte ein schlechtes Gewissen. Mein schlechtes Gewissen war stets sauber frisiert und sauber gekleidet. Es schaute sich die Spinnweben an, während ich unterm Holzstapel hockte und dem Truthahn zusah, wie er seine Henne bestieg. Es wechselte das Unterhemd und passte auf, dass kein Tomatenfleck darauf kam. Es drehte sich schnell weg, während ich mit offenem Mund und pochendem Herzen den Kampf meiner jüngsten Tante mit ihrem Bräutigam unter der Decke im »anderen Zimmer« verfolgte, und es gesellte sich zum Organisationsleiter, während er von Heldentaten sprach. Mein schlechtes Gewissen pochte an meinen Schläfen und regte sich wegen der Kamille auf. Ich beneidete es um seine klaren Vorstellungen, um seine Fähigkeit, alles zu behalten und stets da zu sein, auch wenn es nicht im Geringsten gebraucht wurde.

Vor lauter Aufregung wegen der Kamille hatte ich meine Leseliste völlig vergessen und dadurch schon etwas Zeit verloren. Tags zuvor, als ich vom Pescho Kojkata mit dem entliehenen Kamillenpflücker zurückgekehrt war – mir war ein Stein vom Herzen gefallen –, räumte ich meine alten Schulbücher vom Tisch weg und stellte mir schon voller Hoffnung die neuen vor, da fiel mir die Sommerleseliste mit der Pflichtlektüre in die Hand. Verdammt! Ich sagte nicht »verdammt!«, sondern »Achtzig Prozent und das Knopfloch entzwei!« Das sagte ich immer, wenn ich fluchte. Das war der Fluch, den ich als Vierjährige zum ersten

Mal von mir gegeben hatte. Ihm war ich treu geblieben und gebrauchte ihn in solchen Situationen. Am Samstag hatte ich mir schon ›Der Glöckner von Notre-Dame‹ und ›Du und ich – Alles über die geschlechtlichen Beziehungen zwischen Mann und Frau‹ aus der Bibliothek ausgeliehen und freute mich darauf. Dafür hatte ich jetzt keine Zeit mehr. Ich schaute mir die Sommerleseliste mit der Pflichtlektüre von Mitte Juni bis Mitte September an und zählte die Titel: zweiundzwanzig! Bei genauerem Hinsehen stellte ich fest, dass ich acht davon schon gelesen hatte; manche waren vom vorigen Sommer in die neue Leseliste übernommen worden. Wäre die Kamille nicht gewesen ... Ich stellte mir das so vor: Vormittags würde ich meine Pflichtlektüre erledigen, und am Nachmittag und am Abend würde ich Zeit für meine Bücher haben, für die Bücher, die ich lesen wollte.

Der Nachmittag kriecht unter die ausgebreiteten Flügel der Hühner und unter die Holzstapel im Hof der Nachbarn. Dort ist es schattig. Dort lässt es sich vorübergehend aushalten. Maminka klappert mit den Tellern in der Sommerküche, Djado ist mit seinem Traktor schon um drei Uhr früh losgefahren, er ist wie immer nicht da. Ich bin satt, aber ich öffne den Küchenschrank. Ich nehme mir ein Stück Weißbrot, das von der Hitze ein wenig muffig riecht, bestreue es mit Salz und süßer Paprika, manchmal auch mit Til Piper, und der siebenfache Geruch dieses Mischgewürzes lässt mir das Wasser im Mund zusammenlaufen in einer maßlosen Vorfreude.

Ich verkrieche mich ins Bett und lese, lese; lese ›Du und Ich – Alles über die geschlechtlichen Beziehungen zwischen Mann und Frau‹, während mir mein schlechtes Gewissen den Rücken kehrt und den Tauben unter dem Fenster zuhört, wie sie einander umwerben, trotz der Hitze.

Das Buch hatte Kaka Donka, eine ältere Freundin von mir, für mich aus der Bibliothek entliehen – natürlich keine Pflichtlektüre. Sie lasen so was in der achten Klasse. Ich musste nur ganz genau aufpassen, dass mich Maminka dabei nicht erwischte. Kaka Donka hatte mir versprochen, mir dann alles zu erklären. Sie war nicht sehr groß, sah aber wie eine erwachsene Frau aus: sehr breit in der Hüfte, mit ein wenig krummen Beinen und schmalen Brüsten, die sich flüchtig sehen ließen beim Haarewaschen. Ich sah ihr dabei oft zu und goss ihr das Wasser aus der Zinnkanne über den Kopf. Nur der Geruch ihrer Seife gefiel mir nicht: Die aus Schweineschwarten selbstgekochte Seife roch penetrant. Diese Seife benutzte Maminka nur, wenn sie die mit Maschinenöl verschmutzten Hosen und Jacken von Djado wusch, sonst nie.

Ich lese. Mir wird es schwindelig vor Aufregung, dass ich so früh aufgeklärt werde. Das hat mit mir noch wenig zu tun, aber ich ahne Zusammenhänge. Das hat mit dem plötzlichen Verstummen der Erwachsenen zu tun, wenn ich das Zimmer betrete, mit dem Kichern der Mädchen aus der achten Klasse, wenn ihnen die Jungen unter die Röcke greifen, mit dem Klopfen an verschlossenen Türen und mit meinem Hocken hinter dem Holzstapel, wenn der Truthahn ... Das alles schwebt in der Luft. Wie Strom, der mich töten kann. Die Buchstaben des Untertitels sind dick, rund und schwarz – Insekten, die sich vollgesogen haben: Alles über die geschlechtlichen Beziehungen ... Wie hält das die Titelseite aus?

Ich hatte Angst, dass man das Buch bei mir finden würde. Ich hielt es in einem Strohkissen versteckt. Das Kissen lag ganz unauffällig auf meinem Bett. Den Saum hatte ich wieder zugenäht, nur ganz lose, so dass ich nachts den Faden ganz schnell herausziehen konnte. Wenn ich dann spät, ganz müde, ›Du und Ich‹ schloss, schob ich es wieder in das Kissen zurück, nähte den Saum lose zu und legte mich schlafen.

Das Licht ist aus. Durch das offene Fenster greifen die Zweige des Nussbaums. Frösche quaken. Hin und wieder Schritte unterm Fenster: mal schlurfend, mal fest und abgehackt. Geräusche aus der Kneipe gegenüber, die längst nicht mehr Djados eigene Kneipe ist. Ich schließe die Augen. An ihrer roten Leinwand die Zeichnung, riesengroß, so groß wie die Plakate am Eingang der Kooperative, die zur früheren Erfüllung des Jahresplans auffordern. Die Zeichnung des männlichen Geschlechts, alles mit Pfeilen und Erklärungen, haargenau beschrieben! Mir wird heiß. Mein schlechtes Gewissen verkriecht sich unter der Decke, hält Augen und Ohren zu: So also sieht mein Vater aus! Kein Wunder, dass er sich mir noch niemals nackt vorgestellt hat! Ich hätte es auch nicht getan, wenn ich so 'n Dings da vorne hätte!

Sieben Kilo Kamille, zweiundzwanzig Bücher Pflichtlektüre, der Truthahn ... Alles war wichtig, aber wichtiger als alles andere war, ›Du und Ich‹ zu Ende zu lesen. Das große Schweigen der Erwachsenen – und beim Einschlafen noch an den Kalten Krieg denken ... klären ... aufklären ... Ja, sobald ich ›Du und Ich‹ zu Ende gelesen hatte, musste ich die übrigen aus der Klasse aufklären. Einer musste es ja tun!

11

In der Nacht war ich wieder Soja Kosmodemjanskaja. Die Faschisten hatten ›Du und Ich‹ im Strohkissen gefunden und rissen mir die Zähne aus, einen nach dem anderen. Dann zogen sie mir die Haut ab und machten aus ihr Lampenschirme. Zum Schluss hielten sie mir die Riesenzeichnung mit dem männlichen Geschlecht vor Augen und fragten: Haben Sie? Ich antwortete: Ja, ich habe, und einer von ihnen führte mich an Kaka Donka vorbei – Abführen! Heil! –, die mir mit nassen Haaren nachlief und mir unbedingt die selbstgekochte Schweineschwartenseife zustecken wollte, nimm sie mit, im Lager gibt es nichts zu essen! Die ganze Nacht hatte ich eine einzige Aufgabe zu erfüllen, die ich mir irgendwann einmal selbst gestellt zu haben schien: schweigen, die Schmerzen lautlos ertragen, ein Beispiel für die Nachwelt werden, ein Denkmal bekommen, mich im Kalten Krieg bewähren.

Ich öffnete die Augen und war enttäuscht, dass ich geträumt hatte. Ich beneidete Soja Kosmodemjanskaja und setzte auf den Kalten Krieg. Vielleicht war es mir beschieden, mich im Kalten Krieg zu bewähren. Und wieder dachte ich an die Kamille. Die Kamille war lächerlich als Bewährungsprobe, auch wenn der Organisationsleiter die Erfüllung der Norm als Heldentat pries. Alles Ersatz, dachte ich: statt Heldentod im Partisanenkrieg oder an der Front – Kalter Krieg im Radio! Statt Untergrundkampf – Kamille! Ich beneidete Soja Kosmodemjanskaja und Mitko Palausov, den jüngsten bulgarischen Partisanen im antifaschistischen Kampf, für ihre heldenhafte Kindheit und wollte für die Freiheit sterben; aber ich starb nicht, nicht mal im Traum. Stattdessen plagte ich mich mit Gedanken an Kamille und Pflichtlektüre und suchte mir alle möglichen Beschäftigungen. Mich an etwas erinnern war schön. An unser Schaf zum Beispiel.

Das alte Schaf Wakla gebar ein Lämmchen, ein schwarzes, ein wunderbares. Im Februar, ungewöhnlich genug, war sie soweit, wie mir Maminka anvertraute. Maminka setzte voraus, dass ich wusste – oder auch nicht –, wie es dorthin, in ihren Bauch nämlich, gelangt war. Wakla hatte unseren Stall und Hof noch niemals verlassen. Daher dachte ich mir, dass es bei den Schafen anders sein müsse als bei den Hennen, die Eier legten. Darauf sagte Mara, meine Freundin, dass ich dumm sei. Wir haben drei Schafe und ganze vier Lämmer, ich weiß Bescheid! Und ich wusste, dass sie Bescheid wusste. Unauffällig, vielleicht sogar in der Nacht, muss dein Großvater das Schaf an den Mann gebracht haben. Und ich wusste nicht, an welchen Mann. Mara empörte sich über mein Unwissen: Na so was! Doch nicht an einen Mann, sondern zu einem männlichen Schaf natürlich! Es hat sie bestiegen, so sagte sie, bestiegen – und das hörte sich an nach ›Einen-Berg-besteigen‹ –, und sie ist trächtig geworden, so wie die Frauen schwanger werden, klar? Alles klar! Oder Wakla war es schon, als sie gekauft wurde, meinte meine Freundin, was mir persönlich realistischer erschien.

An einem verschneiten Abend, ganz spät, hörte ich, dass man nebenan flüsternd irgendwelche Vorbereitungen traf, leise, das Kind wird wach! Das Kind sprang aus dem Bett und zitterte am ganzen Leib vor Aufregung. Ich komme mit! Der Holzofen war längst ausgegangen, und die Fensterscheiben waren vereist. Djado blickte mich zornig an, du bleibst hier und wartest! Er nahm einen Eimer mit warmem Wasser, zog seine alte Lammfelljacke an und lief zum Stall. Ich bekam Angst. Worauf soll ich denn warten, Maminka? Wakla kriegt ein Lämmchen, nahm mich Maminka kurz in den Arm; dann schob sie mich plötzlich weg: Du musst nur schön hier warten! Wenn sie es hat, dann zeige ich es dir, und du darfst mit ihm spielen, aber erst morgen früh! Wer bringt es ihr denn, wollte ich fragen, aber ich schwieg, da ich ahnte, dass Wakla das Lämmchen doch von niemandem gebracht kriegte, sondern ... sondern was? Maminka guckte mich besorgt an, ich muss jetzt aber wirklich gehen, sonst wird Djado schimpfen, und verließ die Wohnstube, eingemummt in ein Wolltuch, mit einer alten Decke im Arm.

Ich fühlte mich, als hätte ich hohes Fieber, als würde ich von etwas schrecklich Aufregendem träumen. Ich war nahe daran, ein fürchterliches Geheimnis aufzudecken. Hier sitzen und warten? Nein! Ich zog meine Stiefel an, Maminkas Strickjacke, setzte irgendetwas auf den Kopf und lief zum Stall. Ein Windstoß warf eine ganze Lawine Schnee über mich. Ich schloss meinen Mund fest, ging zum Stall, wo zwei Laternen brannten, doch traute ich mich nicht, hineinzugehen. Durch den Spalt zweier Bretter sah ich Maminka und Djado, die mit Wakla zu kämpfen schienen. Was machen die denn bloß mit ihr? Dann hörte ich Maminkas liebevolle Stimme: Ist schon gut, gut so ... jaja ... noch ein bisschen ... Plötzlich nahm Djado die Laterne vom Balken herunter und stellte sie auf den Boden; ich sank automatisch auf die Knie, tief in den Schnee, presste mein Gesicht zwischen die wackeligen Bretter und schaute gebannt in den Lichtkreis, und was ich da sah ... Ich war entsetzt. Maminkas Hand zog Wakla mit aller Kraft am Schwanz und massierte ihren runden Leib. Djado war irgendwie mit ihren Beinen beschäftigt, und dann auf einmal kam unter dem Schwanz der Kopf eines Lämmchens hervor. Ich biss mir in die Faust, um festzustellen, ob ich wachte oder träumte, und sah, wie ganz schnell im Lichtkreis aus Waklas Leib das ganze Lämmchen fluppte, blutbedeckt, und ich fror. Djado und Maminka freuten sich, Wakla drehte sich wohlig um, und ihre raue Zunge leckte das Kleine ... Plötzlich fiel es mir ein, dass ich hier erfrieren könnte, dass ich hier gar nicht sein durfte, dass ich etwas Fürchterliches gesehen hatte ...

Ich stand auf, kämpfte mit dem Schnee und konnte meinen Mund nicht schließen. Der Weg zur Wohnstube schien mir unendlich. Wenn es bloß aufhören würde zu schneien! Dann weinte ich los, laut, so laut ich nur konnte, ich wollte sterben, und ich starb nicht, und Maminka kam, nahm mich an die Hand, und weiter wusste ich nicht mehr. Als ich erwachte, war ich krank. Neben mir auf dem Boden, eingewickelt in die alte Decke, lag das schwarze Lämmchen, sauber, so glänzend und sauber, dass ich meinen Augen nicht trauen wollte.

Mir wurde ein scheußliches Pulver gegeben Es klebte am Gaumen und war bitter. Ich musste es hinunterschlucken. Erst dann durfte ich das Lämmchen streicheln. Dann schlief ich wieder ein. Zwei Wochen lang blieb ich im Bett. Draußen hörte es gar nicht mehr auf zu schneien. Maminka beugte sich über mich, sämtliche Bahnlinien in unserem Bezirk sind eingeschneit, daher können deine Eltern nicht kommen. Die Donau ist zugefroren, die Wölfe vom anderen Ufer gehen auf dem Eis spazieren, am helllichten Tage haben sie einen Mann und ein Kind gerissen, und das in der Stadt! Ich musste Maminka in die Hand versprechen, dass ich meinen Eltern nichts von der Krankheit sagen würde, wenn sie wieder da waren.

12

Jeden Abend saßen die Frauen der Nachbarschaft auf der Straße. Manche setzten sich auf den Bürgersteig, andere auf die Bank vor unserem Haus. Es wurde gesponnen, gestrickt, aufgeribbelt, genäht; Kirschen wurden entsteint, Marmeladenrezepte besprochen, Hochzeiten geplant. Dabei beobachtete man uns Kinder, wie wir in den Eingängen verschwanden, tuschelten, einander jagten und den Tag hinausschoben bis in die Nacht hinein.

Am Ende des Dorfplatzes, vor Lelja Petras Haus, versammelten sich die Brigadiere, planten das Bestellen der Felder, zankten sich um nicht korrekt aufgeschriebene Arbeitstage, die sogenannten Trudodni, und verließen den provisorischen Klub mit dem Auftrag, jeden an die nächste Volksfrontversammlung zu erinnern. Langsam dunkelten ihre Arbeitsjacken und -hosen nach, schemenhaft blieb nur ihre Bewegung übrig, die Umrisse der einzelnen Gestalten wurden gegen den Himmel schwarz gestanzt, hin und wieder glühten die von den Zigaretten erleuchteten Gesichter auf. Die Brigadiere verließen den Dorfplatz, während die Dorfgrillen um die Wette zirpten. Da zirpten die Sterne mit und zitterten, und vor lauter Zittern verloren sie hin und wieder den Halt und stürzten ab über der Wasserstelle ... Da kehrten die Schafe zurück und die Pferde und die Frauen der Siebten Brigade, und das Weiß ihrer Augen und ihrer Kopftücher beunruhigte das Abendblau und die Brigadiere auf dem Weg nach Hause ...

Zu Hause folge ich Maminka in die Sommerküche. Wissen meine Eltern eigentlich, dass ich für die neuen Schulbücher sieben Kilo Kamille pflücken muss? Maminka zündet das Feuer an. Woher soll ich das denn wissen, Mila, hast du es ihnen schon gesagt? Das Grün ihrer Augen sieht gefährlich und fremd aus. Nein, noch nicht, ich habe es ihnen noch nicht gesagt, aber ich dachte, du … Maminka legt einige grüne Paprikaschoten ins Feuer. Auf der Oberfläche der Schoten bilden sich Blasen, die Hautblasen blähen sich auf, werden schwarz, platzen auf. Maminka fasst die ersten heißen Paprikaschoten an, dreht sie um. Lass es lieber sein, Mila, sie machen sich nur Sorgen, und helfen können sie dir ja doch nicht! Und ich fürchte mich vor den Feuerzungen, die ihre Hand lecken, aber es macht ihr nichts aus. Mutters Hände würden das nicht aushalten. Die Haut der ersten Paprikaschote platzt auf, platzt laut, ein harmloses Geschoß in der Nacht. Ich weiß, Maminka, ich tue es nicht! Und im nächsten Moment platzen die anderen Paprikaschoten auf.

Mit der Zeit lernte ich die feinen Abstufungen von Schweigen, Verschweigen und Lügen kennen und ertappte mich oft bei dem Versuch, mein Verhalten in diesem magischen Dreieck so unauffällig wie möglich Wurzeln schlagen zu lassen, und es gelang mir ausgezeichnet. Maminka und ich waren zwei Verbündete. Unsere Losung hieß: Die Eltern dürfen nicht aufgeregt werden! Also verschwieg sie ihnen fast alle meine Anginen und Kinderkrankheiten und erzählte davon erst hinterher, wenn alles längst vorbei und überstanden war. Und ich schob meinen Felsen von schlechtem Gewissen vor mir her. Maminka schwieg. Du sollst ja nicht lügen, das hat sogar Gott befohlen, aber er hat nicht gesagt, dass wir nicht schweigen dürfen, nicht wahr, Mila? Nein, lügen wollte sie nicht, und so verschwieg sie vor meinen Eltern alles, was ihre Vorstellung von unserem harmonischen Landleben trüben konnte: Großvaters Sauforgien in seiner ehemaligen, schon längst verstaatlichten Kneipe, die Prügel, die er ihr – auch in meinem Beisein – regelmäßig verabreichte, den Zank und den Streit um Geld, wie sie ihn immer tot wünschte, wenn er ihr mal wieder kein Geld gab ... Nie hatte sie eigenes Geld gehabt, nie hatte sie etwas kaufen dürfen ohne seine Erlaubnis, nicht mal Zucker und Salz. Er versoff es in regelmäßigen Abständen, dann blieb Djado tagelang weg, arbeitete Tag und Nacht, machte Überstunden mit dem Traktor, der ihm längst auch nicht mehr gehörte, fuhr plötzlich nach Devnja ans Meer und brachte Delphinfilet, schwarz und luftgetrocknet, in süßer Paprika und schwarzem Pfeffer gewälzt, mit. Esst, esst, damit ihr seht, was eine Delikatesse ist, das ist eine De-li-ka-tesse, sag ich euch, esst, sowas gibt's nur einmal im Jahr! Später gab es das schwarze Delphinfilet nicht mehr; dann brachte er Mispeln, die wir länger als drei Tage auf einer Zeitung liegen ließen, bis sie braun wurden und ich sie zwischen den Zähnen ausquetschen und aussaugen und das weiche Fruchtfleisch von den Fingern ablecken durfte ...

Maminka und ich waren Verbündete. Das Schweigen übte ich, das Verschweigen kam von selbst, und ich verfolgte mit Neugier Maminkas Hinübergleiten zum Lügen: mühelos und unbeschwert. Es kam mir vor, als ginge sie auf einer Hängebrücke, auf der sie schwebte, einem unsichtbaren Ufer entgegen, auf dem alles nur noch ihrer eigenen Vorstellung von Harmonie entsprach. Das Fesselnde daran war, dass diese Brücke mit einem Fuß in der Gegenwart ruhte, aber, irgendwelchen unglaublichen Gesetzen folgend, ohne einen zweiten Stützpunkt auskam: Maminka ging und knüpfte stets einen neuen Schritt, während sie mir die fertiggeknüpfte Brücke anbot. Ich schwebte zwischen Realität und Wunschvorstellung, und jeder Schritt war eine Bestätigung von Maminkas Seiltanz zwischen Schweigen und Lügen.

Manchmal drohte da etwas in mir zu reißen. Ich empfing Schläge, die mir von innen versetzt wurden, und ich übte mich, sie aufrecht zu empfangen. Niemals fragten meine Eltern, ob etwas schlecht gewesen sei, sondern immer nur, ob es gut gewesen sei.

Vater schneidet hauchdünne Scheiben von der luftgetrockneten Wurst, der Lukanka, ab. Wir sitzen draußen am Tisch, es ist ein warmer Sommerabend, Djado hat den Pflaumenschnaps in die Schnapsgläser eingefüllt, Vater steckt beiläufig eine hauchdünne Scheibe in den Mund, fragt: Wie war es denn vorige Woche? Mit »vorige Woche« meint Vater den Geburtstag von Djado Ilija, einem Verwandten. Schön war das. Schön war das, und schon hat Maminka mir einen Blick zugeworfen, es war wirklich schön, und ich sehe meinen Großvater mit blutunterlaufenen Augen zum Messer greifen, das Messer dicht vor dem Gesicht seines Schwagers schwenken. Es war eine schöne Geburtstagsfeier, richtet Maminka die Zwiebeln und die Gurken und die Tomaten auf dem Teller, mamka wi, dieser obszöne Fluch, und das Messer steckt mit der Spitze in der Tischplatte dicht vor dem Teller des Schwagers, der, blass vor Angst, mit offenem Mund zittert und es nicht wagt, aufzustehen. Maminka bricht das selbstgebackene Fladenbrot an.

Eine schöne Feier war das! Eine schöne Feier, wiederhole ich, ruhig wie Maminka, und ich weiß nicht mehr den Grund dieses Ausbruchs; die roten Ärsche waren sicherlich schuld daran, und die roten Ärsche sind die Kommunisten, das weiß ich mit Sicherheit; aus Djados Flüchen geht immer hervor, dass es die Kommunisten sind.

Etwas in mir zieht mich gewaltig zum Boden hinab, etwas möchte reißen und mir einen befreienden Schrei bescheren, aber der Schrei bleibt aus. Nur mein schlechtes Gewissen hält sich die Ohren zu und kauert sich unter den Tisch. Beiläufig versetze ich ihm einen knappen Fußtritt in den Hintern, alles war schön, nur Baba Minka, die Schwägerin, hatte zu viel scharfe Paprika an die Soße gegeben, ihr wisst ja, wie scharf sie kocht!

13

So wie es ein »anderes Zimmer« gab, gab es auch die »andere Großmutter«, Vaters Mutter, zu der ich in den Sommerferien fuhr. Und da war die Sache mit den Pilzen, die ich niemandem verriet, nicht mal meiner Freundin Mara. Da war die Sache mit den Pilzen, fing ich eines Tages an, die ich niemandem erzählen werde, noch nicht mal, wenn mich die Faschisten auf den elektrischen Stuhl fesseln würden, würde ich darüber reden, und Mara lächelte spöttisch, warum sprichste denn davon, wenn du es mir doch gar nicht sagen willst ..., worauf ich schwieg.

Es geschah in den ersten Schulferien, die ich bei Baba Dotschka, der »anderen Großmutter«, verbrachte. Ich wurde von unserer Nachbarin Kaka Welitschka zum Abendbrot eingeladen. Du kannst auch bei mir schlafen, und ich war überglücklich. Mir war, als würde ich bei Mutter schlafen. Kaka Welitschka war eine schöne, schwarzhaarige junge Frau mit ganz heller Haut und pechschwarzen Augen. Sie ähnelte meiner Mutter erstaunlich in ihrer ganzen Erscheinung, in ihrer zärtlichen Art. Bloß die Augen waren anders. Mutters Augen waren hell wie Honig. Kaka Welitschka war für mich an jenem Abend meine Mutter, die ich seit einem Monat nicht mehr gesehen hatte, und ich war bereit, alles für sie zu tun, alles, wozu sie mich nur aufforderte, ich wollte nur brav und glücklich sein. Ihr Haus war für mich jahrelang der Inbegriff eines großen städtischen Hauses, obwohl es im Dorf stand. Es war sauber, kühl, ordentlich, mit einer Freitreppe, Kacheln davor, und mit einer richtigen Holztreppe innen, die zum Obergeschoß führte. Es gab dort große Schränke mit dunkler

Politur und winzigen gehäkelten Deckchen darauf, es gab sogar Blumen in Blumentöpfen, die ich kaum kannte. An unseren Fensterbänken in der Stadt würde nicht mal Unkraut gedeihen, seitdem uns das neue Wohnhaus vors Fenster gebaut worden war und uns den letzten Rest Sonne wegnahm, und bei Maminka wuchs nur Tomaten- und Paprikasaat an den Fenstern. Hin und wieder gab es dort eine Geranie, die aber schnellstens in den Garten verpflanzt wurde, sobald die Sonne warm genug war. So wuchsen Blumen und Gemüse nebeneinander, und das Blumenzüchten wie in Kaka Welitschkas Haus war mir unbekannt.

Welch einen Aufwand sie beim Tischdecken trieb! Weiße Tischdecke, ein großer flacher Teller vor mir, darauf eine kleine hübsche Porzellanschüssel für die Suppe. So eine Verschwendung, sagte ich, du hast wohl viel Zeit! Bei uns zu Hause in der Stadt wurde der Tisch nur am Sonntag auf diese Weise gedeckt. Sonst wurde ein Papierbogen oder eine Zeitung auf dem Tisch ausgelegt. Das Papier fing die Tropfen Suppe und die Brotkrümel auf. Das Tuch blieb sauber, und die zusammengeknüllte Zeitung wanderte in den Mülleimer. Diese weiße Decke, das feine Geschirr, das viele Geschirr für das bisschen Essen ... So ein Unterschied zu dem Henkelmann, den meine Eltern aus der Schulmensa mit nach Hause brachten! Ich hätte Kaka Welitschka gerne gefragt, was sie eigentlich war, was für einen Beruf sie hatte, aber ich konnte es nicht. Die Bäuerinnen mit ihrer ledernen Haut und die Frauen aus der Stadt mit ihrem gehetzten Blick ... Kaka Welitschka schien ganz anders zu sein mit ihren ruhigen Bewegungen, mit ihrem Blick, der »Ich habe viel Zeit!« zu sagen schien.

Ich wollte sie nicht fragen, und ich fragte sie doch. Ich bin das, was du hier siehst, Kleines, das hier, und sie schaute sich um und schwenkte den Arm durch den Raum. Der Bogen umfasste nicht nur das Wohnzimmer samt den Blumentöpfen, der geschwungenen Holztreppe und den gehäkelten Deckchen, sondern das ganze Haus von innen und außen samt Garten und Hof. Ich bin eine Domakinja, eine Hausfrau, das bin ich! Sie zuckte mit den molligrunden Schultern, als wären ihr Ameisen den Rücken hinaufgelaufen. Das Wort »Domakinja« – Hausfrau – kam mir immer fremd und geziert vor, es war mir immer peinlich, es auszusprechen. Heißt du denn so, weil du eine Frau bist, die bloß zu Hause sitzt: Haus-Frau? Kaka Welitschka schlug sich mit den Händen auf die Oberschenkel, genauso wie es die Bäuerinnen taten, wenn sie plötzlich erfreut oder überrascht waren, und ich wurde dieses peinliche Gefühl, das mir dieses fremde Wort verursachte, auf einmal los. Weißt du eigentlich, wie viel Arbeit es in einem Haus wie diesem gibt? Nimm doch nur den Abwasch – und sie füllte mir die Schüssel mit Suppe –, wir sind ja vier Personen! Und auf meine Bemerkung, du hast aber auch viele Teller auf dem Tisch, kein Wunder, dass du so viel spülen musst, lächelte sie nur. Hier, nimm von den Pilzen! Ich bekam einen Klacks Sauce mit Pilzen, dazu frisches Brot. Der Schwiegervater hatte sie in der Frühe selbst gesammelt. Ich probierte vorsichtig das unbekannte Essen. Ich wusste nur: Pilze waren Mutters Lieblingsessen. Also schmeckten sie mir. Da ich die Hühnersuppe vorher gegessen hatte, probierte ich nur und ließ fast alles stehen.

Danach brachte Kaka Welitschka eine Schüssel voll Kirschen, klein und schwarz. Ich sah durch die offene Tür hinaus: Auf den Kacheln platzten bei jedem leichten Windstoß die kleinen schwarzen, überreifen Kirschen und hinterließen dunkelrote, fast blaue Kränze. Bienen und Wespen stürzten sich gierig darauf.

Die Schatten im Zimmer dehnen sich, werden schräger. Die Wände leuchten abendlich-rot. Die Sonne platzt hinter dem Kirschbaum und hinterlässt rot-blaue Kränze am Himmel. Die dunklen, süßen Früchte der Erwartung in mir sind auch zum Platzen reif. Mutter, die ich so lange nicht gesehen habe, lauert irgendwo in der Nähe, Kaka Welitschka reicht mir die Hand, jetzt ist es soweit, und wir steigen die Holztreppe hinauf. Durch das Treppengeländer sehe ich, wie die Schatten der Topfpflanzen mit den Schatten der Stuhllehnen eins werden: Das ist die Nacht.

Kaka Welitschka machte nur ein winziges Lämpchen an, streifte die Decke zurück und fing an, sich auszuziehen. Ich schämte mich wegen der Brüste, doch ich blickte hin und stellte fest, dass sie fast keine Warzen besaß. Mutters Brüste dagegen waren anders: Die Brustwarzen waren groß und braun. Vielleicht waren Mutters Brüste auch mal so rosig, so anders ... In ihrem weißen Nachthemd und mit den schulterlangen schwarzen Haaren sah ich Schneewittchen und Mutter zugleich. Mich fror es, und ich schlüpfte in die kühlen Laken, legte mich auf die Seite, machte mich klein und dachte, dass ich sie gar nicht berühren sollte, damit der Zauber nicht verging. Sie nahm mich aber in den Arm, küsste mich auf die Stirn: Gute Nacht, mein Kleines, und ich sank in ihren Duft und schlief ein.

Ich sinke in eine Flut aus Haut und regelmäßigen Atemzügen. Ich sehe das Meer, spiegelglatt. Ich schwebe auf einer unsichtbaren Luftmatratze, schwebe über dem grünen Wasser und schlafe. Ich sehe, wie sich die Oberfläche des Meeres kräuselt, die Luftmatratze wird von einer Welle erfasst und beinahe umgeschmissen. Ich spüre die Welle von innen, in mir selbst, obwohl ich gleichzeitig sehe, wie sie aufsteigt und mich umzureißen droht. Da kommen neue Wellen auf mich zu, ich verliere das Gleichgewicht und werde irgendwohin geschleudert. Mein Kopf dröhnt und tut weh, ich schreie, werde wach und übergebe mich.

Kaka Welitschka sprang auf, hielt mich fest, die Pilze, die Pilze! Ich zitterte am ganzen Leib, schwöre mir, dass du es niemandem sagst, Kleines, und mich schüttelte es, dass mir die Zähne klapperten, beim Leben deiner Mutter, sag nichts, bitte, sag nichts, Kleines, und meine Zähne klapperten weiter, und ich übergab mich mehrmals, bis ich völlig erschöpft ins Bett zurücksank. Als ich die Augen endgültig aufschlug, massierte mich Kaka

Welitschka mit einem heißen nassen Leinentuch. Sie bekreuzigte mich ein paarmal, und ich schämte mich wegen dieser Bewegung und wunderte mich, dass sie mich bekreuzigte, da ich doch nie im Leben mit Gott zu tun gehabt hatte, ich sag wirklich nichts, ich schwöre es dir!

Später kam die Angst. Heute weiß ich, dass es nicht die Angst vor dem Sterben war. Es war die Angst vor dem Umsonststerben.

14

Nie war ich mit mir einig, wenn ich an Djado, meinen Großvater, dachte. Liebte ich ihn? Warum zweifelte ich daran? Weil er trank? Weil er auf die Kommunisten fluchte und auf die Amerikaner wartete? Weil er Maminka verprügelte, wann immer sie sich für »die Heutigen« einsetzte und um Geld bat? Weil ich Angst vor seinen wutunterlaufenen Augen hatte und weil er den Organisationsleiter für verrückt hielt? Eins stand fest: Solche wie Großvater gab es nur noch zwei im ganzen Dorf: den Popen und Baba Penas Mann. Alle drei hießen Iwan.

Nüchtern war mein Djado Iwan eigentlich nur, wenn er mit dem Traktor oder mit der Mähmaschine aufs Feld hinausfuhr oder wenn er als Schlachter engagiert wurde. Dies alles ging mir durch den Kopf an einem der heißen Nachmittage, erfüllt mit Umschauhalten nach jenem Etwas, das mir trotz der Lektüre von ›Du und Ich‹, trotz der Gestalten meiner Heldinnen Soja Kosmodemjanskaja und Rajna der Königin verborgen blieb und mich immer wieder elektrisierte.

Heiß war es. Ich leckte meine Oberlippe: salzig. Ich dachte an Großvater, an den Winter, wie er da am Herd saß, seine Wollsocken auszog und auf dem Kessel mit dem heißen Wasser trocknete, Apfelschalen röstete und Maminka im Auge behielt, während sie Fleisch- oder Bohnensuppe für ihn kochte, was knappst du denn mit dem Wasser so rum? Nie gab er sich mit wenig Suppe zufrieden, Wasser, mehr Wasser sollst du reingießen! Nie ließ er sich die Gelegenheit entgehen, mit seinem verstümmelten Zeigefinger zu protzen, nein, Soldat wollte ich nie werden, mich da von einem dummen Arsch antreiben und herumkommandieren lassen, nicht mit mir! Außerdem wäre ihm das Geschäft kaputtgegangen, wenn er nicht daheimgeblieben wäre.

Er ist stolz auf sich selbst, auf alles, was er mal besessen hat: ein Drittel der Dorfländereien, eine der zwei Dorfkneipen, eine Mähmaschine und die einzige Krempel in der ganzen Region. Da brachten die Bauern die frischgeschorene Schafwolle zu Djado und ließen sie bei ihm krempeln, ein Geschäft, das sag ich dir, Mila!

Einen Augenblick lang vergisst er, wovon er spricht. Die ganze Küche riecht nach Bohnen und Fleisch, nach Bohnenkraut, billigem Tabak und nach seinem Schweiß. Wie im Traum gießt er heißes Wasser auf den heißen Backstein, das Zischen und der Dampf rufen ihn aus seinen Gedanken zurück, und die Schatten der armseligen Dinge in der Küche verdichten sich zu gleichmäßigem Dunkel. Großvater erzählt, und während er erzählt, verlässt ihn die Zeit: Plötzlich hat er seinen schwarzen Schopf wieder, und die frechen Augen strahlen, und ich sehe ihn die Halle betreten, wo die Krempel steht, eine Flasche Pflaumenschnaps in der Hand. Er gießt ein halbes Wasserglas voll und stellt es auf die Bank neben der Krempel, macht den Deckel der Maschine auf. Die Stahlzähne schimmern matt, als würden sie lächeln, und das, was dann kommt, schnürt meine Kehle zu, denn ich weiß, was kommt, und mir wird es flau im Magen, denn Großvater steckt seinen rechten Zeigefinger zwischen die Zähne der Krempel, und die Krempel ist immer hungrig ...

Mit dem Zischen des heißen Wassers auf den Backsteinen kehrt die Zeit in Djados Gesicht zurück, er zeigt mir den verstümmelten Zeigefinger. Er hatte ihn sofort in den Schnaps getunkt, gleichzeitig die Flasche geleert und war zu Maminka gerannt, mich holen sie nicht mehr! Mich in die Kaserne einsperren, nein! Maminka rührt im Topf herum, so einer ist das, Mila! Maminka gießt etwas Wasser nach und stellt den Kessel wieder auf die Herdplatte, mach dem Kind keine Angst, du Protznase, du! Und sowas nennt sich Patriot! Djado greift zum Kessel: Nochmal! Nicht mal das Kochen konnte ich dir in dreißig Jahren beibringen, was knappst du denn mit dem Wasser so rum! Nicht mal das Kochen ...

Dies war der Anfang eines Streits, der gewöhnlich damit endete, dass Djado zum Trost noch einen Schnaps kippte und den Weg zur Kneipe einschlug. Wenn Großvater aber zum Schlachten erwartet wurde, blieb er eisern. Er ging immer nüchtern hin. Jedes Mal ließ er sich mit Fleisch ausbezahlen. Fast zwei Monate lang hatten wir dann regelmäßig Fleisch auf dem Tisch, mindestens zweimal in der Woche. Nichts schmeckte so gut wie gebratenes Fleisch! Wenn es nach mir gegangen wäre, hätten wir jeden Tag Fleisch gegessen. Es war aber eine magere Zeit.

Ich gehe durch das Dorf, und es ist Sommer. Ich denke immer noch an Djado – und an das faszinierende Spiel der Jahreszeiten in meinem Kopf. Ich komme mir allmächtig vor, denn ich brauche nicht mal die Augen zu schließen, um den Winter zu rufen, die Zeit zu verlängern oder sie zu verkürzen, die unendliche Freiheit, die Zauberei im Kopf, ja, alles, was ich bewirken kann. Ich denke an Djado.

Ich gehe jetzt durch verschneite Straßen. Es schaudert mich vor allem an Sonntagen, denn sonntags werden die Schweine geschlachtet. Da schreien wenigstens drei oder vier Tiere auf einmal. Jetzt werden sie mit den Messern durchbohrt, je ungeschickter der Schlachter, desto länger die Qual für das Tier. Ich bin stolz auf Djado. Bei ihm gibt es kein Gebrüll: ein Stich, ein Schrei, und das Tier ist erlöst.

Unser Schwein weiß nicht, dass es geschlachtet wird. Unser Schwein bekommt einen letzten Napf mit aufgeweichten Brotkrusten und Gemüseresten. Es grunzt vergnügt, es schmatzt und wedelt mit dem Ringelschwänzchen. Der Schneeduft zittert, ein Feuer frisst sich in die Schneedecke hinein, in der Nähe des Holzstapels. Da kommen sie am Nussbaum vorbei, treten breitbeinig in den Schnee, die Männer – Djados Helfer. Djado hat seine schwarz-rot karierte alte Wolljacke und die Schirmmütze an, er befühlt die Klingen der zwei Messer liebevoll mit dem verstümmelten Zeigefinger – sie sind gut gewetzt. Er spuckt in den Schnee und stampft darin herum. Die Männer hinter ihm spucken nacheinander, stampfen mit den Schuhen. Ich laufe und halte mir die Ohren zu, ich laufe nicht schnell genug. Maminka holt mich ein. Sie hält mir die Ohren zu. Ich schreie lauter als das Schwein, sein Quieken geht in meinem Schrei unter. Maminka holt eine neue Flasche Pflaumenschnaps aus dem »anderen Zimmer«, nachher wird's toll schmecken, Mila!

Ich schaue durchs Fenster: Der Schnee im Hof ist breitgetreten, mit Blut bespritzt. Ein großer, knallroter Kreis, der zur Mitte hin immer dunkler und matschiger wird, dunkler, bis er ganz schwarz gähnt, dort, wo unser Schwein mit aufgeschnittener Kehle und aufgerissenem Maul liegt. Ich gehe hinaus. Ich rieche den Schnee. Der Schnee riecht nach Blut und versengten Borsten. Die Männer stehen im Kreis herum, ein Gläschen heißen, süßen Pflaumenschnaps in der Linken, ein Stück zartgebrannter Schweinehaut von der Hüfte, dort, wo sie am zartesten ist, in der Rechten, die Stiefel im Boden festgewachsen, im blutigen Schlamm. Djado reicht mir ein frischgegrilltes Stückchen Schweinehaut, nimm, sei nicht dumm, das ist eine Delikatesse, und ich esse. Es schmeckt gut: gleichzeitig geräuchert und gebraten. Ich vermied es nur, dabei unser Schwein anzuschauen, das nur einen Schritt weit entfernt von mir lag und immer noch warm war.

15

Der Sommer ist lang. Jede Geschichte ist lang. Und am Anfang jeder Geschichte, die Großvater oder Großmutter erzählen, befindet sich etwas Bestimmtes, ein Ding, das man anfassen und sehen kann: ein Kinderzeh, ein Knopf, ein verstümmelter Zeigefinger, eine Stricknadel, eine Goldsuchuhr, ein besoffenes Huhn sogar!

Da ist sie, die goldene Truhe, wie ich sie immer nenne. Jedes Mal wird mir ein wenig unheimlich, wenn wir uns dieser Truhe nähern. Sie ist mit blaugoldgrünem Blech beschlagen. Auf der Vorderseite entfalten zwei prächtige Pfauen ihre Flügel. Durch das Oberlicht linst ein Sonnenstrahl und verfängt sich in einem Auge der Federpracht; ich bin geblendet und glaube an irgendeine magische Kraft, die durch die geschlossene Truhe herüber zu mir dringt, und ich kann mich dagegen gar nicht wehren. Maminka streichelt den hübschen Deckel. Hast du Angst, Mila? Ich berühre das Blech, ahme ihre Berührung nach, ich habe keine Angst, ich nicht, nur meine Knie und mein Bauch haben Angst, nicht ich!

Klack, meldet sich die rostige Stimme des Verschlusses, und Maminkas Hände heben vorsichtig den gewölbten Deckel hoch. Ich atme den Geruch des Mottenpulvers ein. Großmutter hebt eine seit ewigen Zeiten nicht mehr getragene Bauerntracht heraus. Der schwarze Plisseerock, Karljanka genannt, fällt schwer unter dem Gewicht der roten Stickerei. Ich fahre mit erregten Fingern über den rauen, handgewebten Stoff, sag bloß, ihr habt das auch im Sommer getragen! Sie holt das weiße Leinenhemd heraus, na klar, wir haben ja höchstens zwei Röcke gehabt! Reichlich weinrotschwarz bestickt ist das Hemd, und sie legt es vorsichtig an, nur das Hemd wurde öfter gewechselt, Mila, sie legt die Taille des Hemdes an ihre eigene, über der nicht allzu frischen Schürze ... Und was war mit der Buxe, will ich fragen, aber Maminka errät meine Gedanken, und wenn es ganz heiß wurde, haben wir eben die Buxe ausgelassen! Aber ... wollten wir nicht den schönsten Knopf der Welt sehen? Maminka wechselt das Thema schneller, als mir lieb ist. Ich würde sie gerne fragen, ob sie wie Urgroßmutter im Stehen gepinkelt hat ... Jetzt ist es aber genug!

Der Mantel. Er ist schöner, als ich gedacht hatte. Ich kannte ihn nur aus Maminkas Erzählungen von der 1.-Mai-Manifestation, wegen der Großvater meine Mutter fast umgebracht hätte ... Und da geht so ein Mädchen durch die Straßen und marschiert mit den Roten, während die Roten seinem Vater zu Hause alles unterm Hintern wegtragen, weil ihm nichts mehr gehört, weil alles dem Staat gehört, die Krempel und die Kneipe, der Traktor und die Mähmaschine und das ganze Land. Und die Kleine, die fast zwanzig ist, singt die Internationale, eine Aktivistin, hübsch wie ein Tautropfen, die dunklen Haare in zwei dicken Zöpfen – und der Mantel ... Sie sieht nicht nach Arbeiterklasse aus, da sie den Mantel trägt, den grünen Zaubermantel, der ihren verschlissenen Rock versteckt, sieh dir das mal an, die ist bestimmt aus Amerika angereist, eine Dame ist das, ach was, das ist doch die Tochter von Iwan Djulgerov, die haben doch die Tante in Amerika ...

Ich schaue mir den Mantel an, ich möchte meine Mutter sein, meine Mutter mit neunzehn, ich möchte eine Heldin sein, die weiß, dass sie zu Hause umgebracht wird, wenn sie mit den Roten marschiert und die Internationale singt, aber der Knopf, der Knopf ist am schönsten! Er ist fast so groß wie meine Handfläche, bloß die Finger ragen darüber hinaus. Er ist durchsichtig und sieht aus wie eine runde Blume, bloß die Spitzen der Blüte sind schwarz. Der olivfarbene Wollstoff schimmert hindurch, und der Knopf sieht grün aus.

Maminka legt den Mantel vorsichtig in die Truhe zurück, daraus machen wir einen tollen Mantel für dich, Mila, so wie ich früher die Röcke deiner Mutter aus Djados Hosen genäht habe, es gab ja nichts! Ich würde gern den Mantel tragen, ich möchte auch, dass sich die Leute nach mir umdrehen, ich möchte auch die Internationale lauthals singen, nur: Auf mich wartet niemand zu Hause, der mich umbringen will ... Und egal, was ich tue, es ist nie eine Heldentat! Ich möchte Soja Kosmodemjanskaja, Rajna die Königin und meine Mutter zugleich sein, ich möchte für die Freiheit sterben, den schicken Mantel an.

Was hat denn Djado eigentlich getan, als er erfahren hatte, dass Mutter ... Maminka klappt den Deckel zu, was soll er schon getan haben, er ist aus Protest gegen die Mai-Manifestation in die Kneipe gegangen. Am anderen Morgen fand man ihn unter einem der Tische wieder, und deine Mutter war schon längst in die Stadt gefahren. Das waren Zeiten.

16

Vor der Dorfbibliothek wirbelte der Wind lauter Staubwolken auf. Sie liegt an einer Kreuzung. Zwei Stufen über der Straße und schon war man im Lese- und Ausleihsaal. Hier war es dunkel, kühl und still, und es gab keinen anderen Platz im Dorf, an dem ich mich lieber aufgehalten hätte. Links – der lange Tisch mit den Zeitungen. Djado behauptete, sie seien alle überflüssig, da sie alle dasselbe erzählten. Ich las keine Zeitungen und glaubte, niemals welche zu lesen, weil sie zu sehr knisterten. Wenn ich bei meinen Eltern zu Besuch war und wir beisammensaßen und lasen, beobachtete ich Vater, wie er die Seiten umständlich wendete und unerträglich knisterte, und ich wartete nur darauf, dass er nach einem Buch griff.

Der Raum faszinierte mich. Rechts an der Wand die Kinderbücher und alles, was Jugendliche lesen durften. Quer im Raum – der Schreibtisch des Bibliothekars Bate Stefan. Bate Stefan hatte das feinste Gesicht im ganzen Dorf, eine Stirn, die gar nicht enden wollte, und blasse Hände mit sehr langen Fingern, die die Bücher wie Säuglinge behandelten. Hinter seinem Rücken fing das Unbekannte an: Bücher in fremden Sprachen, wissenschaftliche Literatur, auch medizinische, Bücher für Erwachsene … Ich nahm an, dass ›Du und Ich‹ auch da irgendwo untergebracht war.

Ich nähere mich leise, und Bate Stefan hebt den Kopf, hast du schon wieder alles ausgelesen, und lächelt mich an. Ich reiche ihm die Sommerleseliste. Die mit den Häkchen, die hab ich schon mal gelesen, und ich drehe mich verstohlen um, als hätte ich jemand Unsichtbaren beim Lesen gestört. Bate Stefan steht auf, verschwindet hinter den Regalen, kommt wieder zurück mit drei Büchern Pflichtlektüre. Er legt die Bücher vor mich hin, da, alles Pflichtlektüre, und hakt zwei Titel auf meiner Liste ab mit der Begründung, dass ich keine drei Bücher über Mitko Palausov zu lesen bräuchte, sein Partisanenleben und sein Heldentod wären in einem der Bücher ausführlich genug beschrieben. Dann beugt er sich leicht vor, und seine Augen verraten, dass etwas Besonderes kommt. Und das hier, das liest du erst, wenn du die drei da ausgelesen hast, als Belohnung! ›Ewgenija Grande‹ – ›Eugénie Grandet‹ – buchstabiere ich und spüre etwas Aufregendes beim Anblick des dicken, schnurrbärtigen Schriftstellers, etwas Aufregendes, das der braunweiße Umschlag verbirgt. Bate Stefan zögert einen Augenblick lang, aber dann legt er das Buch entschieden auf die anderen, ich glaube nicht, dass ich es dir zu früh zu lesen gebe, und gibt mir meine Lesekarte heraus.

Ich bin stolz, dass zwischen uns ein stillschweigendes Einvernehmen herrscht und er mir ohne Bedenken manchen Leckerbissen der großen Literatur »als Belohnung« für die Pflichtlektüre gibt. Ich verabschiede mich und gehe, gehe langsam an den Regalen vorbei und beneide Bate Stefan, dass er nichts anderes zu tun braucht als den ganzen Tag hier ... Müsst ihr nicht auch die Schönschrift üben? Seine Stimme holt mich ein. Mich trifft ein Schlag: die Schönschrift! Ich habe die Schönschrift vergessen! An die Kamille und an die Pflichtlektüre habe ich gedacht, aber nicht an die Schönschrift. Ich weiß nicht recht, ob ich mit Bate Stefan böse sein soll oder ... sollte ich mich bei ihm bedanken?

Jeden Tag fünf Zeilen schön abschreiben, mit dem Datum versehen: Unser Lehrer in Sprache und Literatur hatte sich in den Kopf gesetzt, aus uns allen Schönschreiber zu machen ... Jetzt müsste ich mich hinsetzen und rückwirkend alles nachholen, für jeden Tag fünf Zeilen schreiben und dann weitermachen, bis ans Ende der Ferien. Ohne sieben Kilo Kamille keine Schulbücher, ohne Schönschrift und Pflichtlektüre keine guten Noten in Sprache, kein Friede während des ganzen neuen Schuljahres. Mein armes schlechtes Gewissen: Es saß schon am Tisch und schrieb fleißig, während ich den Lehrer, den Organisationsleiter und den ganzen langen Sommer verfluchte. Manchmal wollte ich sterben, für die Freiheit ... Ich wollte auch mit niemandem mehr über irgendetwas sprechen, sonst würde mir wohl doch noch etwas einfallen, was ich über der Kamille vergessen haben könnte, und das machte ich bestimmt nicht mehr mit. Kamille, Pflichtlektüre, Schönschrift. Das reichte wohl fürs ganze Leben. Und ich hatte nur die Sommerferien.

17

Ich höre die Stimmen der Schafe, ihre Glocken. Ist es schon so spät geworden? Fast Abend. Der Wind legt sich an der Straße lang und ruht sich im Staub aus. Er hat genug vom Wirbeln. Jetzt brauchen die Bäuerinnen ihre Röcke nicht mehr festzuhalten. Sie steigen unbeschwert vom Lastwagen, der sie an der Dorfbäckerei wie eine Ladung aufgescheuchter Hühner freilässt. Manche stellen sich artig am Ende der Schlange an und kaufen eben noch Brot, dann schlendern sie langsam und vergnügt nach Hause, die Harke auf der Schulter, das weiße Kopftuch lässig vom Haar gerutscht – es ist die Stunde der Heimkehr. Viele gehen erst noch am Kindergarten vorbei und dann samt Harke, Brot und Kind nach Hause.

Ich war auch beim Bäcker vorbeigegangen und hatte ein Brot gekauft. Beim Öffnen des Tores merkte ich, dass ein Drittel des frischen Brotes weg war – ich hatte es aufgegessen. Maminka-a-a! Komisch, warum antwortete sie nicht? Sonst goss sie doch um diese Zeit das Gemüse. Ob etwas passiert war? Ich legte die Bücher und das Brot auf den Tisch vor der Sommerküche und stürzte die Treppe herauf, Maminka!! Keine Antwort.

Sie liegt im Bett und klappert mit den Zähnen. Ich schlage die Tür zu, renne wie um mein Leben, hoffentlich stirbt sie nicht! An Rosenhecken und aufgescheuchten Gänsen vorbei, am Kindergarten vorbei, an der Kirche vorbei, hinab, den steilen Pfad an den Holunderbeeren vorbei, mein Atem stockt und brennt im Hals, lieber Gott, lass sie leben, lieber Gott, wenn es dich geben sollte, lass Maminka gesund werden, hörst du! Die Füße bleiben stehen, ich bin nie gut im Laufen gewesen, immer die letzte, nur das Herz rast weiter, löst sich vom schweren Schritt, geht voran.

Baba Penas Hof war plötzlich vor mir. Baba Peenaaaa! Mein Schrei ging mir voran, der Hof lag still, abgeschirmt von der Straße durch den Weingarten. Ich lief quer durch die Reben bis zum Haus und tat mir an den Rebenwurzeln weh. Ich stürzte auf die Pergola. Baba Pena saß beinahe begraben unter einer Wolke aus frischgezupfter Schafwolle, Tach Kind! Sie zupfte ruhig weiter, und ich zog sie am Arm. Komm! Du musst sofort kommen, Maminka liegt im Bett und stirbt! Sie schob die Wolle vorsichtig beiseite, Moment mal, was gibt's denn? Ich hob sie fast vom Boden, nimm die Saugnäpfe und komm, du sollst die Saugnäpfe mitbringen, du bist doch eine halbe Ärztin, Baba Pena!

Baba Pena war eine sehr kleine Frau, so groß wie ich. Sie war Maminkas einzige Freundin. Da Maminka niemals ausging, war sie froh, dass »dieser Besen«, wie sie Baba Pena in deren Abwesenheit nannte, ihr alle Nachrichten vom Dorf mitbrachte. Baba Pena war es, die Maminka jeden Tag informierte, was im Dorf los war, wer ins Krankenhaus gekommen war, wer Besuch aus der Stadt bekommen hatte. Ihr Mann war Djados Namensvetter und Freund. Beide Männer saßen stundenlang mit dem Popen zusammen in Djados ehemaliger Kneipe und »siebten die Politik«, wie Maminka zu sagen pflegte. Er war auch ein Geschädigter und gegen »die roten Ärsche«, so dass sie gut zueinander passten.

Baba Pena bleibt einen Augenblick stehen, ich kann nicht so schnell laufen, Kind! Ich bleibe auch stehen. Sie hält die Saugnäpfe und eine Streichholzschachtel in ihrer Schürze, und die Gläser klappern verräterisch.

Jeder, der an uns vorbeigeht, weiß, dass Baba Pena jemanden kurieren wird. Ich bin ungeduldig. Ich habe Angst. Endlich geht

Baba Pena weiter. Kommt dein Djado heute Abend vom Feld zurück? Ich weiß es nicht, ich glaube, er schläft bis Sonntag auf dem Feld. Sie sind mit dem Mähen noch nicht soweit, hat der Brigadier ausrichten lassen ... Um so besser, meint Baba Pena und steigt unsere steile, komische Treppe hinauf, es ist auch keine Männersache. Baba Pena grüßt leise beim Eintreten und mustert Maminka vom Kopf bis zu den zugedeckten Füßen. Maminka streckt ihr ihre dünne, sehr blasse Hand entgegen, Tach! Baba Pena ordnet die Saugnäpfe auf dem Tisch, hast du dich denn verhoben? Tut es weh? Baba Pena schaut sich um. Gib mir eine Scheibe Brot, Kind, und ich hole ihr eine Scheibe Brot aus dem Brotfach. Sie schneidet daraus langsam und vorsichtig zehn Würfel, steckt ein Streichholz mit dem Kopf nach oben in jedes Stückchen, dann streift sie geschäftsmäßig Maminkas Hemd hoch, zieh dich aus! Maminka gehorcht und gibt nur ein leises Stöhnen von sich, mein ganzer Rücken, die Schultern, ich weiß nicht genau ...

Es dämmert, mach das Licht an, Kind! Du wirst mir helfen, es muss schnell vor sich gehen. Du brauchst nur die Gläser anzuheben, wenn ich es dir sage, sonst nichts. Ich schlucke einige Male schnell hintereinander, wie du meinst, Baba Pena! Baba Pena setzt die zehn Würfel Brot mit den Streichhölzern auf Maminkas Rücken. Dann zündet sie ein Streichholz an und hält es in der Rechten, in der Linken das Glas. Sie zündet das erste Streichholz auf Maminkas Rücken an und stülpt das Glas schnell und geschickt darüber, so dass die Flamme ausgeht und das Glas sich in Maminkas Fleisch einsaugt. Dies geschieht zehnmal, bis Maminkas Rücken wie mit Gläsern gespickt aussieht. Ich glaube den Geruch von verbranntem Fleisch zu spüren, das muss doch wehtun! Maminka bleibt liegen, das tut gut, Mila! Baba Pena setzt sich ans Bett, ziehen muss es jetzt, und deckt Maminkas Rücken mit der Wolljacke zu.

Was gibt's Neues im Dorf, Pena, fragt Maminka, als wäre sie

schon geheilt. Baba Pena schaut durchs Fenster hinaus und senkt ihre Stimme: Petra Kojkina haben sie mit Blaulicht ins Krankenhaus, in die Stadt, gebracht. Sie war wieder mal soweit und hat's wohl allein versucht, da ist sie beinahe verblutet. Maminka flüstert, während ihr Blick mich verstohlen streift: Pass auf, Pena! Ich meine, etwas von jenem geheimnisvollen Strom zu fühlen, der sich wieder um mich herum ausbreitet, was hat sie denn gehabt, Baba Pena? Baba Pena wimmelt mich ab: Was soll sie denn schon gehabt haben, Frauensachen sind das, misch dich da nicht ein! Maminka sagt nichts, ich weiß, dass ich etwas Verbotenes gefragt habe. Komisch, fährt Baba Pena fort, als wäre ich gar nicht im Zimmer, bei der einen geht es gut, bei der anderen schief.

Maminka möchte das Gespräch beenden: Wenn es soweit ist, muss jede ihr Joch selber tragen, aber Baba Pena überhört sie. Ihr Gesicht ist von einer unbändigen Klatschsucht beseelt: Mit einer Malvenwurzel! Mit einer Malvenwurzel hat sie es versucht, so hat's mir Mita, die Dicke, erzählt. Baba Pena setzt sich aufrechter, hab ich ja auch mal versucht, und es hat immer geklappt! Was denn, höre ich mich laut rufen, und ich könnte Baba Pena hinausschmeißen, da sie mich so neugierig macht und doch nichts verrät. Geh du am besten spielen, schickt mich Maminka hinaus, geh Brot holen, und wenn du wieder da bist, mach ich dir was zum Abendessen. Ich stehe abrupt auf und sage trotzig: Brot habe ich schon geholt, aber ich gehe nach draußen, wenn ich es nicht hören soll!

Wenn es darum geht, muss jede ihr Joch selbst tragen, hatte Maminka gesagt. Was hatte sie bloß damit gemeint? Immer wieder diese Gespräche der Erwachsenen und dieses Mischdichnichtein! Und das Sichimmerwiederfügen und das Zimmerverlassen, wenn es am interessantesten wurde! Ich ging hinaus und wusste wieder mal nicht, was ich mit mir anfangen sollte. Der Sommertag war so lang, dass ich am liebsten auf die Straße gegangen wäre.

Doch ich hatte Angst, der Herde der Kooperative zu begegnen. Die Pferde …

Ich warte. Erst höre ich entferntes Donnern, undeutlich, dumpf. Dann vernehme ich blitzartiges Wiehern, das dumpfe Donnern zerfällt in einzelne Hufschläge. Ich öffne das Tor und schaue die Straße hinab. Eine Wolke steigt am Ende der Straße empor, dann sehe ich eine dunkle Masse, einen gemeinsamen Rücken, der im Galopp wogt. Ich zähle: eins, zwei, drei, vier … Bei fünf stürze ich hinters Tor zurück und verriegele es. Bei zehn rast schon die ganze, vom unteren Ende der Straße angeschwollene Pferdewelle an mir vorbei, mein Herz rast mit ihr, ich atme den Geruch der Tiere ein, ich bebe und habe Angst, bin aber doch in Sicherheit hinter den Brettern und wundere mich, dass Angst schön sein kann. Schade, dass wir keinen Pferdemist mehr brauchen! Die Straße ist voll davon.

Baba Pena öffnet das Tor und verkündet: Ich gehe. Deiner Maminka geht es wieder gut, morgen kann sie aufstehen. Ich falle ihr um den Hals, schreie vor Freude auf, achtzig Prozent und das Knopfloch entzwei! Baba Pena, du bist die Größte, du bist eine ganze halbe Ärztin! Sie wehrt sich: Vorsicht, die Saugnäpfe, und geht mit den Saugnäpfen in der Schürze klappernd davon.

Ich freue mich so, dass ich mich erst mal neben Maminka setze und gar nichts sagen kann. Ich halte ihre Hand und fühle, wie diese schmale, grobe Hand in meinen Händen einschläft. Ich habe keinen Hunger mehr. Im Zimmer wird es endgültig dunkel, ich krieche unter die Decke, rolle mich neben Maminka und schlafe an ihrem Rücken ein, der nach Spiritus und etwas unbestimmt Vertrautem riecht. Achtzig Prozent und das Knopfloch entzwei! Dabei bleibt es.

In der Nacht lief ich den Hang hinunter ins Tal, an der Kirche vorbei. Unser Schwein mit dem Rücken voller Saugnäpfe lief mir nach, und es roch nach verbrannter Menschenhaut. Iss, das ist eine Delikatesse, forderte mich einer der Männer auf, die das

Schwein halten sollten. Breitbeinig stand er vor mir, in einem schwarzen Ledermantel, und gab ein unverständliches Deutschgebrüll von sich, bei dem jeder Satz mit »Heil!« endete. Ich weigerte mich, zu essen, und erklärte mich bereit, für die Freiheit zu sterben.

18

Maminka und ich waren fast jeden Tag unterwegs, auf der Suche nach Kamille und Brennnesseln, auf dem Weg zum Lebensmittelgeschäft oder auf dem Weg zum Feld, wo Djado viele Tage verbrachte und den Plan der Kooperative zu erfüllen versuchte, mit Überstunden und Sonderschichten. Natürlich war er gegen alles, was die Kooperative veranstaltete und wozu sie ihre Werktätigen verpflichtete. Er konnte es sich aber nicht nehmen lassen, der beste Traktor- und Mähmaschinenführer zu sein. Daher wurde »die alte Kulakensau« Iwan Djulgerov, wie ihn die Parteimitglieder und der Organisationsleiter nannten, unwillkürlich zum Stoßarbeiter.

Plötzlich brennt es mir unter den Füßen. Pass doch auf, Mila, du gehst ja durch die Brennnesseln! Maminka reicht mir die Hand, wie ein heißes Fußbad, nicht wahr? Ich reibe meine geröteten Füße und Beine, es tut weh! Ich entschuldige meine Unaufmerksamkeit: Ich habe da sooo große Kamillenblüten gesehen, und die rochen sooo stark! Im nächsten Moment erfahre ich, dass ich wilde Kamille gepflückt habe, die zwar größer und schwerer, dafür aber bitter und giftig ist. Maminka kippt das Körbchen um, schmeiß das Zeug bloß weg, Mila. Schau her, und sie hält zwei Kamillenblüten nebeneinander: eine Blüte, wie ich sie pflücken soll, und eine Blüte der wilden Kamille. Diese hier, die ist klein, der Stiel ist dünn und zerbrechlich, die duftet auch nicht so bitter, riech mal! Ich rieche daran, vergleiche mit dem Duft der wilden Kamillenblüte, der scharf und bitter ist. Maminka tröstet mich: Mach dir nichts draus, Mila, ich helfe dir! Das war nicht besonders tröstlich, machte aber nichts. Wie immer in solchen Fällen schlug Maminka vor, erstmal nach Hause zu gehen und etwas zu essen. Ihr gutes Essen war stets das beste Argument, dann sehen wir weiter.

Wir gingen weiter, und ich freute mich schon wieder auf die Brennnesselsuppe. Djado war auf dem Feld, seit drei Tagen und Nächten, und auf meine Frage, wann kommt er denn wieder, sagte sie nur, lass nur, er kommt schon! Sie eilte nicht. Sie wischte sich die rechte Seite ihres Mundes mit dem Ende des Kopftuches ab und führte mich in weitem Bogen um einen riesigen Kuhfladen herum, der in der Sonne gebacken wurde. Das Dorf hielt sein Mittagsschläfchen. Ich legte mich dann aufs Bett mit dem geschnitzten Adler, mit der Zahl 1926 in seinen Krallen, und ich wartete auf die Suppe.

Eine Fliege wird im Spinnennetz gefangen, und die Spinne flitzt zu ihr. Uuuuh, was für ein langsamer Tod! Der Kamillenduft, der das ganze Haus tränkt ... Ist das wirklich eine Fliege, die hilflos im Netz hängt, oder ist es nicht eine Kamillenblüte? Ja, die Kamillenblüte wächst und wächst, die Spinne erstickt ... die Kamille saugt sie aus, die Spinne erstickt, die Spinne fällt herunter auf die Fensterbank, die Kamille ist schon längst größer als das Netz, sie wächst und wächst, Maminka, Maminka, pass auf, sie sprengt das Fenster, sie deckt mich zu, ich werde ersticken vor lauter Kamillenduft, tu sie weg, tu sie weg, Maminka, weg!

Der gelbe Bauch der Kamillenblüte reißt, und Maminkas Gesicht kommt zum Vorschein, träumst du schon davon, Mila? Komm, lass uns erstmal was essen, Kind, dann geht es dir gleich besser! Mir schmeckt es. Die Hühner im Hof ächzen, dass man sie bis in die Küche hört. Sie liegen im Schatten des alten Aprikosenbaumes, die Schnäbel auf, die Flügel ausgebreitet und den Kopf unter einen Flügel gesteckt, wo ganze Reihen von Milben sitzen und schlafen. Maminka nimmt ein Töpfchen Schweineschmalz und ein Läppchen, komm, Mila, ich muss Blaukämmchen mit Schweineschmalz einreiben, die Blutsauger haben sie schon fast totgefressen, die Gottlosen, und wir machen uns auf den Weg zum Hühnerstall.

Der Weg ist lang: durch den Gemüsegarten, am Nussbaum vorbei, durch den Hof, am Maisfeld vorbei. Blaukämmchen liegt, den Schnabel weit geöffnet, unter der Holzkiste, ringt nach Luft, lässt sich von Maminka anstandslos anfassen, als ginge es sie nichts mehr an, während Maminka ihre Flügel mit Schweineschmalz einreibt und ihr liebevoll zuredet: Komm, mein Armes, Maminka reibt dich ein, ihr Gottlosen, ihr Blutsauger, ihr Schufte, anderer Leute Hühner wollt ihr fressen! Ich werd euch helfen, euch hilft nur Schweineschmalz, hier, eine fette Portion! Da, noch eine, bis ihr erstickt! Das wäre doch gelacht, Blaukämmchen, wenn die da nicht dran ersticken würden! Du musst nur hoffen und glauben! Wir stehen auf und lassen Blaukämmchen laufen, Maminka, gibt es einen Hühnergott? Ach was, ich weiß nicht mal, ob es einen Menschengott gibt! Ich rede bloß so, vielleicht gibt es ihn doch ...

Jedes Mal, wenn das Wort »Gott« fiel, war ich peinlich berührt. Eine Geschichte, die in der Pionierzeitung abgedruckt war, hatte mich besonders nachdenklich gestimmt. Sie handelte von einem Mädchen, das als Mitglied der Pionierorganisation sonntags mit seiner Großmutter in die Kirche musste und der Großmutter zuliebe eine Kette mit einem goldenen Kreuz trug, unter dem roten seidenen Pionierhalstuch. Am Ende der Geschichte wurde sie vom Klassensprecher als Kirchgängerin entlarvt, ihr wurde das Pionierhalstuch abgenommen, und darunter blinkte das Kreuz.

Sonntags, wenn die Glocken läuteten und die Mita Maneva ihre Milchkuh zum Grasen trieb, gingen die Alten in die Kirche. Manchmal kamen sie auch vorzeitig zurück, da es sich herausgestellt hatte, dass der Pope, Djados Namensvetter und Freund, vom Sonntagsbesuch in der Kneipe noch nicht zurück war. Oder sie kamen später nach Hause, weil jemand seine Heiligkeit erstmal von dort holen und ihn zu seiner Frau, der Baba Popadija, führen musste, die ihn mühsam hinter dem Altar anzog, ihm das Kreuz und das Licht in die Hand drückte und ihn seinem Schicksal und den Gläubigen in diesem bedenklichen Zustand überließ. Kein Wunder, dass die Kirche fast leer ist, meinte Maminka, bei dem Popen ... Aber einen anderen würden sie ja nicht dulden, bestätigte Djado ihre Worte, eine bessere Propaganda gegen Gott und die Kirche finden die doch nirgendwo!

Unser Pope war nicht zu beneiden. Er war ein armer Mann. Ihm gehörten bloß Gott, eine alte graue Ziege und seine Frau, die Baba Popadija, die gelegentlich sogar die Messe lesen musste, wenn er zu lange mit meinem Großvater und Baba Penas Mann in der Kneipe gesessen hatte. Gott, sollte es ihn geben trotz allen Spotts und so weniger Kirchgänger, hatte es auch nicht leicht mit unserem Popen. Ich trage Gott in mir, hatte er stolz verkündet an einem frühen Sommernachmittag bei Tisch, nach dem dritten Slivova, der ihm sofort zu Kopf stieg. Wohin ich auch gehe, was ich auch tue, der Herr ist immer mit mir!

Sollte dies tatsächlich wahr gewesen sein, so war dem lieben Gott kein leichtes Schicksal zuteil geworden: Er musste täglich mit seiner Heiligkeit in der Kneipe herumsitzen, sich regelmäßig volllaufen lassen, musste das kaputte Motorrad des Popen besteigen und sich von der alten grauen Ziege am Strick führen lassen oder sich unter irgendwelchen Lastwagen samt Ziege, Motorrad und Popenhut hervorziehen lassen und dann sogar ins Röhrchen der Volksmiliz blasen.

Genau wie mein Djado, Baba Penas Mann und der Pope war Gott ein Geschädigter. So wunderte es mich nicht, dass er ausgerechnet unter den Dreien Zuflucht suchte trotz Djados Behauptung, ein wahrer Atheist zu sein. Dann bist du ein Kommunist, die sind ja alle Atheisten, beschimpfte ihn der Pope. Deine Heiligkeit sollte sich was schämen, mich mit den Roten in einen Topf zu werfen, erwiderte Djado und goss dem Popen noch einen Pflaumenschnaps ein. Du wirst ja sowieso im gleichen Kessel mit allen Ungläubigen und Sündigen schmoren, behauptete der Pope. Djado aber kniff die Augen schelmisch zusammen: Auch mit den Trinkern? Er schmunzelte vor Freude, es dem Popen endlich gegeben zu haben. Seine Heiligkeit glühte. Jawohl! Auch mit den Trinkern! Allen, die vom rechten Wege abgekommen sind! Na, dann hab ich gar keine Angst mehr, sagte Djado beruhigt und goss sich noch einen Schnaps ein, denn deine Heiligkeit wird mir ja Gesellschaft leisten. Satan, schrie der Pope außer sich, weiche von mir! Aber ... vorher schenk mir noch einen ein!

19

Der Nachmittag schlich an den Häusern entlang – ein Hund mit heraushängender Zunge, die den Boden berührte. In unserem Dorf gab es keine Hunde mehr. Vor einigen Jahren waren sie alle erschossen worden. Die Bauern hatten sie zum alten Bunker gebracht, wo man die toten Pferde hineinwarf. Dort wurden sie einer nach dem anderen erschossen. Nur die Schäferhunde wurden verschont, da es keinen Schäfer ohne Schäferhund geben konnte. Ich weiß nicht, wer das angeordnet hatte. Es kam von oben. Danach war das Dorf still. Nur Hähne hörte man am Tage krähen.

Um diese Zeit war das Dorf fast leer. Zu Hause blieben nur die Alten, die Kinder und die Hühner. Alle waren aufs Feld gefahren oder gegangen, das Vieh und die Schafe grasten irgendwo in der Umgebung. Ich wollte versuchen, beim alten Bunker Kamille zu pflücken. Da konnte ich aber nicht allein hinfahren. Ich musste Mara bitten, mit mir zu kommen. Djado hatte, Gott sei Dank, das Fahrrad stehen gelassen, so dass ich nicht zu Fuß zu gehen brauchte. Den Kamillenpflücker, das Körbchen und ein Stück Brot, mit Salz und süßer Paprika bestreut, in einem Beutel, fuhr ich zu Mara.

Mara ist meine einzige Freundin, und ich glaube, dass sie den gleichen Jungen liebt wie ich. Ich möchte gern mit ihr darüber sprechen. Beim Betreten des Hofs rufe ich so laut ich kann: Maaaaraa! Ich lehne das Fahrrad an die rote Ziegelwand. Es ist ein langer Hof mit einem Stall für die Schafe und einem gut gepflegten Weingarten. Maras Vater ist Kassierer bei der Kooperative und kann sich um seinen eigenen Garten gut kümmern. Er braucht nicht aufs Feld. Ihre Mutter aber geht aufs Feld und hat wenig Zeit. Kooomm, ruft Mara vom Haus aus, und ich sehe sie die Steintreppe hinunterhüpfen. Ihre Mutter kommt mir entgegen. Tach, wie geht's, hast du schon zu Mittag gegessen? Sie deckt langsam den Tisch ab, der den ganzen Sommer draußen unter der Pergola steht. Ich hab schon gegessen, danke! Lass uns Kamille pflücken fahren, Mara, kommst du mit? Maras Mutter erlaubt ihr, das Fahrrad mitzunehmen, denn es ist weit bis zum alten Bunker.

Maras Mutter war stets freundlich und rund, ihr Gesicht von einem graublauvioletten Tuch umrahmt. Sie hatte das Gesicht einer Bäuerin, die den ganzen Sommer draußen auf dem Feld verbrachte. Sie sah viel älter als meine Mutter aus, redete laut und fasste sich oft ans Kreuz.

Lass uns gehen, Mara, aber sie bleibt an der Steintreppe stehen. Komm erstmal mit! Ich folge ihr. Der Flur, klein, dunkel und sehr kühl, empfängt uns mit den selbstgebastelten Papierjalousien. Mara zieht mich ins Schlafzimmer, wo das Bett noch nicht zugedeckt ist. Dort ist es nicht so kühl wie im Flur, trotz der gleichen Papierjalousien. Es ist ein Zimmer, das städtisch aussieht mit seinem Doppelbett und den Nachttischchen an beiden Seiten, mit den staubigen kleinen Landschaften, gebastelt aus Meermuscheln und Zahnpasta, ein Mitbringsel ihrer Eltern aus irgendeiner Kur am Schwarzen Meer.

Mara kriecht unter das Bett. Was hast du vor, will ich fragen, doch sie ist wieder zurückgekrochen und hält mir ein Ding unter die Nase, mit dem ich gar nichts anfangen kann. Es ist aus dünnem Gummi, sieht eigentlich wie ein gelbbeiger, länglicher, noch unaufgeblasener Ballon aus, ein Drittel davon scheint jedoch mit einer Flüssigkeit gefüllt zu sein. Was ist das, Mara? Ich weiß es nicht, ich glaube, es hat was mit Kinderkriegen zu tun, aber ich bin mir nicht sicher, flüstert sie und kriecht schleunigst unter das Bett zurück, dann kommt sie wieder heraus. So, ich hab es wieder an seinen Platz gelegt.

Sie zieht ihren Rock zurecht. Es ist ein kurzer rötlicher Rock, der über ihren braunen Knien in Falten aufspringt. Ich will wissen, wo das Ding war, das sie mir gezeigt hat, und sie flüstert, eingewickelt in ein Stück Papier in Mutters Nachthemd, im Wäschekorb. Mara will plötzlich wissen, wie weit ich mit ›Du und Ich‹ sei, und drängt mich, ihr das Buch so schnell wie möglich zu zeigen. Ich versuche ihr klarzumachen, dass ich noch nicht sehr weit gekommen bin: Ich bin bloß bis zum männlichen Dingsda gekommen, Mara … Was ist denn damit, meint Mara, das scheint ja aufregend zu sein!

Ich versuche, das Gelesene in meinem Kopf zu ordnen, bin aber fast erschrocken, wie wenig ich von den komplizierten Beschreibungen und Vorgängen behalten und begriffen habe, und sage bloß: Es scheint fast eine kleine Fabrik zu sein, die Samen produziert, du musst es aber selber lesen! Mara schaut mich fragend an: Ist doch lang, das Dingsda, oder? Bei mir macht es klick! Weißt du was, Mara, was das sein muss, was du mir da eben gezeigt hast? Was denn? Ein Pre… Pro… Scheiße! Der Name fällt mir nicht ein, aber … so ’ne Art Gummischutz für das männliche Dingsda … Mara schaut mich recht ungläubig an, muss das denn geschützt werden, und wovor?! Da war doch was drin, Mara, na, das wars! Waaas??? Mara versteht mich immer noch nicht. Ich triumphiere: Samen, das Ding da fängt den Samen auf, damit er nicht verlorengeht! Ach sooo! Und was macht man damit? Womit? Mit dem Samen natürlich! Weiter hab ich noch nicht gelesen, gebe ich enttäuscht zu, aber ich kann es mir schon denken, dass man ihn aufbewahrt … irgendwie … sonst hätten wir ja das Gummi da auch nicht gefunden!

Wir fahren zum alten Bunker. Die alten Fahrräder klappern über die lose liegenden Steine der Chaussee und wirbeln ganze Staubwolken auf. Ein quer über die Straße gespanntes, an zwei

Telefonmasten befestigtes Transparent kündigt das Vorhaben an, den Fünfjahresplan in vier Jahren zu erfüllen. Dieses Transparent ist auch die Grenze, hinter der nur noch nackte Hügel und Felder liegen, die so samtig und rund sind, als wären sie erst am letzten Montag in Maminkas Backofen entstanden. Der Weg zum alten Bunker windet sich an diesen brotähnlichen Hügeln vorbei, als habe man mit einer Riesenschaufel vorsichtig Mehl zwischen diese Kugeln gestreut, das beim ersten Windstoß einfach weggepustet wird, und vom ganzen Weg würde nichts mehr übrigbleiben.

Während ich an Mara vorbeifahre, schreie ich, dass ich ihn liebe, sie wisse schon wen, dass ich ihn heiraten möchte und ... Sie bremst, steigt vom Fahrrad, und ehe ich die Bremse betätigt habe, bin ich schon einige Meter vorgefahren, drehe mich um und muss noch gegen den Wind schreien: Was ist denn los, ist dir der Reifen geplatzt? Sie steigt wieder aufs Rad und fährt an mir vorbei, als wäre ich nicht da. Ich bin ganz verwirrt und ahne nichts Gutes, fahre hinter ihr her, still und niedergeschmettert, bis wir den alten Bunker erreichen. Wir halten an. Mara dreht ihren Kopf gegen den Wind. Es ist zu spät, es ist schon passiert, sagt sie laut, ich liebe ihn auch, und ich kann dir nicht helfen. Ich glaube, dass ich soweit bin und für die Freiheit sterben muss.

Ich gehe langsamen Schrittes dem alten Bunker entgegen. Ich nähere mich dem schwarzen Loch, in das die toten Pferde der Kooperative hineingeworfen werden, das vom Hügel aus so sauber, viereckig und klein aussieht, mir nun aber groß und gähnend entgegentritt. Meine Gedanken machen den entscheidenden Sprung: Nach all den Qualen haben die Faschisten endlich den richtigen Platz für meine letzte Stunde gefunden, und sie, meine beste Freundin, Mara, wird bestraft: Sie muss zusehen, wie mein von tausend Schüssen durchlöcherter Leib zu den Kadavern hinabstürzt ...

Ein süßlicher Gestank stößt mir in die Nase. Ich halte sie mir –

pfui Teufel! – zu und renne davon. Mara reicht mir meinen Beutel, sie hat schon ihr Brot ausgepackt und beißt genüsslich hinein. Mir läuft das Wasser im Munde zusammen, mein Brot schmeckt gut, so gut, dass ich es mir im letzten Moment doch anders überlege: Satt stirbt es sich leichter.

20

Auf dem Rückweg dröhnt der Lautsprecher durch das ganze Dorf: Volksmusik, unterbrochen von Meldungen der Volksfront, der Gemeinde und der Weltpolitik, Kalter Krieg, Kalter Krieg und immer wieder der Kalte Krieg. Die Hühner werden aufgescheucht, laufen hin und her und wissen nicht, was sie tun sollen, da sie dröhnende Menschenstimmen vom Himmel her vernehmen, aber nirgendwo Menschen sehen. So hallen Losungen und Aufforderungen zu Sparmaßnahmen (»Gramm, Stotinka, Zentimeter!«) durch das leere Dorf, die nur von den Kindern, den Kranken und Alten und von den Hühnern wahrgenommen werden ... Zur Zeit der eigentlichen Rückkehr der Bauern, der Kooperatori, dröhnen eher stramme Volkstänze durchs Dorf. Erst später werden die Meldungen der Gemeinde wiederholt.

Ich war zutiefst davon überzeugt, dass man angesichts der gespannten weltpolitischen Lage, des Kalten Krieges und der Arbeitslosigkeit in den kapitalistischen Ländern sparen musste. Jawohl, auf jedes Gramm, auf jede Stotinka, auf jeden Zentimeter kam es an. Die Erwachsenen sprachen täglich davon und wunderten sich, dass die da oben so pingelig taten, wo doch immer wieder zentnerweise Korn auf den Feldern verschüttet wurde, ganze Obstgärten verfaulten, ehe man uns Schüler zur Mithilfe rief, und in der Stadt standen sie stundenlang für ein paar Äpfel an!

Da kommt doch tatsächlich Tschitscho Radi mit seiner Frau aus der Hauptstadt angereist, Kommunist und so, großer Mann, und sagt: Ich weiß nicht, was ihr alle habt, in der Hauptstadt gibt es alles! Du Arsch, wurde mein Großvater zornig, euch sollte man an euren Spruchbändern aufhängen, damit ihr besser sehen könnt, wo eure Gramm-Stotinka-Zentimeter tonnenweise, tausenderweise, kilometerweise hinschmelzen! Na langsam, wehrt sich Tschitscho Radi, mein hochgestellter Onkel, wenn man dich reden hört, da meint man, manchen der schlimmsten Parteigenossen reden zu hören, so einen, von dem die Gramm-Stotinka-Zentimeter-Sprüche stammen! Ich hätte es nie für möglich gehalten, dass aus dir alter Kapitalistensau mal so'n pflichtbewusster sozialistischer Mensch, beinahe Genosse, wird. Die Umwandlung der Persönlichkeit, wie man sieht ... Du Arsch, erwidert Djado und prüft den Korken der Schnapsflasche mit den Zähnen; dann spuckt er ein paar Korkenkrümel unter den Tisch und gießt Tschitscho Radi ein Glas ein: Du kannst gut vor einer Volksfrontversammlung Reden halten und beim Fleischer das rote Parteibuch vorzeigen, dafür seid ihr alle gut! Und das Volk soll hier schuften und Gramm-Stotinka-Zentimeter sparen, damit ihr gesammelten Genossen gut leben könnt, jawohl! Bist aber plötzlich sehr solidarisch geworden mit dem Volk, Onkelchen, meint Radi, jetzt siehst du mal, wie es ist, einer von vielen zu sein, du alter Kulake du, du Unternehmer, du ...

Tschitscho Radi fängt schon ein wenig an zu lallen, wofür er sicherlich nichts kann, der Slivova hat es in sich. Großvater dagegen spricht deutlicher und langsamer als sonst, wie gesagt, der Pflaumenschnaps. Maminka legt ein heißes, rundes Blech Banitza, das ist Schafskäsekuchen, auf den Tisch. Jetzt habt ihr aber genug die Politik gesiebt! Meine Llelllja, mein lliebes Tantchen, rülpst Tschitscho Radi und hält Maminka beinahe liebevoll am Ärmel fest, dasss verrrgesse ich dir nieeee! Was ist denn schon dabei, stottert Maminka und zieht ihren Ärmel zurück und möchte am liebsten in die Sommerküche verschwinden. Nein, niemals! Ich-ch vergesse deinen Kuchen, deine t-tollle Banitza, die du mir ins Gefängnis gesch-schickt hast, nieee! Tschitscho Radi ist den Tränen nahe. Duuu! Du! donnert Djado, steht auf und wischt mit einem Schlag den Schafskäsekuchen vom Tisch, samt Pflaumenschnaps, Gläsern, Gabeln und dem Tomatensalat mit seinen schneeweißen, duftenden Zwiebelringen. Du, schreit er Maminka an, du hast dem da Kuchen ins Gefängnis gebracht, dem da, dem Kommunistenarschloch da?!! Maminka zittert am ganzen Leib. Ge-g-geschickt, geschickt hab ich sie ihm, als machte es einen Unterschied zwischen geschickt und gebracht. Da gluckert der Slivova aus der Schnapsflasche und fließt davon. Tschitscho Radi, wie aus einem Traum erwacht, beugt sich hinunter, will die Flasche aufheben, Hände weg, weg von meinem Schnaps, brüllt Djado, als wolle man ihm an die Kehle. Sein Gegner lässt die Flasche liegen, so'ne Verschwendung! Ein Huhn aber macht sich nichts aus Großvaters Gebrüll, läuft zur Flasche hin, nimmt gedankenlos einige Schlucke Pflaumenschnaps, verharrt, den Schnabel geöffnet, als wolle es den Himmel verschlucken, läuft drei, vier Schritte zurück, taumelt, bleibt liegen, die Krallen in die Luft gestreckt.

Schon wieder Hühnersuppe, stöhnt Maminka, hebt das Tier beiläufig vom Boden auf, dreht ihm den Hals noch im Gehen um und ruft aus der Sommerküche: Oder ist dir Geschnetzeltes mit Knoblauchsauce lieber? Djado lässt sich schwer auf die Bank fallen, von mir aus mit Knoblauch, starrt vor sich hin, beobachtet die Hühner, die sich wie ausgehungert auf den Käsekuchen stürzen, daran zerren und ziehen, den duftenden Teig durch den ganzen Hof hin- und herschleppen. Djado starrt Onkel Radi an. Scheiß drauf! Du bist mir einer … einer von denen, die an den Joghurt glauben, obwohl sie längst wissen, dass die Milch schon vorher verdorben war!

Tschitscho Radi weiß nicht, was er sagen soll, und begnügt sich damit, das allerfrechste Huhn mit dem Fuß beiseite zu schleudern, was den Rest der Hühner nicht im Geringsten erschreckt. Ich dagegen, zeigt Djado stolz auf die eigene Brust, ich bin ein

Pazi... Pazifissst! Tschitscho Radi trinkt Djados Gläschen aus, als sei nichts gewesen, aber auch gar nichts. Djado gießt sich mechanisch noch ein Fingerhütchen ein. Doch ehe er nach dem neu eingegossenen Schnaps greifen kann, kommt Tschitscho Radi ihm zuvor und trinkt es abermals aus. Djado schleudert das Glas in Richtung Stangenbohnenbeet. So ist das mit uns Passifisten! Immer ist einer da, der uns das Glas leert und was, bittsch-schön, machen wir? Wir gießen uns ein neues ein, ja-wwohl!

Ich gehe dann also, lallt Tschitscho Radi, und als er geht, lässt er die Pforte weit offenstehen. Djado rührt sich nicht, spuckt hin und wieder zwischen seinen Knien hindurch auf den Boden und scharrt es mit seinem Gummischuh in die Erde. Die Herde der Kooperative strömt zum ersten Mal an der offenen Pforte vorbei, ich sehe die Leiber der Tiere an uns vorüberfließen, braun, grau, graublau, weiß, verschwitzt. Die Erde hat den Schnaps ausgetrunken, die Hühner picken die letzten Krümel Schafskäse vom Boden auf, in der Sommerküche wird das besoffene Huhn gerupft, und über das ganze Dorf schallt der Lautsprecher: ... an den Folgen des Personenkults noch lange zu leiden haben! Genossen und Genossinnen, behalten wir im Auge das Gebot der Stunde: Gramm, Stotinka, Zentimeter!

21

Ich gehe durch die staubigen Straßen. Was habe ich für ein Kleid an? Ein buntes, das weiß ich. Das Schuljahr ist schwarzweiß. Die Ferien sind bunt. Während des Schuljahres die Uniform: schwarze Satinschürze, weißer Kragen. Bei Festveranstaltungen weiße Bluse, schwarzer Plisseerock. Alles schwarzweiß. Schwarzweiß die Tage. Gute Noten: weiß. Schlechte Noten: schwarz. Aber im Sommer ... Im Sommer ist nicht nur die Kleidung bunt. Es passiert allerlei, und das Pionierhalstuch brauche ich auch nicht zu tragen.

Oft stand ich vor Maras Tür und rief aus Leibeskräften: Maraaa! Es schallte durch das ganze Dorf. Mara machte mir auf. Sie war dünn und hässlich, jedenfalls hässlicher als ich, doch ich mochte sie so, wie sie war. Kaum hatte sie mir geöffnet, überfiel ich sie mit meinen Fragen: Dürfen wir oben spielen? Wohin gehen wir dann?

Heute ist Mara allein zu Hause. Sie öffnet das aufgeräumte Zimmer, das Gästezimmer, in dem wir uns erlauben zu spielen, solange ihre Mutter noch nicht zurück vom Feld ist. Was spielen wir denn? Doch als ich das Bett an der Wand erblicke und den Boden davor mit weißem Pergamentpapier ausgelegt finde, seufze ich: Kamille! Frisch gepflückte Kamille! Sooo viel?! Sag bloß, Mara, wie machst du das? Sie zuckt mit den Schultern. Pflücken! Spann die Oma ein, die kann's! Mein Vater pflückt auch mal während der Mittagspause in Kunjos Feld; abends bringt er mir immer zwei-drei Hände voll mit. Immerhin: Ich hab auch ein bisschen gepflückt. Irgendetwas packt mich an der Gurgel, wenn ich Maras Kamille betrachte. Ach, wenn ich bloß für die Freiheit sterben könnte!

Mara streift ihr T-Shirt über den Kopf, lass mal sehen! Ich ziehe mich unwillig aus. Du hast wenigstens ein bisschen, und ich berühre eine ihrer winzigen Brüste, und Kamille hast du auch noch! Und ein Haar hab ich auch schon, schaut mich Mara triumphierend an. Ich erblicke ein winziges blondes Härchen, das sich oberhalb ihrer Spalte kräuselt, pass auf, wenn du dich anziehst, Mara, ist es auch fest? Ja sicher, strahlt sie mich an, das verliere ich nicht! Ich sehe sie an. Ich verlange von ihr, was sie mir nicht geben kann. Ich möchte, dass Mara ein Mann ist. Kein Junge, sondern ein Mann. So einer wie die Männer am Fußballplatz hinter dem Sportsaal, so einer wie die großen Schüler aus der Stadt, die Volleyball spielen und dauernd an ihren Shorts herumzupfen und uns kleine Mädchen niemals bemerken.

Heute bist du der Mann, entscheidet Mara ohne Umschweife. Gut, Frau, leg dich hin, befehle ich, und wir legen uns hin. Ich sage zwar, jetzt mach ich dir ein Kind, aber ich möchte doch lieber die Frau sein. Irgendwie möchte jede von uns die Frau sein. Das Mannsein üben wir immer wie eine Pflicht aus. Ich setze mich auf ihren Bauch, umarme sie und mache Hoppe-hoppe-Reiter-Bewegungen. Sie liegt unter mir, die Beine fest aneinandergeklebt. Was finden die bloß daran, die Erwachsenen? Ich hab ja auch keinen Penis, Mara! Und wenn du einen hättest, was dann? Ich weiß nicht! Ich hab ›Du und Ich‹ noch nicht zu Ende gelesen …

Ich lasse mich aufs Bett fallen, liege neben Mara. Sie ist auch allein, wie ich, sie hat auch keine Geschwister. Hast du schon angefangen zu lesen, Mara? Ich pflücke lieber Kamille, sagt sie bestimmt, als hätte sie nie im Leben vorgehabt, sich die Pflichtlektüre vorzunehmen. Mensch, sage ich, wenn wir tauschen könnten! Ich würde die Bücher lesen, für dich mit, und du würdest mir die Kamille pflücken, Mara! Mara steht auf, zieht sich an. Schön wäre es. Weißt du was, zieh dich schnell an, bald kommen Iwan, mein Vetter, und Elka, die haben ein verlassenes Haus entdeckt, da wollen wir alle hin! Ein verlassenes Haus ...

Ob es dort Geister gab? Ob man dort jemanden umgebracht hatte? Ich kriegte Gänsehaut, mir wurde es kalt, und ich konnte den Kamillengeruch nicht mehr ertragen. Und wenn was passierte? So schlug ich vor: Lass uns ein Messer mitnehmen, damit wir uns verteidigen können, wenn sich dort jemand versteckt haben sollte! Mara zweifelte, nickte mit dem Kopf und holte zwei Messer aus der Küche. Wenn du meinst ...

22

Elka und Iwan warteten vor der Haustür. Die beiden hatten es schon ausprobiert. Das behauptete jedenfalls Marinka, die neben Iwan wohnte und aus ihrem Fenster Iwans Scheune beobachten konnte. Wann immer ich die beiden sah, dachte ich an Kaka Donka, die ›Du und Ich‹ für mich aus der Bibliothek geholt und mir geraten hatte, ich sollte es ausprobieren, ehe ich meine erste Blutung bekam. Wenn sie erst einmal da ist, geht es nicht mehr, dann musst du mindestens noch zehn, fünfzehn Jahre damit warten, bis du verheiratet bist, vorher geht es nicht! Dabei vergaß sie völlig, dass ich gar nicht wusste, was ich ausprobieren sollte. Auf jeden Fall dachte ich ernsthaft darüber nach, »es« auszuprobieren, sobald ich ›Du und Ich‹ gelesen hatte, bloß: Mit wem? Ich wusste zwar todsicher, wen ich heiraten würde; es stand fest, und ich hatte sogar Unannehmlichkeiten deswegen gehabt und ein unerfreuliches Gespräch mit Mara geführt, aber ob er »es« auch wollte, das war die Frage. Und sollte er es wollen, konnte er »es« auch? Bis zur Heirat damit warten, das brachte ich wohl nicht fertig, es sei denn, wir heirateten sofort. Soviel ich wusste, durften Verheiratete nicht in die Schule! Ab wann durften Kinder überhaupt heiraten? Die ganze Sache schien ziemlich aussichtslos ... Die Erwachsenen zwangen einen, alles hinter ihrem Rücken zu tun, so wie Iwan und Elka!

Plötzlich fühlte ich mich der Entdeckung nahe, die in der Luft lag, sag bloß, die machen das, was ich mit Mara im Bett gemacht habe, abends im Bett?! Meine Eltern! Haben sie mich deshalb so weit bis ins Dorf geschickt, damit ich sie dabei nicht störe? Lebte ich deswegen bei Großmutter und Großvater? Nicht dass ich mich in der Stadt besonders wohl fühlte, aber ... Mit der Tür fing es schon an!

Die Tür geht auf. Sie stößt an etwas Weiches, wie an eine Leiche, die hinter ihr hängt. Dabei sind es bloß die Mäntel, unsere Wintermäntel, die mit einem Betttuch zugedeckt auf dem Bügel hinter der Tür hängen. Ich weiß es. Und trotzdem schaudert es mich jedes Mal, wenn ich an die Leiche hinter der Tür denke.

Die Wohnung besteht aus einem einzigen Zimmer, dunkel und klein. Es ist ein großes Zimmer, das alles fasst, was andere Leute in drei, vier Zimmern unterbringen. Neben der Leiche an der Wand steht der Kohleofen, schmal und rund. Die Rohre laufen an der Wand entlang, biegen sich wie Riesenwürmer, die, aneinander gekettet, das Zimmer durch die Decke verlassen. Diese Wand ist leer. Später kommt dort ein Waschbecken hin, mit einem richtigen Abfluss! Jetzt ist unser Waschbecken im Flur, vor unserer Zimmertür: keine Wasserleitung, kein Abfluss. Der Zinnbehälter hängt in einem Schrank aus Sperrholz und fasst einige Liter Wasser; er hat einen Holzhahn. Das Wasser riecht immer so komisch, und oft schwimmen winzige Holzstückchen darin. Das Wasser fließt durch ein Loch in einen schmutzigen Eimer hinein; man muss immer aufpassen, dass es nicht überläuft. Vater holt den Eimer vorsichtig aus dem Schrank heraus, passt auf, dass seine Hose nicht bespritzt wird, läuft schräg die Holztreppe hinunter bis zum Hof, wo unser Plumpsklosett ist, schüttet den Eimer in das Loch hinein und flitzt erleichtert die Treppe hinauf, als wollte er sagen, bis morgen ist alles klar!

Mich überfluten die Bilder so sehr, dass ich vollständig vergesse, wo ich bin und was ich tue. Ich sitze damals im »anderen Zimmer« und denke an die Stadt. Ich sitze heute am Schreibtisch und vergesse, wo ich bin und was ich tue. Das Wegtauchen aus der Realität macht mich eins mit mir selbst damals und heute. Das Zurückkehren in die Realität ist jedes Mal enttäuschend, es ist jedes Mal ein gewaltsames Wachwerden, bei dem mir die Gesichter um mich herum fremd und fern erscheinen, die Stimmen aus einer Tiefe in mir zu mir dringen, die ich erkunden muss, während ich die Mila von damals bedenklich anschaue und ... auf mich warte. So kehre ich zurück aus jener Bilderwelt der Stadt und höre Maras Stimme: Wo ist denn überhaupt euer verlassenes Haus?

Pschschscht, warnt uns Iwan und flüstert, wir müssen in Deckung gehen, wir müssen dem Feind ein Schnippchen schlagen! Im nächsten Moment schleicht Iwan an den Zäunen entlang, seinem Ziel entgegen, während ich mich über ihn lustig mache. Du hast wohl zu viel über Mitko Palausovs Partisanenleben gelesen, wohl alle drei Bücher der Sommerleseliste! Wir Mädchen gehen auch in Deckung, obwohl uns das recht überflüssig erscheint: Außer ein paar dösenden Hühnern und einigen Spatzen im Staub ist da weit und breit kein Feind zu sehen. Mir ist es recht, dass wir uns schweigend fortbewegen: So kann ich in Ruhe meinen Gedanken nachgehen.

Unser Leben in der Stadt bestand aus lauter kleinen Hürden, die wir andauernd überwinden mussten. Hundertmal am Tag hatte man den Eindruck, es geschafft zu haben: ein fortwährendes Gefühl, erfolgreich zu sein. Ich habe es geschafft, sagte Mutter, das letzte Kilo Gehacktes zu kaufen! Nach mir hat sich die Schlange aufgelöst, es gab einfach keines mehr! – Ich hab es geschafft, Joghurt zu kaufen, obwohl alles schon um neun Uhr ausverkauft war, rief Vater begeistert, stell dir vor, die Verkäuferin war die Mutter eines meiner Schüler! Drugarju Popov, sagt sie, Genosse Popov, der Laden ist leer, doch für Sie habe ich noch was da! Unter der Theke, natürlich! – Ich habe es geschafft, den Schuster davon zu überzeugen, dass ich deine Schuhe morgen Nachmittag abholen darf; es hieß, erst nächste Woche ...

Meine Mutter schaffte es mit einem Lächeln, das aus den schönsten Zähnen bestand; nur im Kino sah man noch so ein

Lächeln, nirgendwo sonst. Sie neigte den Kopf ein wenig zur Seite, strahlte den betreffenden Beamten oder Verkäufer an, würden Sie bitte dies oder jenes für mich tun? Wissen Sie, es ist so dringend! Meistens kam sie aus der betreffenden Tür strahlend heraus, mit ihrem flinken Siegesgang, und wir wussten: Sie hat es wieder mal geschafft!

In Deckung bleiben! Iwan zieht mich am Ärmel zurück, und ich kauere mich an die Wand, während ein Lastwagen vorübersaust. Dann schleichen wir uns weiter an den Steinmauern entlang, und meine Gedanken nehmen ihren Gang wieder auf.

Mein Vater schaffte es, wie gesagt, auch. Er war nicht so raffiniert wie meine Mutter, doch mit seiner direkten Art gewann er auch, meistens. Ich sehe ihn an der Tür des Städtischen Backofens stehen. Das ist ein Riesenbackofen, der die Aufläufe, Kuchen und Braten für die Bürger backt, die keinen eigenen Backofen haben. Ausgerechnet an dem Tag steht er da, an dem sich der Bäcker vorgenommen hat, zehn Minuten früher nach Hause zu gehen. Mein Vater erscheint an der Tür, lächelt ihn freundlich an und zeigt unmissverständlich auf seine Uhr. Das Gesicht des Bäckers ist zwar bedrohlich sauer, doch greift er in die Schürzentasche, holt den Schlüsselbund mit einer ehrwürdigen Geste heraus, als sei er der heilige Petrus selber. Von mir aus, welche Nummer haben Sie, knurrt er meinem Vater entgegen, indem er ihn hereinlässt und die Tür vorsichtshalber hinter ihm wieder schließt. Die Nummer drei da, bitte, reibt mein Vater seine Hände zufrieden, bitte sehr die Bratpfanne da mit dem Sauerkraut da bitte und riecht genüsslich daran. Noch nicht mal ein Rippchen haben Sie hineingetan, bemerkt der Bäcker voller Verachtung, bloß Sauerkraut! Wissen Sie, Genosse Bäcker, erklärt mein Vater, ich habe einfach kein Fleisch mehr gefunden, alle Theken waren leer, es war Mittwochnachmittag. Der Bäcker ist endgültig versöhnt und begleitet meinen Vater zur Tür. Mittwochnachmittag, soso. Na, macht nichts! Kommen Sie bald wieder! Der Nächste wartet ahnungslos an der Tür und möchte selbstverständlich hinein. Sie sind zu spät, Genosse, schneidet ihm der Bäcker das »Guten Tag« entzwei und schließt die Tür hinter Vaters Rücken ab. Ist doch noch keine zwölf, wehrt sich der Mann und schaut auf seine Uhr. Ihre Uhr geht nach, Genosse, versichert ihm der Bäcker, und der Arme, der sich auf seinen Braten, oder war es nur ein Kartoffelauflauf, gefreut hat, geht niedergeschmettert nach Hause und kann erst am Abend richtig essen. Was soll man da machen? Er hat eben nicht Vaters entwaffnende Art ...

23

Wir nähern uns dem verlassenen Haus. Es ist ein winziges Häuschen am Ende des Dorfes; es liegt da wie vergessen auf einem mit alten Ziegelsteinen und Dornbüschen gekennzeichneten, doch nicht umzäunten Grundstück. Dahinter beginnt ein weiteres vernachlässigtes Grundstück, bewachsen mit Brennnesseln und Vogelbeerbüschen, das in den Friedhof mündet. Es ist eigentlich nur die zerfallene Steinmauer, die den Anfang des Dorffriedhofs kennzeichnet. Man hat diese Mauer mitten durch die Brennnesseln, Vogelbeerbüsche und Dornen gezogen und damit ein Stück ungepflegten Gemeindebodens für die Toten reserviert.

Im Radio war immer wieder die Rede vom Kalten Krieg und vom Heldentod. Nur nicht den einfachen Tod sterben, dachte ich oft, wenn schon Tod, dann Heldentod! Am allermeisten imponierte mir Christo Botevs Tod, ein einfacher, sagenumwobener Tod, der Tod eines Dichters: Sonne, Wind, ein Volkslied oder seine eigene Ballade ›Chadschi Dimitar‹ schwebt über den Feldern, über den Bergen, der Balkan sträubt sich, eine Kugel pfeift ... Es war schön, aber es war viel zu einfach, auf diese Weise zu sterben. Viel qualvoller und daher noch beachtenswerter schien mir der Tod der vielen in den Lagern Ermordeten oder der Tod Soja Kosmodemjanskajas, die allen Grausamkeiten der Faschisten widerstand und keinen Mucks von sich gab. War ich so einem Tod gewachsen? Und ich fing an, mich bewusst heldenhaft zu benehmen: Ich weinte nicht, wenn ich mir den Zeh gestoßen hatte, ich versuchte, barfuß über zerbrochene Scherben zu gehen, schnitt mich dabei und weinte nicht, ließ mich von Maminka rügen, dass ich nicht aufgepasst hätte, und versuchte, Brennnesseln zu pflücken, natürlich ohne Handschuhe. Nur mit dem Eindringen in verlassene Häuser hatte ich so gut wie keine Erfahrung.

Wir sind da! Iwan schaut sich nach allen Seiten um. Und jetzt, frage ich und schaue mich auch um. Jetzt nichts wie rein, sagt er. Da aber keiner Anstalten macht, erster zu sein, blickt er zum Friedhof hinüber und fragt: Wer soll denn als erster rein? Du natürlich, rufen wir drei im Chor, du bist doch der Mann! Von mir aus, willigt Iwan unwillig ein, und ich möchte nicht in seiner Haut stecken. Ihr müsst aber nachhelfen! Und er wirft noch einen Blick zum Friedhof hinüber und tritt auf die paar Ziegelsteine, die er wohl bei seiner Entdeckung unters kleine Fenster gestapelt hat. Wir drei schieben seinen Hintern hoch, helfen nach, während er sich durchs schmale Loch hindurchzwängt, zucken dreifach zusammen beim dumpfen Aufprall seiner Füße auf dem Boden, sind ungeduldig, wie sieht es denn da aus, Iwan? Na, kommt schon, ihr Angsthasen, dann werdet ihr schon sehen! Ich folge ihm und bin froh, dass ich unter dem Rock die schwarze Turnhose anhabe, mit dem festen Gummizug um die Beine; sie gilt als harmlos und uninteressant bei den Jungs. Ich springe neben Iwan hinunter und richte mich leise auf. Mein Herz klopft, als wollte es heraus. Neben mir landet Mara, hinter ihr Elka.

Nichts. Ein kleiner, viereckiger Raum, eine verlassene Feuerstelle, an einer dünnen staubigen Kette hängt ein Kessel, leer. Ein Schemel, ein niedriger, runder Tisch, Sofra genannt, ein Überbleibsel aus dem vorigen Jahrhundert, mit einer dicken Staubschicht bedeckt. Eine Schlafstätte, die aus einem buntkarierten, schmuddeligen Kissen und einer handgewebten Wolldecke besteht, eine leere Nische, in der wohl ein Schrank gestanden haben muss, eine Truhe, die abgeschlossen ist ... Muffig, stellt Iwan fest und schiebt vorsichtig den Schemel zur Seite. Erst jetzt bemerke ich das Küchenmesser in meiner Hand, das mir gerade in diesem Moment völlig überflüssig erscheint. Dürfen wir hier eigentlich so einfach rein? Mara hört sich gerne reden: Was heißt hier dürfen?! Natürlich dürfen wir das nicht! Ich möchte wissen, was wir jetzt machen. Elka will wieder zurück. Und als sich Iwan erstmal entschließt, die Truhe zu untersuchen, wird mir flau im Magen. Er reißt mir das Messer aus der Hand, gib das Messer her! Er fummelt am Schloss herum, versucht sogar die Schrauben herauszudrehen. Ich schaue zu und komme mir wie ein Verbrecher vor. Das Schloss gibt nicht nach. Ich möchte so schnell wie möglich wieder raus. Was suche ich eigentlich hier? Und wenn der Hausherr zufällig nach Hause kommt? Ich blicke zur Tür und warte, dass die Türklinke knarrt, dass ein Schlüssel ins Schlüsselloch gesteckt und gedreht wird, und wir stehen da und können uns nicht von der Stelle rühren ... Komm mit, sagt Iwan, ich könnte das Schloss schon kaputtmachen, aber wozu? Wegen der paar alten Lappen dadrin ... Ich atme auf. Nie wieder, nie nie wieder, hämmere ich mir ein und steige als erste durchs Fenster. Schon wieder das schlechte Gewissen!

Die Schale der Zeit platzt auf. Trotzdem gelingt es mir manchmal, aus dem Ei der Vergangenheit nicht auszuschlüpfen, sondern noch einmal ins Innere des Eis einzudringen. Dann sage ich: Jetzt! Ich bewege mich auf das Wesentliche zu, streife die Gegenwart ab, lasse sie von der nachgiebigen Masse der Vergangenheit absorbieren, weiß nicht mehr, wo ich und meine Kindheit aufhören. Die meisten Menschen haben aufgehört, die Grenzen zwischen Jetzt und Damals mühelos zu durchqueren, darum verlangen sie eine Konsequenz in der Erzählperspektive: Erzähler im »Jetzt«, Kind im »Damals«; aber die Sprache wird niemals der Zeit genügen. Und wenn die Schale der Zeit aufplatzt, gehe ich, die Heutige, hinein, und Sekunden später schlüpfe ich wieder aus und bin der Friedhof von damals, an dem vorbei die Kinder gehen werden nach der Entdeckung des verlassenen Hauses, und bin der Schreibtisch von heute, und bin meine Mutter, bin Maminka und das Dorf, der Kamillenduft und der ganze sieben Kilo schwere Sommer, der Kalte Krieg und der Wunsch, für die Freiheit zu sterben, Rajna, die Königin aus dem 19. Jahrhundert, und Soja Kosmodemjanskaja ...

Wir gehen am Friedhof vorbei. Iwan steigt über die Mauer, wollen wir nicht über den Friedhof gehen? Wir folgen ihm. Unheimlich ist es schon. Wir gehen an zwei Gräbern vorbei. Die Blumen sind noch nicht verwelkt. Die Erde noch feucht. Wir nähern uns einem Grab, das ich gut kenne. Wir setzen uns hin. Alle schweigen. Ob sie wohl Angst haben? Habe ich Angst?

24

Im Frühjahr brachten wir meine Urgroßmutter Baba Mita hierher. Es war das erste Mal, dass ich eine Tote begleitet hatte. Bis dahin hatte man mich nie zu einer Beerdigung mitgenommen. Baba Mita war eine dünne, schmale alte Frau gewesen, die bei uns die Sommerküche bewohnte. Jahrelang hatte sie die Sommerküche meiner Tante Lelja Gana bewohnt, die ihr zuliebe zur Winterküche umgebaut, das heißt mit einer vierten Wand versehen worden war. Lelja Gana, Großvaters Schwester, hatte die Alte recht und schlecht versorgt, solange sie Geld unter dem Kopfkissen gehabt hatte. Als aber eines Tages Lelja Gana feststellte, dass Baba Mita bettlägerig wurde und kein Geld mehr unter dem Kopfkissen hatte, warf sie die Alte einfach raus, und Maminka, der Baba Mita ein Leben lang Schlechtes nachgesagt hatte, musste sie bis an ihr Lebensende pflegen und eine vorbildliche Schwiegertochter sein.

Elka, Iwan und Mara schrieben ihre Namen mit Stückchen roter Ziegel auf die Bordsteine. Ich schaute ihnen zu und dachte nach. Mir tat Maminka leid, da ich wusste, was für ein böses Weib Baba Mita gewesen war. Baba Mita war eine Geschichte, die an einem Winterabend und mit zwei Maiskolben in Maminkas Schürze begann. Während Maminka die trockenen Maiskolben aneinander rieb, zerfiel der Abend in lauter leuchtende Maiskörner, und das waren die Worte.

Dein Urgroßvater, Mila, auch Iwan genannt, Friede seiner Asche, war ein stiller, reicher Mann. Ihm gehörte die Kneipe, ein Drittel der Felder ums Dorf herum, schöne Felder, satt waren die, die Krempel, der Traktor. Drei davon gab es im ganzen Dorf, reich war er also. Er verlieh Geld an die Leute, aber die mochten ihn, weil er sie nicht ausnahm, das lag ihm nicht, Gott segne ihn! Später hieß er nur noch Pieps-Iwan, weil ihn die Baba Mita umgebracht hat, aber das kommt nachher. Mita die Schöne, Mita die Reiche, die am liebsten hinter der Theke stand, die knallrote Geranie hinterm Ohr, beim Bierausschank, möge ihr der liebe Gott den Schlund mit Erde stopfen, jeden Tag und immer wieder neu, und mir verzeihen, dass ich ihr so was wünsche! Du musst wissen, Mila, dass sie trank, wie ein Kutscher soff sie, aber damit ist das Ende ihrer Sünden noch lange nicht gekommen.

Inzwischen war Maminkas Schürze voll mit den vom Kolben abgeriebenen Maiskörnern. Sie erhob sich aus ihrem Schneidersitz in die Hocke, schüttete sie in den Eimer, dass es im Zimmer fröhlich knallte und polterte, lobte mich wegen der Handvoll Körner in meiner Schürze, blies mir auf die geröteten Handflächen und erzählte weiter.

Baba Mita war ein Satansweib, das sag ich dir, Mila, abends war es am schlimmsten. Sie will also in die Kneipe. Die Kinder klein. Drei hatte sie, du weißt: dein Großvater Djado Iwan, die Lelja Gana und Onkel Mitjo. Jung war sie damals, die Hexe, Bier wollte sie ausschenken und mit Männern lachen. Drei kleine Kinder, das Jüngste acht Monate alt, hat sie ins Bett gelegt, schlafen sollten sie, aber sie schliefen nicht. Da macht ihnen deine tolle Urgroßmutter Popara, möge Gott über sie richten heute und in alle Ewigkeit, ich rate ihm, er soll sie auf der Stelle treffen und mich von dem Joch erlösen, von der stinkenden Pfanne, die ich dreimal am Tag unter ihr wegtragen muss!

Ich verstehe nichts. Popara ist Popara, ich esse auch Popara zum Frühstück, Maminka selbst gießt über die Brocken trockenen Brotes Milch oder warmes Wasser, gibt etwas Schafskäse hinzu und fertig, was ist denn schon dabei, Maminka? Ist auch nichts dabei, sagt Maminka, und diese brave, zahme und liebe

Frau zittert am ganzen Leib, während sie weitererzählt: Doch wenn ein Weib das Brot statt mit Wasser oder Milch mit Wein übergießt, da ist der Satan im Spiel! Kleine Kinder hat sie mit Wein gefüttert, die Alte! Der Allerkleinste, dein Tschitscho Mitjo, der war noch nicht mal aus den Windeln, den hat es arg erwischt. Der ist im Suff unter die Räder gekommen, samt seinen Lieblingspferden und dem neuen Karren.

An dieser Stelle der Erzählung hatten Maminkas Augen schon immer gefährlich geleuchtet: Wenn sie spann, legte sie die Spindel in den Schoß, wenn sie strickte, ribbelte sie unbewusst alles wieder auf, und wenn sie Maiskolben rieb, warf sie den Strunk heftig ins Feuer, heftiger als sonst. Mit ihrem kleinsten Sohn Mitjo hatte die Baba Mita also einen Teufelsplan ausgeheckt, Gott möge ihr nichts verzeihen, wie sie dem Alten, ihrem Mann, die Wertpapiere klauen konnte. Sie hatten Aktien, das weiß ich, alle viel wert. Der Alte ging jeden Abend erst ins Bett, nachdem er all sein Geld und alle seine Wertpapiere durchgesehen hatte. Und als er die Schublade leer fand, da drehte er durch. Testament und Geld, samt seidenem Portemonnaie und Strohkörbchen, wo alles immer beisammen gewesen war, weg war es. Der Schock war so groß, dass dein Urgroßvater nie wieder zu sich kam – seit jenem Abend lächelte er nur noch wie ein Kind. Er blieb stehen, wenn man ihn an die Theke hinstellte, er blieb sitzen, wenn man ihn hinsetzte, er aß, wenn man ihm Brot in die Hand gab, und er trank, wenn man ihm ein Glas zeigte. Wenn ich nicht gewesen wäre, Mila, da wäre er einfach verhungert und verdurstet.

Inzwischen ist das Feuer fast ausgegangen. Die Maiskolben sind ausgerieben, neben der Feuerstelle stapeln sich die nackten, ziegelfarbenen Strünke, mich friert es. Maminka nimmt mich auf ihren Schoß, deckt meine Knie mit ihrer staubigen Schürze zu, nie lässt sie eine Geschichte unerzählt: Erzählte Geschichten schlafen ruhiger.

Ich sehe es vor mir, Mila, damals aßen wir noch alle zusammen. Ich ging rauf, den Schwiegervater holen. Da saß er vorm Schrank, die Schublade offen, leer, seine Augen waren leer wie die Schublade, und er lächelte wie ein Kind. Vater, sagte ich und stieß ihn an, komm zum Essen! Er lächelte weiter. Ich schrie: Räuber! Ich stürzte zu deinem Djado Iwan, sagte, man hat den Vater beraubt, der ist hin! Djado warf den Tisch um und schrie: Wohin? Er tickt nicht mehr richtig, stotterte ich und fing aus lauter Not an, die ganze Bescherung vom Boden aufzuwischen. Keiner rührte sich vom Stuhl, bloß dein Djado lief nach oben, dann hörten wir ihn laut heulen, und dann hörten wir nichts mehr. Er kam nach einer Weile wieder runter, schluchzte und wusch sich nicht mal das Gesicht ab. Baba Mita und ihr Sohn Mitjo rührten sich nicht vom Fleck. Als dein Djado zu sich kam, da schaute er hoch und verstand die Welt nicht mehr. Der Vater ist durchgedreht, verrückt ist er, sein Geld, seine Papiere, alles ist weg! Die beiden anderen schwiegen nur. Langsam begriff er, dass die beiden das wohl wussten, dass ... Da sprang dein Djado vom Tisch auf, das Küchenmesser in der Hand, und stürzte sich auf seine Mutter; Mitjo lief weg, ich hielt Djado fest, so dass die Hexe von ihm loskam und rauslief. Da schmiss er mich gegen die Wand, dass mir die Nieren wehtaten, und jagte seine Mutter mit dem Messer durch den Hof, blieb an den Reben hängen, riss sich los ... Sie war schon weg. In die Kneipe lief sie und rief: Hilfe, mein Sohn will mir den Kopf abschneiden, haltet ihn fest, den Säufer! Sie hielten ihn fest und lachten über ihn, als er erzählte, Mita und Mitjo hätten den Vater beraubt und sollten vor den Richter; dies hielt man für das Geschwätz eines Besoffenen.

Er ließ sich dann auch volllaufen. Drei Tage lang kam er nicht mehr hoch. Sobald er ein bisschen zu sich kam, setzte er wieder die Flasche an. Ich hab mir die Augen ausgeweint. Baba Mita war zufrieden. Ihren Mann war sie los, ihren Sohn war sie fast los, den einen, der nicht alles nach ihrem Willen tun wollte. Jetzt konnte sie endlich frei schalten und walten, Mita die Schöne, Mita die Reiche, mit der knallroten Geranie hinterm Ohr und dem verrückten Mann zu Hause. Als dein Djado am dritten Tag zu sich kam und keine Kraft mehr hatte, sich in die Kneipe zu schleppen, da befahl er mir, dass ich ihm die Drei-Liter-Korbflasche mit dem Pflaumenschnaps aus dem Keller holen und ihm ans Bett stellen sollte. Hänge mich, würge mich, trete mich, ich hol dir keinen Tropfen mehr, hab ich gesagt, den Gefallen tu ich deiner Mutter nicht! Sie wartet doch nur darauf, dass dich Litscho Kardjali mit Blaulicht ins Krankenhaus fährt, dann ist sie dich endlich los, den Vater sowieso, und kann tun und lassen, was sie will.

Da stand er auf, ließ sich ein sauberes Hemd bringen, wusch sich und kämmte sich, als stünde ihm die Hochzeit bevor, und ging in die Kneipe. Vom Fenster aus sah ich ihn den Alten, den Pieps-Iwan, seinen verrückten Vater, mitschleppen. Der ging brav mit. Bis an sein Lebensende blieb der Alte neben dem Bierhahn sitzen, den Stock in der Hand, lächelnd, mit dem Kopf nickend. Dein Djado schob die Mita, Gott verzeihe ihm, sie war nun mal seine Mutter, ruhig zur Seite und blieb hinter der Theke, schenkte Bier aus, grillte Kebaptscheta den ganzen Winter lang und ließ sich von ihr nicht auch noch die Kneipe wegnehmen. Dann kam das mit dem Zeigefinger, er wurde kriegsuntauglich geschrieben, nachdem ihm die Krempel den Finger gefressen hatte und so weiter und so fort, es gäbe noch viel zu erzählen, aber ein anderes Mal!

25

Jemand zieht mich am Ärmel, erst leicht, dann stärker: Mara. Sie setzt sich auf einen flachen Randstein, war das nicht das Grab deiner Baba Mita? Ja, sage ich benommen, das war es. Wir setzen uns alle hin. Nach dem Abenteuer im verlassenen Haus sind wir alle müde und still.

Es war ganz früh an jenem Morgen. Baba Mita stirbt, sagte Maminka. Geh in die Schule und sag deiner Klassenlehrerin, dass du nach Hause musst. Ich brauche dich.

Sie war nicht traurig. Sie hatte nur viel Arbeit. Ich sprang auf, ich zitterte am ganzen Leib, war aufgeregt, doch nicht besonders traurig. Endlich, dachte ich nur und kam mir sehr dienstbeflissen vor. Ein gutes Gefühl, dachte ich, heute können sie mich mal, vielleicht verpasse ich sogar die schriftliche Arbeit in Mathe! Doch dann schaute ich durch das Fenster hinaus. Dunkel war es, dunkel und feucht. Der Schneematsch belagerte die Straßen. Ich musste an der Sommerküche vorbei. Maminka, die mit dem Anzünden des Feuers beschäftigt war, kniete vor dem Herd und pustete auf das Reisig und auf die Maiskolbenstengel. Auf dem Herd stand schon der allergrößte Messingtopf, den wir hatten, voll Wasser, das stundenlang zum Aufkochen brauchen würde.

Djados Bett war leer. Wo ist denn Djado? Bei ihr, antwortete Maminkas grauer Rücken, der jeden Morgen Djados alte blaue Arbeitsjacke anhatte, eh, sie ist ja auch seine Mutter! Maminka sammelte dann alle ihre Kraft zum Blasen, und das Feuer ging endlich an. Beim Wort »Mutter« kniff mich etwas an der Kehle, und ich spürte, wie mich etwas wie Mitleid zuschnürte. Ich vergaß den Wein, den Baba Mita in die Babyschüssel aufs Brot geschüttet hatte, damit die Kinder schnell und früh einschliefen, ich vergaß den verrückten Urgroßvater, der ihretwegen zum Pieps-Iwan geworden war. Ich vergaß alles Schlechte, was ich von dieser Frau jemals gehört hatte. Sie starb in diesem Augenblick in Djados Beisein: Er schien es auch vergessen zu haben.

Lauf erst zur Schule, dann darfst du sie sehen, versprach Maminka und stand vom Feuer auf, heute haben wir viel zu tun. Ich lief auf die Pergola hinaus, der Wind pfiff durch mich hindurch, ich ging die komische Treppe hinab, blieb auf halber Höhe stehen und schaute durch Baba Mitas Fenster, das gelb-orange leuchtete. Als ich so schräg hinunterblickte, sah ich Baba Mita auf dem Bett liegen, den Blick starr an die Decke gerichtet. Djado saß daneben und schluchzte, den Kopf hängend, die Schultern wie von einem Erdbeben erschüttert. Sie lebt noch, dachte ich, lief zur Schule und weinte laut, wunderte mich, dass ich weinte, und wunderte mich nicht. Das ist der Tod, dachte ich, der Tod macht dich weinen, was fällt dir eigentlich ein, dass du immer wieder für die Freiheit sterben willst, was ist daran so schön, oder möchtest du es dem Partisanen Mitko Palausov nachmachen, der zwölf war und im antifaschistischen Kampf starb und jetzt in der Pflichtlektüre dreifach vertreten ist, oder willst du es der sowjetischen Partisanin Soja Kosmodemjanskaja nachmachen, die im Zweiten Weltkrieg von den Faschisten – schon wieder die Faschisten – gequält und ermordet wurde, willst du es ihnen wohl nachmachen, weil sie ein Denkmal für die Ewigkeit bekommen haben?! Baba Mita bekommt kein Denkmal, und einen Gott gibt es auch nicht. Und wenn es doch einen Gott gibt, so ist die Zeit endlich gekommen, ihn zu treffen, denn wo sonst könnte er sein, wenn nicht bei einer Sterbenden, da muss er sein, da geh ich hin und warte auf ihn. Und wenn er nicht da ist, dann gibt es ihn nicht, so ist der Fall für mich erledigt.

Die Schule war noch leer. Auf dem Flur verschüttete ich fast Tschitscho Grujos Putzeimer. Seine gereizte Stimme holte mich ein: Pass auf, du! Ich lief ins Lehrerzimmer: kein Mensch da. Was sollte ich jetzt tun? Nichts wie weg, egal was kommt, sonst war Gott auch weg und Baba Mita tot, ehe ich nach Hause kam! Ich warf die Tür hinter mir zu, und meine Klassenlehrerin stand vor mir. Ich brach in Tränen aus. Sie fragte, ob jemand gestorben wäre. Ja, Baba Mita stirbt gerade, und ich kann nicht ... Geh nur, Kind, morgen kannst du auch zu Hause bleiben!

Die Tür klemmte etwas, da merkte ich, dass jemand sie festhielt. Es war bloß Maminka. Djado war nicht mehr da. Sie ist noch nicht soweit, flüsterte Maminka mir ins Ohr, man darf einen Sterbenden nicht allein lassen, ich muss aber das Totenhemd bügeln, die weißen Bohnen ... Ich fragte, welche Bohnen? Die für die Gäste morgen Mittag, die muss ich auch noch aufsetzen, und Nüsse für den gekochten Weizen, für die Kutscha, hab ich auch noch nicht gemahlen ... Beim Wort »Kutscha«, das jenes leckere Gemisch aus gekochten Weizenkörnern, Zucker, Zitronensaft und Vanilleduft bezeichnet, lief mir das Wasser im Mund zusammen. Ich schämte mich, weil ich mich schon mit drei oder vier Jahren immer gefreut hatte, wenn ich hörte, dass einer gestorben war: Gestorbensein schmeckte nach gemahlenen Nüssen, gekochtem Weizen, Zitrone und Vanille, eben nach Kutscha.

Geh nur an deine Arbeit zurück, Maminka, flüstere ich, ich bleibe hier, ich pass auf sie auf. Hast du keine Angst, Mila? Nein! Ich setze mich auf den Schemel am Kopf des Totenbetts, hörst du mich, Baba Mita? Sie hört mich nicht. Sie liegt flach, die Hände auf der Brust zusammengefaltet, ein Kreuz dazwischen gesteckt ... Sie hält es nicht fest, es klemmt bloß zwischen ihren durchsichtigen Händen. Ihr Mund ist leicht geöffnet. Ein schnarchähnliches Geräusch, ein Röcheln kommt aus ihrer Kehle. Baba Mita, hab keine Angst, Gott ist nicht gekommen, aber ich bin da! Dann fahre ich über ihre mit lila Äderchen besäte Wange, die mir kühl und weich, wie ein Kieselstein, vorkommt. Ich bleibe hier, solange du willst, Baba Mita.

Plötzlich rührt sich die Zunge, das Röcheln bleibt irgendwo in der Brust stecken, das Kreuz fällt herunter; ich greife danach und will es ihr zurückgeben. Der Unterkiefer hängt widernatürlich herab, das Röcheln ist weg. Tot, sage ich laut, du bist tot, Baba Mita, nicht wahr? Jetzt wird es mir unheimlich. Ich lasse die Tür auf, laufe zur Treppe hinauf, Maminka, sie ist tot, sie ist tot! Maminka bekreuzigt sich: Gott sei mit ihr und mit all ihren Sünden! Leg dich hin, Mila, du zitterst ja! Sie hält ihre Röcke fest und geht zu Baba Mita. Später fällt mir auf, dass Baba Mitas Unterkiefer mit einem zusätzlichen Tuch am Oberkiefer festgehalten wird. Maminka kennt sich da gut aus, und die Nüsse für den Weizen sind auch schon kleingehackt.

He, du Trauerkloß, was hängst du denn da so rum, wir sind doch nicht auf einer Beerdigung, stößt mich Iwan mit dem spitzen Ellenbogen an, wir gehen! Gehen wir, wenn es sein muss, sage ich und stehe auf. Wir alle springen über die Friedhofsmauer. Bis nach Hause schweigen wir. Der Lautsprecher dröhnt wieder über das ganze Dorf hin und predigt die Gramm-Stotinka-Zentimeter-Maßnahmen bis zum Übelwerden. Da schleicht sich schon wieder mein schlechtes Gewissen heran: Ich denke ja schon, wie Großvater spricht! Da sieht man die Auswirkungen des Kalten Krieges oder die der westlichen Subversion oder des Personenkults oder wie sie alle heißen und spürt sie am eigenen Leib. Das hat man davon, wenn man mit einem Kapitalisten unter einem Dach lebt und sein Brot isst.

Wir verabschieden uns mitten im Dorf unter dem Lautsprecher: Iwan, Elka, Mara und ich. Ich gehe, doch die drei anderen bleiben zurück. Was haben sie bloß? Sie scheinen etwas zu besprechen. Sie haben doch wohl keine Geheimnisse vor mir? Das macht mich fertig. Ich gehe nach Hause, ich knie mich vor den

Küchenschrank hin und schneide mir eine dicke Scheibe Weißbrot ab. Ich muss in Ruhe nachdenken, mir alles durch den Kopf gehen lassen. Zu diesem Zweck erlaube ich mir, mich ins »andere Zimmer« zu verkriechen, in die Ecke zwischen Maminkas Truhe und der Nähmaschine. Der Duft nach Til Piper, nach jenem zauberhaften Gewürz, das aus sieben Kräutern besteht und das ich mir aufs Brot gestreut habe, mischt sich mit dem Duft von Mottenpulver und lässt mich an unser Zimmer in der Stadt denken. Gibt es Motten auch in der Stadt?

26

Das Jetzt zählte nicht. Das Leben war ein ständiges Sich-an-das-Jetzt-nicht-gewöhnen-können. Alles was zählte, hieß Später!

Später, wenn ihr eine neue Wohnung in der Stadt habt, wirst du zu deinen Eltern ziehen, tröstete mich Maminka, wenn der Bus abfuhr und meine Eltern mitnahm. Später, wenn ihr die Norm erfüllt habt, redete der Organisationsleiter auf uns ein. Später, wenn wir eine neue Waschmaschine haben, sprach Mutter jeden Sonntag um zehn Uhr nach dem Frühstück und stürzte sich auf die Wäsche in der Zinkwanne. Später, wenn wir die Schafwolle verkauft haben, stricke ich mir eine neue Weste, sagte Maminka und zog Djados alte Arbeitsjacke an. Später, wenn wir ein Auto haben, sagte Vater und bestieg sein altes Fahrrad ... Später hatte viele Dimensionen: Später war das Nicht-mehr-auf-den-Bus-, auf-die-neuen-Schulbücher-Warten, das Nicht-mehr-verschweigen-Müssen, wie schlimm es war, wenn Großvater betrunken nach Hause kam. Später hatte viel Zeit für mich. Später war eine sonnige Stadt mit sauberen Straßen und vollen Läden, die auf die Kunden warteten und jedem Geschmack gerecht wurden. Später hatte keine Tzarwuli, primitive Schweineschwartenschuhe, an, sondern feine Schuhe eigener Produktion. Später gab sich mit Eselskarren, alten Dorftieren und klapprigen Lastern und Vorkriegstraktoren nicht ab. Später flog mit Raketen durch die Luft und eroberte den Kosmos, ging spazieren und besuchte Fortbildungskurse. Später hatte nicht mal Kamille nötig, denn Später kannte keine Krankheiten mehr ...

Sobald ich an Später dachte, sah ich unser Zimmer in der Stadt. Der Kleiderschrank hielt Wache vor der Wand neben dem geplanten Waschbecken, und ich glaubte, dass sein Bauch jeden Augenblick platzen könnte, und dann wären wir mit Wäsche, Betttüchern, Kleidern und ähnlichem überflutet; doch er platzte nicht. Auf seinen Schultern stapelten sich die Reisekoffer bis zur Decke hinauf: kleine Koffer, große Koffer, Taschen, Bündel. Der Schrank ächzte und stöhnte, wenn man bloß an ihm vorbeiging. Doch dann wieder sah er so aus, als wollte er sagen: Seht mal, was ich alles kann!

Meine Eltern schliefen immer engumschlungen. Eines Tages, wenn ich heiratete, wünschte ich mir genauso ein kleines Bett wie das ihre ... Unterm Bett ruhten der Riesenwäschekorb, der Kasten mit dem Schuhputzzeug, die Winterschuhe im Sommer und die Sommerschuhe im Winter. Am liebsten lief ich barfuß. Ich konnte mich an kein Paar Schuhe erinnern, das mir keinen Schmerz verursacht hätte. Schuhe anhaben, das bedeutete, Schmerzen haben. Beim Kauf passten meine Füße immer richtig hinein. Im Geschäft. Ich ging einige Schritte hin und her, es war alles, wie es sein sollte. Schon auf dem Weg nach Hause – die erste Blase. Meine Mutter beklebte sie mit Pflaster, Vater tröstete mich, dass ich die Schuhe ja nicht oft anzuziehen bräuchte, nur bei Schulfeiern und dergleichen. Nur Djado fluchte, die Faust gegen einen unsichtbaren Feind erhoben, und behauptete, früher habe man für sein Geld sogar italienische Schuhe kaufen können, weich, weich wie Socken! Seinen beliebten Fluch »Mamka wi!«, der es auf die Mutter des Feindes abgesehen hatte, schluckte er dabei herunter, räusperte sich statt dessen ziemlich laut und wischte seine Hand hinten an der Arbeitshose ab.

Der Blick seiner ein ganz klein wenig schielenden Augen war heiter. Djado hatte seinen Ernteplan drei Tage früher erfüllt, war wohl vom Brigadier im Klub der Volksfront öffentlich gelobt worden und war mit sich selbst zufrieden: Ein Dutzend wie mich bräuchten die da, die Roten, und unsere Kooperative hätte schon längst den Fünfjahresplan erfüllt, nicht wahr, Mila?!

Ich sehe Djado noch deutlich vor mir: Er mustert mich schelmisch und bewegt dabei seine Kopfhaut vom kurzen Stiernacken bis zur Nase herüber. Dabei wackelt sein kurzer Haarschopf, als wäre er eine selbständige Mütze, die er nach Belieben ab- und aufsetzen könnte. Ich nicke, bin völlig damit einverstanden und stelle erstaunt fest, dass der Fünfjahresplan unserer Kooperative Djado doch am Herzen liegt, dass er durch die frühere Erfüllung seiner eigenen Erntenorm die Roten, wenn er sie auch viel lieber »die roten Ärsche« nennt, in der Tat unterstützt. Nur den Verlust seiner Kneipe kann er nicht verschmerzen.

Dein Großvater ist ein Kapitalist! Ich weiß nicht mehr, wer das zu mir gesagt hatte. Das war wohl das Schlimmste, was man sein konnte: ein Kapitalist! Durch meinen Djado hatte ich erfahren, was ein Kapitalist war: einer, der trank, seine Frau prügelte und nie Geld hatte! Irgendwie schämte ich mich, dass wir einen Kapitalisten in der Familie hatten, und nicht nur einen! Ein Onkel von mir, der ein richtiger Partisan gewesen war und die Lastwagen der Faschisten auf offener Straße gesprengt hatte, war für mich auch ein Kapitalist: Er soff wie ein Loch, schlug auch seine Frau, hatte niemals Geld und schimpfte dauernd auf die Kommunisten, deren Vorsitzender in seinem Bezirk er selber war. Kein Wunder, dass man im Radio so auf die ganze kapitalistische Welt schimpft, sagte Maminka oft. Das fehlt noch, dass sie die ganze Welt erobern! Sie empörte sich gerne und behauptete, dass unter solchen Umständen unser ganzes Land einer Kneipe gleichen würde. Gott bewahre uns vor solchen, wie du es bist, schimpfte sie mit Djado. Naiv sind die Kommunisten, naiv, dass sie solche wie dich frei herumlaufen lassen! Sie sollten dich einsperren! Laut ihren Gesetzen steht dir sogar Pension zu – man fragt sich, ob sie sie noch alle haben! Die Kommunisten, die unterstützen ja bloß solche Kapitalisten wie dich, Gott helfe ihnen! Die stecken ja unter einer Decke mit euch!

Später bedeutete auch Nähe. Die Nähe meiner Mutter, die ich so sehr vermisste, dass ich nie darüber sprach. Später war vom Duft ihrer Haare umwoben, Später hieß meine Sehnsucht nach einem Alltag, der von Mutters Händen, Sorgen und Anweisungen bestimmt wurde. Mutter war immer in Bewegung, sobald ich die Augen schloss.

Sie marschiert auf der Georgi-Dimitrov-Straße Richtung Zentrum. Sie hat den weiten Tellerrock aus schwer fallender Baumwolle an – grün, gelb, rot, schwarz sind die ineinander verwobenen Kreise des Musters. Die Kreise hören in einem festen Kreis auf Mutters Taille auf, von der aus ihre weiße Bluse anfängt. Immer trägt sie eine weiße Bluse, immer ist es Sommer, wenn ich die Augen schließe, und der Rock umfließt ihre Beine. Ihr Gesicht ist schmal, die Zähne sind weiß und regelmäßig, die Haare mahagonifarben, fast schwarz. Meine Mutter ist die schönste Frau der Welt. Sie kommt näher, sie ist da ... und sie entfernt sich wieder, sie tänzelt in meiner Vorstellung die Georgi-Dimitrov-Straße hinauf. Das Rückwärtsgehen fällt ihr leicht, das Kommen und Gehen beherrscht sie perfekt, nur das Bleiben gelingt ihr nicht.

27

Ich bin unentbehrlich. Der Staat braucht mich. Der Staat wird durch den Organisationsleiter vertreten. Der Organisationsleiter sagt: Die Kirschen verkommen an den Bäumen, wenn ihr Schüler nicht helft! »Ihr Schüler«, das bin ich. Und weil ich gebraucht werde, darf ich mir den Magen vollschlagen mit Kirschen. Ich werde diesmal nicht zu Heldentaten aufgefordert. Man hat auch keine Zeit, Richtlinien und eine Norm zu erstellen. Die Kirschzeit drängt, die Kooperative ist dankbar für jeden leergepflückten Baum, und wenn der Staat abwesend ist, das heißt der Organisationsleiter, dürfen wir Plastiktüten und Baumwollsäckchen voller Kirschen mit nach Hause nehmen.

Ich klettere ins Geäst, das von weitem dicht und undurchdringlich aussieht und von nahem einem windigen Dach gleicht. Das Dach wie auf Säulen aus Kirschhaut, die Glieder der Äste bernsteinversiegelt. Die Nähe der einzelnen Früchte, die Berührung der kühlen, glatten Haut, deren Oberfläche den Nebel des Atems auffängt und sich feucht anfühlt, und jener Geschmack im Mund einen Winter lang …

Ich hätte eigentlich Kamille pflücken gehen sollen. Ich ging aber nicht. Ich dachte lieber an die Kirschernte oder an ›Du und Ich‹. Ich war inzwischen zum interessantesten Kapitel gelangt, wie man sich befruchtete, wenn man sich liebte … Auf einmal ging mir ein Licht auf: Ich war doch auch eine Frucht, und wenn ich mich umsah, so wimmelte es vor lauter Befruchtung um mich herum! Und was ich aß und trank, war doch auch alles eine Frucht. Die Welt war auf einmal anders geworden, obwohl sie so war wie sie war. Sogar im Radio wurde dauernd von fruchtbaren Gedanken und Beziehungen zwischen Organisationen, Vereinigungen und Ländern laut und offen gesprochen! Und ich?! Ich hatte mir ein schlechtes Gewissen in den Pelz gesetzt wegen lauter unanständiger, aber dabei doch letzten Endes, wie sich erwies, fruchtbarer Gedanken. Für mich waren es bloß die unwürdigen Gedanken eines Mitglieds der Pionierorganisation gewesen, die mich ziemlich geplagt hatten.

Ich dachte immer wieder an die Stadt. Früher schaute das Fenster unseres einzigen Zimmers in den Hof hinein: ein paar Bäume, einige kleinere Dächer, ein Blick bis zum Kastaniengarten der Stadt. Plötzlich wurde unser Fenster blind. Nur einige Meter davor wurde ein Wohnhaus gebaut, das dreimal so groß war wie unser altes Mietshaus, in dem wir das eine Zimmer bewohnten. Wir blickten dumpf auf die Schlaf- und Küchenfenster unserer neuen Nachbarn, beneideten sie um die schönen Wohnungen und träumten von unserer eigenen Neubauwohnung, die wir eines Tages unbedingt haben würden. Der Häuserblock warf jetzt während des ganzen Tages seinen Schatten auf uns. Früher hatten wir erst am Nachmittag Schatten im Zimmer, bis dahin floss die Sonne durch die Gardine und erreichte sogar den Fußboden unter dem Tisch. Sie verlieh allen Gegenständen optimistische Farben: das Zimmer sah aus wie im Aufbruch begriffen. Am eindrucksvollsten wirkte der Kleiderschrank. Er glänzte mit seiner Politur und mit seinem aufgeblähten Bauch, als wollte er schon jetzt in die neue Wohnung ziehen. Seitdem aber das Wohnhaus vor unserem Fenster wachte, sah es im Zimmer trostlos aus. Zu jeder Tageszeit war es nun dunkel darin, an Regentagen schalteten wir das Licht schon mittags ein.

Nie kam ich mir in diesem Zimmer unentbehrlich vor. Auch nicht in der Stadt. Die Stadt schien ihre eigenen Gesetze zu haben, die mir fremd blieben. Das Alleinsein im Dorf war ein ersehnter Zustand – ich selbst sonderte mich ab, um meinen eigenen Wahrheiten nachzugehen. Die Stille war von Hühnern und Käfern, von Blättern und Spinnweben bewohnt. Die Stille im blinden Stadtzimmer meiner Eltern war mit Gegenständen überladen. Dort sitzen und warten, ein Gegenstand werden ... beinahe.

Ende des letzten Schuljahres. Die Aufnahme in die Pionierorganisation steht bevor. Ich habe Angst. Ich bin nicht die einzige, die zittert. Die Angst vor diesem Tag wächst stündlich. Werde ich in die Pionierorganisation aufgenommen? Mit unerfüllter Norm, mit einem Kapitalisten oder mehreren in der Familie, mit Gedanken an ›Du und Ich‹? Ich bin plötzlich vergesslich und geistesabwesend, ich zucke zusammen, wenn jemand unerwartet neben mir steht. Dauernd übe ich die Regeln des Kodex der Organisation und werfe die Sätze durcheinander, die sich wie die Zehn Gebote Christi anhören, die Maminka oft vorm Schlafengehen vor sich hinmurmelt. Maminka ist besorgt und rührt mir Honig mit Butter und kleingehackten Mandeln an, zur Stärkung: jeden Morgen ein Esslöffel.

Ich liege im Bett und zähle das Für und Wider meiner Aufnahme in die Organisation: Nein! So eine wie mich nehmen die nicht auf! Mir fallen alle die Schuljahresanfänge ein, an denen ich meine Schulbücher trotz unerfüllter Norm habe holen dürfen, mir fällt der Organisationsleiter ein, der öffentlich von einigen Schülerinnen sprach, die sich mit »nicht altersgemäßen Sachen beschäftigen« und »Anlass zu manchem Bedenken geben«. ... Ich bin voll und ganz davon überzeugt, dass er mich und keine andere meinte, und wäre am liebsten in den Boden versunken, aber es ging nicht. Nicht mal für die Freiheit kann man sterben, unter solchen Umständen!

Vor meinen Augen immer wieder die gleiche, furchterregende Szene: Wir sind schon alle versammelt, die rote Fahne in der Mitte gehisst. Der Organisationsleiter ruft alle der Reihe nach auf, wir sagen den Schwur, unserer geliebten Organisation und

Heimat treu zu dienen und den Sozialismus unter allen Umständen zu verteidigen, uns wird das rote Dreieckstuch um den Hals gebunden, das Zeichen der Zugehörigkeit zur Organisation, auch mir! Ich atme erleichtert auf. In diesem Augenblick jedoch ruft der Leiter laut meinen Namen, alle halten den Atem an, ich trete in die Mitte des Kreises. Der Leiter zeigt auf mich, anklagend: Sehen Sie sich diese Schülerin an! Sie hat zu Hause unterm Kopfkissen ›Du und Ich‹ liegen, sie beschäftigt sich mit unwürdigen Gedanken und hat sogar vor, es auszuprobieren ... Raus!! Raus aus der Organisation! Und er reißt mir das neue, schöne, frisch gebundene rote Seidentuch vom Hals ... Alle sehen mich anklagend an und verlassen festen Schrittes den Platz. Ich bleibe zurück und möchte am liebsten für die Freiheit sterben!

Dazu kam es, Gott sei Dank, nicht. Die beste Tugend eines Mitgliedes der Pionierorganisation schienen wohl doch seine Noten zu sein. Demnach war ich kein schlechtes Mitglied der Organisation, trotz Kamillenpflückschwierigkeiten und dergleichen.

Mir kam das Bild von Iwan, Elka und Mara in den Sinn, wie sie nach dem gemeinsamen Besuch im verlassenen Haus unter dem Dorflautsprecher standen und tuschelten. Es war wie eine Verschwörerszene. Ich war beunruhigt. Sogar Mara schien mir etwas zu verschweigen. Dieses überfüllte, blinde Stadtzimmer war schuld daran, dass mich diese Bilder überfielen, in denen ich immer draußen stand. Ich sehnte mich nach meinem Zuhause in Maminkas Nähe, wo alles Laute von sich gab, wo alles kroch und lief und flog und eine Stimme hatte. In der Stadt schien mich niemand zu vermissen. Im Dorf war ich unentbehrlich. Sogar der Staat brauchte mich. Mein schlechtes Gewissen begleitete mich weiter überallhin, doch auf dem Land konnte ich fast in Eintracht mit ihm leben.

28

Komm, Mara, sage ich am nächsten Nachmittag, ich will dir ein aufregendes Buch zeigen! Mara will nicht mit. Warum? Sie sagt nicht, warum. Ich habe das Buch im Abstellraum gefunden, beharre ich, eine Siebzehnjährige wird von einem Banditen entführt. Die ganze Zeit will der Bandit etwas mit ihr anstellen, aber ... Das macht auf Mara keinen Eindruck. Mara wollte sich das tolle Buch nicht zeigen lassen, sie sagte einfach, sie hätte zu tun. Was sie zu tun hatte, sagte sie mir zum ersten Mal nicht. Verzweifelt entschloss ich mich, den ganzen Morgen Kamille zu pflücken. Schließlich war es meine Pflicht, und ich war stolz auf mich bei dem Gedanken, dass ich den ganzen Morgen eisern meine Pflicht erfüllen würde.

Den Kamillenpflücker im Korb, eile ich zum unteren Ende des Dorfes. Ein frischer Wind weht mir durchs Haar. Den Kalten Krieg im Nacken, fühle ich mich zu Heldentaten auserkoren. Der Lautsprecher spornt mich an, er spricht mich persönlich an und will mir klarmachen, wie viele Gramm-Stotinka-Zentimeter-Sparmaßnahmen ich selber durchführen muss, um glücklich zu sein. Beinahe habe ich das Gefühl, dass mir eine ganze Mannschaft Kamillenpflückerinnen und -pflücker folgt; ich führe sie an zu einer dichten Kamillenwiese, auf der man mit einer Handbewegung das Holzgerät mit den Stahlzähnen halbvoll bekommt: eine Bewegung – ein Pfund!

So. Jetzt bin ich da, auf der Wiese vor dem Dorf. Ich schaue mich sicherheitshalber um und bilde mir ein, dass jeden Augenblick der Bus aus der Stadt herannahen wird. Ich sehe schon sein weißes Dach in der Sonne leuchten und glaube, meine Mutter am Fenster zu sehen. Ich werfe den Korb hin und falle ihr um den Hals. Ihre Haut riecht nach Kamille und Staub und ist heiß, so heiß ... Vater ist auch da. Ich fasse sie beide an der Hand und führe sie durchs Feld. Die Sonne sticht. Die Wolken am Himmel gleichen frisch gewaschenen Hemden, aufgebläht im Wind. Ja, Vater hat sein weißes Hemd ausgezogen, und es hängt am Himmel zum Trocknen. Die Sonne sticht. Weiße Riesenblüten bedecken den Himmel, das Grelle sticht in die Augen, mein Kopf tut weh ... Scheißkamille!

In der Nähe grasen Schafe. Wie klein und mickrig sie sind! Es soll wunderbare Schafe geben! In der Nachbarkooperative werden viel höhere Erträge gemeldet: Ihre Schafe sollen dreimal soviel Wolle und viermal soviel Milch geben! Da schämt man sich richtig, wenn man solch armseliges Vieh vor sich grasen sieht! In die Stadt sollte ich ziehen. Da gibt es keine Pläne! Nicht dass ich wüsste ...

Der Gedanke, dass ich früher oder später das Dorf verlassen müsste, plagte mich. Obwohl es noch gar nicht so weit war, hatte ich doch das Gefühl, einen Verrat zu begehen. Ständig dieses schlechte Gewissen! Ich schämte mich für die unglückseligen Schafe unserer Kooperative, ich schämte mich wegen meiner Unfähigkeit, mich zusammenzunehmen und die Kamillennorm zu erfüllen. Ich musste meinen Eltern ständig vorlügen, dass Maminka und Djado in Eintracht lebten, ich verschwieg die Prügelei und die Tränen, das im Kopfkissen eingenähte Buch ›Du und Ich‹, das wohl das Allerschlimmste von allem war ... Leider konnte man nur einmal für die Freiheit sterben!

Jemand ruft mich. Ja, ja! Jemand ruft mich, und ich drehe mich um: Maminka. Was ist denn, Kind, warum kommst du eigentlich nicht? Lass mal sehen, was du gepflückt hast. Das sind ja bloß ein paar Gramm, Mila! Tatsächlich, der Boden des Korbes ist kaum bedeckt. Und ich glaubte, eine ganze Mannschaft anführen zu können! Kiloweise wollte ich Kamille pflücken! Na komm schon, tröstet mich Maminka, es wird schon werden! Ich hab dir Hühnersuppe gekocht, mit Ei und viel Zitrone darin.

Jemand grüßt: Tach! Kunka, meine Mitschülerin Kunka, die jeden Tag unentwegt Kamille pflückt. Wie viel hast du denn schon im Korb, Kunka? Ich versuche, heiter zu wirken, und verstecke meinen eigenen Korb hinter Maminkas Rock. Aaach, nicht so viel, ein, zwei Kilo nur. Ich hab die Norm sowieso schon erfüllt, jetzt pflücke ich nur so zum Spaß weiter, solange ich Lust habe ... Soso, sage ich, du hast die Norm schon erfüllt ... Warum pflückst du denn dann weiter, wenn du sie schon erfüllt hast? Willste nen Orden kriegen? Was soll ich denn damit, sagt sie gleichgültig, ich brauch bloß Geld, du weißt doch, meine Eltern ...

Plötzlich kann ich es mir nicht mehr verkneifen und frage sie nach den Büchern: Und die Bücher? Ach, die Bücher! Ich werde sie schon lesen, antwortet sie verärgert und bückt sich wieder. Plötzlich wird es mir leichter ums Herz, und ich rufe erheitert: Tschüüß!

Gemein sein tut manchmal richtig gut!

Meine Fußsohlen fühlen den warmen Staub weich wie Mehl, meine Zunge schmeckt den Himmel, es riecht nach in der Sonne gebackenen Kuhfladen ... Plötzlich bin ich der glücklichste Mensch auf Erden: Sommer! Die Pusteblumen zittern gehörig, aus Angst vor dem Wind, die Butterblumen glänzen, glattpoliert von der Mittagshitze. Dieser Tag, die Häuser am Weg entlang, sogar die paar mickrigen Schafe gehören mir. Es sind meine Ferien, auf die ich so lange gewartet habe, und ich lasse sie mir nicht verderben: Achtzig Prozent und das Knopfloch entzwei!

Wer war es, der mir das Jetzt wie einen Sicherheitsgurt umgeschnallt hatte? Später versprach. Jetzt stellte Forderungen an mich, denen ich nicht gewachsen war. Damals existierte noch nicht. Und wenn es da war, trug es sehr vertraute Gesichter. Es roch nach etwas, das ich kosten wollte, es überfiel mich, und ich wusste noch nicht, dass es eines Tages Erinnerung heißen würde.

29

Meine vielen Vettern ... So viele, dass ich sie gar nicht mehr zählen konnte. Petjo. Jedes Mal, wenn ich seinen Namen aussprach, dachte ich an seine Zähne. Als ich mal gerade nicht das spielen wollte, wozu er Lust hatte, biss er mich in den Nacken, so stark, dass ich meine »andere« Großmutter, Baba Dotschka, zu Hilfe rufen musste. Es war in jenem Sommer, in dem ich meine ersten Schulferien bei ihr in Rawno verbrachte. Damals war Petjo fünf, und er biss sich in mein Gedächtnis hinein, narbentief.

Seither verlebten wir jedes Jahr einen Teil unserer Sommerferien gemeinsam bei Baba Dotschka. Rumen war damals noch nicht da, er konnte noch nicht da sein, da er zu der Zeit gerade geboren wurde. Wenn es jedoch nach ihm gegangen wäre, so wäre er schon damals mitgekommen. Er war Petjos kleiner Bruder, und er wollte immer dabei sein, egal ob man es ihm abgeschlagen hatte oder nicht. Wir dachten uns die tollsten Untertauchtechniken aus, damit wir ihn bloß loswurden – es klappte nicht. Meistens versuchten wir uns einfach durch Wegrennen zu retten, was später auch wenig nutzte: Rumen lief weitaus schneller als wir, obwohl er klein war, und holte uns einfach ein. Petjo kniff ihn in den Hintern, und ich sagte zu ihm verächtlich: Klette!

Auaaaa! Katz-katz-Badwata! Rumen drohte uns in seiner Kindersprache und machte mit der Hand eine Hackbewegung auf seinen eigenen Nacken, womit er meinte, dass er uns den Kopf mit dem Beil abhacken würde. Wir nahmen uns in Acht und gingen einfach weiter, erzählten etwas, wovon er nichts verstand, krochen im Gebüsch hinter dem Misthaufen herum, wo es so eng war, dass nur zwei nebeneinander hocken konnten, und er, der Kleine, musste »draußen« bleiben. Katz-katz-Badwata, rief er und lief irgendwohin, kam zurück und bewarf uns mit faulen Eiern und Äpfeln. Wir schrien im Duett: Baba Dotschkaaaa! Der Rumen, der spinnt mal wieder, der schmeißt faule Eier! Hörst du nicht?! – Keiner da. Wir hatten es satt. Ich wollte Petjo mein neuestes Gedicht vorlesen, ›Erinnerung an die Pilznacht‹, dramatisch. Die Lesung scheiterte, denn wir hatten uns zu viele andere Sachen zu sagen.

Petjo weiß, dass ich Schriftstellerin werde. Ich weiß, dass Petjo Maler wird. Wenn einer schon mit zehn Baba Dotschkas Häuschen in Wasserfarben malt und an den Fenstern sogar die Alpenveilchen zu erkennen sind, ist er eigentlich schon ein Maler. Petjo hat auch vor, mich zu malen, mit Ölfarbe sogar, aber er wartet noch, dass mein Gesicht älter wird, damit es sich leichter erfassen lässt. Es tut mir gut, dass er mein Gesicht malenswert findet, zumal ich bestimmt keine Schönheit bin, nach den Worten Lelja Gretas zu urteilen. Lelja Greta ist Mutters Schwester und meint, alles sagen zu dürfen, was ihr so durch den Kopf geht. Sie behauptet sogar, dass meine Nase weiter wachsen wird, obwohl ich sie schon groß genug finde. Und die Füße auch. Von mir aus sollen sie wachsen, die Füße, soviel sie wollen ... Eines Tages hören sie doch auf, und aufs Porträt gehören sie auch nicht. Es wäre aber tatsächlich zu überlegen, ob mich Petjo nicht lieber jetzt malen sollte. Wegen der Nase. So könnten wir ihr zuvorkommen, sonst ... Das muss man sich mal vorstellen: eine richtige Schriftstellerin mit einem Kolben von einer Nase. Nein, jetzt soll er mich malen! Ich habe zwar meine Romane noch nicht geschrieben, aber die Nase ist noch klein, und darauf kommt es schließlich an. Petjo hat ja auch seine Bilder noch nicht gemalt. Das Malen, das hat er bestimmt von meinem Vater geerbt. Zwar ist mein Vater nicht sein eigener Vater, aber es liegt in der Verwandtschaft.

Jeder Name ist eine Masche im großen Geflecht der Zeit. Das bloße Aussprechen eines Namens ist der Anfang einer neuen Geschichte. Die Geschichten hängen an den Namen, und ich erschrecke bei dem Gedanken, dass ich die ganze Vergangenheit aufribbeln könnte, wenn ich nicht jede einzelne Masche fassen, jede einzelne Geschichte erzählen würde. Und in diesem komplizierten Geflecht werde ich als Faden durchgezogen, als roter Faden vielleicht, oder als unsichtbarer, doch stark genug, um das Angefangene zu Ende zu bringen. Dass ich mich dabei selbst verliere, kommt mir nicht in den Sinn. Gelegentlich gehe ich in einem anderen Namen auf, verwische die Grenze zwischen Ich und Erinnerungsmaschen, kehre zurück und erwache am Schreibtisch mit dem Wunsch, meine eigene Geschichte und alle Geschichten zugleich sein und sie erzählen zu können.

Petjo ist da, weil er malt. Wenn ich »Petjo« sage, kommt mir Vater in den Sinn, und irgendwann ist Vaters Vater dran. Zako, hatte Djado Kosta, Vaters Vater zu seinem Sohn gesagt, ich hab kein Geld fürs Gymnasium. Wenn du weiterlernen willst, dann musst du dir das Geld selbst verdienen! Und Vater verdiente es sich! In den Sommerferien durchstöberte er die Müllhalden in der Nähe von Rawno und Kamenovo, fand alte Bretter und Bleche, reinigte sie und begann, das Firmenschilderschreiben und -malen zu üben. Sein Onkel, Tschitscho Ljuben, ein reicher Kaufmann, kaufte ihm die Firmenschilder ab und gab ihm sogar noch die Ölfarben und Pinsel dazu.

Wie viel willst du für die drei Schilder haben, Jungchen? Tschitscho Ljuben hatte dies gefragt, nachdem er sich die Schilder lang genug angeschaut hatte. Sechstausend Lewa, antwortete Vater, und der Onkel hätte vor Staunen beinahe eine Kiefersperre bekommen, so weit riss er den Mund auf. Sechstausend Lewa willst du haben? Das ist aber viel Geld, Junge! Sieh mal, Tschitscho Ljuben, antwortete mein fünfzehnjähriger Vater, wenn du sie dir in der Stadt von einem richtigen Schilderschreiber schreiben lässt, dann kostet dich das sechzehntausend Lewa! Und ich will nur sechstausend Lewa von dir, was sagst du nun? Was hat er denn gesagt, fragt Petjo an dieser Stelle immer wieder. Nichts hat er gesagt, antwortet ihm Vater wie immer, er hat bloß seinen Gurt gelockert, den Geldbeutel aufgeschnürt und mir sechstausend Lewa in Goldstücken ausbezahlt.

Und während Vater erzählt, löst er sich von sich selbst ab, fängt er an, sich selber von außen zu betrachten. Er sagt nicht mehr »Ich«, sondern nur noch »Zako« zu sich selbst. In seiner Erinnerung betrachtet er jenen fleißigen Jungen von damals, als sei er sein kleiner Bruder oder sein Sohn, auf den er, der Heutige, stolz ist, und erzählt weiter, in jenem Winter 1940/41 brauchte Zako keine Kürbiskerne mehr zu knabbern, um dem Hungertod zu entgehen.

Ich saß in Vaters Schoß und hörte zu, und das, was er erzählte, machte mich zu einem Teil von ihm, die Grenze zwischen meinem erzählenden Vater und mir wurde verwischt: Die Grenze zwischen meinem erwachsenen Vater und dem kleinen Jungen von damals, der Vater in seiner Geschichte war, wurde auch verwischt, und ich saß in seinem Schoß und hörte zu, während der Winter des Jahres 1940/41 über die Dächer der Stadt fegte.

Es ist kalt. Ich bin der vierzehnjährige Zako im Jahr vor dem Schildermalen. Eingewickelt in eine schwere Wolldecke, liege ich im Bett und starre zur Decke hinauf, wo das Zimmer nur durch einen zehn Zentimeter langen Holzkeil zusammengehalten wird, der in einem gefährlich klaffenden Spalt steckt. Ich könnte dem Frieren, dem Hunger ein Ende setzen, wenn ich den Keil aus dem Spalt herausziehen würde. Das Zimmer würde dann sofort zusammenstürzen, und mir würde es warm. Ich würde auch den Hunger nicht mehr spüren, und alles wäre vorbei. Ich bleibe liegen, ziehe den Keil nicht heraus, stehe kurz auf, hole mir das Matheheft und den Stift, die letzte Handvoll Kürbiskerne für heute, versuche meine Hausaufgaben zu schreiben, unter der Decke.

Ein Jahr später friere ich nicht mehr. Im Ofen brennt das Feuer, das Dach ist repariert, Kürbiskerne knabbere ich auch nicht, weil über der offenen Flamme ein Topf mit Bohnensuppe köchelt. Drei Firmenschilder hatten dem Fünfzehnjährigen ein warmes Zimmer, Suppe und einen erträglichen Winter in der Stadt verschafft. Vater nahm jetzt auch Petjo auf seinen Schoß, umarmte uns kräftig, rieb sein glattrasiertes Gesicht an unseren Gesichtern und erzählte weiter.

Eines Tages fuhren sein Vater, Djado Kosta, seine Mutter, Baba Dotschka und er durch die Stadt, durchs Einkaufszentrum, Tscharschija genannt. Und was sah er da? Zwei Männer saßen auf dem Bürgersteig vor der offenen Tür eines Hofes, voll mit Firmenschildern. Djado Kosta, rief Vater, halt an! Djado Kosta hielt an, sah seinem Sohn zu, wie er den Hof betrat und hörte ihn fragen, ob er mal zusehen dürfe, wie die Schilder geschrieben werden. Na klar, darfst du das, Junge, guck nur, soviel dein Herz begehrt! So wird das also gemacht, dachte Vater. Er sah, wie die Männer mit Ölfarbe eine gerade Linie zeichneten, ohne zu tropfen. Das Tropfen hatte ihm immer wieder alles verdorben ...

Die Tür geht auf. Baba Dotschka, Vaters Mutter, stellt drei Gläser mit kaltem Wasser vor uns hin, in jedem Glas ein Löffel Sladko, eine weiße Zuckermasse, die einfach »Süßes« heißt. Das ist so süß, dass wir nach jedem winzig klein abgebissenen Stückchen einen großen Schluck Wasser trinken, damit es überhaupt rutscht. Vater steckt den Suppenlöffel mit dem Sladko ganz in den Mund. Petjo versucht, es Vater nachzumachen und auch den Suppenlöffel mit dem süßen Zeug ganz in den Mund zu stecken. Es gelingt ihm nicht, der Löffel ist zu groß für seinen Mund, und er beißt die klebrige Masse vom Löffel ab, nimmt einen Schluck Wasser dazu und lässt den Löffel wieder ins Glas hineinplumpsen. Einen Augenblick lang beobachten wir alle drei ganz gespannt die Luftbläschen, die vom Boden des Glases emporschweben und sich an der Oberfläche in nichts auflösen.

Dann erklärt uns Vater geduldig, wie man einen Pinsel mit einem besonders langen Stiel nimmt, dessen Ende mit Stoff umwickelt, und wie man mit diesem Ende über die noch nicht bemalte Fläche fährt, ein gerades Brett darunter. So hat man im Nu eine gerade Linie gemalt, ohne Kleckern, ohne was, triumphiert Vater. Wir sind sprachlos. Petjo läuft weg und sucht einen Stiel. Er will es sofort ausprobieren.

Schade, dass man Vater nicht heiraten kann, dachte ich oft. So einen Mann wünschte ich mir später: so einen mit samtweicher Glatze, mit weißem Hemd, und der Geschichten erzählen kann. Vor allem Geschichten! Und beim Erzählen an seine eigene Geschichte glauben, darauf kommt es im Leben an, dachte ich. Und einen Bruder wünschte ich mir auch. So einen wie Petjo, mit kurzen Hosen und dünnen Beinen, mit eckigen Schultern und weichen Händen, so einen, der immer bereit war, sich zwischen mich und die Flugbahn einer faulen Tomate zu stellen, wenn es darauf ankam.

30

Die Kinder, die in der Stadt lebten, brauchten in den Ferien keine Kamille zu pflücken. Sie züchteten Kaninchen, sammelten altes Eisen und Altpapier, manchmal auch Flaschen. Ich wollte auch lieber Kaninchen züchten. Und überhaupt lieber in der Stadt sein, manchmal. Man nahm uns auch wirklich ran: Im vorigen Jahr hatten die Kamillen- und die Kirschernte tatsächlich nicht gereicht; Altpapier und Eisen mussten wir auch noch sammeln.

Eines Tages würde ich in die Stadt ziehen, zu meinen Eltern. In die neue Wohnung. Mit Blick auf den Kastaniengarten. Zentral. Dem »Amerikanischen Markt« gegenüber, der »amerikanisch« hieß, weil die Preise dort so hoch waren. Alles dort wurde von privaten Bäuerinnen angeboten und war doppelt so teuer wie anderswo. Schon wieder die Kapitalisten, dachte ich, die Amerikaner, und nicht nur im Radio! Die Bäuerinnen standen dort von morgens bis abends, boten ihre Ware an. Vor allem gegen Ende März, Anfang April. Sie standen dort vor ein paar Petersilien- und Salatbündelchen, vor ein paar Eiern, vor einigen Sträußchen Brennnesseln und Spinat und froren. Wer gibt schon dreißig bis vierzig Stotinki für einen faustgroßen Kopfsalat aus? Und wer nicht, nach all den grünlosen Wintermonaten! Sie wurden ihre Ware los, schneller als man denkt. Schon zwei Wochen später sah der Markt farbenprächtiger, bulgarischer aus. Die Stände quollen über vor dicken, frischen Zwiebel- und Knoblauchbündeln, Riesen-Kopfsalaten, Spinat und sogar Radieschen. Grün auf den grünen Ständen, grünumrahmt von der Kastanienwand dahinter, die sprießen und blühen und das gesamte Grün bis zum Gehtnichtmehr mit den Kastanienkerzen sprengen wollte.

Ich bin eine Verräterin. Und das ist viel schlimmer, als verwöhnt zu sein. Noch habe ich es nicht getan. Bald werde ich es aber tun, und ich fühle mich gar nicht gut, wenn ich daran denke. Ich hatte mir geschworen, mein Leben im Dorf zu verbringen, niemals in die Stadt zu ziehen. Niemals! Erst wollte ich Kinderärztin werden, dann Schaffnerin. Dann Schriftstellerin. Jetzt weiß ich, dass ich Lehrerin werde wie Rajna die Königin und den Dorfkindern das ABC beibringe.

Ich denke gern an die Stadt und an die neue Wohnung, die wir eines Tages unbedingt haben werden. Ich ertappe mich bei der Vorstellung von der sogenannten Dwischenije, der abendlichen Promenade der Spaziergänger samt Feierabendstimmung, und mittendrin ich, Mila, auf und ab, beide Eltern oder eine Freundin am Arm, heiße Maiskolben aus dem rollenden Ofen knabbernd.

Verräterin! Ich fahre hin, in die Stadt. Ich werde dort leben. Lernen werde ich. Und eines Tages bestimmt ins Dorf zurückkommen. Ich werde dann bis an mein Lebensende den Dorfkindern Lesen und Schreiben beibringen. Mein Verrat wird also vorübergehend sein. Das beruhigt mich. Es ist sozusagen ein unausweichlicher Verrat.

Am meisten erschreckten mich die Meldungen aus dem Radio, aus denen man erfuhr, dass »jemand sein Land verraten« habe und ins Ausland, ins westliche Ausland, geflüchtet sei. Nie werde ich mein Land verlassen! Alle, die es verließen, waren Verräter. Den Verrat würde ich nie begehen. Und die schlimmsten Vorstellungen, die ich in diesem Zusammenhang zu bewältigen hatte, waren die Gedanken an jene, die im Ausland starben. Dass ich in meinem Land sterben würde, stand fest. Sogar wenn ich mich im Kalten Krieg bewähren müsste, würde ich mein Land nie verlassen. Unsere Geschichte kannte keinen Napoleon und keinen Hitler, und wenn die bulgarischen Könige früher mal die Grenzen unseres Staates erweiterten, so war es bloß eine geschichtliche Notwendigkeit, das zählte nicht.

So viel wusste ich: Wir hatten das fünfhundertjährige Osmanenjoch von 1396 bis 1878 überstanden, die Freundschaft Hitlers und die Bruderschaft Djado Iwans (zufällig war Russland ein Namensvetter meines Großvaters). Den Kalten Krieg, den überstehen wir auch, redete mir Maminka ein, und die Vorstellung, dass sich dieser Krieg auf unserem Grund und Boden abspielen würde, ließ mich nicht los. Sich daran beteiligen, ohne die Heimatgrenzen zu verlassen, war die Voraussetzung für alles Weitere. Und sobald ich von jemandem erfuhr, dass er »sein Land verraten habe«, schmerzte es mich für ihn. Er hatte seine Chance verspielt, sich im Kalten Krieg zu bewähren.

Abends, vor dem Einschlafen, las mir Maminka immer noch vor. Ich hörte ihr gerne zu, ich hörte ihre Stimme bis in den Schlaf hinein ... Die Gedanken an den Verrat und an den Kalten Krieg kamen kurz vor dem Einschlafen, erst wenn Maminka das Zimmer verlassen hatte. Manchmal sang sie mir ein Lied vor, ein Volkslied ... von Janka, die nicht gewebt und nicht gesponnen hatte und, wenn der Sonntag kam, zu Hause sitzen musste, weil sie keine Karljanka, keine neue hübsche Volkstracht, zum Ausgehen hatte. Janka tat mir leid und ich beweinte ihr Los kurz vorm Einschlafen, obwohl genaugenommen sie selbst daran schuld war. Das Lied ›Balkandschi Jowo‹ dagegen wühlte mich regelrecht auf. Dieses Lied sang Maminka niemals vor dem Einschlafen. Sie sang es beim Brotbacken, beim Kneten von Gehacktem für die Frikadellen und Kebaptscheta und allen anderen Sorten Hackfleischspezialitäten, beim Bohnendöppen und Strickwestenaufribbeln oder beim Haarewaschen:

Gäbst du nun, gäbst du, Balkandschi Jowo,
Jana, die Schöne, dem Türkenglauben?
Die Hände gäb ich,
niemals die Jana dem Türkenglauben.
Sie hackten ihm ab dann beide Hände
und fragten wieder und immer wieder:

Gäbst du nun, gäbst du, Balkandschi Jowo,
Jana, die Schöne, dem Türkenglauben?
Die Füße gäb ich,
niemals die Jana dem Türkenglauben.

Dann also waren die Füße dran, dann ließ sich Balkandschi Jowo auch die Augen ausstechen und wollte Jana immer noch nicht hergeben. Er war bereit zu sterben, um sie vor der Andersgläubigkeit zu bewahren. Dann kam jene Stelle im Lied, bei der ich nur noch laut heulte:

Sie stachen ihm aus dann beide Augen
und fragten nimmer und nimmer wieder.
Sie nahmen einfach Jana, die Schöne.

Die Hände fehlen, sie zu umarmen.
Die Füße fehlen, sie zu begleiten.
Die Augen fehlen, ihr nachzuschauen.

Der Schlaf deckte mich langsam zu. Zwei Frauengestalten trugen mich zum Backofen hin. Vor dem Eingang wartete Maminka mit gefährlich grünen, verweinten Augen und mit der Holzschaufel in der Hand. Die zwei, die mich zum Ofen trugen und sich beklagten, dass sie keine Volkstracht zum Ausgehen hatten, waren Soja Kosmodemjanskaja und Jana, die Schöne. Ich war ich, und ich war Soja, und ich war Jana, die Schöne, und die Stimme meiner Großmutter zugleich.

31

Wer ruft da? Ich kenne diese Stimme. Es ist die Stimme unserer Nachbarin. Ich weiß nicht, wie sie heißt. Ich nenne sie bloß Kaka. So redet man die eigene Schwester oder jede beliebige weibliche Person an, die älter ist als man selbst. Für mich ist sie eben Kaka; Maminka dagegen nennt sie Bulka, »Braut«, weil Kaka noch so frisch verheiratet ist. Kaka füttert Maminkas Hühner und Kaninchen, wenn wir zu uns in die Stadt müssen. Jedes Mal laufe ich ihr entgegen, und sie hebt mich hoch in die Luft. Dann schaue ich in ihre dunklen Augen von oben herab und habe jedes Mal das Gefühl, in diese Augen hinabzusteigen, während sie mich hinunterlässt. Beim Hinunterlassen springt mir der Rock hoch – ein Fallschirm, der mich bis zur Erde trägt.

Heute laufe ich ihr nicht entgegen. Ich weiß nicht, warum. Ihr Ruf »Leljaaa! Tanteee!« hört sich wie ein Hilferuf an. Ich bleibe lieber hinter den Dahlien hocken und beobachte Kaka durch die Blumen. Hiiier! Maminkas Stimme hallt durch den Hof, vom Gemüsebeet herüber. Maminkas Stimme ist kräftig und jung. Kaka ist eine gutaussehende, sehr kleine, aber stämmige Frau mit einem fast kastanienfarbenen Zopf, mit schwarzen Augen, die das ganze Gesicht überschatten – so schwer sind die Wimpern, und mit sehr breiten Schenkeln. Sie ist barfuß und kaut an einem Grashalm. Ihr Gesicht ist blasser als sonst, der Blick zu Boden gerichtet. So kenne ich Kaka gar nicht.

Ich warte. Maminka kommt, die Schürze voll trockener Bohnenschoten, die Arme bis zu den Ellenbogen zerkratzt. Tach, Bulka, wie steht's? Stehen tut's, Tante, sehr oft sogar, aber so geht's nicht weiter! Maminka schüttet die Bohnenschoten in einen Eimer und fragt ruhig: Bist du schon wieder soweit? Ich rühre mich nicht vom Fleck. Schon wieder die gleichen Worte! Als unser Schaf Wakla das schwarze Lämmchen gebären sollte, sagte Maminka auch, sie ist soweit. Baba Pena sprach vor ein paar Tagen auch von einer Frau, die soweit wäre ... Und als Baba Mita sterben sollte, war sie noch nicht soweit.

Ich bin auch so weit. Ich muss es jetzt wissen! Eine Fliege kriecht mir über die Oberlippe. Ich strecke die Zunge vorsichtig heraus und jage sie damit fort. Ich wage es nicht, mich zu rühren, damit man mich nicht bemerkt. Inzwischen hat Maminka den Schotenstaub von ihrer Schürze abgeschüttelt und das Kopftuch neu gebunden. Maminka fragt leise: Wie lange ist es denn her, Bulka? Zwei Monate, was weiß ich, sagt Kaka und schaut zur Seite hin. Ihre Finger spielen mit dem Ende des Zopfes, der ihr bis zur Brust reicht. Ist es also zweimal ausgeblieben? Bei diesen Worten schaut Maminka auch zur Seite hin. Ja, flüstert Kaka, ich wollte erst in die Stadt, aber mein Mann würde fragen, warum. Ich will es nicht haben, noch nicht! Gerade haben wir angefangen zu bauen, und die Abendkurse ... Maminka beruhigt sie: Mach dir keine Sorgen! Es ist ja deine Sache, ob du es willst oder nicht! Und wenn du es nicht willst, Bulka, dann ist es dein gutes Recht, dich zu befreien! Danke, Tante!

Kaka schaut zum ersten Mal auf, und die Blässe schwindet langsam aus ihrem Gesicht. Ich kann dir nicht helfen, nicht direkt, Bulka, aber wir gehen zu Neda Malakova. Setz dich aber erstmal hin, unter die Weintrauben. Hier, sind die nicht gut? Du solltest von meinem Kirschmost kosten. Das tut gut in der Hitze.

Kaka setzt sich erleichtert unter die hängenden Weintrauben. Sie spuckt den Grashalm aus und wischt sich die vollen Lippen mit einem Zipfel ihrer bunten Schürze ab. Sie sitzt zwei Schritte von mir entfernt. Mein Herz klopft so laut, dass sie es eigentlich hören müsste. Sie vermutet mich aber nicht, nicht hinter den Dahlien. Maminka schaut sich nach mir um. Wo steckt denn Mila? Sie stellt zwei Gläser mit Kirschmost auf den Tisch. Prost, Bulka! Auf das neue Haus, auf die Abendkurse! Und an ein Kind kommt man auch später dran, schneller als man denkt! Vor allem, wenn du dich weder mit dem Arzt noch mit Malvenwurzeln abgibst, wenn du weißt, was ich meine, Frau! Neda Malakovas Hand muss dich anfassen, damit der Wolf satt wird, aber das Lamm unversehrt bleibt!

Maminka nippt am Glas. Beide Frauen schweigen. Man hört das Summen der Bienen und Wespen, die vergeblich an die Trauben wollen. Sie müssen noch warten, bis die Trauben reif sind, bis September. Ich rieche den Kirschmost in den Gläsern und meinen eigenen Schweiß. Kaka fragt vorsichtig: Tut's denn weh, Tante? Ja, antwortet Maminka, ohne Wehtun geht's nicht! Aber es gibt kein Blut, kein Schaben, keine Gefahr, dass sich was entzündet. Sag bloß! Kakas ganzes Wesen leuchtet auf, nicht wie beim Arzt? Aaach was, wie beim Arzt! Hör mal, Bulka, ich sag es dir genau, wie es ist, damit du keine Angst hast.

Beinahe werde ich ohnmächtig hinter den Dahlien. Jetzt hat es mich erwischt, denke ich, das ist der Strom. Mit Kinderkriegen hat es, hat alles zu tun, jawohl! Alles in dieser Welt hat etwas mit Kinderkriegen zu tun! Ich bin also, fährt Maminka fort, 1960 das letzte Mal bei Neda Malakova gewesen. Es ist nicht lange her, sie hilft immer noch. Ein Genie, das sag ich dir, Mädchen! Wenn du einem Genie noch nicht begegnet bist, danke Gott, denn bald wirst du einem begegnen! Sie muss inzwischen achtzig sein. Ich bin damals, was weiß ich, ich glaub zum zwanzigsten Mal bei ihr gewesen ... Ich bin schon wieder soweit, Lelja Neda, sage ich und reiche ihr die dreißig Lewa. Wieviel sie heute nimmt, weiß ich nicht. Damals, 1960, war das auch schon viel, aber auch nicht zu viel für diese Hilfe. Gott mit dir, Kind, sagt Lelja Neda Malakova zu mir und führt mich ins Gästezimmer hinein.

Kaka setzt sich auf den vorderen Rand der Bank. Scheißfliege! Sie kriecht wieder über meine Oberlippe, beinahe berühre ich sie mit der Zunge, erst dann fliegt sie weg, das faule Vieh! Ich bekomme einen steifen Hals, aber ich halte durch. Maminka stellt das ausgetrunkene Glas hin. Trink doch, Bulka, trink, ich gieß dir nochmal ein! Kaka leert ihr Glas nochmal aus. Danke, Tante, und wie ging es weiter? Maminka erzählt weiter.

Leg dich hin, Kind, sagt Lelja Neda Malakova zu mir, und ich lege mich hin. Auf den Tisch. Sie legt ein Betttuch darunter. Hart muss es sein, sagt sie, die Unterlage muss hart sein, Kind, sonst klappt's nie. Zwanzigmal hab ich mir von dir helfen lassen, Lelja Neda, sag ich, ich weiß gar nicht, wie ich dir danken soll! Bedanke dich bei deinem Herzallerliebsten, dass er dich immer wieder zu mir schickt, Gott helfe ihm, Kind, und seinen Lenden, aber lass den Kummer Kummer sein, es gibt im Dorf einige Frauenzimmer, die es in zwanzig Jahren auf fast dreißig Aborte gebracht haben!

Kaka streift mit einer hastigen Bewegung das Tuch vom Kopf und knüllt es in beiden Händen zusammen, und dann, Tante, wie ging es weiter? Dann kommt's, Bulka, dann kommt's! Lelja Neda macht dir den Bauch frei und fängt an, dich abzutasten, du wirst selber sehen, es ist wie ein Wunder. Maminka streckt beide Hände von sich, legt sie auf den Tisch, mit der Handfläche nach unten, hier – und sie zeigt auf eine unsichtbare Stelle auf dem Gummituch – hier ist dein Nabel, wenn du dir das bitte vorstellen magst. Lelja Neda fängt also vom Nabel aus an und sucht, rauf und runter, links und rechts, dabei drückt sie immer fester ins Fleisch hinein. Von außen, natürlich. Dann stellt sie sich an deinen Kopf, beugt sich rüber, lässt die Finger keinen Augenblick vom Bauch los und greift plötzlich fünf bis sechs Zentimeter unter dem Nabel hinein, Gott sei mit dir, Kind, sagt sie laut und: Beiß jetzt die Zähne zusammen! Kaum hast du die Zähne zusammengebissen, da ist es schon geschehen! Mutter, Mütterchen, hab ich geschrien, hast du mir, Lelja Neda, das Herz ausgerissen? Das Herz hab ich dir drin gelassen, Kind, antwortet sie und deckt mich zu, aber ihm hab ich den Hals umgedreht, dem Ungebetenen, für immer und in alle Ewigkeit, Amen! Sag danke schön und steh auf, Gott segne dich, und ... bis zum nächsten Mal!

Kakas Mund hängt offen, ihr tränen die Augen, und sie wischt sie mit dem Ende der Schürze ab. Bei mir, fährt Maminka fort, bei mir hat es eine halbe Stunde später schon geschmiert, die Blutung fing schon an, während ich mich auf Lelja Nedas Bett ausruhte. Am fünften Tag, Bulka, fiel es von mir ab, so groß wie eine Walnuss.

Hinter den Dahlien hockend sehe ich, wie Kaka und Maminka den Hof verlassen. Dann höre ich Maminka das Tor zuknallen und laut vor sich hin reden, wo bleibt denn die Mila? Leise übergebe ich mich in meinen eigenen Schoß. Ich bin so steif geworden, dass ich noch lange in der Hocke bleibe, den Blick in meinen eigenen Schoß getaucht, den widerlichen Geruch in der Nase. Ich bin da, ich bin froh, dass mir Lelja Neda Malakova den Hals nicht umgedreht hat, es hätte ja sein können ... Trotz ›Du und Ich‹ weiß ich noch immer nicht, wie man Kinder macht, aber ich weiß schon, wie man sie wegmacht. Alles der Reihe nach ...

32

Die Pflichtlektüre blieb nicht ohne Folgen, und das Geheimnis von Mara, Elka und Iwan war kein Geheimnis mehr.

Eines frühen Morgens schleppte mich Mara in die Schule, obwohl es Ferienzeit war. Wir betraten unser Klassenzimmer durch das Fenster, nachdem wir mit einer Leiter das Parterre überwunden hatten, und ich traute meinen Augen nicht: ›Timur und sein Trupp‹ warteten auf mich, als seien sie den Seiten dieses faszinierenden Kinderbuches des sowjetischen Schriftstellers – na wie hieß er doch ... Jedenfalls war das nicht nur mein Lieblingsbuch, sondern das der meisten Schüler meines Alters. Unsere halbe Klasse empfing mich, und mit dem Sprung durchs Fenster geriet ich mitten in das Geschehen, das sich in ›Timur und sein Trupp‹ abspielte. Nur: Timur war nicht Timur, sondern Tontscho. Ausgerechnet Tontscho!

Wir haben uns entschlossen, dich einzuweihen und mitmachen zu lassen, sagte Tontscho, der Anführer; aber nur unter der Bedingung, dass du nicht quatschst und alles mitmachst! Zu deiner Information: Nach dem Vorbild Timurs haben wir einen Trupp gebildet. Er heißt »Waches Auge«. Wir kümmern uns um alte Leute, helfen, wo wir können, waschen Wäsche, tragen Holz und Steine, aber vorwiegend nachts, nachdem wir uns eingehend erkundigt haben, wo Not am Mann ist. Niemand von den Erwachsenen weiß, wer wir sind. Wenn wir eine Aktion beendet haben, hinterlassen wir nur einen Zettel: Das Kommando »Waches Auge« war bei Ihnen zu Gast! – Mehr nicht.

Es ist ja alles wie im Buch, flüstere ich unentschlossen. Es ist besser als im Buch! Tontscho schaut mich unerbittlich an und streicht sich bedeutungsvoll über den Wirbel im Haaransatz, der wie von einem Kalb geleckt aussieht. Ich bin erstaunt, dass ausgerechnet er, Tontscho, in dessen rechtem Nasenloch sogar in dieser bedeutenden Stunde etwas Grüngelbes glänzt, der Anführer sein soll; aber ich ordne mich der kollektiven Gewalt unter und sage schüchtern: Ich bin stumm wie ein Grabmal! Das will ich dir auch raten, sonst wirst du die Konsequenzen tragen. Wir haben dich sowieso nur aufgenommen, weil Mara sich für dich verbürgt hat, sagte er und schlürft das grüngelbe Zeug aus seiner Nase hoch. Ich sage es dir ehrlich, und du brauchst nicht die Beleidigte zu spielen: Du bist ein verwöhntes Weibsbild, und solche wie du gehören eigentlich nicht in unseren Trupp! Wenn dir etwas daran liegt, kannst du ja durch Taten beweisen, dass du eine von uns bist, sonst ...! Ich weiß schon, flüstere ich fast heulend und möchte im Boden versinken. Tontschos Angriff ist so direkt und unerwartet, dass ich alles vergesse, was ich vielleicht unter normalen Umständen hätte sagen können, um mich zu wehren ...

Tontschos Aufgaben in Mathematik wurden ihm immer von seinem Vater gelöst, und er schrieb sie bloß ab. Tontscho hatte in der Schule immer nur große Geldscheine mit. Wenn er sich in der Pause mal was Süßes kaufte, gab man ihm immer groß heraus, und er blickte stets triumphierend in die Runde. Und sein Nasenloch ... Na schön, dachte ich, nachts durch dunkle Gassen schleichen kann ich auch, aber ... Wie steht es denn mit euch tatsächlich? Was macht die Kamille, wie weit seid ihr alle damit? Die Frage war mir herausgerutscht, ehe ich etwas dagegen tun konnte. Habt ihr schon die Norm erfüllt?

Mein Vater hat schon drei Kilo für mich gepflückt, meinte Elka unbekümmert, bei seinen Bienenstöcken ist so viel Kamille. – Ich hab auch meiner Oma und meiner Mutter beim Pflücken geholfen, meinte Tontscho, sieben Kilo sind ja schnell gepflückt! Die Oma, die hat ja sowieso nichts zu tun, schlürft er diesmal sehr zufrieden und streicht sich wieder über den abgeleckten Haaransatz. Marinka, Bonka und Iwan hatten ihre jüngeren Geschwister, die in den Kindergarten gingen, eingespannt. Schade, dass meine Oma zu Lelja Tonka in die Stadt gefahren ist, sonst hätte ich die Norm auch schon erfüllt, gab Marinka zu.

So war das also! Ich war beinahe so weit, mich zu entrüsten, aber mir fiel rechtzeitig ein, dass ich gerade gnädig aufgenommen worden war – und schwieg. Zu Hause erzählte ich Maminka, wie das so war mit der Kamillennorm. Schinder! Plötzlich schrie Maminka laut und sah recht böse aus, und ich wusste nicht so recht, wen sie damit meinte – die Leitung der Kooperative und die Organisation, die uns solche Normen auferlegten, oder uns Kinder, die wir unsere Omas und Eltern mit Kamillepflücken schunden. Nach vielem Hin- und Herüberlegen glaubte ich, dass sie uns Kinder meinte. Für mich stand fest: Diejenigen, die andere für sich arbeiten ließen, waren richtige Schinder! Ich machte da nicht mit! Ich würde meine Pflicht erfüllen, dachte ich. Allerdings kam ich gänzlich durcheinander, als sie plötzlich fortfuhr: Auf uns alte Leute haben sie es abgesehen! Jetzt verstehe ich gar nichts mehr, dachte ich, und sprach nie wieder davon.

Die Sonne rollt den Hügel hinunter. Hinter dem Dorf bleibt sie in den Weingärten stecken und schimmert durch das dichte Weinlaub hindurch. Ich glaube, ihr folgen zu können: Sie ähnelt ja so sehr einem Fladenbrot, das leuchtend den Hügel hinabkollert. Heute Abend ist unser erstes Treffen in der Blindengasse, um Punkt Mitternacht. Von dort aus werden wir uns auf den Weg zu Baba Paschkovas Haus machen, wo wir heute Nacht helfen werden. Iwan hat sich erkundigt und festgestellt, dass die Oma mit dem Bus in die Stadt gefahren ist. Kurz vorher hat sie die schmutzige Wäsche vom Friseursalon im Dorf abgeholt, die sie zweimal in der Woche zu Hause wäscht. Sie tut es wie alle mit der Hand und verdient sich damit etwas zur kleinen Pension hinzu.

Nur wenn du nicht quatschst! Dabei hatte Tontscho drohend den Rotz durch die Nase hochgeschlürft. Das hieß, dass wir niemandem sagen durften, was wir taten und wohin wir gingen. Wie sollte ich das bloß anstellen? Wie stellten es die anderen an? Sie behaupteten, sie würden sich abends, wenn alle schliefen, aus dem Haus schleichen. Leise kehrten sie zurück, und keiner würde es merken. Meine Maminka hatte Ohren wie ein Luchs: Mich aus dem Haus schleichen – das ging nicht! Am liebsten hätte ich das alles laut ausgesprochen, aber ich hielt den Mund. Ich hatte schon so viel gelogen und verschwiegen, was das Lesen der verbotenen Bücher betraf oder meine Heimlichkeiten mit Mara oder mein Vorhaben, eine gewisse Person sehr bald zu heiraten oder mich von ihm einfach entführen zu lassen, die Sache mit den Pilzen oder ›Du und Ich‹, dass ich nun einfach keine Lust mehr hatte, Dinge zu verschweigen. Im Grunde hasste ich das Lügen und hätte am liebsten immer nur die Wahrheit gesagt, aber ich ahnte, wie gefährlich es war, das zu tun, und so log ich weiter. Alle logen: Die Erwachsenen belogen die Kinder, indem sie ihnen dauernd Dinge verschwiegen, und die Kinder belogen die Erwachsenen, indem sie ihnen Dinge verschwiegen oder sie einfach anschwindelten. Die Organisation belog die Alten, indem sie ihnen vormachte, dass die Kinder die Kamille pflücken sollten, und die Kinder belogen die Organisation, dass sie die Kamille gepflückt hätten, obwohl sie die Omas und die Eltern zum Pflücken einspannten. Wer wen belog, war sogar dem Staat egal, weil niemals etwas passierte, das mir unausweichlich schien. Die Norm war immer erfüllt. Timur und sein Trupp wurden nachgeahmt, und ich wollte trotzdem für die Freiheit sterben!

33

Mara hatte ihre Eltern angeschwindelt, dass sie an jenem Abend bei mir schlief. Sie besuchte mich öfter und blieb über Nacht. Ihre Eltern schliefen dabei ganz ruhig. Mir blieb nichts anderes übrig, als Maminka unser ganzes Vorhaben zu verraten und sie zu bitten, mich mitmachen zu lassen. Verräterin! Wenn Tontscho das wüsste! Ich seufzte regelrecht beim Gedanken an meinen Verrat.

Maminka fällt aus allen Wolken. Sie einzuweihen und von ihr zu verlangen, meine Komplizin bei einem so gefährlichen Unternehmen zu werden, ist wohl ein bisschen zuviel. Sie sitzt auf meinem Bett in ihrem dicken, selbstgehäkelten Baumwollunterrock. Ein Nachthemd hat sie nie gehabt. Sie würde sich genieren, nur ein Nachthemd zu tragen, genau wie sie sich genieren würde, ohne Kopftuch auszugehen. Ihre Hände ruhen hilflos im Schoß, als wollten sie sagen, auch das noch! Ich spüre ihre Not und heule drauflos. Es geht um meine Eeeehree, Maminkaaa! Wenn ich nicht gehen darf, werde ich ausgestoßen aus dem Trupp! Maminka erwacht aus ihrer Hilflosigkeit und flüstert: Was soll ich bloß deinem Djado sagen? Er braucht ja nichts zu wissen! Ich falle ihr um den Hals. Du hast ihm doch auch wegen Mutter vieles verheimlicht, Maminka, nicht wahr? Ja, ja ... Wegen der Kinder ... Nun ... geh schon! Melde dich bloß, wenn du wieder da bist, egal wie spät es ist, sagt sie erschöpft und geht in die Stube, wo Djado schon laut schnarcht. Ich weiß, dass Maminka in ihrem Leben nur wegen der Kinder gelogen hat, sonst ist sie der ehrlichste Mensch auf der Welt.

Wir können gehen, flüstere ich Mara ins Ohr, die gerade den Reißverschluss ihres Trainingsanzugs hochzieht. Sie fragt im Dunkeln: Wie hast du denn das geschafft? So, sage ich erleichtert, ich habe ihr einfach alles erzählt! Und sie hat dich gehen lassen? Ja! Mara pfeift durch die Zähne und sagt: Ich sage meinen Eltern lieber weiter, dass ich bei euch bin, sonst ...

Unser Haus sieht so geheimnisvoll aus, als wir es verlassen, dass es mich einen Augenblick lang schaudert. Der Mond scheint so grell auf uns herunter, dass ich mich dicht an der Wand entlang bewegen möchte, aber das Dunkel stößt mich ab, und ich bleibe lieber im Mondpfad. Hast du Angst, Mara? Sie nickt bloß, und wir fassen unsere Hände, die feucht sind vor Aufregung. Wenn uns bloß keiner sieht! Die Straßen des Dorfes sind mondgepflastert, die Dächer prächtig vermondet, die Quittenfrüchte, noch klein und grün am Tage, schimmern durch das Laub. Vor Angst und Aufregung spüre ich den unwiderstehlichen Drang, mich an die erstbeste Mauer zu hocken und zu pinkeln, aber ich wage es nicht. Einige Tropfen habe ich schon verloren, und ich komme mir wie ein dummer Angsthase vor. Hatten die Partisanen auch Angst? Ausgeschlossen! Wer weiß: Als es losging, ich meine gegen die Faschisten ... aber darüber spricht man nicht. Ich habe langsam das Gefühl, sollte ich durch Heldentaten sooo berühmt werden, dass man mir schon zu Lebzeiten ein Denkmal errichten will, so würde ich nach dieser Nacht die Genossen bitten, damit zu warten, bis ich gestorben bin. Ich könnte sonst niemals an meinem eigenen Denkmal vorbeigehen, ohne an die paar Tropfen zu denken, die ich verloren habe!

Ehe wir in die Blindengasse einbiegen, drehe ich mich ein letztes Mal um. Unsere Schatten reichen bis zum Haus zurück, als wollten sie uns an die Mauer binden. Es ist hell wie am Tag. Schnell in die Blindengasse, dass uns bloß keiner sieht! Eine schwarze Katze kreuzt unseren Weg, ehe wir ihr den Rücken kehren. Ich flüstere: Na, wenn das mal gut geht! Vielleicht war sie gar nicht schwarz, meint Mara, vielleicht sah sie nur so aus im Mondlicht! Vorsichtshalber spucke ich einmal nach vorn und einmal über die Schulter, für den Fall, dass sie doch schwarz gewesen sein sollte. Ich war nie besonders gut im Über-die-Schulter-Spucken: Es bleibt auf meiner Schulter hängen. So'n Mist! Die Katze war doch schwarz! Ich reibe meine Schulter an einer Wand, um die Spucke zu entfernen, und wir gehen weiter.

Tontscho vergewissert sich: Seid ihr endlich da? Im Mondlicht sieht er wie ein richtiger Anführer aus. Ich kann kaum die Augen von seinem rechten Nasenloch abwenden, so unwiderstehlich glänzt es da! Wir ziehen an Kuna Petkovas Mauer entlang, durchqueren den Park, dann geht es am Kindergarten vorbei bis zu Baba Paschkovas Mauer. Tontscho führt uns. Tontscho sorgt für den richtigen Ablauf der Aktion. Tontscho befiehlt: Abstand halten, bitte! Drei Meter hintereinander, und wenn ihr aus dem Schatten hervortretet, schaut euch lieber nochmal um!

Noch nie habe ich mich der Revolution so nahe gefühlt! Ein warmer Schauer durchzieht alle meine Glieder. Uns fehlt nur noch die Fahne, die wir bei unseren nächtlichen Aktionen schwingen sollten und die wir vor dem Feind – ich bin jetzt überzeugt, er lauert irgendwo im Dunkeln – verteidigen müssen. In dieser Nacht fasse ich den Entschluss, die Fahne des Trupps zu nähen und mit goldenem Zwirn zu besticken – wie Rajna Knjaginja, jene sagenhafte Lehrerin Rajna Popgeorgieva, Rajna, die Königin genannt, die die Fahne der Aprilaufständler im Jahre 1876 – von ihr eigenhändig bestickt – in den Kampf trug. Nächtelang werde ich wie sie in einsamer Mühsal, bei Kerzenlicht, den roten Stoff schmücken, bis die Spitzen meiner Finger blutig werden. Schade, dass ich mich vor Maminka eigentlich nicht mehr zu verstecken brauche, sie weiß ja alles! Außerdem haben wir auch elektrisches Licht.

Mara schubst mich: Komm, jetzt bist du dran! Ich stürze mit Katzensprüngen, so wie es uns Tontscho vorgemacht hat, an der

Steinmauer entlang. Ich habe keine Angst mehr, auch wenn ich sterben sollte. Vorsicht! Im Dunklen, einige Schritte von mir entfernt, lauert der Feind! Ich vernehme hastiges Atmen. Plötzlich niest er. Aha, jetzt hast du dich verraten, du Verräter der Revolution, du Spitzel gegen die Arbeiterklasse! Sollte es mit mir, denke ich, schon bei unserer ersten Aktion zu Ende sein? Ich fasse mir ein Herz und schreite voran: Ich darf eigentlich keinen Bogen um das gefährliche Tor machen, hinter dem der Feind so furchtbar erregt atmet. Die anderen würden es sehen, und dann? Das Entsetzen bleibt mir in der Kehle stecken. Ich ersticke fast vor Angst. Der Feind riecht nach Schaf. Bald meckert er auch wie ein Schaf, niest noch ein paarmal. Ich atme auf und schreite voran: Gott sei Dank, dass ich keinen Bogen um dieses miese Tor gemacht habe! Die paar Schafe dahinter ...

Erleichtert und ein bisschen enttäuscht, dass es doch nicht der Feind war, schreite ich Baba Paschkovas Mauer entlang. Iwan hockt plötzlich vor mir: Steig auf meinen Rücken und Hopp! in den Garten, sagt er, und ich steige auf seinen Rücken, klettere auf die Steinmauer und springe ins Brennnesselgebüsch. Verdammt! Ich wage nicht einmal, an »Achtzig Prozent und das Knopfloch entzwei« zu denken, es erscheint mir kindisch und unangebracht – ausgerechnet jetzt ... Konnte sich der blöde Tontscho nicht eine andere Stelle ausdenken? Ich tröste mich damit, dass er als erster das Vergnügen gehabt hat, in die Brennnesseln zu springen, und krieche durch die Stangenbohnen dem Häuschen entgegen. Dichtgedrängt an der weißen Wand wartet der Trupp. Wir werden durch das kleine offene Fenster steigen, das in Baba Paschkovas Abstellkammer führt.

Ich weiß nicht, sage ich leise, aber ihr könnt nicht einfach so durchs Fenster steigen ... Wieso? Tontscho mustert mich unerbittlich, da ich es gewagt habe, an seiner Unfehlbarkeit zu zweifeln. Ich schaue ihn fest an und sage: Soviel ich weiß, stellt die Alte die Holzwanne mit dem Brotteig über Nacht in diesem

Raum ab, genau auf der Bank unter diesem Fenster. Heute ist Dienstag, und sie hat bestimmt gebacken ... Hm, denkt Tontscho nach und sagt: Vielleicht ist es doch besser, durch die Tür hineinzugehen ... Baba Paschkova schließt ja nur die Pforte ab, aber die Haustür bleibt immer unverschlossen, sage ich erleichtert, auch wenn ich weiß, wie schwer es für alle ist, auf diese gewöhnliche Weise ins Haus einzudringen. Alle folgen dem Befehl des Anführers, und bald sind wir in der kleinen Stube, ziehen die Vorhänge zu und machen Licht.

Ich war nachts noch nie in einem fremden Haus, ohne Erlaubnis, außer im Verlassenen Haus. Ob sich die anderen auch wie Verbrecher vorkommen? Die Stube riecht muffig, nach alter Frau. Der eiserne Herd ist kalt. In zwei Eimern neben dem Esstisch liegen die schmutzigen Handtücher des Frisiersalons. Früher hatte ich Baba Paschkova öfter besucht. Ich war fasziniert von der grün-lila-goldbeschlagenen Truhe im »anderen Zimmer«, in dem seit der Hochzeit niemand mehr geschlafen hatte. Dort war es immer genauso aufgeräumt wie bei uns im »anderen Zimmer« – sollte sich ihre Tochter plötzlich entschließen, sie doch einmal zu besuchen ... Seit vielen Jahren hatte sich die Tochter nicht mehr im Dorf blicken lassen.

In Baba Paschkovas grün-lila-goldener Truhe lag ein wahrer Schatz verborgen: Sorgfältig mit Mottenpulver bestreut, ruhten dort alle seidenen Blusen, Jersey-Kleider und die Unterwäsche, die Baba Paschkovas Schwester im Laufe der Jahre aus Amerika geschickt hatte. Das ging aber den Trupp nichts an. Ich schaute mich um und versuchte, mich zu konzentrieren. Die Aktion war im Gange.

34

Jedes Wiedererwachen aus den eigenen Gedanken war mühselig. Die Orientierung fehlte. Was war das für ein Betrieb um mich herum? Warum schaut mich Mara so vorwurfsvoll an, als könne sie mir die Abwesenheit aus meinen eigenen Augen nicht verzeihen? Komm, hilf mir, was stehst du da rum!

Tontscho steht im Zimmer, beobachtet Iwan und Marinka, die das letzte Fenster mit der gehäkelten Tagesdecke der Baba Paschkova mühsam verdunkeln wollen, indem sie einen letzten Nagel oberhalb des Fensterrahmens einschlagen. He, ihr da, ruft er uns zu, das Feuer muss an! Wie er so mitten im zerwühlten Zimmer in seiner kurzen Hose dasteht, die finstere Miene im Gesicht, laut durch die Nase schniefend und Befehle erteilend, sich mal nach links, mal nach rechts, gelegentlich auch im Kreis herum drehend, erinnert er mich an einen Zirkusdompteur, der gerade seinen Auftritt hat. Plötzlich schreit er uns an: Nun macht mal voran! Mara kniet sich dienstbeflissen hin und hat tatsächlich vor, das Feuer anzuzünden. Und wenn das Haus abbrennt, das fremde Haus hier, in dem wir wie Verbrecher Dinge auf den Kopf stellen unter dem Vorwand, Heldentaten zu vollbringen? Hilf mal pusten, fordert mich Mara auf, und wir beide bücken uns vor den niedrigen Eisenofen mit den elfenbeinfarbenen Griffen an den Türen. Wir blasen aus Leibeskräften auf die unwillige Flamme, die wohl auch aus lauter Angst nicht so recht will. He, ihr da, erkundigt sich Tontscho, habt ihr das Feuer endlich an? Ich gäbe Gott weiß was darum, dass die Flamme aufflackern würde, doch sie will eben nicht.

Vielleicht zeigst du uns mal, wie es geht, wagt Mara »Seine Majestät« anzusprechen. Gib her! Tontscho nimmt ihr die kleine Ofenzange aus der Hand und stochert damit hin und her, als wäre dies eine Kunst. Natürlich geht das Feuer nicht an, nur das sauber gefegte Blech vor dem Ofen wird total beschmutzt. Die Öllampe her! Nach diesem Befehl unseres Anführers wird es mir schlecht – ich habe das Gefühl, dass ich mich auf der Stelle übergeben muss. Ich kneife mir die Nase zu und mache einige tiefe Atemzüge, damit es bloß ausbleibt, und ich habe tatsächlich Erfolg. Ich übergebe mich nicht, und das ist leider der einzige Erfolg, den ich seit Beginn dieser Aktion vorzuweisen habe.

Ob man da nicht irgendeine Klappe aufmachen muss, am Herd, damit es besser zieht? Ich mische mich doch noch ein und möchte wenigstens mit Worten das Unausweichliche verzögern ... Jetzt wird es ziehen, versichert Tontscho und träufelt großzügig Öl aus der Lampe in den Ofen hinein. Marinka und Iwan scheinen auch mitgekriegt zu haben, dass da was nicht stimmt. Sie nähern sich dem Ofen von hinten, ahnungslos und gelassen. Tontscho hat schon das Streichholz in der Hand, siegessicher. Ich bin keine Hellseherin, aber das, was jetzt kam, war vorauszusehen: Eine dumpfe kleine Explosion blendet uns, lässt uns in Deckung gehen, und im nächsten Augenblick höre ich mich schreien: Klappe auf, Türe zu!! Schnell finden meine Finger die Klappe, die bei diesem alten Ofenmodell hinten statt vorne ist. Sobald ich keine Angst mehr vor Tontscho habe, kann ich auch wieder denken. Der Ofen stellt sein angestrengtes Qualmen und Puffen ein, es zieht endlich richtig, und warm wird es auch schon.

Die kleine Stube ist verqualmt; es ist ein Geruch, der in den Kleidern hängenbleibt. Da wird sich Baba Paschkova aber freuen, wenn sie morgen früh in ihre bis gestern so vertraut und unauffällig muffig riechende Wohnung zurückkehrt ... Tontscho mustert uns nacheinander, als wäre gar nichts geschehen, und sagt: Dann müssen wir aber auch alles genauso hinterlassen, wie wir es vorgefunden haben! ... als hätten wir und nicht er den ganzen Mist auf dem Gewissen! Es wäre schön, wenn du uns dabei helfen würdest! Zum ersten Mal spreche ich normal und angstfrei, da mir die Rotznase mit ihrer abgeleckten Anführervisage mittlerweile schnurzpiepegal ist, samt kollektiver Gewalt und allen möglichen Konsequenzen.

Wir haben reichlich Zeit verloren. Es dauert mit dem Wasser. Inzwischen fegen Mara und ich die vor dem Ofen aufgewirbelte Asche auf, wischen das Blech, so gut es geht, passen auf, dass keine neue Asche hinzukommt. Endlich ist es soweit: Das Wasser kocht, der Waschtrog steht mitten im Zimmer bereit, ein Stück selbstgeschmolzene und -gekochte Schmierseife haben wir auch gefunden. Wer wäscht nun? Alle. So fängt ein Kneten und Reiben, ein Kratzen und Wringen an, dass uns der Schweiß herunterrinnt. Das hat längst nichts mehr mit Puppenkleiderwaschen oder Heldentaten zu tun, das ist eine harte, stinkende Plage! Das Kreuz tut weh, die Arme tun weh, und das um zwei Uhr Hahnenzeit! Nachdem wir alle nicht mehr kneten, reiben und wringen können, setzen wir den Kessel samt halbgewaschener Wäsche auf – unsere letzte Hoffnung, Baba Paschkovas Frisiersalontücher vom Grauschleier zu befreien. Schichtweise rühren wir mit dem hölzernen Schöpflöffel, der bis jetzt bloß Aprikosenmarmelade oder Schweinsfüßchen gerührt, doch in dieser Nacht die Bekanntschaft eines so unappetitlichen Suds gemacht hat, im Topf herum ... Was geht uns aber Baba Paschkovas Löffel an, wenn wir nichts weiter als schlafen wollen! Endlich wird die Brühe – es ist der vierte oder fünfte Aufguss – klar; da sind schon die zwei Eimer mit dem Brennholz leer – ob die Alte jedes Mal so viel verbraucht? – und wir wollen nichts weiter als diese Wäsche hängen lassen und endlich schlafen gehen. Sie sollte eigentlich im Hof hängen, doch es ist schon vier Uhr früh, man könnte uns sehen. Lieber hängen wir sie im Zimmer auf, und damit ist der Fall erledigt.

Um fünf Uhr früh, alle denkbaren Sicherheits- und Vorsichtsmaßnahmen des illegalen Untergrundkampfes wie Katzensprünge, An-Mauern-entlang-ducken, Kriechen und ähnliches außer Acht lassend, schlurfe ich meinem heißgeliebten, warmersehnten Bett entgegen und möchte einfach nur schlafen. Mara schläft schon seit einiger Zeit, so wie sie da neben mir geht, aufrecht. Ich erkenne es an ihrem regelmäßigen Atem. So haben die Soldaten während des Balkankrieges oft aufrecht geschlafen und sind weitermarschiert, ihrem heiligen Ziel entgegen.

Ich brauche mich bei Maminka gar nicht zu melden. Als wir uns dem Haus nähern, sehe ich ihre dünne Hand durch die Gardine flattern. Sie hat auf mich gewartet. Noch eine schlaflose Nacht.

Mein schlechtes Gewissen hat diesmal keine Chance, sich zu rühren, da ich ihm zuvorkomme und schon beim Berühren des Kopfkissens einschlafe. Ich habe keine Zeit, nachzudenken. Weder an den Kalten Krieg noch an den Verrat, und der Heldentod mit dem Denkmal verblasst unmerklich in der Müdigkeit. Wenn ich träumen würde, würde ich sicherlich Baba Paschkovas Ofen mit Kamillenblüten füllen und meinem ersten Gegner im Kalten Krieg begegnen: Tontscho. Er würde mir befehlen, ihm Kamillentee zu kochen oder ein weiches Ei, und ich würde mich weigern. Viel lieber würde ich zusehen, wie Rajna die Königin die Fahne der Aufständischen bestickt; sie würde ihre Finger blutig stechen, und mir würde es wehtun, und es wäre mein Blut, das aus ihren Fingern tropfte. Oder ich würde die Straße an Baba Paschkovas Zaun hinablaufen und um Hilfe rufen, und am Ende des Dorfes würde ich Maminka, Balkandschi Jowos Jana die Schöne und Soja Kosmodemjanskaja die Tücher des Frisiersalons waschen sehen, Mutter käme hinzu und würde erklären, dass sie lieber für die Freiheit sterben würde, als sich diesem Unsinn anzuschließen. Wenn ich träumen würde …

35

Fast jeder in unserem Dorf hatte eine Schwester oder eine Tante, einen Onkel oder ein paar Brüder in Amerika. Djados Schwester Zlata, meine Lelja Zlata, lebte seit dreißig Jahren dort. Da stand sie, die Lelja Zlata, in ihrem eleganten Pepita-Kleid auf der Treppe, eine schwarzseidene Blume schräg am linken Revers, mollig und gepflegt, mit einer in hohe Wellen gelegten Glanzfrisur, zwei Stufen höher als ihre zur Braut verkleidete amerikanische Tochter Mary, deren Schleier zwei Stufen tiefer als Mary selbst den Schwerpunkt des ganzen Fotos bildete und die Aufmerksamkeit des Betrachters weitaus stärker auf sich zog als der gelackte, schwarzgekleidete, dünne amerikanische Bräutigam.

Die Kapitalisten auf diesem Hochzeitsfoto samt der kleinen weißgekleideten Mädchen, die der Fotograf zwischen Spitzenschwerpunktschleier und Marys Lackschuhe postiert hatte, sahen so niedlich, elegant und harmlos aus, dass ich, trotz regen Piониergeistes, Opferbereitschaft im Namen des Vaterlandes und heimatlicher Hoffnung auf Unsterblichkeit mittels Heldendenkmal, keinerlei Abneigung gegen sie verspüren konnte. Im Gegenteil, ich wollte selbst mal so ein elegantes Kleid tragen, wo mich und mein pflicht-, pflück- und normbewusstes Pionierwesen doch schon sehr oft Heiratsgedanken beunruhigten.

Manchmal hatte ich das Bedürfnis, die Begriffe im Kopf zu sortieren, um mir darüber klarzuwerden, wie und wo sich was befand. So fing ich immer nach althergebrachtem Schwarzweißmuster an zu sortieren: Gut und Böse. Also: die Guten und die Bösen. Wir und sie. Hier Sozialismus, Kommunismus – dort

Kapitalismus, Faschismus, Arbeitslosigkeit, Hunger, Ausbeutung der Arbeiterklasse und der Kinder- und Frauenkraft. Bei uns Optimismus, Lebensfreude, Pionier- und Komsomolzenbrigaden – dort Demonstrationen, Klassenkampf und was sonst noch alles, lange Hochzeitskleider und grüne Wollmäntel mit schrägem Knopf. Hier Kamille, Norm – dort Kalter Krieg, Personenkult.

Moment mal, da fängt es schon an! Ich weiß ja gar nicht, wo der Kalte Krieg stattfindet, hier oder dort oder dazwischen oder überall oder bloß im Radio? Und der Personenkult, »dessen Folgen wir noch lange spüren werden ...«, wie es immer im Radio heißt, muss doch auch was Kapitalistisch-Faschistisches sein, da wir so viel darunter gelitten haben! Noch komplizierter wird es mit Djado: Den weiß ich überhaupt nicht mehr einzuordnen, da er ohne Zweifel ein Kapitalist ist und in die zweite Spalte, in die Spalte »Böse«, gehört, doch nach dem Nachmittagsgespräch mit Tschitscho Radi unter der Pergola, dem sogar ein Huhn zum Opfer fiel, weiß ich einfach nicht mehr ... In diesem Gespräch entpuppte sich mein kapitalistischer Großvater als pflichtbewusster sozialistischer Mensch, der sich um die Sache der Kooperative kümmerte.

Dies alles ermüdete mich kolossal. Außerdem schien dieses Land, Amerika, wenigstens für Lelja Zlata, seine Schwester, und für Vaters Vater Djado Kosta sowie für Tschitscho Kojo, einen weiteren Onkel von mir, genau das Richtige gewesen zu sein. Ich war zwar immer enttäuscht, wenn ich Lelja Zlatas Briefe aus Amerika las, da ich fest davon überzeugt war, dass eine richtige Amerikanerin wenigstens die bulgarische Rechtschreibung beherrschen sollte, doch war ich wiederum schnell mit ihr versöhnt, da mir dank ihr der grüne Mantel mit dem schönsten Knopf der Welt bald gehören würde.

Am Anfang kamen ihre Briefe aus La Cavana, ein geradezu exotischer Name. Dies war jedoch zu der Zeit, als mein Pionierbewusstsein noch nicht geformt war und ich mit dem Wort

»Amerika« bloß Lelja Zlata, Djado Kosta und Tschitscho Kojo, Onkel Tom, den grünen Knopf und natürlich die Goldsuch-Uhr verband.

Lelja Zlata muss eine mächtige und besonders reiche Frau gewesen sein, da Djado unentwegt darauf wartete, dass sie eines Tages samt Rechtschreibfehlern und Chevrolet über den Ozean flog und ihm statt einer goldenen Uhr eine Goldsuch-Uhr schenken würde, womit er dann vergrabenes Gold aus der Türkenzeit suchen und finden könnte. Für den weniger dankbaren Job der eigentlichen Goldgräberei hatte Djado meinen Vater und seinen zweiten Schwiegersohn, Bate Stefko, Lelja Gretas Mann, auserkoren. Beide wussten, dass unsere amerikanische Tante Zlata den Wunsch ihres Bruders genauso wenig ernst nehmen würde wie die Wünsche ihrer ganzen unzähligen Verwandtschaft, und zogen ihn jedes Mal auf, wenn sie, beim Slivovatrinken unter der Pergola, die zwei Kilo schweren Trauben betrachtend und im Kopf wiegend, aufs Abendessen warteten.

Normalerweise fängt Vater an: Hat Lelja Zlata die Goldsuch-Uhr nicht vergessen, Djado? Bate Stefko fügt hinzu: Wann kommt sie denn überhaupt? Ihr werdet schon sehen, sagt Djado, Zlata wird eines Tages kommen und die Goldsuch-Uhr mitbringen, verlasst euch drauf! Aber dann müsst ihr graben! Na klar, graben wir! Zeig du uns nur die Stelle, und wir graben, bis wir Gold gefunden haben, nicht wahr, Stefko? Vater schlägt Bate Stefko so freundschaftlich auf die Schulter, dass Bate Stefko dabei seinen Schnaps verschüttet. Prost, Djado! Na sdrawe, Djado, prostet Bate Stefko seinem Schwiegervater, dann meinem Vater zu.

Djado fängt langsam Feuer; er duckt sich mitteilungsfreudig über den Tisch, auf die kleinen Schnapsgläschen, die Fingerhütchen, wie er sie nennt, achtgebend und macht direkt vor den Gesichtern seiner beiden Schwiegersöhne eine einladende, Interesse und Vertrauen erweckende Handbewegung, die durch ein leises Pfeifen durch die Zähne und mehrmaliges Wenden des Kopfes nach links und rechts noch unwiderstehlicher wirkt. Die beiden Schwiegersöhne haben ihn endlich so weit, ihren Djado, den geborenen Goldgräber, und sie haben ihren Spaß daran. Djado ist in seinem Element. Ich hab, flüstert er, während er sich weiter nach allen Seiten umschaut, etwas beobachtet! Pschscht! Beide Schwiegersöhne heben den Zeigefinger zum Mund und schauen sich betont auffällig nach allen Seiten um, dann flüstern sie im Duett: Was hast du beobachtet, Djado? Ein wandelndes Licht, eines von der Sorte, die vergrabenes Gold verrät! Sag bloß, schlagen sich beide auf die Knie und pfeifen, dann blicken sie ihn ernst an: Na, denn Prost!

Vater, dessen impulsive Natur, vor allem nach einem Fingerhut Slivova, geradezu auflebt und grenzenloses Menschenverständnis birgt, springt vom Stuhl auf, reißt sich das Hemd auf, krempelt die Ärmel hoch, bindet ein Taschentuch vierknötig am Kopf fest, obwohl die Sonne längst untergegangen ist, und steht da wie angewurzelt, wie ein Schüler in seiner eigenen Sportstunde. Ich mache mit, erklärt Bate Stefko, und Djado blinzelt ungläubig. Dann springt er vom Stuhl auf und führt seine Schwiegersöhne zum alten Nussbaum, der wie geschaffen fürs Goldgraben zu sein scheint. So ein richtiger alter Nussbaum aus der Osmanenzeit, in dessen Wurzeln unbedingt ein Kästchen, wenn nicht ein ganzer Pott aus Blei oder Ton voller Goldstücke versteckt sein muss.

Sag mal, Schwager, was ist denn in dich gefahren, war es dir zu ruhig unter der Pergola, dass du unbedingt heute Abend noch graben willst? Bate Stefko, dessen Kindheit weiter zurückzuliegen scheint als Vaters, stellt diese Frage flüsternd. Darauf antwortet Vater nur mit einem fröhlichen Blinzeln unter seinem Taschentuch. Er sieht dabei nicht gerade wie ein Goldgräber, aber doch wenigstens wie ein junger Brigadier aus, dem das Wochenende nicht zu schade ist, wenn es darum geht, dem sozialistischen

Vaterland gegenüber seine Loyalität zu beweisen. Und das ohne jegliche Aussicht auf irgendwelche materielle Entschädigung.

Hier, ruft Djado und zeigt mit seinem zwecks Wehruntauglichkeit verstümmelten Zeigefinger entschlossen auf den Nussbaum, hier ist das Licht gewandert! Wo besonders? Bate Stefko unternimmt den bescheidenen Versuch, dieses trügerische Lichtwandeln zu lokalisieren, in der Hoffnung, weniger graben zu müssen. Vater dagegen, der sich in seine kühnen Kindertage versetzt fühlt, macht es nichts aus, an diesem kühlen, so duftenden und mit zarten Hühner- und Hahnen-, Schafs- und Pferdestimmen erfüllten Abend, der auch nach frisch geschnittenen Zwiebeln duftet, den ganzen Hof umzugraben, sollte es von ihm verlangt werden.

Djado misst zwei Schritte links, drei Schritte geradeaus und zeichnet auf gut Glück ein großzügiges Viereck in den festgestampften, seit Jahren nicht angerührten Boden. Welcher Wahnsinnige würde auch auf die Idee kommen, im Schatten des Nussbaumes etwas säen zu wollen? Er holt einen weiteren Spaten aus dem Keller herauf und unterstützt beide nach Kräften. Inzwischen haben Maminka, Mutter und Lelja Greta den Tisch gedeckt. Die Goldgräber kehren durchgeschwitzt an den Tisch zurück. Erfolglos. Vater tröstet seinen Schwiegervater: Macht nichts, Djado, ein anderes Mal, und lässt sich auf die Bank fallen. Jetzt sind die Goldgräber nur noch hungrig.

Der Mond geht auf. Hin und wieder verschwindet er hinter einer Wolke, als würde er Versteck spielen. Der Himmel gleicht einem violett-blauen Feld, lauter Heuhaufen darauf, als hätte soeben ein Mächtiger den Himmel mit der Sense durchquert. Manchmal weiß ich nicht, wessen Gedanken ich denke: meine oder die eines anderen.

36

Djado schnarcht leise vor sich hin. Die Doppelschicht auf dem Feld und der Selbstgebrannte haben ihn geschafft, das Graben nach Gold auch. Beim Walzer war es, hatte Mutter gesagt, und ich hatte einen Augenblick lang die Augen geschlossen. Ich sehe den Saal, mit Licht überflutet. Die Lehrerinnen mit ihren Nachkriegsröcken stehen geduckt an der Wand entlang und warten auf die Kollegen Lehrer, die neben dem mit Butterkremtorten und Limonadenflaschen beladenen Tisch ein dunkel-aufgewühltes Bündel aus elegant gekleideten Körpern bilden. Alle tun so, als existierten die Frauen nicht, die Männergesichter sind fast unbeteiligt, keiner traut sich anzufangen. Die Luft ist dick, die Luft wird zunehmend von billigem Waschseifenduft und Schweißgeruch getränkt. Die sich unter den nackten Glühbirnen drehenden Fliegen werden dusselig, werden schwer, besoffen von der dicken Menschenluft und bleiben schließlich an den Fliegenfängern kleben, die von der Decke baumeln, erledigt. Langsam verwandelt sich das Ringsum unter meinen geschlossenen Augen ...

Die Aula ist nicht mehr die Aula des Gymnasiums in Varna, die Aula ist der große Ballsaal aus ›Krieg und Frieden‹, und von der Decke hängen nicht mehr nackte Glühbirnen und klebrige Fliegenfänger, sondern Kristalllüster. Die Nachkriegsröcke werden Gewänder, rauschend und lang, die Lehrerinnen Adlige, die Lehreranzüge, verschlissen und nach Mottenpulver riechend, werden zu Fracks. Es duftet nach Damen und Herren.

Walzer. Andrej Bolkonskij nähert sich meiner Mutter. Natascha Rostova legt die Hand federleicht auf Vaters Schulter, und es geschieht – beim Walzer! Alle schauen zu, das schönste Paar im Saal, und es dreht sich und dreht sich ... Ihre Schritte wiederholen die Kräusel, die Windungen und Drehungen auf der Schokoladenglasur der Butterkremtorte.

Genosse Kostov, Genossin Sportlehrerin, ihr beide habt den ersten Preis gewonnen, ihr habt heute Abend am schönsten getanzt! Ich darf Ihnen, das heißt euch im Namen der Schulleitung diese Butterkremtorte mit Schokoladenglasur überreichen! Der Hausmeister überreicht Natascha Rostova und Andrej Bolkonskij die Butterkremtorte, ahnungslos strecken beide ihre Hände aus, nehmen ihm das runde Ding ab, beim Walzer war es, das weiß ich genau, und weiter kreisen die Fliegen unter der Decke, und es riecht wieder nach Menschenleibern und billiger Seife.

Bis dahin hatte meine Mutter geglaubt, dass es keinen Mann auf der Welt gäbe, der sie so richtig mitreißen könnte, ohne ihr auf die Füße zu treten. Als aber Vater ihr Tanzpartner wurde, fingen sie beide an, all die Krem- und Schokoladentorten, die es an diesen Lehrerabenden zu gewinnen gab, einzusammeln und mühsam aufzuessen. Es dauerte nicht lang, und Vater schrieb mit Seife über Mutters Waschbecken »Ich liebe dich« auf den Spiegel. Kurz darauf stellten beide fest, dass Mutter nur ein Einpersonenbett besaß. Da nahm Vater sein Einpersonenbett auseinander, wickelte die Einzelteile in ein Betttuch, trug sie auf seiner Schulter zwei Straßen weiter in ihr Zimmer und baute sein Einzelbett neben Mutters Einzelbett wieder auf. Einige Stunden später traf in Novo Selo ein Telegramm ein, das alle zutiefst erschütterte, vor allem aber Djado.

Beim Erzählen schlägt Vater Djado freundschaftlich auf die Schulter; Djado fährt zusammen, schnarcht aber weiter, lauter als vorher. Die Nachricht von der Heirat seiner Tochter traf Djado viel schlimmer als ihre Teilnahme an der Mai-Manifestation. Der da, nimmt Maminka die Gelegenheit wahr, Djado nachträglich zu entlarven, der wollte ja zum Doppelmörder werden! Erst seiner Tochter, dann dir, Zako, wollte er die Kehle durchschneiden, als er das Telegramm bekam. Wir Brautleute jedoch, sagt Mutter heiter und kriecht fast unter Vaters Strickjacke, konnten sein Fluchen nicht hören, nicht wahr, Zako? Wir setzten uns in den Zug und ließen ein zweites Telegramm los, das unsere Ankunft ankündigte, will Vater weiter erzählen. Mutter legt ihre weiße, mondweiße Hand auf Maminkas dunkelverwurzelte Hand, die im Mondlicht aus Kupfer gegossen zu sein scheint und sagt: Jetzt bist du dran, Maminka! Vater schweigt, hört zu.

Djado sah sich also vor vollendete Tatsachen gestellt, sagt Maminka, sieh ihn dir bloß an, wie er da sägt, und zog in die Kneipe. Er wollte sich wohl auf seine Rolle als Schwiegervater vorbereiten, meldet sich Lelja Greta. Maminka lässt sich nicht unterbrechen: Er bereitete sich so gut darauf vor, dass er bis zur Ankunft des Brautpaares in Tscherwena Woda nur noch Hochzeitslieder sang und seinen Schwiegersohn nicht mehr abwarten konnte. Und schon bei der Begrüßung, bei der ersten Umarmung kotzte er in Zakos Schoß, so glücklich war er! So wurde der Anfang einer aufrichtigen Verwandtschaftsbeziehung besiegelt. Vater schlägt Djado schon wieder auf die Schulter, diesmal so stark, dass er wach wird. Djado prostet beim Wachwerden Vater zu: Prost, Zako, na sdrawe! Dann sieht er sich das leere Glas verständnislos an und schmeißt es irgendwo in die Tiefen der Nacht, in Richtung Stangenbohnenbeet oder so.

Ich fühle mich geborgen. Es gibt kein Warten mehr. Vater und Mutter sind da. Die Gedanken an den Heldentod, an die Faschisten, an Rajna Knjaginja und Soja Kosmodemjanskaja, und sogar meine Unruhe wegen der Kamille sind verschwunden. Heute Abend muss nichts mehr erkämpft oder verteidigt werden.

Djados Kopf knallt auf den Tisch. Mein Vater schiebt ihm eine alte Schürze unter, die er gerade auf der Bank neben sich gefunden hat und schaut ihn beinahe liebevoll an. Kein Wunder also, dass mein Vater bereit war, den ganzen Schattenbereich des alten Nussbaumes umzugraben, um Djado eine Freude zu machen. Es war auch nicht das erste Mal oder der erste Platz, an dem gegraben wurde.

Djado vermisste die Goldsuch-Uhr der Lelja Zlata aus Amerika im Grunde wenig, da er offensichtlich selbst ein Medium für wandelnde, Gold ankündigende Irrlichter darzustellen schien: So ließ er meinen Vater den steinigen Boden des Hühnerstalls aufreißen, was wirklich – sogar für meinen Vater – ein hartes Stück Arbeit war. Da auch dort kein Gold zu finden war, der Boden des Hühnerstalls aber wie ein Frühlingsacker locker geworden war, schlug Djado vor, dort Pilze zu züchten. Das Klima im Hühnerstall entsprach nämlich den Bedingungen einer Pilzzucht in besonderem Maße. Da hatte er aber mit Maminka nicht gerechnet. Sie schrie ihn an, machte ihn sozusagen zur Sau wegen seines kapitalistischen Unternehmergeistes. Dadurch sah er sich zum ersten Mal gezwungen, zu den Mitteln der sozialistischen Propaganda zu greifen, die zu jener Zeit ganz bewusst auf die »Möglichkeiten der Selbstversorgung« der Bevölkerung aufmerksam machte, indem sie in manchen Fachzeitschriften Anleitungen unter anderem zu Pilz- und Kaninchenzucht anbot, gespickt mit Vorschlägen, wie man beispielsweise einen Hühnerstall zu einer Pilz-Orangerie oder einem Kaninchenstall umfunktionieren könnte. Djado zeigte ihr also zum Zweck seiner Verteidigung so einen Artikel, den sie ihm aus der Hand riss und auf den Reisighaufen warf. Weg mit den Hühnern, schimpfte sie, das hast du dir schön ausgedacht! Es reicht nicht, dass wir für Milch, Joghurt und Fleisch in die Stadt fahren müssen, jetzt auch noch wegen der Eier! Dich möchte ich mal ohne Eier erleben!

Nimm dir doch ein Beispiel an den Städtern: Die bauen doch alle ihre Balkons zu Hühnerställen um, damit sie frische Eier haben, und du willst uns ruinieren! Pilze züchten will er! Worauf Maminka mit der Handfläche so stark gegen ihre eigene Stirn schlug, dass es bis zu Baba Paschkovas Pergola am anderen Ende des Dorfes knallte und die Spatzen erschraken.

Nach diesem unglücklichen Vorfall fing Maminka an, Djados Goldfieber gezielt und planmäßig einzusetzen und auszunutzen. Sie fing selbst an, wandelnde Irrlichter gerade dort zu erblicken, wo es am nötigsten war, die Erde umzugraben. Djado fiel erstaunlich oft darauf herein und war sogar ohne Vaters Hilfe zum Graben bereit. Meistens konnte er den Besuch seiner Schwiegersöhne nicht abwarten und machte sich auf dem Kartoffelacker oder im Garten nützlich. Gold fand er natürlich nicht, aber er grub alles so tief und so gründlich um, dass Maminka direkt am anderen Morgen die neuen Kartoffeln legte in der Hoffnung auf eine bessere Ernte als im vergangenen Jahr.

37

Mein schlechtes Gewissen – wegen der Kamille, wegen der heimlichen Hoffnung, es würde doch noch alles gut gehen und ich würde meine neuen Schulbücher am Ende des Sommers wie alle anderen bekommen. Ich wusste zwar nicht wie, aber ... Ich musste nur jemand von den Allerfleißigsten finden, der bereit war, die paar Kilo Kamille, die er zuviel gepflückt hatte, mir zu überschreiben. Kunka? Sicher wäre das einfach, jedoch ... Wer verzichtet schon auf die Ehre, am 15. September, dem ersten Tag des neuen Schuljahres, vom Organisationsleiter vor der versammelten Schule feierlich zum Stoßarbeiter erklärt und belobigt zu werden? Wer würde mir zuliebe auf die Ehre verzichten, die Fahne der Organisation unter feierlichem Trompetenklang langsam und würdevoll zu hissen, während alle anderen strammstehen und den Atem anhalten! Wenn ich bloß für die Freiheit sterben könnte!

In diesem Sommer, liebe Pioniere, starb unter unmenschlichen Qualen eure teure Genossin ... Für die Freiheit! Ohne jemanden zu verraten! Trotz aller Qualen, die ihr die Faschisten bereitet hatten. Ohne die Norm von »Sieben Kilo Kamille« erfüllen zu können – dazu reichte ihr junges Leben nicht aus! Pioniere, sie hätte sie bestimmt erfüllt, wenn sie nicht so frühzeitig für die Freiheit gestorben wäre! Ich bin sicher ...

An dieser Stelle würde der Organisationsleiter von Tränen übermannt werden, würde sie heimlich mit einem Ende des Pionierhalstuches abwischen, würde die Fahne der Organisation vom Band lösen und meinen schon erkalteten Körper damit bedecken. Obenauf würde er vorsichtig die Schulbücher für das neue Jahr legen. Dann würde ich vom Totenbett auferstehen, die neuen Bücher unterm Arm, und alle würden die Tränen mit den roten Pionierhalstüchern abwischen. Alle wären so glücklich, der Leiter voran, dass ich wieder auferstanden bin, dass keiner an meine unerfüllte Norm denken würde ...

Ich sollte lieber in die Stadt ziehen! Schön wäre es, in die Stadt zu ziehen, zu Mutter und Vater, aber ... Mir reichte schon die Leiche hinter der Tür, die, wenn ich mir ein Herz fasste und nachschaute, zu einem am Nagel aufgehängten Bündel alter Sakkos und Hausmäntel wurde.

Bald ist es soweit!

Warum lässt sich die Zeit nicht dehnen? Sie dehnt sich immer nur, wenn man auf etwas Schönes wartet. Wenn mir etwas Unangenehmes bevorsteht, wird sie knapp, steif und unnachgiebig. Wie heute Abend.

Bald ist es soweit!

Sie gehen aus. Meine Eltern gehen ins Kino. Ich und die Leiche hinter der Tür bleiben daheim. Die Glühbirne unter der Zimmerdecke. Gelegentlich boshaft summend, droht sie jeden Augenblick auszugehen. Ich verspreche, nicht abzuschließen und sofort einzuschlafen. Ich schließe nicht ab, lege mich ins Bett.

Ich schlafe nicht ein. Achtmal schlägt die Stadtuhr im Zentrum, entfernt, ganz entfernt höre ich die Lastwagen, die Busse der Stadt. Ganz nah ein Nagen unterm Bett. Jene Ratte, die Vater seit Monaten vergeblich zu fangen versucht, meldet sich jedes Mal, wenn er das Zimmer verlässt. Ich möchte für die Freiheit sterben. Tot sein. Nicht allein sein. Stirbt man für die Freiheit wegen einer Ratte? Oder einfach aus Angst? Aus Angst vor dem Alleinsein? Warum hat sich Soja Kosmodemjanskaja von den Faschisten so lange quälen lassen? Aus Angst, sie könnten den Raum verlassen, und sie wäre wieder allein?

Ich stelle mich tot unter der Decke. Tod ist, wenn man die

Augen schließt. Man sieht nichts. Man hört nichts. Man fühlt nichts. Ich schließe die Augen. Ich sehe nichts. Die Ratte nagt unterm Bett, noch lauter als vorher. Die Angst riecht nach meinem eigenen Schweiß, und ich weiß ganz genau, dass die Leiche hinter der Tür es bald nicht mehr aushält. Sie wird dann hervortreten und sich im Zimmer umsehen.

Tot. Man sieht nichts, man spürt nichts, man hört nichts. Totsein ist besser als Alleinsein, oder? Ich stehe auf, renne zur Tür, schließe ab. Mutters Schlaftabletten, am besten zwei. Schnell unter die Decke!

Soja Kosmodemjanskaja auf ihrem Sockel, allein, aus Stein gehauen. Tot und allein, eine Heldin. Nichts sehen, nichts hören ...

Wer klopft an meinen Sarg? Laut, lauter, noch lauter. Was wollt ihr? Seht ihr nicht, dass ich tot bin? Ich kann gar nicht aufstehen und euch aufschließen, auch wenn ich will! Meine Hände sind schwer, meine Füße sind schwer, ich bin aus Stein, aus Bronze bin ich, ich bin eine harte Form, ein Denkmal bin ich. Ich bin mein eigenes Denkmal, wer bin ich denn, ich?

Mein Vater war gerade dabei, die Tür aufzubrechen; ich kam gerade noch rechtzeitig zu mir, um ihm die Tür aufzuschließen. Nur zwei Tabletten waren es ...

Ich hatte Angst, bei meinen Eltern zu leben, und ich hatte ein schlechtes Gewissen wegen meiner Angst. Ich hielt es bei ihnen nicht aus und hatte ein schlechtes Gewissen, dass ich es nicht aushielt, weil ich dadurch die Nachbarn quasi aufforderte, meinen Eltern Schlechtes nachzusagen ... Hinzu kam das schlechte Gewissen wegen des Vorhabens, eine gewisse Person unbedingt zu heiraten trotz aller vergangenen und noch kommenden Unannehmlichkeiten, die einem Mitglied der Organisation zustoßen würden in jenem so jungen und – das wusste ich selbst – noch lange nicht heiratsfähigen Alter ... Sollte ich wirklich in die Stadt ziehen? Warum gibt es niemanden, mit dem ich darüber sprechen kann?

38

Das Ameisennest, in dem ich mit einem dünnen Stöckchen herumgestochert habe, ist recht aufgewühlt. Die Ameisen gehen so gezielt hin und her, wackeln so nachdenklich und konzentriert mit ihren winzigen Schnurrbärtchen, dass ich sie beneide. Ich halte den Stock still. Einige klettern empor, bleiben in der Nähe meines Fingers stehen, wackeln mit dem Schnurrbart und kehren eiligst um. Wenn ich da so vor dem Ameisennest hocke, rieche ich mich selbst und mag diesen Duft meines Körpers. Ob ich nach fünf Jahren genauso riechen werde, ob ich mich selbst dann immer noch so gut riechen kann?

Ich lecke schnell an meiner eigenen Schulter: Salz. Ich schaue mich um: Hat mich Maminka gesehen? Sie sieht mich nicht. Sie bückt sich gerade zwischen den Bohnen und pflückt die trockenen Schoten. Die Fühler der Bohnenpflanzen schlingen sich um ihre Beine und hinterlassen rote Striemen auf ihrer Haut, die noch lange nach dem Waschen brennen und jucken, doch ich weiß, dass ihr das nichts ausmacht. Ich mag Maminka, wie sie da, so selbstverständlich zwischen die Bohnen gepflanzt, mit flinken Bewegungen die Schoten pflückt und mich in Ruhe lässt. Hin und wieder schiebt sie den Knoten des Kopftuches unter dem Kinn zurück, gibt ein leises »Hau ab!« von sich, wobei sie mit der Hand irgendeine lästige Fliege verjagt, und arbeitet weiter.

Eigentlich ist Maminka erst fünfzig, aber sie spricht von sich, kleidet sich und fühlt sich wie eine alte Frau; sie ist eben meine Großmutter und möchte gar nichts anderes sein. Mein Lied ist ausgesungen, Mila, wiederholt sie oft, seht zu, dass es euch Kindern gut geht. Mein Zug ist längst abgefahren!

Sie kommt auf mich zu mit der Schürze voll Bohnen, setzt sich auf die heiße Erde neben mich und fängt an, Bohnen zu döppen. Ich fange auch an. Wir sitzen, angelehnt an die warme Wand der Sommerküche, und döppen Bohnen. Ich möchte gar nicht aufhören, ich möchte nicht, dass es Abend wird. Dann kommt nämlich Djado nach Hause, volltrunken und streitsüchtig wie immer.

Schwankend zieht er seine blaue Arbeitsjacke aus (am Nacken und bis zu den Ellenbogen ist seine Haut dunkelbraun, sein Körper dagegen schneeweiß), bleibt vor der Waschschüssel stehen, beugt sich darüber und schwankt dadurch noch mehr, streckt die Hände aus und »fängt« den Strahl aus der Gießkanne auf, mit der Maminka die Rolle eines Wasserhahns spielt.

Keiner sagt was. Djado wäscht sich tüchtig und gibt hin und wieder ein böses »Mamka wi!« von sich, und dieser Fluch, der es auf die Mütter der »roten Ärsche« abgesehen hat, bringt ihn ins Schwanken; fast verliert Djado das Gleichgewicht.

Ich hasse es, wenn Djado besoffen ist. Und weil er vor allem in diesem Zustand so voll und ganz gegen die Kommunisten eingestellt ist, habe ich mich voll und ganz für sie entschieden. So versoffen, so rücksichtslos und stets ungerecht können nur die Amerikaner, die Kapitalisten und die Faschisten sein! Maminka steht zu ihren Worten, ihre Worte werden durch die Realität bestätigt, und ich stehe zu Maminka.

Djado lässt sich auf einen Stuhl fallen und befiehlt: Essen! Er legt sich, Mamka wi, auf den Tisch, als wolle er nicht essen, sondern schlafen. Plötzlich schreit er zur Sommerküche herüber: Mach das Radio an! Maminka macht das Radio an – bulgarische Folklore –, und ich weiß, was kommt. Ucha, ruft Djado plötzlich erheitert, ucha-cha! Er steht auf, schwankt, versucht, den Volkstanz Ratschenitza zu tanzen, fällt gegen den Tisch, Mamka wi, scheiß drauf!

Die Schatten verdichten sich. Die Wände bekommen Gänsehaut. Mein Schatten durchquert das Zimmer, erreicht das Fenster, als wolle er durchs Fenster hinaus und weg ... Wo bleibt denn Maminka? Die Musik wird schneller und schneller. Djado richtet sich auf, seine Augen sind rot unterlaufen, meine Knie werden weich. Na, was ist denn, Mila? Djado streckt mir den kleinen Finger seiner rechten Hand entgegen: Halt fest! Ich halte seinen dicken kleinen Finger fest, umklammere ihn und lasse mich von der Bewegung dieser besoffenen Hand leiten. Tanz!

Der Befehl, unterstützt durch die rhythmische Bewegung von Djados Hand, betritt mein Bewusstsein durch die Hand, die diesen Finger umklammert. Und ehe er den Kopf erreicht hat, bewegen sich meine Füße, meine Beine, mechanisch. Meine Füße tanzen Ratschenitza, ich halte Djados Finger fest und lasse mich von ihm in den Tanz leiten, meine Füße gehorchen, meine Kehle ist zugeschnürt, tanzen sollst du! Schneller!

Maminkas Schatten betritt den Raum, Maminka folgt ihm. Sie stellt die Suppe auf den Tisch, bleibt neben Djados Stuhl stehen, dienstbereit, mit finsterem Gesicht, die Hände unter der Schürze geballt. Ich tanze weiter. Maminka schaut zu. Der Knoten in meinem Hals löst sich. Ich schaffe es noch, das Schluchzen zurückzuhalten, aber die Tränen rollen davon ...

Komm, du auch! Djados Befehl trifft Maminka so hart, dass sie fast darunter zusammenknickt, dann richtet sie sich auf: Du Pascha, du! Ihre Worte zischen hasserfüllt in den Raum, der rot von der Abendsonne und stickig vor Angst geworden ist. Die Fäuste ins Kreuz gestützt, gehorsam hüpfend, das Gesicht aus Stein, tanzt Maminka mir gegenüber Ratschenitza.

Gott sei Dank hört die Musik bald auf, die Nachrichten fangen an. Djado schlägt plötzlich auf den Tisch: Mamka wi! Djado richtet sich für die Debatte mit dem Radio auf: Ihr lügt ja, ihr Schweine! Anständigen Leuten die Kneipen abnehmen und versaufen, und das auch noch Verstaatlichung nennen, das sieht euch ähnlich! Schon wieder habt ihr den Plan erfüllt. Dass ich nicht lache! Ohne mich, Iwan Djulgerov, könnt ihr ja gar nicht den Plan erfüllen … Scheißplan … Opposition … Opposition gäbe es nicht? Von wegen! Ich, Iwan Djulgerov, ich bin die Opposition, verstanden? Seine Stimme wird lauter und lauter. Er streckt seine Faust bedrohlich dem Radio entgegen: Schnauze! Ihr Pazifisten, ihr Kommunisten, ihr Atheisten, ihr … alle miteinander!

Maminka und ich verschwinden unbemerkt durch die Tür. Er braucht uns nicht mehr. Jetzt hat er endlich seinen Gegner, dem er es zeigen will – und kann. Das arme Radio! Gut, dass es keine Ohren hat, sagt Maminka erleichtert, und: Gott sei Dank, dass es so kräftig gebaut ist, deutsche Wertarbeit – sollte es wieder durch die Gegend fliegen müssen …

Sie bindet den vom Tanzen gelösten Knoten ihres Kopftuches fester. Was ist Opposition, Maminka? Hm, denkt Maminka lange nach, Opposition, Mila, das ist … Wenn dein Djado beispielsweise beim Kochen die Suppe versalzt, bloß um mich zu ärgern … Ich bemühe mich zu verstehen. Ist das alles, Maminka? Na ja, nicht so ganz … Meistens gießt er dann doch noch Wasser nach, um sie selbst auslöffeln zu können!

Maminka ist mit ihrer Erklärung zufrieden. Ich fasse ihre Worte in meinem Kopf noch einmal zusammen: Opposition ist, wenn man bewusst die Suppe versalzt, um den anderen zu ärgern, meistens aber dann doch noch Wasser nachgießt, um sie selbst auslöffeln zu können, oder wenn man es auf die Mutter seines Gegners oder aufs Radio abgesehen hat!

39

Oft bin ich meine eigene Mutter. Meine Mutter ist zwölf. Ihre Spielkameradinnen rufen: Kooomm! unterm Fenster und spielen Völkerball und Dame. Ich gehe hinaus und spiele mit. Meine Mutter, die Zwölfjährige, bleibt zu Haus. Sie muss auf Greta aufpassen. Das mumienverpackte Baby, rot im Gesicht und ewig schreiend, ist nur dann still, wenn sie seine Wiege, die an langen Seilen durch die Stube schwingt, wütend gegen die Wand knallt. Ich würde gerne meine Mutter ablösen, ihr das Wollknäuel von Baby abnehmen und sie mit meinen Spielkameradinnen Dame und Völkerball spielen lassen.

Das Baby, das Greta heißt und Mutters Schwester ist, rächt sich später zweimal. Es ribbelt im Alter von drei Jahren die Maschen des Strickzeugs meiner fünfzehnjährigen Mutter auf. Es wartet, bis ich selbst drei Jahre alt werde, und denkt sich eine noch raffiniertere Qual aus: Greta hockt sich mir gegenüber, während ich auf dem Topf sitze, und fragt: Warum hast du denn so'n blaues Gesicht? Ich sehe die kleine Dreijährige, die ich bin, samt halbvollem Topf vom sicheren Versteck unter dem Tisch bis hinter das Adlerbett umziehen, um in Ruhe gelassen zu werden.

Später stellt sich Greta mir gegenüber hin: Uuuh, was hast du für eine große Nase! Es kann gut sein, dass sie sogar noch weiterwächst! Dies raubt mir die Ruhe, und es kommt vor, dass ich beim Spiel zusammenzucke und meine eigene Nase anfasse, um festzustellen, ob sie noch nicht weitergewachsen ist. Ich atme dann auf, doch ganz bald darauf beobachte ich meine Füße und bilde mir ein, der linke große Zeh sprenge zusehends meinen

Schuh! Später lässt mich Greta großzügig ihre Mitesser an den Armen ausdrücken. Das versöhnt mich mit ihr und begründet meine Liebe zu ihr.

Inzwischen hatte sich der Wandel des Bewusstseins, wie Tschitscho Radi schon gesagt hatte, sogar an Djado bemerkbar gemacht. Nicht nur, dass er inzwischen die Mai-Manifestationen als etwas zum normalen Leben Gehörendes betrachtete, sondern er ging auch unter die Zuschauer, um seine jüngere Tochter Greta an ihren schwarzen Haaren zu erkennen, wie sie da flott die Maireihen verschönerte und stramm wie keine andere schritt. Wenn man bedenkt, dass er vorgehabt hatte, ihre Schwester, meine Mutter, wegen derselben Mai-Manifestation umzubringen.

Am Vorabend der ersten Mai-Manifestation nach der Machtergreifung der Kommunisten, an der Mutter teilgenommen hatte, kam sie abends genau zu der Zeit nach Hause, als die Vertreter des Volkes gerade dabei waren, Djados Kneipe, die Mähmaschinen, das ganze Hab und Gut der Familie sorgfältig in ihre Listen einzutragen, zwecks Verstaatlichung.

Komm, du Rote, du Verräterin, du! Deine Freunde sind gerade da, die tragen uns alles unterm Hintern weg, und du willst morgen mit ihnen das Bein schwingen, rote Fahnen willst du tragen, die Internationale singen, was?

Unsere Familie schien ganz schicksalhaft mit Manifestationen verbunden zu sein. Meine Eltern als Sportlehrer waren mit Organisation und Leitung von Manifestationen von Anfang an vertraut. Es war also kein Wunder, dass ich mich zu jeder Art Manifestation unwiderstehlich hingezogen fühlte. Einmal erzählte Mutter einer Kollegin, was für Purzelbäume ich in ihrem Bauch geschlagen hätte während der 9.-September-Manifestation und wie ich an allen organisatorischen Aufregungen, Strapazen und Ekstasen, die damit verbunden waren, teilgenommen hatte.

Mutter denkt gern an ihre Manifestationen. Und ich meinerseits muss zugeben, dass ich noch heute, sobald ich die begeisterten Rufe manifestierender Menschen vernehme, und sei es nur im Radio, einfach mitrufen muss! Hurrraaa! Kein Wunder – geübt ist geübt!

Mutter zählt zu den tüchtigsten Teilnehmern an der 9.-September-, der 17.-November-, der 1.-Mai- und der 24.-Mai-Manifestation, die nie zu spät kommen, nie zu früh verschwinden und regelmäßig mit kaputten Stimmbändern nach Hause gehen. Eines Tages erzählte Mutter einer ihrer Kolleginnen vom Wesen der Manifestation: Eine solche Manifestation, meine Liebe (die »Liebe« war die Kollegin, die Mutter gegenübersaß und Roggenkaffee schlürfte) – aber das weißt du ja auch selbst –, hat nichts mit einem Volksfest oder mit einer spontanen Demonstration zu tun wie jene, die bei uns vor dem 9. September 1944 gang und gäbe waren! Mutters Stimme wurde leiser und immer leiser, und sie schaute sich von Zeit zu Zeit um, so eine Manifestation, meine Liebe, ist vor allem ein Wettbewerb der Schulen und damit vor allem der Sportlehrer! Solch eine Manifestation wird nach der Stärke, Fülle und Ausdauer der Hurrraa-Rufe, nach der Einheitlichkeit des Stechschrittes der Marschierenden, nach der Exaltiertheit des Gesanges und nach der Zahl der Entschuldigungen wegen Unpässlichkeit beurteilt und klassifiziert. Mutters Blick wird finster. Wie viele Proben, wie viele Wochenenden mit den Vorbereitungen einer solchen Manifestation draufgegangen sind, das zählt nicht! Da kann es dir passieren, dass du einen Monat vorher mit den Vorbereitungen angefangen hast, die Gören mit täglichem Hurra-Rufen statt mit Morgengymnastik geplagt hast – und du dennoch im Urteilsbericht über den Verlauf der Manifestation den vorletzten Platz einnimmst.

Mutters Kollegin schlürft zustimmend ihren Kaffee: So ist es, meine Liebe, das kann ich mir gut vorstellen, obwohl ich mit Sport und Politik wenig zu tun habe! Mutter kippt ihre ausgetrunkene Kaffeetasse auf der Untertasse um. Die Kollegin soll ihr aus dem Prütt lesen und alles für die nächsten drei Monate voraussagen. Mir kann man nichts vormachen, sagt die Kollegin, wenn ich nur das Wort »Manifestation« höre, stehen mir die Haare zu Berge, und ich bedaure alle meine Kollegen Sportlehrer! Wozu das Ganze?

Nach solchen Gesprächen, die in meinem Beisein geführt wurden, hieß es dann: Jetzt geh bloß hin und erzähl der Baba Pena alles! Prompt ging ich hin und erzählte der Baba Pena alles, obwohl ich mir fest vorgenommen hatte, zu schweigen. Mein schlechtes Gewissen lähmte mich tagelang danach ununterbrochen.

War das alles in jenem Kamillensommer?

Jeder Sommer war ein Kamillensommer. Jeder Sommer wog anders. Das Gewicht der Kamille, die wir abliefern sollten, änderte sich unserem Alter entsprechend. Wir wuchsen, wurden schwerer, arbeitsfähiger und – arbeitsunwilliger. Jeder Sommer wog schwerer als der vorherige.

Manchmal wunderte ich mich, dass die Erwachsenen solche Sachen wie das Wesen einer Manifestation vor mir besprachen. Der Organisationsleiter würde sich nie erlauben, über eine Manifestation solche Gedanken anzustellen. Er war ständig bemüht, uns von der Schönheit, von der Notwendigkeit einer solchen Manifestation zu überzeugen. Ob er auch abends, wenn er so unter seiner Pergola saß und aufs Abendbrot wartete, genau die gleichen Gespräche führte wie mein Vater mit Djado oder wie Mutter und ihre Kollegin? Das konnte ich mir nicht vorstellen, da er uns wie Soldaten herumkommandierte, uns stundenlang strammstehen ließ, wenn ihm danach zumute war, und uns durch den ganzen Schulhof jagte, als wären wir nicht in der Schule, sondern in der Kaserne. Dabei schien es ihm selbst recht gut zu tun, dass er uns wie Affen marschieren, strammstehen, bäuchlings liegen, aufspringen, über den Sportplatz rennen und hundertmal »Hurrraa« schreien ließ, auch dann, wenn gar keine Manifestation in Sicht war. Offensichtlich kam er dabei auf seine

Kosten, wenn er mit einem einzigen »Halt!« die ganze Kolonne zum Erfrieren brachte. Es schien ihm Vergnügen zu bereiten, auf das er niemals verzichten wollte. Mein Vorhaben, ihn nach dem Kalten Krieg zu fragen, hatte ich längst aufgegeben. Er war nicht der Mann, der mir eine richtige Antwort gegeben hätte.

40

Seitdem ich in den Trupp »Waches Auge« aufgenommen worden war, plagten mich die Gedanken an die Kamille weitaus weniger.

Ich hatte vor, die Fahne des Kommandos zu besticken wie Rajna die Königin, die die Fahne der Aufständischen bestickt hatte. Angesichts des noblen Vorhabens, das mir nicht aus dem Kopf wollte, wurden mir meine nicht wachsen wollenden Brüste und die Kamille unwichtig. Nach und nach wurde mir klar, dass alle großen Revolutionäre überhaupt keine Zeit für privaten Kram gehabt haben konnten. Jedenfalls waren sie nicht wegen ihres Brustumfanges in die Geschichte eingegangen, sondern wegen ihrer Taten.

Noch am gleichen Morgen, als Mara und ich nach unserer Waschaktion ins Bett gegangen waren, stürzte Baba Paschkova in Maminkas Sommerküche und erzählte, sich auf die Oberschenkel schlagend und nach Luft ringend, dass sie soeben den Schreck ihres Lebens erlitten habe, als sie mit dem allerfrühesten Bus aus der Stadt angekommen war. Nichtsahnend und mit ihrer Einkaufstasche beschäftigt, die voll mit Joghurtgläsern, Gehacktem und was weiß ich noch war, machte sie die Haustür mit dem Ellenbogen auf, schaute dabei wie immer auf die vollen Gläser, die sie in der Tasche trug, und rannte daher blindlings gegen die nassen Tücher, die wir in der Stube aufgehängt hatten. Sie schrie, verhedderte sich wie ein Huhn im Flachs, rannte, um Hilfe schreiend, auf den Hof hinaus, rief ihren Nachbarn, den verrückten Buscho, der dann als erster in die Stube hineinging und feststellen musste, dass Baba Paschkova sich nicht mal mehr an ihre eigene Wäsche erinnern konnte, was ihm und vor allem ihr höchst verdächtig vorkam. Maminka, die zwar von unserer nächtlichen Aktion unterrichtet, aber nie eine Spielverderberin war, zuckte nur mit den Schultern. Wir werden alle alt, sagte sie, unser Zug ist abgefahren und unser Lied ausgesungen, da kann man nichts machen, du siehst es ja selber, nicht wahr, Baba Paschkova?

Tagsüber hatte Rajna Knjaginja im Zimmer gestickt. Sie hatte dort ein Versteck, das nach außen hin wie ein gewöhnlicher Schrank aussah, in seinem Innern aber Platz für eine ganze Rajna samt Nähzeug und Fahne hatte, so dass sie die Fahne des Aprilaufstandes in aller Ruhe und nach allen Regeln der Kunst besticken konnte. Ich wollte die Fahne unseres Trupps besticken, hatte aber keinen Schrank, in dem ich mich hätte verstecken können. Was nutzte mir da die ganze Stickerei, wenn die Voraussetzungen des Untergrundes fehlten! Ich hatte schon die Möglichkeit in Erwägung gezogen, ein Loch in die Wand zu schlagen, abends, wenn alle schliefen, hatte aber feststellen müssen, dass die eine Wand nach draußen, die zweite ins »andere Zimmer«, die dritte in die Stube, in der Djado und Maminka schliefen, führte, und die vierte Wand kam überhaupt nicht in Frage, weil sich dort unsere Pergola mit der komischen Treppe befand. Da war halt nichts zu machen, ich musste wohl oder übel nachts sticken, da man nur nachts vor Besuchern sicher sein konnte.

In letzter Zeit tat mir manchmal der Magen weh. Hoffentlich werde ich nicht krank, das fehlt mir noch, dachte ich oft. Die Schönschrift hatte ich schon wieder vernachlässigt, mit der Pflichtlektüre klappte es auch nicht. ›Du und Ich‹ hatte ich schon ausgelesen, war den Geheimnissen des Lebens näher gerückt, was allerdings meine Lust am Kamillenpflücken nicht im Geringsten gesteigert hatte. Am kommenden Abend stand eine weitere

Aktion bevor, und ich wusste nicht mehr, wann ich schlafen sollte. Maminka wusste Bescheid.

Wieder ging es im blauen Sportanzug durch die Blindengasse in Richtung Schule, am Schulhof vorbei, in Richtung Stadion und dann – der neue Sportsaal. Heute Abend nicht nur eine Katze, die uns über den Weg läuft, sondern gleich mehrere Katzen, wenn das mal gut geht! Mit Spucken über die Schulter halten wir uns nicht auf. Mara hat schon wieder ihre Eltern angeschwindelt. Auf Maminka bin ich stolz.

Der Sportsaal liegt am Ende des Dorfes hinter der Schule, mitten in einem früheren Dornenfeld, das sich zwischen Schule und Veterinär, Chaussee und Dorfmühle erstreckt. Ich habe ihn nie zu dieser mondgepflasterten Stunde gesehen, es ist mir komisch zumute, als wäre dies ein Gespensterhaus. Wir sind wieder die Letzten, alle anderen sind schon da, lauern hinter dem unordentlich gestapelten Holz, das für den Winter in den Keller muss. Wir wollen diese Arbeit auf uns nehmen, wollen dem Schuldiener Tschitscho Penko gut sein, der das Holz immer allein getragen hatte und nicht mehr der Jüngste war.

Da liegt also das Holz vor dem offenen Kellerfenster und möchte ins Trockene. Tontscho hat diesmal keine Befehle zu erteilen, da wir keine besonderen Vorsichtsmaßnahmen zu treffen brauchen. Dass uns jemand hier sieht, ist so gut wie ausgeschlossen, also ran an die Arbeit! Ich fasse mit an, das Brennholz ist trocken, doch sehr schwer. Im Sportsaal brummen im Winter zwei primitive Öfen, jeder von ihnen fasst mehr als einen dicken Baumstamm, daher macht man sich nicht die Mühe, das Brennholz zu zerkleinern; oh, weh dem, der es zu tragen hat!

Wir flüstern, wir vermeiden das Sprechen überhaupt. Der Mond scheint hell, es könnte Tag sein. Immer wieder schäme ich mich wegen meiner Angst. Immer wieder denke ich an Mitko Palausov und Soja Kosmodemjanskaja. Sie haben es gut, sie haben sich nicht mehr zu bewähren. Die Helden lieben die Nacht.

Sie suchen sie – die sicherste Herberge. Bin ich nicht für eine Heldin geeignet? Warum muss ich eigentlich eine Heldin sein? Wie komme ich dazu, für die Freiheit sterben zu wollen? Ich weiß es nicht, schwer ist es zu ertragen, sich immer wieder selbst zu enttäuschen. Täglich die Niederlage vor sich selbst. Sind die anderen mutiger als ich?

Plötzlich sehen wir in der Ferne fünf oder sechs Gestalten, die sich, von Busch zu Busch Deckung suchend, in der uns selbst so gut bekannten Manier geübter Untergrundkämpfer dem Sportsaal nähern. Achtzig Prozent und das Knopfloch entzwei! Wir sind wohl nicht die einzigen, die sich ›Timur und sein Trupp‹ zum Vorbild genommen haben! Jetzt haben wir den Salat! Die wollen wohl auch an das Brennholz heran. Was sollen wir also tun? Verjagen müssen wir sie und das sofort. Wir dürfen ihnen keine Möglichkeit geben, uns zu erkennen, sonst ist es mit unserem Geheimnis aus! Eins, zwei, drei! Wir stürzen ins Freie und schreien: Uuuuu-huuu! Djuuuh! Jaujaujauuuuu! Mondbeschienen, schreiend, pfeifend: Unsere Gegner laufen weg. Die haben wohl keine Geister erwartet! Die rennen, sich an den Händen haltend, über den Eselsdorn und dann und wann in die Brennnesseln ... Wir haben gesiegt. Hurraa!

Ungestört tragen wir das Holz bis zum Fenster, lassen es herunterplumpsen, eine Stunde lang. Danach fegen wir den Zementboden sauber, heften an den Fensterrahmen den üblichen Zettel »Der Trupp ›Waches Auge‹ war bei Ihnen zu Gast« und teilen uns in kleinere Grüppchen auf, damit wir unseren Gegnern keine Möglichkeit bieten, uns zu erkennen. Dieses Mal sind wir früher zu Hause, wir haben nicht mehr soviel Angst, als wir die Blindengasse entlangschleichen. Mir tut der Magen weh, hoch unter den Rippen spüre ich es: Morgen muss ich zum Arzt.

Vor dem Einschlafen lesen Mara und ich nochmal das Befruchtungskapitel aus ›Du und Ich‹, haben überhaupt keine Lust mehr zu solchen Hoppe-Hoppe-Reiter-Spielchen wie früher, seitdem wir es genau wissen ... Wir warten ab, warten, aber worauf, wissen wir noch nicht. Djados Schnarchen dröhnt durch die Wand, das Licht ist aus, Gute Nacht, Mara, Gute Nacht! Stricken muss ich, sticken und pflücken, Kamillenblüten sticken, Fäden pflücken, Rajna Knjaginja wird es mir zeigen, aber erst nachdem ich beim Arzt war ...

41

Mich widert der Geruch der dörflichen Ambulanz an. Mein Magen oder Bauch, oder was das ist, tut mir weh, und ich muss da hin. Maminka ist unglücklich, dass ich nichts anrühre, ich kann ihr nicht helfen. Sie muss mit zur Ambulanz, sie packt vorsichtshalber ein Knäppchen Brot ein, wer weiß, ich könnte ja hungrig werden. Die Ambulanz ist seit neuestem in Baba Iwankas Haus, dem stattlichsten Haus im ganzen Dorf.

Früher, ehe ich zur Schule ging, besuchte ich oft die Zwillinge Kaka Elena und Kaka Marija, stieg die Marmortreppe langsam hoch, die mit ihrem hübschen Gitter dem Innern des Hauses einen gewissen Zug von Festlichkeit verlieh, ging am liebsten direkt ins Badezimmer, wo ich zum ersten Mal eine richtige Badewanne und ein Bidet sah. Monatelang rätselte ich herum, was diese winzig kleine Badewanne mit den komischen Hähnen sollte, bis ich es eines Tages nicht mehr aushielt und Kaka Marija fragte, was das sei. Sie antwortete schlicht, dass man sich darauf setzt, den Hahn aufdreht und sich »von unten« wäscht, was zu erfahren mir recht peinlich war: so'n Aufwand! Wir wuschen uns »von unten« immer in einer Waschschüssel, in einer runden, aus Blech. Wir hatten auch keine Dusche, keine Badewanne, nichts!

Dies war ein Luxus, den ich erst als Mitglied der Pionierorganisation und des Trupps »Waches Auge« als solchen erkannte und als kapitalistisch einstufte. Damals aber war es schön, die Nachmittage bei ihr oder bei Kaka Elena, ihrer Zwillingsschwester, zu verbringen, die schon damals den Ruf einer alten Jungfer hatte. Ich schaute auf die geschickt häkelnden Finger dieser so jungen alten Jungfer, aß Kekse, die sie selbst gebacken hatte, beobachtete die dicke schwarz-weiße Katze, die auf der Fensterbank schlief, und genoss dieses Haus mit seiner Gemütlichkeit, die ich später nur noch einmal erleben durfte: in Kaka Welitschkas Haus in Rawno …

Die Ambulanz befand sich also im Parterre dieses Hauses. Kaka Marija und Kaka Elena waren längst nicht mehr da, es roch nicht mehr nach gebackenen Keksen, und die schwarz-weiße Katze war auch verschwunden. Mich störte es, wenn ich jetzt den Gestank nach Karbol oder irgendeinem anderen Desinfektionsmittel einatmen musste.

Ich stehe am Fenster, an dem ich noch die von Kaka Marija gehäkelte weiße Gardine sehe und davor die Dorfärztin, eine unscheinbare blasse Frau, die irgendetwas aufschreibt und viel zu laut »Der Nächste, bitte!« ruft.

Wir treten ein und grüßen. Maminka hält mich noch immer an der Hand. Ich tue so, als hätte ich keine Angst, aber ich kann die Augen nicht von jenem Tisch abwenden, auf dem fein säuberlich die Instrumente gestapelt liegen, ausgekocht, glänzend, bereit. Wie heißt du denn, wie alt bist du denn, hilfst du auch schön zu Hause, na wollen wir mal sehen!

Ich lege mich auf das harte Bett, hebe mein Unterhemd hoch, kriege Gänsehaut, zeige auf die wehe Stelle hoch zwischen den Rippen, werde abgetastet, vorsichtig, dann etwas forscher, bis es mir wehtut. Ich werde in den Finger gepiekst, da übe ich Tapferkeit und suche Halt im Porträt des Georgi Dimitrov, der väterlich in den kleinen Raum blickt.

Maminka hilft mir, mich anzuziehen, die Ärztin weiß keinen Rat, sie kann mir nicht helfen und meint, dass ich in der Stadt, im Krankenhaus, beobachtet werden muss, drei, vier Tage nur, länger nicht. Mich friert es, und ich komme mir tatsächlich krank vor. Heimlich freue ich mich, dass ich einige Tage Ruhe haben werde vor der Kamille, vor den nächtlichen Aktionen des Trupps, vor der Pflichtlektüre und der Schönschrift. Es gibt nichts Schöneres als Krankwerden mitten in einem Meer aus Pflichten! Da kann sich mein schlechtes Gewissen ausruhen und ich komme endlich zu ›Ewgenija Grande‹ – ›Eugénie Grandet‹. Dieses Buch brauche ich, Gott sei Dank, nicht im Strohkissen zu verstecken.

Die Ärztin schlägt vor, uns mit dem Krankenwagen in die Stadt fahren zu lassen. Auch das noch! Ich komme mir recht verwöhnt vor und kriege auf einmal Hunger. Auf dem Weg über die Straße gibt mir Maminka mein Knäppchen Brot. Sollen wir nicht Mara Bescheid sagen? Ach wo, Mila! Die Genossin Doktor wartet doch! Es ist gar nicht mal so schlecht, plötzlich mit dem Krankenwagen in die Stadt gefahren zu werden. Da werden die aber Augen machen, die ... die da, aus dem Trupp, und wenn ich zurückkehre, werden die mich ganz anders behandeln ...

Nachthemd, drei Unterhosen, drei Unterhemden, Zahnbürste, Zahnpasta, Eugénie Grandet, zwei Taschentücher, Socken, Hausschuhe, was noch? Eine Strickjacke, zwei Leinentücher, das reicht erstmal. Ich bin aufgeregt. Ich war noch nie im Krankenhaus allein, mal sehen, was für eine Krankheit ich habe! Hoffentlich muss ich nicht sterben! Die Fahne des Trupps hab ich noch nicht fertig bestickt! Um die Norm ist es nicht schade.

Maminka steckt ihr Portemonnaie ein, schreibt einen Zettel und legt ihn mit dem Schlüssel unter die Matte, den Hühnern gibt sie erstmal doppelt soviel zu fressen. Wir gehen über die Straße, kein Mensch weit und breit, schade, dass mich keiner sieht, als ich in den Krankenwagen steige; mein Umzug ins Krankenhaus hätte ruhig glanzvoller sein können!

Während der halben Stunde Fahrt redet die Genossin Doktor ununterbrochen mit dem Chauffeur über Flaschen, Instrumente, Watte und Gott weiß was noch, was sie in der kurzen Zeit einzukaufen hat. Maminka sitzt stocksteif, wie hingepflanzt, neben dem Krankenbett, auf dem ich verkrampft kauere: Alles ist so weiß und glatt, dass es mich an den Kindergarten erinnert. Leg dich ruhig hin, meint die Ärztin, und ich lege mich ruhig hin. Es ist recht schön, krank zu sein und so bequem herumgefahren zu werden. Maminka möchte gerne wissen, ob ich noch Schmerzen habe. Doch, ich habe Schmerzen, aber nicht so schlimm, dass ich mit dem Krankenwagen ins Krankenhaus müsste, aber die Genossin Doktor muss es ja wissen, da mische ich mich nicht ein.

42

Unter den Rädern wird es holprig. Kopfsteinpflaster. Wir sind in der Stadt. Wie gerne würde ich zu Hause hereinschauen, obwohl meine Eltern gar nicht da sind. Sie sind ans Meer gefahren, mit dem Pionierlager. Sonst bin ich immer mitgefahren. Nächsten Sommer fahre ich unbedingt wieder mit. Diesmal schienen mir das Aufstehen um sechs Uhr früh, das Gewecktwerden mit Trommeln und Trompeten, das ewige Marschieren und Strammstehen – vom Lager zum Meer, vom Meer zum Lager, vom Sportplatz zur Kantine und von der Kantine zu den Schlafräumen – einfach unerträglich, so dass ich sogar auf das bisschen Zusammensein mit meinen Eltern verzichtete. Vielleicht hat mich auch die Vorahnung meiner Krankheit davon abgehalten, wer weiß.

Der Wagen hält an, die Türen werden aufgerissen, man reißt mich samt Tragbahre aus dem Wagen heraus, ich kann aber gehen! Ich versuche von der Liege herunterzusteigen, während mich die zwei weißen Kittel von Männern weitertragen. Ruhig, bleib ruhig liegen! Lass dich ein bisschen herumtragen, flüstert die Genossin Doktor, so ist es hier üblich! Ich werde vor einem Schalter abgeladen, Maminka eilt hinterher, scheint etwas erschrocken zu sein über das Tempo der weißgekleideten Herren, die nach der knappen Frage: Kann sie auf den Beinen stehen?, mir die Liege unterm Hintern wegziehen und schon wieder zum Portal eilen.

Wir befinden uns im städtischen Krankenhaus, in einer Halle, in der es schrecklich zieht. Der Boden ist grau, die Wände schmutziggelb, es zieht mir an den Beinen herauf, es zieht durch die Türen, die laufend auf und zu gehen, da herrscht ein Betrieb wie auf dem Bahnhof, dort zieht es genauso, und Maminka blickt finster drein. Die Genossin Doktor scheint auch zugempfindlich zu sein. Sie klopft einige Male ans Fenster mit dem Schild »Aufnahme«. Die Gardine ist geschlossen, doch sie ist kurz. Wir sehen die Angestellte dahinter; ihre Hände knüllen eine fette Zeitung zusammen. Die Angestellte zieht die Gardine zurück, sie kaut noch, und dabei guckt sie uns prüfend an. Sie kann sich wohl nicht entscheiden, wer von uns dreien die Kranke sein soll, dann fragt sie: Name? Die Genossin Doktor antwortet für mich. Füllen Sie bitte dieses Formular aus. Die Kleine soll zu mir rüberkommen, zum Ankleiden.

Ich trete ein. Ein kahler Raum, in dem es genauso fürchterlich zieht wie am Schalter, lauter Holzregale aus ungehobelten Brettern, lauter graue Schilder mit blauen Zahlen darauf, lauter – wie mir scheint – Soldatenmäntel, grau-blau, die an Nägeln hängen, lauter gefaltete Schlafanzüge und Nachthemden, die alle das gleiche grau-blau-weiß gestreifte Muster aufweisen. Ich habe Angst, mir ist kalt, ich denke an einen Film, der uns in der Schule vorgeführt wurde ... Dort wurden Gefangene in so einen Ankleideraum geführt und alle bekamen die gleichen gestreiften Schlafanzüge, farblosen Mäntel und Holzpantinen ... Hier sind es Filzpantoffeln.

Zieh dich aus, sagt die Frau mit dem fettigen Mund, der nach Fisch aus der Dose riecht, zieh alles aus: die Unterhose, das Unterhemd, die Socken! Hier darf man nur das Nachthemd, die Filzpantoffeln und den Mantel anbehalten, so ist es Vorschrift! Aber sie erkältet sich doch, hält es Maminka nicht aus, das zieht doch hier wie auf dem Bahnhof! Und ohne Unterhose – wieso denn das? Wenn Sie schon mal hier sind, so halten Sie sich auch an die Vorschriften, und wenn es Ihnen nicht gefällt, beschweren Sie sich beim Chefarzt!

Nachdem sie Maminka zurechtgewiesen hat, reicht sie mir einen grauen Stoffbeutel mit der Nummer 18, in dem meine Unterwäsche und meine Kleidung aufbewahrt werden sollen. Sie behält die Unterhose und die Socken an, wehrt sich Maminka, auf meine Verantwortung! Die kauende Frau zuckt nur mit den Schultern, wie Sie wollen! Sie sucht einige Paar kleinere, nach Desinfektionsmittel stinkende Filzpantoffeln heraus. Ich ziehe das gestreifte, grobgewebte Nachthemd an, Maminka krempelt die Ärmel um. Die sind viel zu lang! Haben Sie denn kein kleineres Nachthemd, sagt Maminka fast heulend, sehen Sie sich das mal an! Sie ist doch noch ein Kind, was soll sie mit dem Sack? Tut mir Leid, sagt die Frau gleichgültig, sie sind alle gleich groß, wir hatten auch mal kleinere ... Sie kaut unentwegt weiter und reicht mir einen schweren, auch viel zu großen Gefängnismantel, der mich beinah erdrückt und mir die Haut am Nacken zerkratzt. Nein, das geht aber nicht! Sie haben sicherlich einen kleineren da!

Ich habe Maminka noch nie in der Öffentlichkeit protestieren gesehen, und ich bin stolz auf sie, dass sie mir zuliebe das bequeme Kauen der Frau zu unterbrechen versucht. Endlich rührt sich die Frau, sucht, dreht mehrere Mäntel um, kommt mit einem zurück, der wesentlich kleiner ist, obwohl er genauso kratzt, nach Mottenpulver und Desinfektionsmittel stinkt. Ich behalte meine Unterhose und auch die Socken an. Schon der Gedanke, barfuß in die kalten, zu großen Filzpantoffeln treten zu müssen, ekelt mich an. So verkleidet, verlasse ich die Anmeldung und schreite zwischen Maminka und der Genossin Doktor eine Etage höher. Es zieht von unten, der Mantel ist bloß schwer – wärmen tut er überhaupt nicht. Ich fasse den Entschluss, Unterhose und Socken anzubehalten und zu verteidigen, koste es, was es wolle. Die Glastür trägt die Aufschrift ›Innere Krankheiten‹.

Jetzt musst du »Auf Wiedersehen« sagen, sagt die Genossin Doktor, und deine Maminka darf dich am Donnerstag besuchen! Sonntags und donnerstags darf man hier besucht werden. Mir steckt ein Kloß im Hals, mir zieht es von unten, der Mantel erdrückt mich. Ich umarme Maminka. Sie schluckt und weiß nicht, was sie sagen soll. Ich nehme ihr die Tragetasche mit meinem Kram ab. Zieh bloß deine Unterhose nicht aus, Mila! Und wenn es dir kalt ist, schlaf mit der Wolljacke! Pass auf dich auf, Mila, ich komme am Donnerstag wieder!

Ich gehe und drehe mich gar nicht mehr um. Ich weine und tue so, als hätte ich Schnupfen. Mir kommen Frauen und Mädchen entgegen in der gleichen Gefängnistracht, die gleichen zu großen Filzpantoffeln an ... Ich denke an jenen Film, den sie uns am Ende des Schuljahres vorgeführt haben, da sahen die Frauen im Frauengefängnis genauso aus, da gingen sie genauso auf und ab, es war bloß ein runder Hof, in dem sie spazieren gingen.

43

Ich werde in ein Kinderzimmer geführt. Drei normale Betten aus Eisen, ein Kinderbett, darin ein zweijähriger Junge, der sitzt und weint, den Oberkörper rhythmisch hin und her bewegend. Sein Gesicht ist rot und beschmiert, keiner kümmert sich um ihn. Im Bett unterm Fenster liegt ein Junge, so alt wie ich, bis zum Kinn zugedeckt. Er liegt da und rührt sich nicht. Im dritten Bett sitzt ein Mädchen, jünger als ich, das sein Hopsen sofort unterbricht, als die Schwester, die Genossin Doktor und ich den Raum betreten. Sobald die Schwester und die Genossin Doktor das Zimmer verlassen haben, fängt die Kleine wieder mit dem Hopsen an, hopst bis zum Übelwerden, der kleine Junge hört auf zu weinen, hält sich am Gitter fest, hopst mit, den Schleim, der ihm aus der Nase die Lippen hinunterläuft, mit der Zunge auffangend ...

Ich hocke mich vor meinen Nachttisch und räume meine Sachen ein. Dann schlüpfe ich schnell ins Bett, der kleine Junge knickt plötzlich zusammen, ich kriege einen Schreck, dann stelle ich fest, dass er eingeschlafen ist. Das Mädchen hopst weiter, der Junge starrt unentwegt durch das Fenster hinaus, das von verstaubten Ahornblättern fast zugegrünt ist. Im Zimmer herrscht Stille, bis auf das Quietschen des Bettes, auf dem das kleine Mädchen hopst. Mein Magen oder was das ist, tut dumpf weh, es ist auszuhalten, hoffentlich schneiden sie mir meinen Bauch nicht auf! Ich habe nämlich schlechte Erfahrungen mit Schneiden und so.

Als ich sieben Jahre alt wurde, entschloss sich mein Vater, mir die Mandeln herausnehmen zu lassen. Nach dem Motto ›Mutter darf nicht aufgeregt werden‹ wartete er ab, bis sie zum ersten Mal allein in die Sommerferien geschickt wurde. Er versprach mir viel Eis, das zum Gesundwerden des Halses nach der Operation gehörte, nahm mich an die Hand und führte mich ein kleines Sträßchen entlang, das parallel zum großen Georgi-Dimitrov-Boulevard verlief. Mein Herz klopfte so sehr, dass ich es hören konnte und das Gefühl hatte, es verschluckt zu haben.

Ein faulender Holzzaun, kaputte Steinplatten, die private Praxis eines Genossen Doktor Sowieso. Ein dunkler Korridor mit dunklen Möbeln und hellem Porzellan. Der Genosse Doktor kommt aus einem noch dunkleren Zimmer heraus, dem Behandlungszimmer: Treten Sie ein, wie heißt du, die Mandelchen, die brauchst du nicht mehr! Dein Papa hat mir gesagt, dass sie euch Kummer gemacht haben, setz dich hierhin, du brauchst keine Angst zu haben.

Ich setze mich auf einen komisch aussehenden, sehr harten Stuhl. Gib mir die Ärmchen nach hinten, bittet der Arzt. Sie ist sehr tapfer, Genosse Doktor, über Soja Kosmodemjanskaja hat sie gelesen, sagt Vater. Ich gebe ihm die Ärmchen nach hinten, und er bindet sie mir hinter dem Rücken fest: Ein hübsches Schleifchen für die kleinen Händchen, nur vorsichtshalber! Mir rinnt der kalte Schweiß den Nacken herab, ich wage nicht, meinen Vater anzuschauen. Jetzt noch ein Schleifchen für den linken Fuß, und der Genosse Doktor kniet sich vor meinem Stuhl hin und bindet meinen linken Fuß am Stuhlbein fest. Und noch ein hübsches Schleifchen für den rechten Fuß. Sie ist sehr tapfer, Genosse Doktor, beteuert Vater, und ich möchte am liebsten laut schreien. Das Zimmer ist dunkel, es sind nur zwei Lampen an, die mich schmerzhaft blenden, die eine über der Schulter des Genossen Doktor, die andere auf seiner Stirn. Ich sehe nur seine Hände, die mit einer großen Spritze hantieren, warum ist die Nadel so lang?

Jetzt mach den Mund brav auf! Ich mach den Mund brav auf, und der Genosse Doktor schiebt mir ein Eisen zwischen die Zähne, das meinen Mund offenhalten soll, weit offen, bis der Kiefer fast ausreißt. Ich kann nichts sagen, ich kann nicht schreien, und jetzt bindet er auch meinen Oberkörper an der Stuhllehne fest. Mein Kopf wird in einer Vorrichtung eingebettet, so dass ich ihn weder nach links noch nach rechts drehen kann, da kommt er mit der Spritze und spritzt mir ins rohe Fleisch, tief in der Kehle. Das tut ein bisschen weh, meint der Genosse Doktor. Ich würge nur, ich kann weder mit der Hand noch mit dem Fuß meinem Vater andeuten, dass es nicht auszuhalten ist, nur meine Augen kullern wild.

Mein Vater will etwas sagen. Machen Sie sich keine Sorgen, sie wird jetzt betäubt, es hat ihr nur ein bisschen wehgetan, das lässt sich nicht vermeiden, in zehn bis fünfzehn Minuten ist sie so weit betäubt, dass sie nichts mehr spüren wird. Mein Vater ist beruhigt, er scheint grenzenloses Vertrauen zu diesem Arzt zu haben. Ich aber nicht. Mein Nacken tut weh, wird steif: Mein Gaumen tut weh.

Die fünfzehn Minuten scheinen herum zu sein, ich bin nicht mal müde geworden, es hat noch nicht gewirkt, Genosse Doktor, schreien meine Augen, aber der Genosse Doktor kennt sich gut aus. Vater zweifelt: Ob sie schon betäubt ist? Und: Ob sie schon soweit ist? Gleich haben wir sie, die guten Mandelchen, lächelt der Arzt! Noch nicht, noch nicht, schreie ich lautlos, will mit unmenschlicher Anstrengung den Mund schließen, das verdammte Mundstück loswerden ... Nichts! Der Genosse Doktor setzt sich jetzt so hin, dass er meine Knie zwischen seinen Knien zusammenpresst, wie in einer Zange, dann schreie ich nur noch vor Schmerz, und mein Schrei hört sich wie Röcheln an. Ruhig ... Ruhig! Er zupft und knipst und zieht und schneidet, und es tut weh, ich bin noch nicht betäubt, Genosse Doktor, bei mir scheint es zwanzig Minuten zu dauern!

Das Blut ist süßlich, es fliegt, es fließt geradezu aus meiner Kehle in einem dünnen Strahl, in mehreren dünnen und dicken Strahlen, bespritzt die weiße Schürze des Genossen Doktor. Sie ist Soja Kosmodemjanskaja, wiederholt mein Vater sinnlos vor sich hin, er scheint begriffen zu haben, was los ist. Und dann nur noch die Dritte, der Genosse Doktor zieht mir wahrhaft die Nase nach innen durch die Kehle heraus. Sie will nicht so recht, die »dritte Mandel«, und ich bin schon stumm vor Schmerz: Da hab ich sie endlich, triumphiert der Genosse Doktor. Er bindet mich los, wischt mir das Kinn ab. Es war doch nicht so schlimm? Aber du darfst jetzt überhaupt nicht mehr sprechen, leg dich nur ein bisschen hin! Ich lege mich hin, mir tut alles bis zum Würgen weh, langsam wird der Schmerz taub, mein Gaumen ... Ich werde so wunderbar schmerzfrei, ich werde müde, endlich tritt die Betäubung ein, breitet sich in meiner ganzen Mundhöhle, in der Kehle aus, ich bin endlich soweit, jetzt könnte er schneiden, soviel er will, denke ich, aber der Genosse Doktor hat es nicht mehr nötig, die Mandeln sind schon längst heraus!

Mein Vater trägt mich auf seiner Schulter aufrecht, meinen Kopf leicht abstützend, bis nach Hause. Passen Sie auf, dass Sie nicht stolpern, mahnt der Arzt, sonst bekommt sie einen Blutsturz! Was sie so essen und trinken darf, wissen Sie ja schon, liegen muss sie, und wenn was ist, bin ich ja nicht weit! Kurz höre ich den Namen Soja Kosmodemjanskaja in meinem Ohr, fühle Vaters warme Schulter, atme den Geruch nach Medikamenten ein, dann bin ich weg.

44

Ich muss sie warnen, denke ich, im Bett liegend und auf die staubigen Ahornblätter schauend, sollten sie mich schneiden müssen, muss ich sie warnen, dass so eine Betäubungsspritze bei mir zehn Minuten später wirkt als bei anderen, sonst bin ich verloren, oder ich laufe weg. Ich weiß, wo der Schlüssel liegt, ich verstecke mich erst zu Hause, dann nehme ich den Bus nach Novo Selo, ich lasse mich nicht nochmal schneiden wie ein Stück Vieh, und Soja Kosmodemjanskaja soll mir gestohlen bleiben, das mach ich nicht noch mal mit! Meine Unterhose lass ich mir auch nicht ausziehen, und meine Socken erst recht nicht! Hier im Bett ist es warm, ich bleibe liegen, warte ab. Solange ich noch nicht weiß, was man mit mir vorhat, kann ich nicht mal lesen, obwohl ich ›Ewgenija Grande‹ schon unterm Kopfkissen spüre.

Auf dem Flur hört man Klappern von Tellern, Schöpfkellen in Emailletöpfen, es riecht nach Mensa. Den gleichen Geruch kenne ich aus der Schule, als mich meine Eltern mal dorthin mitgenommen hatten. Das Essen riecht gut, da hat wohl keiner vor, mich zu schneiden, und ich habe Hunger.

Schön war die Zeit nach der Mandeloperation. Nur Vater und ich in unserem Zimmer in der Stadt und der Leichnam hinter der Tür. Vater hegte und pflegte mich, kochte mir Brei und Hühnersuppe, Kartoffelsuppe, die er ganz penibel mit der Gabel pürierte; er setzte mich auf den Topf, las mir von morgens bis abends Geschichten vor, ›Robinson Crusoe‹ und ›Die Schatzinsel‹, oder er erzählte mir stundenlang aus seiner Kindheit. Ich liebe Vater wegen seiner Kindheit, wegen der Art und Weise, wie er davon erzählt. Mein Leben besteht aus den Geschichten der anderen, aus ihren Erzählungen. Das Alleinsein im Krankenhaus unter der Decke ruft Vaters Stimme hervor, er kommt zu mir mit der Geschichte seiner Kindheit, und ich bin nicht allein.

Das allererste, an das ich mich erinnern kann, fängt er an, ist, dass ich weinte, Mila. Ich weinte leise vor mich hin, leise und ausdauernd. Stundenlang. Deine Baba Dotschka, meine Mutter, hatte ja so viel Arbeit, dass sie sich um ihr drittes Kind – das war ich – gar nicht kümmern konnte. Plötzlich weinte ich, laut, sehr laut. Dann ging es mir auf einmal durch den Kopf: Warum weine ich eigentlich? Es tut mir ja gar nichts weh! Und ich hörte auf. Alles um mich herum wurde still. Da war es mir zu still, und ich weinte wieder drauflos, hörte meine eigene Stimme und war zufrieden. Meine Mutter, die Baba Dotschka, rupfte währenddessen ein Huhn oder knetete ihr berühmtes Fladenbrot. Neben dem Feuer saß oft eine alte Türkin, Aysche. Sie war die einzige, die den Versuch unternahm, mich am Weinen zu hindern. Sie nahm mich auf ihren Schoß wie ein Baby, obwohl ich schon ... na, wie alt mag ich gewesen sein? Drei? Ja, drei Jahre alt war ich, und sie nahm mich auf ihren Schoß, knöpfte ihre dunkelblaue Bluse auf, holte ihre alte, schrumpelige, gelbe Brust heraus und steckte sie mir in den Mund. Da hörte ich auf zu weinen. Es war warm und weich und runzelig, ich zog an ihr herum, ich roch daran, und mir war es wohl. Sobald die alte Aysche gehen musste, packte sie ihren Schatz ein, und ich fing wieder an zu heulen.

Wenn Vater erzählt, vergisst er alles um sich herum, es gilt nur die Geschichte. Sein Gesicht ist ruhig, begeistert, traurig, verträumt, und ich habe immer das Gefühl, dass wir Zeit haben, viel Zeit. Er erzählt in einer Weise, die mich glauben lässt, er würde die ganze Nacht hindurch, und wenn es sein müsste, den ganzen nächsten Tag weitererzählen.

Ich weiß noch ganz genau, fährt Vater fort, als ich mich verbrannt hatte. Er streift die Manschette seines Hemdes zurück und zeigt mir eine undeutliche Narbe, die sich gleich einem Fluss durch die dichten Haare auf seinem Arm hindurchschlängelt. Damals hatten wir ein offenes Feuer in der Stube, das mit einigen Ziegelsteinen abgegrenzt war. Die Glut lag offen im Zimmer, das noch mit Strohteppichen ausgelegt war.

Das mir so viele Male Erzählte umfließt mich, dringt in mich ein. Die Grenze zwischen mir und Vaters Geschichte zerfließt, ich halte uns nicht mehr auseinander: Vater, der erzählt, Vater, der Kleine, der sich gleich verbrennen wird; ich, die Zuhörende, ich, die im Krankenhaus Liegende ... Auf der Leinwand meiner Erinnerung spielt sich etwas aus Vaters Leben ab, das mir wie ein Teil meines Lebens vorkommt.

Da spielen drei kleine Brüder, einer davon ist Vater – der Jüngste. Die beiden anderen, zehn und zwölf Jahre alt, bewegen sich sicher und gezielt. Vater ist erst drei Jahre alt – so wie auf dem braunverwaschenen Bild in Baba Dotschkas Album. Die zwei Großen reißen etwas Stroh vom Teppich ab, knien sich vor die Feuerstelle hin, beugen sich über die Ziegelsteine und zünden sich »Zigaretten« an, direkt in der Glut. Der Jüngste will es ihnen nachmachen, steckt sich auch einen Strohhalm in den Mund und beugt sich über die Glut, wie seine Brüder. Ein gespenstisches Licht verfärbt sein Gesicht. Die Brüder kichern, stoßen einander in die Rippen, einer von ihnen verliert das Gleichgewicht, stößt Vater in die Glut, der sucht Halt im Feuer, schreit.

Die Brandwunde ist grässlich anzusehen: Der ganze Handrücken ist mit Blasen übersät, Vater schreit aus Leibeskräften, dann wimmert er nur noch. Baba Dotschka lässt ihr Fladenbrot liegen, oder ist es die Wäsche, schnappt sich den kleinen Zako und macht der verbrannten Hand das erste Seifenbad. Dabei scheint sie diese Hand melken zu wollen: Sie zieht mit einer Streifbewegung die ganze verbrannte Haut ab, reibt die Wunde mit dem Seifenwasser immer wieder, bis der Kleine zwischen ihren festen Schenkeln ohnmächtig wird. Da hält es der Djado

Kosta, Vaters Vater, nicht länger aus, reißt ihr das Kind aus der Hand, tunkt eine Gänsefeder in die Seifenlauge und streicht ihm mit der Feder über die Wunde, zart und langsam. Das sieht dir ähnlich, schimpft ihn die Mutter aus, so heilt die Wunde doch nie! Sie schnappt sich das Kind noch einmal, steckt es in die Zange ihrer Schenkel und badet ihm die verbrannte Hand auf ihre Weise. Der Kleine vergisst es ihr nie. Er schreit in den Tagen darauf schon, wenn er sie nur von weitem erblickt. Das Seifenbad wiederholt sie dreimal am Tag: morgens, mittags und abends. Sie ist unerbittlich. Mit jedem Tag schreit Zako weniger. Bis eines Tages die Wunde heil ist.

An diesem ersten Vormittag im Krankenhaus kamen mir immer wieder solche Erinnerungen, sie belagerten mich und ließen sich durch nichts verjagen. Immer war ich jemand anderes. Stets fragte ich mich, wie Soja Kosmodemjanskaja meine Mandeloperation durchgestanden hätte oder Vaters Brandwunde. Unter der Decke war es nach und nach warm geworden. Das Quietschen des Bettes, auf dem das Mädchen unermüdlich hopste, berührte mich sanft von weitem, ich schlief beinahe ein.

Ich sah die zwei weißgekleideten Männer, die mich vom Krankenwagen ins Haus getragen hatten. Sie stritten miteinander, und ich war der Grund ihres Streits: Sie muss zugedeckt werden, sagte der eine, und der andere antwortete: Warum denn, sie ist ja tot! Ich stand von der Bahre auf und bedeckte sie mit der noch nicht ganz bestickten Fahne unseres Trupps. Die Männer trugen die leere Bahre ins Krankenhaus, und ich spielte Dame mit meiner Mutter auf dem Kopfsteinpflaster davor. Mir fiel der zu kurze Rock meiner Mutter auf, und ich schaute mich nach allen Seiten um. Ich schämte mich für sie, und sie lächelte mich an.

45

Mittagessen! Eine Schwester brüllt, dass die Fensterscheiben klirren. Der kleine Junge fährt aus seinem Schlaf hoch und brüllt drauflos. Sein Geschrei mischt sich mit dem Getöse und Gepolter der Teller auf dem Suppenwagen, der samt einer bleichen Schwester, Mittagessen-Gebrüll und dampfender Suppe genau vor unserer Zimmertür hält. Aufstehen, los! Wir werden aus den Betten herauskommandiert.Ich weiß jetzt, warum Djado seinen Zeigefinger verstümmelte, um nicht in die Kaserne eingezogen zu werden! Ich habe nicht einmal Zeit, meinen Gefängnismantel anzuziehen. Hätte ich das vorher gewusst, ich hätte niemals von meinen Magenschmerzen geredet.

Klatsch, schmiert die bleiche Schwester dem Schreihals eine zur Beruhigung. Bald schreie ich auch noch, denke ich. Pass auf, du ... du verschüttest die Suppe! Ich ziehe den Kopf zwischen den Schultern ein, damit sie mir bloß keine scheuert. Sie hat es aber offensichtlich nicht vor. Heute Nachmittag ist das Labor zu, morgen früh nehmen wir dir Blut ab! Meint sie mich oder die Schöpfkelle?

Ihr Gesicht und ihre Hände scheinen mit dem bleichen Stoff ihres Kittels überzogen zu sein. Klatsch! klatscht sie mir jetzt Kartoffelbrei auf den Blechteller; vor dem zweiten Mal ziehe ich ihn zu mir, weil ich genug habe, und klatsch! klatscht der Kartoffelbrei auf die Kante des Suppenwagens. Pass auf, du doofe Nuss, du! Endlich belebt sich ihr Gesicht. Zwei rote Flecken ziehen in den bleichen Stoff ihrer Wangen ein. Ich habe es geschafft.

Beim Hinausgehen schnappt sich das Bleichgesicht den Schreihals: Er soll gefüttert werden. Wenn seine Eltern am Donnerstag da sind, werde ich ihnen sagen, dass der Kleine heute geschlagen wurde.

Der Nachtisch schmeckt gut, und meinem Vater könnte ich nächtelang zuhören. Schade, dass er nicht da ist, wir hätten Zeit bis morgen früh ...

Jemand steht vor meinem Bett. Ich werde wach. Der Junge vom Bett am Fenster steht da und schaut zu, wie ich wach werde. Ich hab dich gesehen, sagt er und schaut ernst auf mich herab. Wann? Na eben, als du geschlafen hast. Na und? Ich hab dir zwischen die Beine gesehen, die Decke war weg. Ich möchte am liebsten für die Freiheit sterben, so schäme ich mich, so peinlich ist es mir, so peinlich bis zum Übelwerden war es mir noch nie, noch nicht mal im Kindergarten, da draußen mit dem Henkelmann unterm Nussbaum, als die mich im Kindergarten nicht wollten. Mein Hals tut weh vor Scham, fast so weh, wie er mir bei der Mandeloperation wehgetan hat, wenn ich bloß für die Frei ...

Da steht er also, der erste, der mir zwischen die Beine gesehen hat, und ich möchte ihn am liebsten erschlagen oder selber sterben. So aus dem Hinterhalt also hat er gelinst, während ich geschlafen habe! Die Decke war weg! Was für ein Glück, dass ich die Unterhose anbehalten und sie keinen Augenblick lang ausgezogen hatte; wäre es anders gewesen, was dann?

Dann beugt er sich plötzlich herab, dieser unbekannte Junge. Zlatan heiße ich, sagt er, und zieht die Hälfte seiner Gefängnisschlafanzugjacke halb über seinen Kopf, während die Nähte Platzgeräusche von sich geben. Seine linke Hand steckt noch in der linken Jackentasche, deckt zwar seinen Kopf zu, aber es sieht so aus, als wolle er sich verrenken, da er in den beiden Ärmeln feststeckt, und gibt mir einen Kuss auf den halbgeöffneten Mund, einen schnellen Kuss, der ein Drittel meiner Oberlippe und meine Schneidezähne trifft ... Achtzig Prozent und das Knopfloch entzwei! Jetzt tut mir der Hals noch mehr weh, und die Zähne waren nicht geputzt.

Und wie heißt du? Zlatan wartet meine Antwort nicht ab, zieht sich auf sein Bett unter dem schattigen Fenster mit dem Ahorn davor zurück, ich decke mich mit der Decke ganz zu, so dass noch nicht mal ein Spalt offen bleibt, und ich atme nur noch mich selbst ein – samt verschwitzter Socken und Unterhose, achtzig Prozent und ... Das hätte ich nicht gedacht, dass alles so schnell kommen würde: Bauchweh, Gefängnistracht, ob sie mich schneiden würden, die Decke war weg, den ersten Kuss bekam ich verpasst, beinahe aus dem Hinterhalt, und meine Heiratspläne sind nun völlig durcheinander geraten. Ich bin ihm untreu geworden, dem Einen, den ich schon immer heiraten wollte, ich darf ihn nie wieder anschauen, Gott sei Dank, dass er von unserer Heirat noch gar nichts wusste.

Alle Aussichten auf Heldentaten und womöglich auf ein Denkmal sind nun vertan, die wahren Helden in der bulgarischen Geschichte kannten nur die Treue zum Ideal. Aber was ist ein Ideal? Und wenn sie an Liebe dachten, so war es immer nur eine, die eine, die wahre, die große, und wenn sie ihr mal untreu geworden waren, so nur wegen der Freiheit!

Die Decke war weg! Mit dem Kuss habe ich gar nicht gerechnet, und wenn sie mich morgen schneiden wollen, dann laufe ich eben weg! Feige bin ich ja auch noch, aber die Mandeloperation reicht mir fürs ganze Leben, die Soja Kosmodemjanskaja war doch auch nicht betäubt, gefesselt wurde sie genau wie ich, schließlich stirbt man nur einmal, und wenn es für die Freiheit ist!

46

Das Labor ist geschlossen, irgendein Ersatzteil ..., höre ich vom Flur die Offiziersstimme des Bleichgesichts ... Aus dem Westen, was weiß ich, hallt es durch den Flur. Diese Kapitalisten, geht es mir durch den Kopf, die haben uns im Griff, sie wollen uns sicherlich die Ersatzteile nicht liefern, um unsere sozialistischen Menschenleben bewusst zu gefährden! Ausgerechnet mir aber kommt das zugute, sonst hätten sie mich womöglich direkt aufgeschnitten, um mal eben nachzusehen, ob es der Blinddarm oder die Galle ist. Möglich war alles, seitdem ich über die Schwelle dieses Krankenhauses getragen worden war! Hätte ich vorher gewusst, was auf mich zukommt, so wäre ich wenigstens als Krankenhausaufenthaltsverweigerin in die Geschichte eingegangen, wenn mir schon die Voraussetzungen für ein reines, einem großen Ziel gewidmetes Leben fehlten.

Plötzlich kümmert mich die Kamille nicht mehr. Baba Pena hatte mal erzählt, dass die da in der Stadt den schiefen Petko bloß aufgeschnitten hätten, und als sie sahen, was in ihm drin war, hätten sie ihn schnellstens wieder zugenäht. Als die Naht heil war, durfte er nach Hause, und drei Tage darauf starb er. Ein anderer hängte sich auf, sobald er entlassen worden war. Wenn meine Eltern das wüssten! Sie würden sofort das Pionierlager am Meer verlassen.

Wie jedes Jahr gab es für sie nur den einen Arbeitsurlaub, in dem sie auf die Kinder anderer Leute aufpassen mussten, als reichte es ihnen während des Schuljahres nicht ... Sie würden also ein Telegramm von mir kriegen: Kommt – Krankenhaus – Todesgefahr. Eure Tochter. Sie würden alles am Strand liegenlassen – auch die badenden Pioniere –, in triefenden Badeanzügen zum Bahnhof laufen, zu mir fahren, und während der Zug den Bahnhof verließe, würden all die badenden Pioniere ersaufen, so dass sie im nächsten Jahr allein mit mir ans Meer fahren könnten! Schön wäre das ...

Ich hatte ein schlechtes Gewissen wegen allem, was mir an jenem einen Nachmittag im Krankenhaus geschah und mir durch den Kopf ging. Ich wusste, dass ich so ein Telegramm niemals schicken würde, und wenn, so würde der Text lauten: Alles blendend. Eure Tochter. Und dass die Pioniere wegen mir ersaufen sollten ... Da brächten sich womöglich meine Eltern selbst um, wie die Lehrerin aus dem Nachbardorf, der einige Kinder während des Ausflugs im Meer ertrunken waren.

Unter dem Fenster wird es auf einmal laut: Ucha-icha! Eine Hochzeit. Eine städtische. Wir stürzen zum Fenster, drängeln uns auf Zlatans Bett. Ein Hochzeitszug. Er versperrt die Hauptstraße. Macht nichts! Dadurch wird der Hochzeitszug noch imposanter. Zuallererst eine Reihe im Takt hüpfender Hochzeitsgäste. Uchacha, deee, de! Ucha-cha! Icha! Fröhlich sind die Gäste, behangen mit Gaben und Geschenken. An den Geschenken erkennt man, wie nah der Hochzeitsgast dem Brautpaar steht. Je behangener der Gast, desto näher verwandt oder befreundet ist er mit dem Brautpaar. Die da, die Aufgedonnerte mit der hohen Frisur und dem dicken Busen, die ist mindestens eine Cousine ersten Grades. Quer über der Brust trägt sie, einer Auszeichnung gleich, eine schwere Damastdecke. Oder ist das womöglich ein Vorhang? Sollte es keine Tischdecke, sondern tatsächlich ein Vorhang sein, so ist sie nicht die Cousine, sondern die Zeugin selbst. Automatisch halte ich Ausschau nach dem Zeugen. Tatsächlich! Er hopst und hüpft und pfeift in der Reihe der im Takt hopsenden Hochzeitsgäste, die hohe und – ohne Zweifel – ziemlich schwere Auszeichnung, den zweiten Vorhang, quer über der

Brust, eine knallrote Geranie hinters Ohr gesteckt. Icha-ucha! Dass er dabei auch noch hopsen kann!

In Rawno hatte ich mal eine sehr praktische Einrichtung gesehen, die den beiden Trauzeugen das Tragen der Geschenke bis nach Hause wesentlich erleichterte: ein kleiner Karren, den Zeuge und Zeugin flink hinter sich herzogen – und zwar tänzelnden Schrittes! Der Karren war mit all den Geschenken beladen, die das Brautpaar seinen Zeugen gemacht hatte, unter anderem einen kleinen, beinahe handlichen Kühlschrank ... Diese da, die mit dem Vorhang über der Brust, scheinen ziemlich leichtsinnig in die Hochzeit gezogen zu sein. So ein kleiner, praktischer Karren wäre doch auch hier nicht überflüssig gewesen. Der Vorhang ist bestimmt nicht leicht, und von der rechten Schulter der Zeugin hängen ein Paar modische Schuhe herab, von der Linken dagegen ein ganzes Bündel Stoffe, vermutlich Nachthemden oder Blusen.

Hinter der ersten Reihe der Tanzenden – die Musiker. Hätten sie nicht ihre Instrumente bei sich, man hätte sie auch an den Geschenken erkannt: So einem Musiker hängen für gewöhnlich neben der obligaten Kerpitschka, dem Baumwolltaschentüchlein am Revers, das als Zeichen der Zugehörigkeit zur Hochzeit dient, mindestens zwei Frotteetücher quer über den Rücken oder ein Freizeithemd. Hinter den Musikern – das Brautpaar. Sie sind die einzigen, die mit keinerlei Geschenken behangen sind; sie sind eben gerade diejenigen, die die Gäste beschenken. Und die zwölf Kaffeeservices oder das halbe Dutzend Kochtöpfe, die sie von den Gästen geschenkt bekommen haben, können sie sich ja schwerlich um den Hals hängen!

Mir wird es warm ums Herz beim Anblick des langen weißen Hochzeitskleides. Ob ich auch mal so nett aussehen werde? Der Bräutigam – ganz in Schwarz. Eine weiße Nelke am Revers. Elegant. Die Braut – ein Traum, ach ja! Hinter dem Hochzeitspaar die üblichen Hochzeitsgäste, angeführt von Mutter und

Schwiegermutter beziehungsweise Schwiegermutter und Mutter, die sich gegenseitig mit Kleidern, Unterwäschegarnituren, Tischdecken und Strumpfhosen behängt haben. An ihnen vor allem sieht man, dass es eine städtische Hochzeit ist: Im Dorf schenken sich die Mütter mit Vorliebe rosa Unterkleider oder lange wattierte rosa Unterhosen. Rosa oder weiß ähneln sie eher Wäscheständern als Hochzeitsgästen.

Zlatan tritt auf meinen Fuß. Aus Versehen? Ich ziehe meinen Fuß nicht weg, er tritt noch einmal darauf und lässt seinen Fuß dann sanft auf meinen Zehen liegen. Mein armes schlechtes Gewissen hat es nicht leicht!

Jetzt zieht der Hochzeitszug direkt unter unserem Fenster vorbei: ein frischfrisiertes, vor kurzem auf Lockenwickler oder Papierschnipsel gelegtes, vorwiegend nach Rosen und Dauerwellen duftendes Meer, braunschwarz, kastanienbraun, mahagoni, hin und wieder ein Klecks aschblond – oder das Weiß der Seidenschleifen, die die Mädchen im Haar tragen. Und dieses ganze wogende, duftende, frischfrisierte, ucha-icha rufende Meer zerfällt in einzelne, mit Geschenken behangene Körper, als es unser Fenster erreicht.

Sparen. Ich muss schon jetzt anfangen zu sparen, geht es mir plötzlich durch den Kopf. Heiratsgedanken sind gut, aber mit dem Sparen muss man schon in meinem Alter anfangen, wenn man eine anständige Hochzeit haben will. Ob meine Eltern jetzt schon angefangen haben, etwas für die Geschenke meiner Hochzeitsgäste beiseite zu legen? Icha-ucha-cha, uchaucha! Und wenn es nur die Geschenke wären! Da muss man auch an das Hochzeitsessen denken, im Restaurant. So ist es doch: Wenn man fünfzig Hochzeitsgäste eingeladen hat, so deckt man den Tisch für mindestens fünfundsiebzig Personen, und jeder, der darüber hinaus kommt, wird sofort zu Tisch gebeten.

Kaka Donka hatte mal davon erzählt, wie zwei ihrer Mitschüler ihre schönsten Ferien verbracht hätten. Der Vater des einen arbeitete als Beamter im Standesamt. So hatte der Sohn Zugang zu der Liste mit den verschiedenen Hochzeitsterminen. Sie stellten also eine Liste zusammen und verbrachten zwei Ferienwochen als Hochzeitsgäste. Jeden Tag saßen sie vor festlich gedeckten Tafeln, aßen sich satt, und als die zwei Wochen herum waren, zählten sie die Geschenke, die ihnen die Brautleute und ihre Mütter geschenkt hatten, zusammen. Sie kamen auf genau vierzehn Taschentücher, vier Paar Socken, drei Frotteetücher und sogar eine Unterwäschegarnitur pro Kopf. Die eine der vierzehn fleißigen Mütter hatte sich wohl vertan, beide für Schulfreunde ihres Sohnes gehalten und sie mit Unterwäsche behängt ...

Tuuut, tuut! Ucha! Ein Schaffner der städtischen Buslinien möchte wohl weiter kommen, kann aber nicht, tuut, tuuut! Eine von einem langen, großgeblümten Gewand umhüllte, ziemlich füllige Dame wühlt in einer Tasche herum, holt ein paar Sicherheitsnadeln aus ihrem Portemonnaie, hält sie zwischen den Lippen fest und wühlt weiter. Sie gleicht einem geblümten Felsen im Meer, dessen frischfrisierte, schwitzende und vorwiegend nach Bulgarischer Rose duftende Wellen den Felsen zu verschlingen drohen. Endlich! Sie hat's! Siegessicher hebt sie ein weißes Frotteetuch über ihren Kopf, ein Tuch, das gleichzeitig einer Friedensfahne und dem Zeichen eines um Hilfe Rufenden und beinahe Untergehenden gleicht. Sie hält es hoch über den Kopf, lässt die Wellen der Hochzeitsgäste an sich vorbeifließen, felsenfest. Tuut, tuuut! Die großgeblümte, entschlossene Mutter – oder ist es die Schwiegermutter? – schwingt sich auf die Stufe unter dem Schaffnersitz, bückt sich durchs Fenster hinein und steckt dem unwilligen, eiligen, gar keine Hochzeit feiern wollenden Schaffner das Frotteetuch ans Revers, und ich bewundere ihren Griff, dem sich keiner entziehen kann. Dann springt sie ins Meer zurück. Der Schaffner schaltet den Motor aus und ruft hinter ihr her: Viel Glück und alles Gute!

Die Straße fällt sanft ab. Schwiegermutter oder bloß Mutter – je nachdem – und städtischer Bus lassen sich von den Hochzeitswellen treiben. Dem Sog der Wellen können sich weder ein mit in Hochzeitsstimmung versetzten Schweinen beladener Lieferwagen noch ein ausländischer, ein Motorboot hinter sich herziehender Mercedes entziehen. Gibt es überhaupt etwas Schöneres als eine bulgarische Hochzeit?

Nun schaltet auch der Mercedes den Motor aus und gleitet an uns vorbei. Ich muss an Kaka Petrana, die Schwarze aus unserem Dorf, denken. Sie verlor ihren Mann eine Woche vor der geplanten Hochzeit. Eine tragische Geschichte. Der Mann war Ausländer – Deutscher oder so. Eigentlich war Kaka Petrana selbst am Tod ihres Bräutigams schuld.

Die Schwarze nannte man sie, weil sie seit jenem schrecklichen Tage nur noch schwarz trug. Aber – ihre Schuld ... Zweimal war der Mann zu Besuch da, ihre Eltern brachten sich um, nur um ihn ans Schwarze Meer und Gott weiß wohin noch zu fahren; bis zum Freiheitsdenkmal auf dem Schipka-Pass schleppten sie ihn, um ihn zu unterhalten, aber ihn eine bulgarische Hochzeit erleben zu lassen, auf die Idee kamen sie nicht. Also trat er dem schönsten Tag seines Lebens völlig unvorbereitet – ohne die geringsten Bedenken – entgegen, als er eine Woche vor seiner Abreise nach Bulgarien den Brief seiner Braut bekam: mit der Geschenkeliste für die Hochzeitsgäste.

Man fand ihn später, einem Herzinfarkt erlegen, mitten in der neumöblierten Wohnung, in der Linken die Liste, in der Rechten den Kugelschreiber. Er hatte darauf die Namen und die entsprechenden Geschenke, die er aus Deutschland für die Hochzeitsgäste mitbringen sollte, abgehakt. Anhand dieser Häkchen hatte die Polizei den Eintritt seines Todes feststellen können: Als letztes hatte der Bräutigam das Korselett Größe 56 für Lelja Stojanka, eine Cousine dritten Grades seiner Braut, abgehakt. Weiter war er nicht gekommen.

Damals, als Kaka Petrana, die Schwarze, noch weiß trug, kam sie oft zu Maminka. Später beklagte sie ihren Kummer. Macht nichts, Braut, hatte Maminka versucht, sie zu beruhigen, Gott weiß, was er tut! Wir dürfen uns da nicht einmischen! Es war nicht Gott, Tante, widersprach Kaka Petrana, es war die Liste mit den Hochzeitsgeschenken für die Gäste, die hat ihn umgebracht! Dabei wischte sie sich die Tränen mit dem Ärmel ab. Red' keinen Unsinn, schalt Maminka sie, die Liste war der Prüfstein! Da hast du es, Braut, schwarz auf weiß: erstens, dass er ein schwaches Herz hatte, und zweitens, dass seine Liebe zu dir gar nicht so groß gewesen sein kann, sonst wäre er nicht schon beim Durchlesen deiner bescheidenen Liste abgekratzt. Du brauchst einen Mann, Braut, der wenigstens die Vorbereitungen und Kosten einer bulgarischen Hochzeit mannhaft tragen kann. Sonst ist er kein richtiger Mann – und erst gar nicht einer für dich. Merk dir das!

48

Abendesseeen! Ich fahre auf. Gefängnismantel überstreifen, gleich, zu Befehl, Bleichgesicht! Es ist bloß Abendbrotzeit, und der Suppenwagen macht Halt vor unserer Tür. Jeder von uns isst schweigend vor sich bin, den Teller auf dem Nachttisch. Der Schreihals wird unterm Arm hinausgetragen: Er wird wieder mal gefüttert. Die öden Gesichter um mich herum sind leicht zu übersehen, sogar das Gesicht Zlatans, der immer wieder zu mir herüberblickt. Wir machen das Licht nicht an. Bald werden die Scheinwerfer der Autos von der Straße unser Zimmer erhellen. Ich stelle mir vor, wie schön es wäre, wenn ...

Da sitzt auch Mutter schon am Fußende und pult all die Knoten ihres Strickzeugs auseinander. Vater sitzt auf einem Stuhl mir gegenüber und erzählt. Mutter sitzt am Fußende und hört zu. Sie kann stundenlang sitzen, zuhören und die verzwicktesten Knoten auseinanderfriemeln. Vater fängt die Geschichte im Sitzen an. Zuerst erzählt er, worüber er erzählen will. Wenn er soweit ist, legt er sich neben mich, schiebt seinen Arm unter meinen Hals, steckt einen Zahnstocher oder einen Grashalm zwischen die Zähne, blickt an die Decke oder durchs Fenster hinaus und erzählt. In seinen Geschichten gibt es keine Helden. In seinen Geschichten gibt es nur Menschen. Die Guten und die Bösen. Tiere kommen auch vor, wie zum Beispiel seine Lieblingspferde Marko und Topala und der Hund Murdscho.

Mein Vater, Mila, fängt Vater an, dein Djado Kosta also, war Bürgermeister des Dorfes. Wir waren nicht besonders reich, aber auch nicht arm. Jedenfalls nicht so arm, dass wir gehungert hätten. Dafür war mein Vater viel zu stolz und arbeitsam. Und ehrlich war er, der Djado Kosta, Mila, zu ehrlich, um damals reich zu werden. Ich will dir mal ein Beispiel seiner Ehrlichkeit erzählen, Kleines.

Damals hatten wir einen König. Djado Kosta war Bürgermeister von Rawno, als Beamter des Königs. Heute gibt es keinen König mehr, aber Beamte gibt es immer noch. Als 1944 die neue Regierung an die Macht kam, da gab es den König nicht mehr, aber die Bürgermeister waren immer noch da. Also machten sich die neuen Beamten – diesmal waren es Beamte des Volkes – daran, klare Verhältnisse zu schaffen. Sie wollten ganz genau wissen, wer Gutes und wer Böses getan hatte. Dem König, Vater? Nein, Mila, dem Volk. Damals, als der König noch da war, da ließ er alle Bösen, die ihm was wollten, einsperren. Als dann das Volk König wurde... Sperrte es den König ein! Genau, nickt Vater zufrieden, und mit dem König all seine guten Beamten, die solange gut waren, wie die eingesperrten Bösen eingesperrt blieben. So. Dann kamen aber die Bösen, das heißt die Guten an die Macht und sperrten die Bösen ein, die sich solange für gut gehalten hatten, bis... Du meinst, Vater, dass es damals gut war, böse zu sein? Ich meine, dass es heute gut ist, damals böse gewesen zu sein, verliert Vater langsam die Geduld. Aber lassen wir das!

Dein Djado Kosta war ein guter Beamter gewesen. So hatte man ausreichend Gründe, um nachzuprüfen, ob er als guter Beamter des Königs dem Volk gut oder böse war. Da versammelten also die Guten alle Bösen in einem Klassenraum. Darunter war auch Djado Kosta, genau wie der Dorfarzt, der Kaufmann, der Polizist und der Pope. Sie wurden nacheinander mit Namen aufgerufen, und es wurden alle Beschwerden laut vorgelesen, die aus dem Volk gegen sie eingegangen waren. Und dann ließen die Guten alle Bösen, die gut waren, nach links wandern und alle Bösen, die böse waren, nach rechts: die einen an die eine Wand, die anderen an die gegenüberliegende Wand. Und so wurden die guten Bösen freigesprochen und die bösen Bösen für schuldig erklärt.

Sag mal, Vater, wenn es doch gute Böse und böse Böse gegeben hat, gibt es denn dann heute nicht nur gute Gute, sondern auch böse Gute? Hör mal, Kleines, solange es Gut und Böse gibt, wird es gute Gute und böse Gute, böse Böse und gute Böse geben, das ist doch wohl klar, oder? Sicher ist das klar, versuche ich ganz logisch nachzudenken, aber was ist dann gut und was böse?

Vater scheint überfordert zu sein, aber er versucht es trotzdem noch einmal: Hab ich dich schon mal geschlagen, Mila? Nein, noch nie. Gut! Ich würde dich auch nie schlagen, weil ich es nicht für gut halte. So. Petjos Mutter aber schlägt ihn und will ihm damit Gutes tun. Sobald aber das Gute, das sie im Kopf hat, Petjos Rücken erreicht, schreit er. Warum wohl? Na, weil es wehtut, Vater, warum denn sonst? Petjo sagt dann zu ihr, du bist böse, und rennt weg. So wird das Gute zum Bösen. Du meinst, Vater, sobald es den Kopf meiner Tante verlässt? Jawohl! ruft Vater erleichtert. Ich aber muss alles erstmal der Reihe nach sortieren.

Gut ist alles. Alles, was der Mensch wünscht oder denkt. Sobald es seinen Kopf verlässt, wird es meistens böse. Das Böse tut weh. Daran kann man es vom Guten unterscheiden. Ich bin immer gut, böse kann nur ein anderer sein. Nur wenn ich ein anderer werde, kommen gut und böse durcheinander. Dann muss man von neuem anfangen.

He, Mila, hörst du noch? Ich wollte dir von Djado Kosta erzählen! Ja, ja ... Ich weiß noch, dass die guten Bösen freigesprochen und die bösen Bösen für schuldig befunden wurden ... So war es! Aber war denn nun Djado Kosta ein guter Böser oder ein böser Böser, oder wie war das? Natürlich war er ein Guter. Alle Guten im Klassenzimmer, die zu entscheiden hatten, waren einer Meinung: Djado Kosta war immer in Ordnung. Gegen ihn lag nichts vor. Für Djado Kosta lege ich die Hand ins Feuer, sprach der Kommissar, der hinter dem Schreibtisch saß, und winkte freundlich, Djado Kosta, der ehemalige Bürgermeister, solle nach links treten, er sei frei. Djado Kosta trat auch zur Seite. Ihr könnt jetzt nach Hause gehen, sagte der Kommissar, oder will irgendeiner noch was sagen? Keiner wollte etwas sagen. Nur Djado Kosta hob die Hand und sagte: Als der König gestürzt wurde, habe ich es dem Roten Janko gezeigt, weil er Scheißkönig gesagt hatte und seine Mütze vor Freude in die Luft schmiss. Der Scheißkerl bist du, hab ich gesagt, lass unseren armen König in Frieden und kümmere dich lieber um deine Frau, die vor Armut nicht ein noch aus weiß ... Djado Kosta, wies ihn der Gute hinter dem Schreibtisch zurecht, lass gut sein, das interessiert doch hier keinen ... Der ist aber ein guter Guter gewesen, Vater! Das war er ja auch, Mila, der Kommissar war wirklich ein guter Guter, und er ärgerte sich zu Tode, dass Djado Kosta nachträglich sich selbst für schuldig erklärte, wo doch nichts gegen ihn vorlag. Ich bin ein ehrlicher Mensch, verkündete Djado Kosta, das ist meine Sünde, und ich bin sie losgeworden. Ihr sollt über mich richten!

Der hat ja einen unserer Parteigenossen angebrüllt, und für den König ist er auch noch, schrie einer. Djado Kosta, Djado Kostaaa, jammerte der Gute hinter dem Schreibtisch, was schiebst du dich selbst zwischen Amboss und Hammer, jetzt kann ich dir nicht mehr helfen! Und er schrieb auf Djado Kostas Unterlagen »schuldig«. Und so wurde dein Großvater, Mila, aus Ehrlichkeit in ein Lager deportiert, in dem es vor allem böse Böse gab, die durch Schwerstarbeit gebessert werden sollten. Sieben Monate vergingen, bis eines Tages der Kommandant des Lagers Djado Kosta zu sich rief. Im Büro des Kommandanten erwartete ihn kein anderer als der Mann, der damals zusammen mit dem Roten Janko in Rawno interniert gewesen war, auch ein Roter.

Was ist »interniert«, Vater? Interniert ist ein Gefangener, der frei herumlaufen darf, aber jeden Tag unterschreiben muss, dass er nicht weggelaufen ist. Also war der Rote ein Böser, möchte ich mich vergewissern. Nein, sagt Vater, er war ein Guter, aber er war gegen den König und für das Volk, also klipp und klar, er war ein Kommunist wie der Rote Janko und musste jeden Tag beim Bürgermeister, also beim Djado Kosta, guten Morgen sagen und unterschreiben, dass er immer noch nicht weggelaufen war. In der übrigen Zeit arbeitete er zusammen mit den Bauern und verdiente Geld. Der Rote Janko dagegen saß auf der Bank vor dem Haus des Bürgermeisters und zählte die Dorfgänse, die an ihm vorbeigingen, oder er schlief in der Sonne.

Der Rote also, der Marin hieß und jetzt im Zimmer des Kommandanten wartete, der suchte sich irgendeine Arbeit, fällte Bäume, half beim Häuserbau mit, war ein fleißiger Mensch und schickte seiner Frau und den Kindern Geld, damit sie nicht verhungerten. Djado Kosta als Bürgermeister musste die Briefe der Internierten aufmachen und wusste alles über ihre Familien.

Das tut man aber nicht, Vater!

Natürlich tut man das nicht, aber der König wollte doch wissen, ob ihm einer was antun wollte oder so ...

Macht man das heute noch, Vater?

Ich weiß nicht, kratzt sich Vater den Nacken, ich glaube nicht ... Ich glaube schon ...

Wir würden das aber niemals tun, sage ich laut und deutlich, und es hört sich wie ein Schwur an.

Wir sind ja auch keine Könige, bemerkt Vater dazu. Djado Kosta musste es auf jeden Fall tun und las in Jankos Brief nach, dass seine Frau klagte, die Kinder wären fast am Verhungern, weil der Janko nichts nach Hause schickte, und sie beneidete Marins Frau, die im gleichen Dorf lebte und ihre Kinder immer satt bekam, obwohl ihr Mann auch interniert war. Daraufhin sagte Djado Kosta dem Roten Janko Bescheid: Du sollst, schalt er ihn, nicht die Dorfgänse zählen, sondern arbeiten! Siehst du nicht, dass deine Kinder verhungern? Nimm dir ein Beispiel an Marin, gehe mit ihm, Arbeit gibt es genug im Dorf!

Der Mann also saß da im Büro des Kommandanten. Er war selbst ein noch größerer Kommandant geworden und war auf einem Rundgang durch die Lager, um nachzusehen, ob alles seine Richtigkeit hatte. Kosta, rief er, was hast du denn hier verloren?! Marin umarmte ihn. Wie bist du überhaupt hier gelandet, das ist doch kein Platz für dich! Hierhin kommt man sehr leicht, Marin, so wie du damals nach Rawno gekommen bist, aber wie man hier wieder rauskommt, das weiß ich nicht, antwortete Djado Kosta und erzählte dem Kommandanten seine Dummheit von damals. So ändern sich die Zeiten, Marin. Damals warst du mein Gefangener, heute bin ich dein Gefangener, morgen sitzen wir vielleicht zusammen irgendwo im Kittchen und wissen weder ein noch aus! Recht hast du, Kosta, antwortete der Kommandant, aber erstmal musst du nach Hause. Und er unterschrieb da so was, so ein Papier, und Djado Kosta durfte plötzlich das Lager verlassen ... Gott sei Dank, dass dieser gute Gute vorbeigekommen ist, Vater, atme ich erleichtert auf, sowas!

Vaters Geschichten hoben die Zeit auf. Ich schaute durchs Krankenhausfenster auf die Ahornblätter, auf die Quittenbäume, auf die Kastanienbäume, auf alle Bäume in meiner Vorstellung und sah sie das Laub wechseln, während er erzählte. Dann schaute ich in den Spiegel hinein und wunderte mich, dass ich immer noch zwölf Jahre alt war.

49

Der Abend dunkelte nach, verdichtete sich. Keiner machte das Licht an. Zlatan lag noch immer starr in seinem Bett am Fenster, die anderen schliefen, und das Klirren der Fensterscheiben bei jedem vorbeifahrenden Bus hatte nachgelassen. Von den Ahornblättern roch es nach Ruß und trockenem Staub. Erst während dieser langen Tage und Nächte war ich nicht mehr im Zentrum der Welt. Ich war zum Stillsein gezwungen. Man beobachtete mich, nichts geschah, scheinbar nichts. Es gab keine nächtlichen Aktionen, keine Treffen mit Mara, keine verlassenen Häuser, keinen Zwang, Kamille zu pflücken, keine Norm zu erfüllen. Ich war eine kleine Schraube, die aus dem Getriebe des Ganzen herausgefallen war. Der Kalte Krieg existierte nicht mehr, da ich hier kein Radio hören konnte. Die Ruhe, die mich plötzlich erfüllte, war mir unbekannt. Das stundenlange Liegen ohne Lesen, ohne Bewegung, ließ Fragen zu, die mich früher nie beschäftigt hatten.

Ich stand außerhalb der Zeit, da ihre Zeichen nur schwer zu mir dringen konnten. Plötzlich spürte ich, dass es eine andere Zeit tatsächlich gegeben haben musste, die vor mir dagewesen war, die aber weiterlebte in den Geschichten der Erwachsenen. Ich ahnte nur, dass es so etwas wie eine äußere und eine innere Zeit gab, aber aussprechen konnte ich es nicht. Die Zeit, das waren die Menschen: Maminka, Djado, Vater, Mutter und all die anderen. Mir wurde klar, dass es die Zeit nur so lange geben würde, wie Maminka da war, solange Vater da war und sie ihre Geschichten an mich weitergeben konnten. Vielleicht wiederholten sie sie so oft, damit sie nahtlos in mich übergingen, und wenn sie eines Tages nicht mehr da sein würden, trüge ich ihre Zeit in mir und würde sie weitergeben, so dass die Zeit unendlich blieb. Darum erzählten sie mir auch von ihren Vätern und von ihren Kindheiten, und diese Kindheiten wurden verwoben mit meiner Kindheit, und jede folgende Kindheit wurde um eine Kindheit reicher.

Aber wie stand es mit der Angst? Wollte Vater jemals ein Held sein? Die Helden Soja Kosmodemjanskaja, Mitko Palausov und sogar Rajna die Königin waren mir fremd. Man erzählte von ihnen im Radio. Niemals fiel das Wort »Angst« im Zusammenhang mit ihnen, also war ich sicher, dass sie keine Angst kannten! Vater sprach von seiner Angst als Kind sehr oft; so konnte ich meine Angst an seiner messen, und dafür liebte ich ihn um so mehr. Seine Angst machte ihn mir so vertraut, dass die Grenze zwischen uns beiden immer wieder verwischt wurde ...

Ich liege wach im großen Krankenhauszimmer. Ich bin allein. Vater ist allein, auf dem großen Wassermelonenfeld, das er hüten muss. Die Wände des Zimmers treten zurück: Ich bin allein, und es ist Nacht, ich bin fünf, und ich bin Vater. Ich muss fünf Tage lang allein auf dem Wassermelonenfeld bleiben, weil Baba Dotschka und Djado Kosta zu viel Arbeit haben, weil die zwei älteren Brüder auf den anderen Feldern eingespannt sind und das Brot verdienen müssen, weil die dreijährige kleine Schwester nicht mit will und weil das Wassermelonenfeld Angst vor den Raben am Tage und vor den Räubern bei Nacht hat.

Die Sonne färbt die Wolken rosarotlila, die Grillen singen bis zum Heiserwerden, Murdscho, der große Hund, liegt unter der Strohhütte, und die Strohhütte hängt zwischen Himmel und Erde in den Ästen des großen Nussbaums, der mitten im Wassermelonenfeld wächst. Djado Kosta hat die Koliba hoch über die Erde gebaut, die Koliba, das ist die Strohhütte, und die wird mit einer Holzleiter erreicht: So ist sie sicher vor Schlangen und Ungeziefer.

Djado Kosta hängt den Käfig mit den zwei Tauben mitten unter den Boden der Strohhütte, die Luft ist klar. Er bleibt eine Nacht bei seinem Fünfjährigen in der Hütte, nachdem er sie repariert hat. Er holt biegsame Zweige aus dem nahen Wald, pellt die Rinde ab, solange sie noch frisch sind, befestigt die Zweige wie ein Gewölbe über der Holzplattform, die er vor Jahren mitten im Baum zusammengehauen hat. Dann deckt er die Strohhütte mit Zweigen und Stroh neu, aber so kunstvoll, dass kein Tropfen Regen durchsickert und kein Strohhalm vom Wind wegfliegt. Der Kleine schaut zu, wie der Vater Kräutersträuße in der Hütte aufhängt, aus denen er seinen eigenen Tee zubereitet. Später sitzen beide vor dem Eingang der Strohhütte, essen Schafskäse, Tomaten und Brot, trinken den aromatischen Kräutertee, und der Vater Kosta erzählt eine Geschichte aus seiner Kindheit, die fast noch in der Zeit des Osmanenjochs liegt. Die Sterne sind zum Anfassen nah, die Tauben im Käfig gurren vertraut, der kleine Zako schläft an der Schulter des Vaters ein und hört seine letzten Worte nicht mehr: Schlaf jetzt, und ab morgen bleibst du hier allein, denn ich habe viel zu tun im Dorf!

Der Morgen ist schön. Der Morgen ist kühl wie die feuchte Haut der faustgroßen, später der kopfgroßen Wassermelonenfrüchte. Am Tage gibt es Raben und Krähen und vor allem Elstern, ansonsten keine anderen Diebe. Am Tage sind die Schatten der Vogelscheuchen kurz, und die Angst schläft. Djado Kosta vertraut seinem fünfjährigen Sohn und verlässt ihn.

Fünf Tage lang, versorgt mit Schafskäse, Brot, Tomaten, Wasser und zwei frühreifen Melonen wird er das Feld allein beaufsichtigen, wird die Elstern und Raben verscheuchen mit einem Stock und mit seinen Rufen: Uuuuh! Djuuu! Das diebische Volk wird sich immer wieder auf die Arme der Vogelscheuchen niederlassen, aber klauen wird es nicht. Die Melonen sind genau gezählt, und für jede einzelne ist der Fünfjährige verantwortlich.

Die Schatten der Vogelscheuchen werden schräg, lang und

immer länger. Der Abend naht. Djado Kosta ist schon am frühen Morgen gegangen, die Tauben gurren zum Schlaf, aber der Schlaf will nicht kommen. Die Angst kommt. Nur ich bin bei meinem fünfjährigen Vater, aber er sieht mich nicht. Er sitzt in der Hütte, wagt nicht, zu den Sternen aufzublicken. Es ist der gleiche schöne Abend wie der Abend davor, als Djado Kosta noch da war, aber die Angst nistet ihm in der Kehle.

Aus dem nahegelegenen Wäldchen kommen merkwürdige Geräusche, es ist Vaters Geschichte und meine eigene Angst zugleich, die Angst vereint uns. Der Fünfjährige hält die Anspannung nicht mehr aus. Er steigt mit geschlossenen Augen und zitternden Knien die Leiter hinab und kriecht in die Hundehütte, kriecht in das Fell des Riesenhundes Murdscho, und plötzlich wird es ihm warm. An Murdschos Fell gekauert, löst sich sein Herz, und er weint, und er schläft ein, und wenn er am anderen Morgen erwacht, liegt er in der Hundehütte allein. Der Hund liegt vor der Hütte und passt auf ihn und auf das Wassermelonenfeld auf. Zako kriecht aus der Hundehütte heraus, steigt die Holzleiter empor, kriecht in das Stroh seiner Hütte und schläft noch zwei Stunden angstfrei, denn es ist schon Tag, und der Tag ist klar.

50

Vaters Geschichten kriechen mit mir unter die Decke. Das Kinderzimmer ist schon still. Der kleine Schreihals schläft, seit er vom Füttern zurückgebracht wurde. Er schläft vor Angst, jemand würde ihn schon wieder abholen und füttern wollen. Das hopsende Mädchen ist jetzt ein schlafendes Mädchen. Zlatan vom ahornbeschatteten Fensterbett schläft auch. Sogar im Schlaf blickt er durchs Fenster hinaus, als ginge ihn nichts etwas an, nach alldem, was er gestern angestellt hat. Mich friert es. Durchs Fenster dringt das kratzende Geräusch der Straßenreinigung; dann riecht es nach feuchtem Staub und Ruß. Ich stehe auf und breite den Gefängnismantel über der Decke aus. Er ist schwer. Er wärmt zwar nicht, aber als Zweitdecke ist er gut genug.

Guten Moorgeeen! Es fehlt nur noch die Trompete, und wir wären in der Kaserne. Oder im Pionierlager. Vor dieser Art, geweckt zu werden, nämlich mit einer Trompete um sechs Uhr früh, graute es mir, seit meine Eltern angefangen hatten, mich mit in ihre unvermeidlichen Diensturlaube im Pionierlager mitzunehmen. Und die Stimme dieser Schwester hier, die Fenster und Türen aufreißt, klingt genau wie eine Trompete. Ich hatte schon einmal meinen Eltern den Vorschlag gemacht, die schlafenden Pioniere mit einer an der Decke installierten Dusche zu wecken: So wäre es ziemlich leise gewesen, und es hätte die gleiche Wirkung gehabt, worauf meine Eltern meinten, dass ich mir zu viel erlauben würde. Ich sollte doch zufrieden sein: Sie selbst hätten als Kinder von Pionierlagern nicht mal geträumt, und ich hätte es doch so gut! Ich sei doch schon privilegiert, da ich jedes

Jahr entweder ans Meer oder ins Gebirge mit dem Lager fahren dürfe.

Die Trompetenstimme der Schwester macht mich nervös. Ich bin sowieso sehr gespannt auf das, was bald kommt; ich muss wohl wieder Soja Kosmodemjanskaja spielen, und dies schnürt mir den Magen zu. Ich kann nichts essen. Die Schwester sagt: Du darfst nichts essen, und knallt die Tür zu. Ich bin erleichtert. Dieser Schmerz, den ich seit längerer Zeit spüre, hat Maminka und meinen Eltern manchen Kummer bereitet. Nachdem ich einigen Ärzten in der Stadt vorgestellt worden war und ich mehrere Male wochenlang salzlos essen musste, nahm Maminka es sich vor, mich zu kurieren.

Zu der Zeit hatte es sich im Dorf herumgesprochen, dass in Tetovo eine ältere Türkin durch Bleigießen und Aderlass viele Krankheiten kurierte. Nachdem wir drei Stunden lang auf den Bus gewartet hatten und er – brechend voll wie immer – an unserer Haltestelle einfach vorbeifuhr, gingen wir zu Fuß die Chaussee entlang durch die Weizenfelder. Die Chaussee glich einem asphaltfarbenen Fluss, der durch die grün-gold gebleichten Felder der Kooperative kroch und niemals sein Flussbett verließ. Am Chausseeufer entlang breitete der Sommer die Weizenlaken und –teppiche zum Trocknen aus. Das Jahr würde regelmäßig die Bettwäsche wechseln, eine tüchtige Hausfrau, die im Herbst ihre Bettlaken sogar verbrennen würde, damit sie die hartnäckigen Flecken der Ernte loswürde und im Winter ihre Bettwäsche strahlend weiß an der Chaussee entlang ausbreiten konnte, weich und sauber wie der erste Schnee. Der Frühling würde ihr zu schaffen machen: Das Jahr würde säen und pflügen, würde schuften und eilen und endlich dem asphaltfarbenen Fluss die prächtigsten Feldlaken vorzeigen können: grün, saftiggrün, zartgrün, weizengrün ...

Mir schien unser Spaziergang nach Tetovo besonders lang. Ich bildete mir ein, dass ich unterwegs sterben würde. Gegen Mittag kamen wir in Tetovo an. Was ich dort als erstes sah, war eine Rauferei türkischer Zigeunerinnen. Die sind ja inzwischen mehr als die Bulgaren geworden, meinte Maminka, aber die Heutigen, die Roten, die dulden ja alles! So einem Kapitalisten wie deinem Djado geben sie Rente, den Zigeunern und den Türken Kindergeld, damit sie sich ausbreiten und neue Häuser bauen dürfen, größer als die unsrigen!

Ich sehe uns zwei, wie wir da stehenbleiben, nah an einer hohen Steinmauer. Was da passiert, macht mir Angst, aber neugierig bin ich auch. Vor einem neugebauten, noch unverputzten Backsteinhaus tummeln sich zwei Gruppen türkischer Zigeuner, die Frauen alle in Pumphosen. Männer und Frauen, Kinder und Säuglinge beobachten gespannt zwei Weiber, die breitbeinig, die Hände in die Hüften gestemmt, einander auf Türkisch drohen; dabei rücken sie sich immer näher auf den Leib. Hinter jeder hallen die Zurufe der Zuschauer, die beide anfeuern. Wir kommen nicht weiter. Die Stimmen werden lauter, die Frauen sehen aus wie zwei verfeindete Gockel, die sich zufällig auf der Straße begegnet sind. Maminka und ich hoffen jetzt auf einen Lastwagen: Nur er könnte die Straße räumen. Da kommt aber kein Lastwagen; nur einige Hühner und Gänse gesellen sich hinzu.

Plötzlich spuckt die eine, die mit der weinroten Pumphose, ihrer Gegnerin ins Gesicht, dreht sich stolz um und macht einige triumphierende Schritte auf ihre Anhänger zu, erntet Applaus. Maminka zieht mich vorsichtshalber näher an sich heran: Da sieht man, Mila, dass sie keine Christen sind!

Da wischt sich das Weib mit den beigegrauen Pumphosen mit dem Ärmel die Spucke vom Gesicht, läuft, einem Wiesel gleich, hinter den weinroten Pumphosen her, schnappt sich das Tuch samt einigen Zöpfen und zieht so stark und plötzlich daran, dass die andere rücklings in den Staub fällt. Einer der Zuschauer läuft hinzu und zählt – gleich einem Schiedsrichter beim Boxkampf – eins, zwei, drei, vier ... Maminka flüstert: Die Gottlose! Die hat doch ihr Gesicht bespuckt, Maminka, flüstere ich zurück, was würde denn eine Christin tun? Ich weiß nicht, antwortet Maminka, sie würde auf jeden Fall die Spucke abwischen und ... Das hat sie ja auch getan, Maminka! Jaja ... aber dann ...

Inzwischen liegen beide Weiber auf der Chaussee, schlagen, spucken, schreien, kratzen und reißen. Die Zuschauer sind jetzt vereint, schauen gespannt zu, sogar manch bulgarischer Fluch wie »Mamka wi!« oder manche Aufforderung wie »Zeig's ihr!« und »Los!« hallt durch die Luft. Nichts wie weg! flüstert Maminka, packt mich fest an der Hand, und wir gehen zurück in eine Nebengasse, wo es staubig und schwül und – still ist. Ein einsamer Esel grast am Weg, einige Hühner ächzen im Schatten der hohen, nach türkischer Art gebauten Mauern. Damit bloß keiner sieht, was da los ist im Hof! Und wenn man dahinter schaut, sieht man bloß einige in der Sonne ausgebreitete Pumphosen in einem Hof wie dem unsrigen mit Gänsen und Hühnern, einem Stapel Holz, einem kleinen Gemüsegarten und alten Hausschuhen vor der Tür, schimpft Maminka.

Die Türkin, zu der wir wollen und die den Ruhm eines Arztes erlangt hat, gießt gerade etwas Seifenwasser an die Quittenbäume, trocknet ihre leicht aufgequollenen Hände an ihren Pumphosen, von deren Farbe nur ein schmutziges Grau übriggeblieben ist, und fragt in gebrochenem Bulgarisch: Was wollt ihr von mir? Mir fällt ein, dass fast alle Bulgaren, die in Vaters Dorf mit den Türken zusammenlebten, gut Türkisch sprachen, die Türken aber kaum Bulgarisch, und wenn, dann ganz schlechtes ...

Gieß ihr Blei, bittet Maminka, hilf uns! Mila hat Schmerzen, und die Ärzte können ihr nicht helfen! Die Türkin fragt gar nicht, was für Schmerzen ich habe. Sie holt einen Zinkkübel voll mit kaltem Wasser, eine Schöpfkelle mit einem Stückchen Blei darin, eine Kerze und eine Schachtel Streichhölzer. Wir dürfen uns auf einen Strohteppich neben dem Kübel setzen. Erst jetzt schaue ich mir die Frau an: Sie hat ein rotes, breites Gesicht und fast weiße, blonde Augenbrauen. Ihre Nägel sind nussbraun von irgendeinem komischen Zeugs, mit dem sich die Türkinnen die Nägel bemalen. Sie setzt sich im Schneidersitz uns gegenüber hin, krempelt die Ärmel hoch, legt mir beide Hände auf die Schultern, verdreht die Augen zum Himmel und murmelt dabei etwas auf Türkisch. Natürlich verstehen wir nicht, was sie sagt, aber sie macht das schon.

Mir kommen Zweifel, ob das hier für ein aktives Mitglied der Organisation richtig ist: Sich so kurieren zu lassen ...

Die Frau nimmt die Hände von meinen Schultern weg, zündet die Kerze an, hält die Schöpfkelle darüber. Das Blei wird flüssig. Sie hält es einen Augenblick lang über dem Wasser, dann verdreht sie wieder die Augen zum Himmel, so dass ich nur das Weiße sehen kann, und stürzt den Inhalt der Schöpfkelle in den vollen Kübel hinein. Es zischt, dass ich zusammenzucke, dann holt die Türkin das Blei wieder aus dem Wasser heraus: Es hat jetzt eine ganz merkwürdige Form angenommen. Die Frau fährt mit der Hand über die Figur, zeigt mir noch einmal das Weiße ihrer Augen, murmelt noch etwas und stellt dann fest: Angst! Das Mädchen hat sich mal zu Tode erschreckt! Tut dir der Magen weh? Ja!

Maminka ist verblüfft. Der Magen tut dir weh, nicht wahr, Mila? Der eine Doktor hat gemeint, die Leber, der andere: die Galle! Von einem Geschwür haben sie auch geredet, und immer wieder: salzlos essen. Bloß: Es half nichts!

Hier, zeigt die Türkin auf ein unbestimmbares Gebilde auf der Bleifigur: Das ist Holz oder Gebüsch oder so was. Kannst du dich daran erinnern, dass dich mal ein Tier erschreckt hat, als du an einem Busch vorbeigekommen bist oder da lagst? Sicher kann ich mich daran erinnern, sage ich, erstaunt darüber, dass die Frau alles erraten hat, es war mal während einer Brigade ... Erzähle, sagt die Türkin betont, und ich versuche, mich genau zu erinnern.

Die jungen Maispflanzen, eine Elle hoch, erstarren herzförmig, und es ist früh. Entlang der Blattsehnen reift das Schwitzwasser zu Kristallen heran. Der Tautropfen kullert die Sehne entlang den Stängel hinab, wird augenblicklich aufgesogen und hinterlässt keine Spur. Windstille. Nur die Stimmen der Kinder. Meine Stimme auch. Rund und klar wie das Schwitzwasser auf den Maisblättern. Die Luft saugt sie auf. Die großen Schüler, die Harken auf den Schultern, gehen voran. Die Kleinen jäten. Ich gehöre zu den Kleinen. Ich bücke mich in der Hitze, die vom Boden aufsteigt, eine vom Geruch meines eigenen Körpers versalzene Hitze. Das Gute vom Bösen unterscheiden, das Gute vom Bösen trennen ... Und die Sonne darf ungestraft weiterbrennen auf Köpfe, Pflanzen, auf Erdklumpen, wahllos. Viel lieber greifen die Finger nach den Maispflanzen. Ihre Wurzeln sind nachgiebig und kurz in diesem zwei Ellen hohen Alter. Unkrautwurzeln sind tief, die Stängel schneiden in die Handflächen, scheuern und beißen. Die Harken zischen und reißen – chrrrs chrrrs – das Unkraut durch. Die Wurzel des Unkrauts bleibt in der Erde ...

Die Norm für heute ist erfüllt, das Feld scheint sich zufrieden hinter den Harken zu recken, und die großen Schüler schreiten voran, chrrrs chrrrs, wir Kleinen müssen nach den durchschnittenen Wurzeln suchen und bleiben stets hinterher. Nach einer Stunde oder zwei – Pause. Sitzend, stehend, liegend in der Furche, im nahen Wald die Notdurft verrichtend, während einem die Ameisen den Hintern zerbeißen und man sich unruhig nach allen Seiten umschaut. Und das Gefühl, nützlich zu sein, etwas Großes und Wichtiges getan zu haben. Die Gewissheit, das Mittagessen, im Blechnapf serviert und auf den Knien verzehrt, verdient zu haben.

Es schmeckt. Es schmeckt nach versalzener Erde, nach Sonnenbrand, Hoffnung und Fleischklößchensuppe mit sonnigen Fettaugen: Ich habe meine Pflicht getan.

Der Mittag bleibt, sonnenförmig, am Himmel stecken. Wir alle suchen Zuflucht im nahen Akazienwald oder sind es Eichen, diese Bäume, deren Zweige horizontal zwischen mir und dem Himmel ihre wuscheligen Kronen ausstrecken? Blau untermalt, ergrauen die Blätter und legen sich auf meine Augen, der Augapfel ist zugedeckt, ein rotes Dach schwebt über mir, mit schwarzen und gelben Streifen versehen.

Bis zu diesem Augenblick kenne ich kein Entsetzen. Bis zu diesem Augenblick kenne ich nur Dinge wie schlechtes Gewissen, Kranksein, Angsthaben, freudige Erwartung, Michschämen, Enttäuschtsein, Erfolg- oder Misserfolghaben. Plötzlich fällt vom Baum etwas Schweres auf meinen Bauch. Ich schnappe es mit beiden Händen, schmeiße es mit aller Kraft weg von mir. Mein Schrei fliegt durch die Äste hindurch, bleibt in den Zweigen hängen, schwarz-gelb gestreift. Unterm Rippenbogen bleibt das Entsetzen kleben: ein Feuersalamander!

Kalt und riesig und schwer, vom Himmel gefallen – der Schmerz!

Ich weiß nicht, welche Worte ich damals gebraucht habe.

So war es, sagt Maminka, die Mila war krank vor Schreck, das haben wir ihren Eltern gar nicht erzählt. Im vorigen Jahr war es.

Siehst du, sagt die Türkin zufrieden, kein Wunder, dass dir der Magen weh tut! Jetzt lasse ich dir etwas Blut raus. Der Schreck sitzt dir im Nacken! Es tut nicht weh: ein kleiner Schnitt nur! Ich werde steif. Maminka streicht mir beruhigend über den Kopf. Die Türkin geht in eine unordentliche, schmuddelige Stube hinein: Durch die offene Tür sehe ich ein zerwühltes Bett mit blau-weißen Decken und eine Feuerstelle, die aus ist. Hab keine Angst, Mila, beruhigt mich Maminka, das tut nicht weh! Die Frau ritzt dir nur die Haut ein bisschen, eine Spritze tut mehr weh! Die Türkin kommt wieder mit einer neuen Rasierklinge und einem Wattebausch in der Hand.

Sie bricht die Rasierklinge vorsichtig entzwei und legt die eine

Hälfte auf den Strohteppich. Mit der anderen Hälfte der Rasierklinge nähert sie sich mir von hinten. Ich soll meinen Kopf nach vorne beugen. Sie streift den Kragen meiner Bluse zurück. Mein Nacken ist nackt. Maminka hält mich an den Schläfen fest. Die Türkin streift mir die Haare hoch, hält sie und den Hinterkopf fest. Wenn ich doch für die Freiheit ...

Ich begegne dem Tod mit entblößtem Nacken, »gäbst du nun, gäbst du, Balkandschi Jowo, Jana, die Schöne, dem Türkenglauben?« Meine Phantasie dreht durch: Assoziationen an das fünfhundert Jahre lange Osmanenjoch werden in mir wach; ich brauche so wenig, um in die Helden- oder Märtyrerrolle einer Untergrundkämpferin versetzt zu werden, dass ...

Hinten am Nacken spüre ich einen Kratzer, keinen Schmerz. Fertig! Jetzt muss ich es ausdrücken, sagt die Türkin und drückt mir da etwas heraus, als würde sie mir Mitesser auspressen. Da kommt's! Sie zeigt auf ihrem Nagel und auf dem Wattebausch ein Stück fast schwarzen Blutes, das ganz fest, wie Kirschkonfitüre, aussieht. Das war sie, deine Angst, Mädchen, atmet die Türkin erlöst auf. Die saß dir im Genick! Jetzt wirst du sie los und wirst keine Schmerzen mehr haben!

Wir warten auf den Bus. Unterm Rippenbogen tut es mir vor Aufregung weh. Ich sage aber nichts. Ich möchte Maminka nicht enttäuschen.

51

Mein Magen also, oder was das ist, dem weder Ärzte noch Bleigießen noch Aderlass helfen konnten, meldete sich schon wieder. Schneiden werden sie mich, aber vorher muss ich ins Labor. Das Bleichgesicht holt mich ab. Leise und verschwörerisch spricht das Radio im Flur vom Kalten Krieg, anschließend sind die Gramm-Stotinka-Zentimeter-Sprüche dran. Wie fremd das alles ist, hier, in diesem langen Flur! Ich hatte es fast vergessen.

Vor der Toilettentür bleibe ich stehen, ich muss mal eben! Das Bleichgesicht wartet vor der Tür. Es ist eine nach Chlor stinkende Toilette, ein Plumpsklosett, und mir fällt es schwer, mich mit den schweren Schlappen da hinzuhocken. Von hinten fließt das Wasser ununterbrochen bis an die Füße heran. Mir zieht es in den Oberschenkeln ... Komisch, vielleicht bin ich wirklich krank, ernsthaft sogar! Ich blicke flüchtig an mir herab: Blut! Achtzig Prozent und das Knopfloch entzwei, mir fließt Blut aus der Scheide, ich hab nicht gewusst, dass ich so schnell sterben müsste! Plötzlich sind alle meine Probleme mit der Kamille, mit der Pflichtlektüre, mit der Schönschrift und sogar mit dem Kalten Krieg gelöst. Alles erledigt sich von selbst, denke ich, und zwei Tränen kullern ins Klo... Aber aufschneiden lasse ich mich nicht!

Du bist ja so blass, Kind, sagt das Bleichgesicht, was ist denn mit dir los? Ich habe Blut, sage ich ganz leise und schaue sie kaum an. Ich werde sterben! Lassen Sie mich bitte nach Hause fahren, ich muss meine Eltern benachrichtigen! Moment mal, so schnell stirbt man nicht! Wo hast du denn Blut? Na, da unten ... Es fließt – und ich wage das Wort nicht auszusprechen. Aus der

Scheide? J-Ja, stocke ich, und ich möchte am liebsten weg sein, irgendwo tief einsinken, damit ich bloß nicht mehr da bin. Komm mal mit, Kind, beruhigt mich das Bleichgesicht und verliert die Kälte ihrer hellen Haut: Wie alt bist du? Na, im Herbst werde ich zwölf... Natürlich, warum denn nicht, sagt sie laut; dann führt sie mich zum Zimmer zurück. Leg dich hin, ich gebe dir einige Binden, und wir warten auf die Stationsärztin. Du brauchst nicht ins Labor und... iss mal was Schönes! Ich weiß nicht recht, wie mir auf einmal geschieht. Werde ich sterben, Schwester? Ich habe es doch noch gewagt, diese Frage zu stellen. Ach was, du hast wohl noch nie davon gehört, dass man eine Mensis kriegt, das ist was ganz Normales... Die Tage, an denen sich Frauen unwohl fühlen, die hat doch deine Mutter auch!

Achtzig Prozent und das Knopfloch entzwei! Meine Mensis ist da! Wieso hab ich nicht gleich daran gedacht? Meine Mutter hatte es auch schon mal erwähnt! Und ich dachte sofort, dass ich sterben würde. In ›Du und Ich‹ stand es ja auch! Aber hieß es dort nicht: erst mit dreizehn? Und wenn es doch etwas anderes ist? Die Schwester kommt mit einigen Binden zurück. Wir gehen wieder zur Toilette, und sie zeigt mir, wie ich meine Hose damit auslegen soll. Jetzt zieht es mir auch im Kreuz, im Becken und die Schenkel herab. Es friert mich, und ich kann die Ärztin fast nicht abwarten. Der kleine Junge ist nicht mehr da, man hat ihn abgeholt und ins »Babyzimmer« gebracht. Das hopsende Mädchen hopst weiter. Zlatan starrt durch sein ahornbeschattetes Fenster hinaus, und ich genieße fast die Beschwerden meiner ersten Mensis.

Meine Brüste melden sich wieder, schade, dass ich hier keinen Spiegel zur Hand habe... Jetzt, wo meine Mensis da ist – viel früher als ich dachte –, habe ich keine Sorge um meine Brüste mehr. Es bleibt ihnen nichts anderes übrig als zu wachsen, was denn sonst?! Ich muss alles neu überdenken, alles, aber auch alles! Ich kann Kinder kriegen, das muss man sich mal vorstellen! Mit meinen knapp zwölf Jahren könnte ich ein Kind bekommen, wenn ich nur wollte! Hatte nicht Kaka Donka gesagt, du musst es ausprobieren, solange du noch nicht die Mensis hast? Sonst musst du bis zum Heiraten damit warten ... Macht nichts! Der einzige, der doch in Frage kommt, sitzt ahnungslos in unserem Dorf oder pflückt Kamille – und nachdem ich ihn aus heiterem Himmel sozusagen mit Zlatan betrogen habe, bin ich seiner nicht mehr würdig. Den kann ich getrost abschreiben! Was weiß er schon von den Mensisbeschwerden einer werdenden Frau? Und alle Aktionen des Trupps ... Ich kann unmöglich hingehen und sagen: Hört auf damit, ich habe meine Mensis bekommen, und eure Aktionen interessieren mich nicht mehr! So würde ich mich selbst ausschließen und alle Konsequenzen zu tragen haben! Nein, da mache ich weiter, und sei es nur wegen der Gelegenheit, es der Rotznase Tontscho mal zu zeigen und sie vor den anderen lächerlich zu machen. So eine zum Anführer selbsterkorene Rotznase ...

Der Gedanke an das Kinderkriegen verursacht mir ein Schwindelgefühl, ich könnte laut schreien und jubeln. Plötzlich kommen mir meine Eltern in den Sinn. Ich lebe gerne bei Maminka und Djado, aber ich finde es trotzdem nicht in Ordnung, dass ich weit weg von meinen Eltern bin. Ich bin das Lehrerkind in den Ferien, im Pionierlager. Alle sind besonders nett zu mir. Ich darf als einzige mit meinen Eltern zusammen in einem Zimmer schlafen, während die anderen drei Wochen lang miteinander auskommen müssen ... Und wenn etwas Wichtiges passiert, bin ich immer allein ... Aber wollte ich wirklich wie die anderen sein? In jenem Sommer nach der Mandeloperation entschlossen sich meine Eltern, mich zum ersten Mal allein ins Pionierlager zu schicken, nach dem Motto: »Sie muss auch mal selbständig werden!« Der Genosse Doktor hatte eine Luftveränderung empfohlen in einem bestimmten Ort, in dem meine Eltern kein Lager betreuten. Das ganze Jahr hatte ich darauf gewartet, dass man mich fürs Alleinsein entschädigte: durch das Zusammensein mit meinen Eltern in einem Pionierlager. Plötzlich hieß es: Du fährst allein!

Der Gedanke, eine von vielen zu werden, wenn auch nur zwanzig Tage lang, machte mich krank. Es half aber nichts. Meine Mutter nähte niedliche kleine Monogramme auf alle meine Unterhemden, Unterhosen und Socken, kaufte mir einen kleinen niedlichen Koffer, dachte an heiße und kühle Tage, packte mir sogar eine Wollmütze ein, obwohl es erst August war, und gab mir einen Beutel mit sorgfältig geschmierten Butterbroten mit meiner Lieblingswurst Lukanka, für die sie am Anfang der Woche stundenlang anstehen musste ... Mutter hatte gerade den Schreck überwunden, dass ich meine Mandeln auf diese ihr angstmachende Weise verloren hatte, dachte aber auch, dass ich jetzt, wo die Mandeln nicht mehr da waren, mit meinem Pionierdasein im Lager allein fertig werden könnte.

Sie brachte mich an den Zug, um fünf Uhr früh. Der Bahnhof glich einem Bienenstock. Da standen neben und saßen auf ihren Koffern die Kinder, da war es laut und schon zu dieser frühen Stunde schwül, da gaben die Mütter ihren Kindern letzte Anweisungen wie: »Schlaf nicht mit den Gummischuhen ein!« und: »Pack deine Seife nach jedem Waschen wieder in den Koffer ein«, da sprach man und schrie laut, um gehört zu werden, drei, vier Lehrerinnen mit Listen in den Händen schrien sich die Stimmbänder wund und wollten »ihre« Kinder um sich versammeln.

Meine Mutter schritt gezielt einer der vier entgegen, und ich fühlte zum ersten Mal seit längerer Zeit wieder eine Spur des früheren Gefühls, die eine zu sein: Die Lehrerin unserer Gruppe war wohl eine Kollegin meiner Mutter. Dass sie es war, ersparte uns das mühsame Steigen über zig Koffer und ausgepackte Butterbrote. So gingen wir am Rande des Gewühls zu der Leiterin, einer kleinen gehetzten Frau mit Pferdeschwanz und Trainingsanzug, deren Stimme schon jetzt heiser war. Ich sah, wie Mutter den Mund aufmachte, sie wollte mich wohl vorstellen, mich empfehlen und mich der Leiterin besonders ans Herz legen, doch überlegte sie es sich anders und stellte einfach den Koffer zwei Schritte von der rufenden Leiterin entfernt ab, die jetzt nach ihrer Trillerpfeife griff und damit eine kurze Ruhepause unter den Pionieren und ihren Eltern erreichte.

Alle bitte aufmerksam zuhören! Sie sehen unsere vier Leiterinnen. Die Leiterinnen hoben den Arm mit der Liste hoch in die Luft, gleich Ertrinkenden in einem Sumpf. Wir lesen alle Namen vor und bitten, dass jeder zu seiner Leiterin geht und sich hinter oder neben sie stellt! Wir haben eine acht Stunden lange Reise vor uns, und ich möchte an eure Vernunft appellieren, liebe Pioniere: macht bitte keine Tür und kein Fenster auf, beugt euch nicht vor, um Unglücke zu vermeiden! Solltet ihr ein Problem haben, wendet euch bitte an eure Leiterin! Oder an den Arzt. Der Arzt sprang zweimal hoch, um gesehen zu werden. Oder an den Genossen Oberleiter des Lagers! Ein sehr großer Mann mit Schnurrbart und kurzgeschnittenen Haaren hob den Arm hoch, man konnte ihn schlecht übersehen.

Schreib uns auch bitte schon in der ersten Woche, wie du dich eingerichtet hast, und zieh abends einen Pullover an, es ist kalt im Gebirge, rät mir Mutter, während sie an mir etwas zurechtfummelt. Ich weiß schon, sage ich. Wann fahren wir denn bloß?

Da rührt sich auf einmal die ganze Masse der Kinder, die einzelnen Namen werden laut vorgelesen, und jeder strebt zu seiner Leiterin. Mich schubst man von links nach rechts, Mutters Strümpfe werden von einer schwer tragenden Oma zerrissen, die den viel zu großen Koffer ihres Enkels an Mutters Beinen hautnah vorbeistreift. Mir tritt man auf die Füße, jemand hat einen fahren lassen, und alle tun so, als wäre gar nichts passiert, aber peinlich ist es schon, und der Mief steigt weiter bis zur weißen

Decke hoch, an der noch einige Reste von der Neujahrsdekoration hängen. Da pfeifen die Leiterinnen, mir dröhnt es im Kopf. Der Lautsprecher verkündet die Abfahrt unseres Zuges in einer Viertelstunde, jetzt heißt es: Los! Der Oberleiter des ganzen Lagers, der Genosse Natschalnik, holt auch seine Schiedsrichterpfeife heraus, mahnt in der eingetretenen Stille, zügig, aber vorsichtig in Richtung Gleis 6 abzuziehen ...

Genossin Leiterin, ich hab meine Haarschleife verloren! Die dünne Stimme kann nicht identifiziert werden. Da fängt es schon an!

Mutter schleppt den Koffer und hält meine Hand so fest, dass ich fühle, wie ihr Ring sich in mein Fleisch einstanzt, aber ich sage nichts. Ich bin aufgewühlt, ich schäme mich, dass ich so traurig bin, wo die anderen so fröhlich zu sein scheinen, ich darf um Gottes willen nicht weinen, sonst lachen mich die anderen aus!

Während wir uns an der Tür, die zu den Gleisen führt, nur noch rückwärts bewegen, bleibt irgendein Netz an meinem Jackenreißverschluss hängen, meine Arme sind aber hoch über dem Kopf, es gibt für sie keinen Platz. Auf Gleis 6 angelangt, hängt das Netz immer noch an meinem Reißverschluss, jetzt voll mit zerquetschten Tomaten und Krümeln von gekochten Eiern, die meine Hose und Jacke zieren. Es ist die Hose meines blauen Trainingsanzuges. Macht nichts, sagt Mutter, Hauptsache, du bist heil!

Spätestens jetzt, während ich das widerliche Netz von meinem Reißverschluss abmache und in den Mülleimer werfe, ist mein Entschluss, unbedingt krank zu werden, reif. Und wenn du das Gefühl hast, dass du krank wirst, sagt Mutter, melde dich beim Lagerarzt, Mila, dafür ist er ja da. Ich bin drauf und dran, mich jetzt sofort krank zu melden, aber der Geruch nach Zug, das Zischen des Dampfes unter den Rädern, die Erinnerung an so viele schöne Fahrten mit meinen Eltern halten mich davon ab. Ich bin doch auf die Reise gespannt. Wir küssen einander, Mutters Gesicht nimmt jenen mir so vertrauten Ausdruck an: Sie weint innerlich und will trotzdem tapfer sein. Selber Schuld, geht es mir durch den Kopf, du hättest mich ja bloß mit in dein Pionierlager zu nehmen brauchen!

52

Die Tür wird schnell aufgerissen: Visite!

Schnell noch mal die Decke glatt streichen, brav liegen bleiben, was wird die Genossin Stationsärztin bloß sagen?

Guten Morgen, Kinder! Guten Morgen, Genossin Ärztin! Wie geht's euch denn so? Dein Blut ist immer noch nicht in Ordnung, Zlatan, wir müssen dich noch ein paar Tage hierbehalten … Und du? Hopst du immer noch den ganzen Tag herum? Ja, flüstert die Kleine, und ich möchte am liebsten sofort nach Hause! – Du darfst auch heute noch nach Hause gehen!

Die Ärztin ist eine kleine, rundliche Frau mit ganz dunklen, wuscheligen Haaren und welker, braun-gelber Haut. Die mag ich nicht um mich haben, denke ich beinahe laut und mache ein ganz harmloses, besonders freundliches Gesicht. Sie setzt sich auf mein Bett, liest meine Karte durch: Wie geht es unserer Großen? Wissen Sie schon? Meine Frage ist bang und sehr leise. Ja, ich weiß schon. Ich würde mir gern deine Binde anschauen und dich ein wenig untersuchen. Da frage ich noch leiser, ob Zlatan nicht hinausgehen kann, und sie bittet die Schwester, Zlatan und das Mädchen aus dem Zimmer zu begleiten.

Sie gehen hinaus. Ich streife mein Nachthemd hoch. Die Genossin Doktor untersucht mich gründlich. Ich muss wieder vom salzlosen Essen, vom Verdacht auf Geschwür, Galle, Leber berichten … Die Türkin aber, die mir Blei goss, meint, das Ganze wäre bloß ein Schreck … Die Angst säße mir im Nacken … Vielleicht hat sie sogar recht, deine Türkin, sagt die Genossin Doktor und wird mir plötzlich ausgesprochen sympathisch. Regst du dich leicht auf? Weinst du oft? Ja, sage ich, aber ... Was ist denn mit meinem Blut? Zeig mal deine Vorlage bitte! Und ich zeige ihr alles. Sie ist ganz schön voll, sagt die Ärztin, das Blut kommt aus der Scheide, es gibt keinen Zweifel, du hast deine erste Mensis bekommen! Ich werde also nicht sterben, und Sie schneiden mich nicht auf? Nein, ganz bestimmt nicht! Und sie erzählt mir ausführlich, wie es so sein wird, alles der Reihe nach, wie ich schon in ›Du und Ich‹ darüber gelesen habe. Jetzt aber betrifft es mich, und es hört sich ganz anders an.

Ich werde schon am gleichen Tag entlassen, ich treffe genau die gleichen Gefangenen-Kranken, alle gleich gestreift, mit den großen, immer zu großen Filzpantoffeln oder Schlappen, mit den Gefängnismänteln, mausgrau, auf und ab, ab und auf ... Ich aber darf nach Hause!

Die Frau am Aufnahmeschalter kaut immer noch, ich beneide sie um ihren Appetit. Ich werde wieder mit dem Krankenwagen gefahren, unterwegs liege ich auf der Trage und denke nach, denn ich habe das Gefühl, dass ein neues Leben beginnt. Plötzlich interessieren mich nicht mehr die Denkmäler von Rajna Knjaginja und Soja Kosmodemjanskaja, sondern ihre Mensis. Möglicherweise hatte Soja ihre Tage noch nicht, als sie starb. Rajna dagegen war schon längst eine Erwachsene ... Ich werde eines Tages Kinder kriegen ... Ich bekomme möglicherweise die Kinder, die Soja nie bekommen konnte, denn sie blieb ein Kind, das die Nazis gefoltert und umgebracht hatten. Ich lebe! Warum wollte ich denn unbedingt sterben? Für die Freiheit und so ... Und Rajna Knjaginja? Sie war ja die einzige Frau unter Männern! Wie fühlt sich eine Frau mit all ihren Problemen mitten im Aufstand und so?

Maminka ... Niemals hatte ich ihr etwas angemerkt. Hatte sie ihre erste Mensis auf dem Feld gekriegt, während sie hinter den Ochsen herschritt, den Pflug in der Hand hielt und ihrem Vater kein Wort sagte vor Scham und Angst, die Arbeit würde liegenbleiben? Und meine Mutter? Marschierte sie nicht immer während der Manifestationen und sagte nichts? Marschierte sie nicht die Georgi-Dimitrov-Straße hinauf, hochschwanger, die 9.-September-Manifestation mit dem Lautsprecher leitend, drei Wochen vor meiner Geburt? Hatte Mutter jemals sterben wollen?

53

Maminka wird Augen machen! Was wird sie bloß dazu sagen? Meine Mila, wird sie sagen, schön, dass du da bist, aber ... wieso denn so früh? Wie damals.

Damals, im Pionierlager, hatte ich mich unwohl gefühlt. Zum ersten Mal war ich nur eine von vielen, keiner hatte es nötig, besonders nett zu mir zu sein. Also bekam ich ein Bett in einem Raum mit dreißig Betten, alle aus Holz. Neben jedem Bett gab es einen kleinen Nachttisch, das war alles. Der Raum, ein Klassenzimmer, war hoch. Alle Fenster gingen zum Wald. Gegen Abend kamen wir an, und gleich begann der Drill: Alle in Reih und Glied aufstellen, strammgestanden, laut gesungen – Stille, weiße Donau ... –, und dann: Könnt ihr denn Hurra rufen, aber so laut, dass euch die Berge hören? In der Mensa: Stillgesessen, he, du da, was klapperst du mit dem Löffel? Ihr Störenfriede, ihr zwei da, raus aus dem Saal! Ihr habt die ganze Zeit gesprochen und die anderen gestört! Mein Magen wird zugeschnürt, ich habe Angst, dass ich zu laut sein könnte, ich versuche zu essen, ohne mich nach links und rechts umzusehen, damit mich bloß keiner anspricht. Vor dem Nachtisch hält der Oberleiter, der Genosse Natschalnik, eine Rede. Ordnung und Disziplin, und ein gesunder Geist in einem gesunden Körper, das war alles, was ich davon behielt. Komisch, ich habe mich nie so beschissen gefühlt, wenn ich mit meinen Eltern ins Lager fuhr ... Zwar saß ich immer unter den anderen, aß mit, ordnete mich ein und hörte allen Reden zu, aber die Befehle und alles Gerede von Disziplin und Gehorsam hatten mich irgendwie nicht berührt.

Abends Abendappell. In Reih und Glied, strammgestanden, die Gruppensprecher sind schon gewählt, so ganz gerissene, stramme, die morgens, mittags und abends den Rapport abgeben: Genosse Natschalnik, Gruppe eins ist bereit zum Abendappell. Anwesend sind achtundzwanzig, es fehlen zwei wegen Unpässlichkeit. Rapport gegeben, Rapport angenommen. Ein Schritt nach rechts, der Nächste rückt heran: Genosse Natschalnik, Gruppe zwei ... Währenddessen wird stillgestanden. Ich wage nicht, mich zu kratzen, und wer es wagt, darf es nur unauffällig tun, sonst wird er öffentlich ermahnt, namentlich genannt, als Störenfried angeprangert – dies besonders während der ersten drei Tage, damit bloß keiner auf dumme Gedanken kommt.

Morgens werden wir mit der Trompete geweckt. Schnell muss man aufstehen, sich schnell anziehen (nach der zweiten Nacht schlafe ich im Trainingsanzug, weil ich es sonst nicht schaffe) und los, auf den Hof hinaus, wo es aus ungefähr fünfzig Wasserhähnen an einer offenen Wasserleitung in ein Zinnbecken poltert. fünfzig Becken für hundertsechzig Personen. Jeder läuft wie um sein Leben, um einen freien Hahn zu erwischen, sonst muss er warten, und warten heißt, nicht rechtzeitig fertig zu werden, zu spät zum Morgenappell anzutreten, was wiederum Vortreten bedeutet, Extraerlaubnis vom Diensthabenden oder vom Genossen Natschalnik selbst zu erbitten, sich einordnen zu dürfen, was wiederum eine laute Erklärung vor hundertsechzig strammstehenden Pionieren und dem leitenden Personal bedeutet, und wenn die Erklärung nicht laut genug ist, muss sie wiederholt werden, so dass alle sie hören können: Ich habe mich verspätet, weil die Toilette besetzt war (leises Kichern durch die Reihen). Oder: Da war kein Wasserhahn frei, oder sonstwas.

Nach dem Frühstück eine Stunde frei. Ich kann endlich aufs Zimmer zurückgehen, aber nur, wenn es kühl ist oder geregnet hat oder regnen wird, sonst dürfen die Zimmer bis zur Mittagspause nicht betreten werden, oder man braucht eine spezielle

Erlaubnis von der Gruppenleiterin. Komisch, das war früher nie ein Problem für mich gewesen ... Wusste ich überhaupt, dass man die Zimmer nur zu bestimmten Zeiten betreten durfte? In jedem Pionierlager, wo ich mit meinen Eltern gewesen war, ging ich ein und aus, sooft ich es wollte, das war also auch ein besonderes Vorrecht.

Diese Stunde der freien Beschäftigung, sie war es, die mir den Aufenthalt im Lager erträglich machte. Wenn ich den Schlafsaal nicht betreten durfte, suchte ich mir einen einsamen Platz am Bach, möglichst einen flachen Stein, der warm in der Sonne dalag. Dort setzte ich mich hin und versuchte, einen Brief an meine Eltern zu schreiben. Da ich sie, um Gottes willen, nicht aufregen durfte, beschrieb ich die Umgebung, den Bach, den weiten, unendlichen Spielplatz mit den Staubwölkchen darüber und den ganzen Tagesablauf und beendete den Brief mit dem obligatorischen: »Mir geht es blendend, in Liebe, Eure Tochter«. Kaum hatte ich angefangen, den Brief zu schreiben oder den Wald mit den Stimmen, die aus ihm drangen, wahrzunehmen, wurde ich wieder wachtrompetet: Mittagessen! Die Ansprüche, die man während des Essens an uns stellte, waren wahrhaft hoch: Ihr sollt still sein! Die Fliegen soll man brummen hören!

Nach dem Mittagessen – Ruhe. Für mich so anstrengend wie der Mittagsschlaf an jenem unvergesslichen Tag im Kindergarten. Ich wundere mich immer wieder, dass viele wirklich schlafen, so, auf Befehl. Ich kann das nicht, und wenn ich es muss, klappt es erst recht nicht. Wieder werden wir wachtrompetet, schnell, wieder ganz schnell anziehen, keine Zeit fürs Frisieren, oh, wehe denen, die Zöpfe haben! Sie laufen manchmal zwei, drei Tage lang unfrisiert herum; ich gehöre, Gott sei Dank, nicht dazu. Kurz vor der Abfahrt bin ich meine schönen langen Haare losgeworden, damit ich bloß zurechtkomme. Ich komme also zurecht, wenigstens mit der Frisur, die gar keine ist.

Wir werden wieder auf dem Platz zusammengetrötet, strammstehen, still sein, aufmerksam zuhören. Erst zur Kantine hinmarschieren, dann Brot mit einem Stück Schafskäse und einer Tomate verzehren. Anschließend zieht sich jede Gruppe mit der Gruppenleiterin zurück: Die Vorbereitungen für die Lagerolympiade werden getroffen.

Das Wasser gluckert grün über die Steine. Vom Tannenwald weht ein Geruch nach kühlfaulendem Nadelholz. Die Turnschuhe ausziehen! Jetzt, da die Haut dem Moos freigegeben wird, jetzt, da das Gebirge durch die zitternde Luft langsam auf den Sonnenuntergang vorbereitet wird, jetzt, da die Farnschatten den Hang hinabgleiten und das verbrannte Gras aufatmen lassen, jetzt ... und diese Gewissheit, müde und überflüssig zu sein, niemanden mit nichts erstaunen zu können ...

Ich kann weder weit springen noch schnell laufen noch sonst was, ich kann die Ehre der Gruppe in keiner Weise verteidigen, die Lagerolympiade muss ohne mich auskommen. Die Gruppen werden auseinandertrompetet. Bis zum Abendessen bleibt keine Dreiviertelstunde mehr. Ich tue so, als würde ich spazieren gehen. Einige Jungs spielen Fußball; ich wasche mal eben meine Socken und meine Unterhose ... Ich kenne niemanden hier, mich kennt auch keiner, keiner hat vor, mich kennenlernen zu wollen. Ich fasse den Entschluss, krank zu werden.

Eigentlich wusste ich von dem, was kam, noch nichts, aber ich fühlte mich irgendwie bereit, krank zu werden. Mag sein, dass die anderen ihren Riesenspaß an all dem Marschieren, Stramm- und Stillstehen, Schnellanziehen und Gefallen an der Lagergeselligkeit gefunden hatten – ich nicht. Und ich war soweit, dass ich am liebsten in den Zug gestiegen und nach Hause gefahren wäre. Es waren nicht mal vier Tage vergangen.

Es dämmert. Die Tannenspitzen prüfen die Durchlässigkeit des Himmels. Seine Haut ist dünn, und dort, wo sie durch die Stacheln gereizt wird, fließt Abendblut: violett, rosa, blaurot. Es riecht nach Harz, nach Feuer und Laub. Es riecht nach Glockengeläut und heimkehrenden Balkanziegen, nach Ziegenmilch und Ungeduld, nach Bauernschweiß und unerfüllten Wünschen ... Der Genosse Natschalnik hat eigenhändig ein Lagerfeuer entzündet. Ich sitze auch daran. Es gibt jetzt keine Befehle und Ermahnungen, es ist kurz vor dem Abendappell, kurz vor dem Schlaf, alle sind still, starren in die glühende Asche, schön ist das, wäre bloß der ganze Tag so ruhig wie diese Stunde am Feuer! Ein Junge (ich laufe Gefahr, mich in ihn zu verlieben) fragt den Genossen Natschalnik um Erlaubnis, über das Feuer springen zu dürfen. Der Genosse Natschalnik nickt: Ich hoffe, du kannst das auch wirklich gut!

Ich bin gespannt, schaue zu, wie das Feuer kleiner wird, werde erregt, mein Magen meldet sich, ich schaue dem Jungen zu, wie er sich vom Feuer entfernt, Anlauf nimmt, über die Flamme springt ... Ein Schrei verlässt meine Kehle: kurz, laut, ungewollt, plötzlich. Ich habe mich erschreckt vor meinem eigenen Schrei, schließe die Augen, lehne mich an die Schulter des Mädchens neben mir und höre im gleichen Augenblick, wie das Mädchen, dem die Schulter gehört, laut sagt: Sie ist ohnmächtig geworden!

Ich bin gar nicht ohnmächtig geworden, habe aber keine Zeit, mich zu melden, denn ich schwebe schon in der Luft. Man trägt mich in den Schlafsaal hinein und ruft den Doktor. Da ich ohnehin schon für ohnmächtig erklärt worden bin, will ich niemanden enttäuschen.

Ich weiß nicht, wie sich ein Ohnmächtiger verhält, aber ich bleibe still, mit geschlossenen Augen, und höre, dass ich blass bin. Sie ist so blass! Wann kommt denn der Arzt?

Langsam wird es mir unheimlich, alle so an der Nase herumzuführen. Der Arzt kommt gleich, dann mache ich die Augen auf. Der Genosse Doktor ist da, sagt eine Stimme. Ich merke es an der Stille, die auf einmal herrscht. Er nimmt mein Handgelenk zwischen seine Finger, ich öffne beide Augen gleichzeitig und starre erstmal die Decke an.

Sie öffnet die Augen! Kannst du mich hören? Ich will die Frage des Genossen Doktor beantworten, doch er macht mir ein Zeichen, dass ich gar nichts sagen soll: Ruhig, ganz ruhig ... Und ich sage gar nichts. Sie irren sich, Genosse Doktor, will ich sagen, aber plötzlich merke ich, dass ich das Spiel zu Ende bringen muss, und das Ende heißt: Nachhausefahren!

Der Genosse Lagerarzt untersucht mich von Kopf bis Fuß, und als er mir auf meinen wehen Magen – oder was da unterm Rippenbogen sitzt – drückt, stöhne ich leise, was ihn aufhorchen lässt: Tut das sehr weh? Ja, antworte ich, sehr! Und es stimmt, und ich bin froh, dass es stimmt. Der Genosse Doktor ist auch froh, es gefunden zu haben, aber was er gefunden hat, weiß er selbst nicht. Er verordnet mir einen Tag Ruhe, keinerlei Beteiligung an all der Marschiererei und Strammsteherei. Ich soll im Bett liegenbleiben, sogar das Essen wird mir ans Bett gebracht. Das gefällt mir. Ich bleibe liegen, genieße die Stille des leeren Schlafsaals, während am Spielplatz die anderen zusammen- und auseinandertrompetet, über den Platz gejagt, ermahnt und getadelt werden.

An der Decke hängen sechs nackte Glühbirnen, unter jeder Birne ein Fliegenfänger, dicht dekoriert mit toten Fliegen. Mein Schmerz ist kaum zu spüren, nur wenn ich daran denke, scheint er sich zu melden, doch wenn der Genosse Doktor mich untersucht und darauf drückt, gebe ich jedes Mal einen kleinen, bescheidenen Schrei von mir, und dieser Schrei ist es, der den Arzt am Abend des nächsten Tages den Entschluss fassen lässt, dass ich zu Hause besser aufgehoben sei als hier bei ihm im Lager. Meine Eltern, sage ich mit Bedauern in der Stimme, sind im Pionierlager, sie sind Sportlehrer ... am Meer sind sie jetzt ... Am besten lassen Sie mich bitte ins Dorf fahren, ich lebe dort bei meiner Maminka und beim Djado.

Der Genosse Doktor schreibt Maminka einen ausführlichen Brief, fügt einen geschlossenen Umschlag bei, der für den behandelnden Arzt bestimmt ist, ruft die Gruppenleiterin, die meinen Koffer packt und mit mir dann bis nach Hause fährt, erst mit dem Zug, dann mit dem Bus. Ich bin begeistert von mir selbst, ein schlechtes Gewissen habe ich zwar, aber ich bin so froh, dass alles so gut geklappt hat, dass ich am liebsten lauthals singen würde. Stattdessen drücke ich unauffällig auf die bestimmte wehe Stelle und gebe den kurzen, leisen Schrei von mir, der die Gruppenleiterin während der ganzen langen Fahrt daran erinnert, dass sie mich wenigstens lebendig bis nach Hause bringen soll. Was dann geschieht, ist außerhalb ihrer Verantwortung; dies kann ich ihr an den sorgenvoll zusammengekniffenen Augenbrauen und am unfrisierten, unausgeschlafenen Pferdeschwanz ablesen.

In unserem Abteil sind die Sitzbänke aus Holz und glatt poliert. Neben mir am Fenster steht ein behindertes Kind und spuckt gegen die Landschaft. Die Frau, die es begleitet, ist alt und schaut unentwegt vor sich hin. Die hinter dem schmuddeligen Fensterglas sich ausdehnende, verschwimmende Landschaft hinterlässt auf ihrem Gesicht keine Spur.

Der Krankenwagen hält an. Während der ganzen Autofahrt habe ich an die Zeit im Lager und an meine vorzeitige Entlassung gedacht. Jetzt bin ich wieder vorzeitig zu Hause. Ich springe aus dem Krankenwagen heraus, passe auf, dass mir die Binde nicht verrutscht. Der Fahrer wartet gar nicht ab, fährt weiter, ehe Maminka die Tür aufgemacht hat. Ich bin gesund, Maminka, und ich habe meine Mensis bekommen, und ich brauche sofort einen Büstenhalter!

Maminka bleibt der Mund offen stehen. So viel Neues auf einmal hat sie nicht erwartet. Und, holt sie tief Luft, wofür der Büstenhalter? Wieso, wofür? Ich werde doch schon eine richtige Frau, und eine Frau hat eben einen Büstenhalter, erkläre ich unmissverständlich. Maminka schüttelt den Kopf: Was willst du denn in den Büstenhalter hineintun?

54

Je weiter ich erzähle, desto schwieriger wird es, die Distanz zwischen mir heute und mir, der Zwölfjährigen, zu wahren. Alles wird Jetzt.

Ich bin wieder da. Ich muss wieder ran, und es bleibt mir nichts anderes übrig, als weiter Kamille zu pflücken. Schade, dass die Mensis kein Grund zur Befreiung von der Norm ist! Maminka zieht mit mir aufs Feld, sobald ich keine Binden mehr brauche.

Die Mitglieder des Trupps sind im Pionierlager, unter ihnen unser Anführer Tontscho, so ist im Moment auf diesem Gebiet gar nichts los. Ich nähe die Fahne des Trupps. In zwei Wochen bin ich so weit, dass ich sie Mara zeigen kann. Sie hat inzwischen ihre Norm erfüllt und tut so, als hätte es ihr gar nichts ausgemacht.

Jetzt, wo ich eine richtige Frau werde, kann sie mit ihrem einsamen Haar da unten auf der Spalte prahlen, soviel sie will: Ich habe schon eine richtige Mensis! Als ich ihr schon am Tage meiner Ankunft aus dem Krankenhaus meine Binde zeige, wird sie fast ohnmächtig vor Neid. Sie weiß gar nicht, was sie sagen soll! Sie zupft nur so an ihrem kurzen Faltenrock herum und schluckt schwer, ohne einen Laut von sich geben zu können. Ich quäle sie, das merke ich, aber das ist die Rache für ihre erfüllte Kamillennorm.

Plötzlich tut sie mir leid, und ich gönne es ihr von Herzen gern, dass sie auch ihre Mensis so schnell wie möglich bekommt, aber was hilft das schon. Ich will ihr unbedingt etwas Nettes, etwas

Tröstendes sagen, und mir fällt ein, dass ich ihn, unseren gemeinsamen Auserkorenen von damals, gar nicht mehr heiraten will und kann. Du kannst ihn ruhig haben, sage ich, er interessiert mich nicht mehr! Ich bin in Zlatan verliebt, den vom ahornbeschatteten Fensterbett, der mir im Krankenhaus den ersten Kuss verpasste. Er hat mich für immer und ewig an sich gebunden, ihm gehöre ich, so hat es das Schicksal gewollt!

Mara ist zwar erfreut, dass sie ihn haben darf, beneidet mich aber schon wieder um den ersten Kuss. Ich habe ja geahnt, dass es so kommen würde ...

Alles dehnt sich. Die Stunde vorm Spiegel mit meinen Brüsten, im Werden begriffen, die Schatten auf der Straße und die Geräusche der Blätter, der Karren, der Sägen, der Tiere in den Ställen. Sogar die Gerüche werden gedehnt, wenn man an jemandem vorbeigeht. Dann atme ich tief ein, bin fasziniert, wie anders der Schweiß der Männer riecht, vermischt mit dem Geruch nach Tabak und manchmal Maschinenöldunst. Täglich bleibe ich länger stehen an den Stufen der Apotheke und schaue ins Dunkelkühle hinein, auf dessen Grund der weiße Kittel des Apothekers leuchtet. Er schaut mich an, er sieht mich deutlich, hört auf, mit der Waage zu hantieren, wartet, bis ich gegangen bin. Ich weiß, warum ich noch nicht hineingehe: Er weiß nicht, dass ich schon eine richtige Frau bin. Er ist ein Mann. Mit braungebranntem Gesicht, sehr breiten Schultern und starren Augen. Eines Tages, in einem, zwei, drei oder noch mehr Jahren vielleicht, werde ich die Apotheke betreten ... Was willst du? wird er fragen. Ich will zu dir, werde ich sagen. Spinnst du, wird er antworten, wenn er ein Feigling ist – oder er wird nichts sagen, wird hinter der Theke hervortreten, wird die Tür hinter mir verriegeln, das Schild mit der Aufschrift »Geschlossen« ins Fenster hängen und mich in den Lagerraum führen, wo es nach Lavendel-Spiritus und Bratkartoffeln riecht.

Ich wartete wie immer auf meine Eltern. Bald würden sie vom

Meer zurückkehren. Ich konnte es kaum abwarten, ihnen die Neuigkeit zu erzählen und das Problem mit dem Büstenhalter zu lösen. Maminka pflückte Kamille für mich. Die Kamille hatte vieles gemeinsam mit der Mathematik: Auch meine Rechenaufgaben fing ich immer selber an und hatte ernsthaft vor, sie selbst zu lösen; meistens endete es aber damit, dass ich Maminka bat, die Aufgaben für mich zu lösen. Sie tat es und erklärte sie mir dann. Dabei hatte ich mich über die Einstellung der anderen empört, dass sie ihre Geschwister, Eltern oder Großeltern zur Erfüllung der Kamillennorm einspannten, aber nachdem alle Aussichten auf ein reines, dem Heldentum geweihtes Leben durch die unvorhergesehenen Ereignisse im Krankenhaus vereitelt worden waren, nahm ich es nicht mehr so genau. Maminka war es, die bei der Lösung auch dieses Problems helfen würde.

Ich hatte mich schon immer gewundert, wie es bloß möglich war, dass Maminka mit ihren knapp vier Jahren Grundschule in der Lage war, meine Rechenaufgaben in der sechsten Klasse zu lösen. Du bist ein Genie, Maminka, ich verstehe bloß nicht, warum du so früh aufgehört hast, in die Schule zu gehen! Du mit deinem mathematischen Kopf! Ach, Mila, aufgehört hätte ich nie, wenn mein Vater, Friede seiner Asche, nicht gewesen wäre ... Zeiten waren das! Wart ihr arm, Maminka? Ach was, arm kann man nicht sagen, Mila. So mittelreich waren wir. Mein Vater und meine Mutter, Friede sei mit ihnen, hatten zwölf Hektar Land: Weizen, Mais, Bohnen, alles, was man so braucht. Zum Verkauf belud Vater den Karren mit Weizen, und los ging es zum Markt. Hundert Schafe hatten wir. Der dritte meiner fünf Brüder war Schäfer. Tüchtig war mein Vater, Gott sei mit ihm, arbeitsam. Das war kein Mann – Feuer war das! So einer, den das Stillsitzen krank machte. Uns ging es eigentlich gut. So richtig Hunger haben wir nie gekannt. Aber dann kam das Jahr 1917. Mein ältester Bruder, Bate Petko – Gott möge sich seiner im Guten erinnern –, wurde eingezogen, Bate Kojo, mein zweiter Bruder – Gott mit ihm, aber schmoren soll er doch im ewigen Feuer –, ließ sich einziehen, freiwillig! Dem gefiel die Arbeit auf dem Acker nicht, Mila, freiwillig ließ er sich in die Kaserne einsperren, nur damit er nicht zu arbeiten brauchte! Dobrowoletz! Ein Freiwilliger, das musst du dir mal vorstellen! Moment, Maminka, versuche ich die Bedeutung dieses Wortes zu erfassen, du meinst, das ist ein Faulpelz? Genau! Das ist in der Tat ein Faulpelz, der lieber in den Krieg zieht, als dass er zu Hause den Acker pflügt! Maminka ist zufrieden mit ihrer eigenen Definition. Es ist schon sehr wichtig, die Dinge beim Namen zu nennen.

Mein vierter Bruder, Mila – Friede sei mit ihm jetzt und in alle Ewigkeit –, zog in den Ersten Weltkrieg und kam nie wieder. Mein Vater und mein fünfter Bruder, Bate Ilija – mögen sich die Heiligen seiner annehmen –, kehrten unversehrt aus dem Krieg zurück, aber Ilija fuhr dann direkt nach Amerika. So blieben meine Mutter, Bate Stojan, der Schäfer, mein Vater, das Vieh und ich zurück. Der Frühling kam und Vater sagte: Du, Witza, wirst nicht mehr in die Schule gehen. Ich brauche dich auf dem Acker! Und das war es.

Maminka fällt es nicht leicht, sich daran zu erinnern ... Zweimal sechshundert Lewa Strafe musste mein Vater dem Steuereinnehmer zahlen, ich war ja schulpflichtig, aber es half nichts. Unser Lehrer Slawov kam zu ihm: Hör mal gut zu, Bate Petar, sagte er, aus diesem Kind wird ein Mensch werden, so gut wie es sich in der Schule macht, und du schiebst ihm einen Knüppel zwischen die Beine! Versündigen tust du dich, Bate, an dem Kind! Laß es in die Schule gehen! Die Witza, sagte der Lehrer, die ist mir die Beste, ihr solltet sie aufs Gymnasium schicken, rechnen kann sie besser als die Siebtklässler, wo sie doch gerade die fünfte Klasse anfangen soll.

Maminkas Augen werden fast grün vor Aufregung. Sie hat die schönsten und seltsamsten Augen, die es auf der Welt gibt! Wenn sie traurig oder müde ist, sind ihre Augen fast grau; wenn sie gerade geweint oder mit Djado geschimpft hat, sind sie grün. Und wenn sie lacht, sind sie fast blau.

Glaubst du mir, Mila, dass ich mit meinen zwölf Jahren dann den Pflug hinter den zwei Ochsen gehalten habe? Ich glaube es ihr, aber ich kann es mir nicht vorstellen. Wir waren mal im Heimatmuseum, Maminka, in der Stadt. Der Mann da hat uns den Ochsenpflug anheben lassen; ich kriegte ihn kaum von der Stelle! Ja, Mila, so war es. Mein Vater ging mit den Pferden voran, ich – einige Furchen weit von ihm – schräg hinterher mit den Ochsen.

Maminka erzählte, und ich war nicht mehr Rajna Knjaginja, die die Fahne der Aufständischen vor kurzem zu Ende bestickt hatte; ich war nicht mehr Soja Kosmodemjanskaja, die sich von den Faschisten quälen ließ und für die Freiheit sterben musste, ich war weder meine zwölfjährige Mutter, die das Baby mit der Wollwiege gegen die Wand knallte und später mit Andrej Bolkonskij beim Tanzen all die Schokoladentorten in der Aula des Gymnasiums in Varna gewann, noch Natascha Rostova, die dem Sportlehrer Zachari Kostov beim Walzer ihr Herz weihte. Ich war meine zwölfjährige Großmutter – meine Maminka.

Der Schlaf steckt mir in den Knochen. Djado Petar, mein Vater, frisch, als wäre es nicht vier Uhr morgens, steckt den letzten Happen Brot in seinen schmatzenden Mund. Im Schneidersitz, hager, den geraden Rücken steif, das weiße Hemd mit dem Stehbundkragen streng zugeknöpft, die schmale Taille in den breiten Wollgurt gepflanzt, sitzt er mir gegenüber unterm Nussbaum. Seine Blicke pfeifen in regelmäßigen Abständen wie Kugeln an meiner rechten Schläfe vorbei. Iss, Witza, man braucht viel Kraft beim Pflügen!

Eine Klappe oder ein Deckel fällt in meinem Magen: Ich kann nichts mehr schlucken, ich kann nichts mehr essen. Djado Petar richtet sich abrupt auf, breitbeinig steht er einen Augenblick lang vor mir, übermächtig. Jetzt verlässt die Sonne, ein strahlenloses, riesiges Lavabrot, die Grenzlinie zwischen Erde und Nichts, gefangen im Dreieck seiner gespreizten Beine. Die Schere der Schenkel schnappt zu. Beeil dich! Gott sei mit uns, heute wird's wohl sehr heiß werden, sagt er und geht zum Pferdegespann. Die Sonne, unversehrt, gleitet in Richtung Nussbaumkrone. Dort wird sie bis zum Mittag nisten. Gott helfe uns, wenn sie dann gegen halb zwölf flügge wird.

Ich halte den Pflug in der Rechten, den Treibstachel in der Linken. Mit der Rechten pflüge ich. Mit der Linken treibe ich die Ochsen. Es sind zwei große, sehr alte und ruhige, sehr hagere Tiere. Im Stehen sind sie größer als ich. Ich starre nur nach unten, ich muss sehr aufpassen. In der Kurve kann ich den Pflug nicht anheben, ich komme mit dem scharfen Eisen ans Hinterbein des einen Ochsen. Vater, schreie ich, bleib stehen! Geritzt hab ich ihm das Bein, mit dem Eisen, das Blut fließt heraus! Vater, den Ochs hab ich geschnitten, komm doch! Meine Hände flattern. Die Krähen, die das frische Lavabrot der Sonne in der Baumkrone umstellen und sich die Schnäbel daran verbrennen, fliegen – aufgescheucht – hoch, wiederholen meinen Schrei. Ich weine, porentief, mein ganzer Körper schwitzt Tränen. Der verletzte Ochse wedelt teilnahmslos mit dem Schwanz, während mein Vater die Ferne verlässt. Im Stehenbleiben erreicht er die Baumkrone.

Der Schreck versetzt mich wieder in die Gegenwart. Ich bin wieder ich und nicht die zwölfjährige Maminka, weil ich mit dem Blut des Ochsen nichts zu tun haben will, ich will den Zorn ihres Vaters nicht!

Hat er dich denn geschlagen, Maminka? Nein, Mila, er hat nicht mal geschimpft. Ein gerechter Mann war Djado Petar, Gott richte ihn, ehrlich war er und gerecht ... Ich hab ihm das mit der Schule schon längst verziehen. Er hat den Ochsen losgeschnallt und ist mit ihm ins Haselnusswäldchen verschwunden. Dort hat er auf die Wunde gepisst, damit sie sich nicht entzündete. So war es dann auch. Er kam zurück, und wir pflügten weiter bis zum

Sonnenuntergang, als wäre nichts geschehen ... Gesät hab ich auch. Vater ging voran und säte mit der Hand, ich zog die Furchen hinter ihm mit dem Pflug und deckte die Saat zu, tagelang. Was hab ich abends im Bett geweint, was tat mir die ganze Witza weh, was ging mir die Haut an den Handflächen weg, bis aufs rohe Fleisch ... Und am anderen Morgen nahm er mich wieder mit.

Ich bewunderte Maminkas Kraft. Ich kostete ihre Qual aus. Warum bin ich denn nicht dankbar, dass ich lernen darf, fragte ich mich dauernd, dass ich bloß Kamille zu pflücken brauche? Warum pflügte ich lieber, warum starb ich lieber für die Freiheit, immer noch? Und wie lange noch?

55

Ja, Maminka war es, die die Waage dieses Lebens ständig ausglich. Es gab nichts Schlechtes in unserem Leben, das sich nicht letzten Endes doch als etwas Gutes erwiesen hätte. Hätte Djado damals in der Sommerküche nicht auf die Kommunisten geschimpft, wäre er nicht mit der Faust auf Maminka losgegangen, wäre seine Faust nicht im Teig gelandet, hätten wir niemals fünf, sondern nur vier Brote daraus backen können, und das war das einzige, was zählte.

Und ich hatte mich doch tatsächlich zu Heldentaten berufen gefühlt! In den Kalten Krieg wollte ich ziehen, Handschuhe für den Kalten Krieg wollte ich stricken. Und Maminkas Bruder Ilija war nach Amerika ausgewandert. Wäre er zu Hause geblieben, hätte Maminka nicht hinter den Ochsen herlaufen müssen – aber so war nun mal das Leben.

Wie schon gesagt, waren die Amerikaner an allem schuld. Bate Ilija fuhr also nach Amerika, Maminka ging an seiner Statt hinter den Ochsen her und ließ sich blutige Schwielen wachsen; seine Braut aber, Lelja Jowka, wartete fünfundzwanzig Jahre auf ihn, nachdem sie ganze vier Monate seine Frau gewesen war. Sie wartete und schlief mit zwei Pistolen unterm Kopfkissen, damit ihr bloß keiner an die Ehre ging. Nach fünfundzwanzig Jahren kam er wieder, todkrank. Krebs. Sie durfte ihn ein Jahr lang pflegen, bis er in ihren Armen starb.

Die Welt sei in zwei Lager gespalten, hörte man täglich im Radio. Was hieß das schon, die Welt! Unsere ganze Familie war in zwei Lager gespalten, und es kriselte täglich in unserer Familienpolitik. Am engagiertesten schienen Maminka und Djado zu sein, sie bildeten sozusagen die beiden Pole, zwischen denen wir alle pendelten, um den Frieden einigermaßen zu sichern. Da wir allerdings alle mehr oder weniger für Maminka waren und Maminka für die Heutigen, für die Roten, hatte es Djado besonders schwer, das Gleichgewicht zu sichern. Da musste er seiner kapitalistischen Person schon mal manchen Liter Slivova zuführen, um die Waagschalen auf gleicher Höhe zu halten. Einige Jahrzehnte danach wusste er nicht, dass seine eigene Tochter, meine Mutter, dem Beispiel seiner Frau folgend, die dem Onkel Radi Schafskäsekuchen ins Gefängnis geschickt hatte, im letzten Schuljahr, 1944, einem blauäugigen russischen Soldaten die Wunden verbunden und ihn eigenhändig mit dem Teelöffel gefüttert hatte, während er verträumt ihre schwarzen Zöpfe betrachtet und sogar einmal mit dem Zeigefinger berührt hatte. Dies spielte sich im Klassenzimmer des Gymnasiums ab, das zum Lazarett umfunktioniert worden war. Später schienen alle Verehrer meiner Mutter ehemalige Revolutionäre zu sein. Sie brachte es bis zum Volksvertreter, aber das nur dank unserer Tante, Tschitscho Radis Frau, die es unbedingt darauf anlegte, Mutter mit einem verdienten Mann zu verheiraten. Die Ansprüche meiner Mutter müssen wirklich besonders hoch gewesen sein, sonst wäre sie wohl nicht zum Schluss an den Zachari Kostov, den Sohn eines ehemaligen zaristischen Bürgermeisters, geraten, der wiederum Verstärkung für Djados Lager bedeutete.

56

Heute sollen meine Eltern endlich ankommen. Ich weiß nicht, mit welchem Bus. Das weiß man nie, da die Busse oft viel zu voll sind und man dann auf den nächsten warten muss. Ich setze mich ans Fenster und warte. Von unserem Fenster aus sieht man alle aus der Stadt ankommenden Busse. Ich sehe zwar die Haltestelle nicht, aber fünf oder zehn Minuten nach der Ankunft des Busses erkennt man schon die Reisenden mit ihrer festlichen oder städtischen Kleidung und ihren Beuteln, Tüten, Taschen und Koffern. Ich sitze seit dem frühen Morgen am Fenster. Ich habe am Fenster gefrühstückt. Ein Stück Brot mit einer Tomate und Schafskäse. Den Schafskäse lasse ich fast immer liegen, obwohl Maminka jedes Mal ein sorgenvolles Gesicht macht. Mit dem ersten Bus um sechs Uhr früh ist die Sonne angekommen.

Sie hatte Mühe, sich durch das Laub des Nussbaumes hindurchzuzwängen, sie schaffte es aber gegen sieben Uhr doch noch, indem sie im Geäst Fetzen ihres Sonntagskleides hinterließ. Eigentlich habe ich gar nicht damit gerechnet, dass sie so früh kommen würden. Ich sitze da, am Fenster, und kann das ganze Zentrum des Dorfes überblicken. Da sind die zwei Weiden, die die Wasserzapfstelle beschatten. Links das Haus der Kaka Elena und Kaka Marija – der Jungfrauen mit der Badewanne, den selbstgebackenen Keksen und dem Bidet –, rechts davon die Häuser von Lelja Petrana und Lelja Denka, daneben das Gemeindehaus mit all den Büros der Kooperative. Weiter sehe ich nicht, da die Hauptstraße eine Biegung nach rechts macht, wo das Süßwarengeschäft, die Sladkarnitza, und die Bushaltestelle sind. An der Wasserzapfstelle versammeln sich wie immer die Kooperatori und die Kooperatorki, wie die Bauern und Bäuerinnen der Kooperative vornehm heißen, schon am frühen Morgen, steigen die verschiedenen Abteilungen der Brigade in den klapprigen grünen Lastwagen, andere in die Pferdekarren. Alle Frauen tragen weiße Kopftücher, die gegen Mittag tief ins Gesicht gezogen werden. Trotzdem sind die Gesichter braun, und um die Augen kräuseln sich die Falten, auch wenn die Gesichter noch jung sind. Um halb acht ist das Zentrum schon leer.

Maminka nähert sich leise und sagt: Siehst du die Wasserzapfstelle, Mila? Wenn die bloß erzählen könnte! Ich sehe die Wasserzapfstelle, den Wasserhahn, eingebettet in grobgehauene und von der Zeit ausgewaschene Steine, die so oft im Winter stumm und trocken ist. Im Sommer wird das Wasser nur zu bestimmten Stunden laufen gelassen, wegen der Trockenheit. Was kann schon ein Wasserhahn erzählen?

Woran denkst du jetzt, Maminka? An meine Eltern? An die Deutschen, Mila! Saubere Leute, das sag ich dir, immer glatt rasiert und sehr höflich. Als sie ins Dorf eingezogen sind, sind wir alle gucken gegangen. Meinst du die Faschisten, Maminka? Die meine ich, Mila, aber diejenigen, die in unserem Dorf einquartiert waren, die waren bestimmt keine Faschisten, die waren nur sauber und ordentlich! Die waren ja auch unsere Verbündeten! Bittscheen, haben sie gesagt, und dankescheen, und bitteseer und villendank, immer wieder dankescheen, jedes zweite Wort war dankescheen, rasiert und gewaschen haben sie sich dauernd an der Wasserzapfstelle, und ein Ei zum Frühstück, bittescheen! Da bin ich aber oft Wasser holen gegangen! Aber die haben doch Menschen gequält, Maminka, ihnen die Haut abgezogen und Lampenschirme daraus gemacht ... Die waren doch gar nicht so lieb, wie du erzählst! Und ob sie nett waren! So was hat es in unserem Bulgarien nie gegeben, das weiß ich ganz genau! Ein einziges Mal hab ich Angst vor den Deutschen gekriegt, aber das war noch damals, im Ersten Weltkrieg. Maminka zupft ein Klümpchen Erde aus der frischgeschorenen Schafwolle heraus. Sie arbeitet schon wieder, erzählen genügt ihr nicht, es machte ihr auch gar keinen Spaß, wenn ihre Hände dabei stillliegen müssten. Ich bin Maminka dankbar, dass sie mein Warten auf den Bus mit ihrer Geschichte verkürzen will.

Als die Deutschen einzogen, fängt Maminka an, lebten wir noch im großen Haus am Ende des Dorfes. Wir hatten einen großen Stall, obwohl wir nur die zwei Pferde und die zwei Ochsen hatten. Da kamen die Deutschen – eine Kavallerieeinheit – und ihre Pferde in unseren Stall. Vor dem Stall postierten sie einen Wächter, mit einer Knarre in der Hand, geladen. Bleibt lieber zu Hause, hatte Mutter gewarnt. Nonka, meine Cousine, war zu Besuch da, vierzehn war sie gerade geworden. Ihr Dekolleté hatte gerade angefangen voll zu werden, und sie kicherte dauernd.

Maminka erzählt, und ich will die Cousine Nonka sein. Und während sich Maminkas dünne Lippen öffnen und schließen, während die silbern schimmernden Kronen ihrer vielen reparierten Zähne in regelmäßigen Abständen zum Vorschein kommen, richte ich mich in meinem eigenen Kopf vor einem unsichtbaren Spiegel auf. Nonka. Meine Brüste sprießen mit jedem folgenden Wort, und hinter jedem Lampenschirm-Deutschen lauert ein blauäugiger Russensoldat, und sie stoßen einander freundlich in die Rippen, mit ihren Blicken reißen sie mein Dekolleté regelrecht auf. Ich kenne die Geschichte: Nonka drängt sich am deutschen Wachposten vorbei, und ich weiß, wie schwer es dem Mann fällt, meinem Dekolleté den Rückzugsbefehl zu erteilen. Ich schäme mich, dass ich so schamlos bin und mit einem Deutschen flirte. Nonka ist keine Heldin, aber Nonka hat den Brustumfang, von dem ich träume. In diesem Augenblick setzt die Qual ein, ich weiß nicht, was mich mehr reizt, vom Wachposten erschossen zu werden und im Ersten Weltkrieg für die Freiheit zu sterben oder den Wachposten mit Nonkas Brüsten zu reizen. Beides lässt sich nicht miteinander vereinbaren ...

Maminkas Stimme kehrt plötzlich zu mir zurück. Ihr Mädchen, sagte meine Mutter zu Nonka und mir, sollt zu Hause bleiben. Und wenn ihr draußen seid, bleibt weg von den Deutschen! Und du, Nonka, sollst nicht dauernd lachen! Nonka aber ging durch den Hof und wollte ausgerechnet durch die Pforte, die neben dem Stall war. Sie lachte den Wächter an und wollte dicht an ihm vorbei. Ich stand am offenen Fenster. Halt! rief der Mann, aber sie wollte unbedingt an ihm vorbei, sie verstand auch nicht, was er sagte. Da trat er einen Schritt zurück und richtete das Bajonett auf ihre Brust. Nonka lachte weiter und wollte vorbei. Da stieß er ihr leicht mit der Spitze an die volle Brust und trieb sie in die Ecke zwischen Mauer und Misthaufen. Ich dachte, mein Gott, der bringt sie um, und wollte gerade unsere Mutter rufen, als vom Nebenzimmer – dort war der Offiziersstab untergebracht – eine Stimme, einer Peitsche gleich, durch die Luft knallte: Halt! Der Wächter nahm die Waffe herunter und stand stramm, während Nonka an ihm vorbeihuschte und endlich ihr Dekolleté bedeckte. Dann lief der Wächter ins Haus, und ich hörte durch die Wand, wie ihn sein Vorgesetzter zur Sau machte. Sein Schimpfen hörte sich wie Hundegebell an, so abgehackt sprechen die, wenn sie böse sind, die Deutschen.

Maminka schweigt. Ich schaue durchs Fenster hinaus: Keine Spur von einem Bus. Aber das Warten darauf ist angenehm.

Und für deinen Djado, Mila, war Deutschland das, was Amerika für deinen Djado Kosta war.

Ich setze mich bequemer auf die Fensterbank. Erzähl doch, Maminka!

Die war doch gar nicht dabei, mischt sich Djado ein, alles, was sie über Deutschland weiß, hab ich ihr doch erzählt. Dann erzähl doch selber, du Besserwisser, du, schimpft ihn Maminka aus. Du bist am besten bei deinem Traktor aufgehoben oder in der Kneipe, so viel Freizeit, wie sie dir gönnen, deine Feinde, die Kommunisten, hast du früher nicht gekannt! Statt arbeiten zu gehen ...

Ich hab genug geschuftet, sagt Djado, und wenn ich nicht wüsste, dass du von der Politik gar nichts verstehst, würde ich meinen, dass du selber eine von ihnen bist! Deine Töchter haben ja am liebsten bei Mai-Manifestationen die Röcke geschwenkt und die Internationale gesungen! Uuh! Schäm dich, ruft Maminka, steckt sich den Spindelstab in den Rockbund, nimmt die Spindel zwischen Daumen und Mittelfinger und setzt sich ans Fenster. Djado holt einen Stuhl, setzt sich auch ans Fenster. Bei den Deutschen also musst du dir das so vorstellen, Mila, sagt er, da hat aber auch alles seine Ordnung! Sogar die Teller, aus denen sie essen, sind ordentlich unterteilt: da ist eine Mulde für die Kartoffeln, eine Mulde fürs Fleisch und eine Mulde fürs Gemüse. Da gibt's nix misch-masch durcheinander! Alles fein säuberlich getrennt, feine Leute sind das, Brot essen die beim Essen nicht! Da fragt man dich sogar, worauf du die Sauce willst: auf die Kartoffeln oder aufs Fleisch.

Das sieht dir ähnlich, mischt sich Maminka ein, du hast also Fleisch mit Sauce aus unterteilten Tellern gegessen, und wir hier? Mamaliga – Maismehl! Morgens, mittags, abends: Mais! Morgens als Brei, mittags als Klöße, abends statt Brot, und wenn der einundzwanzigste im Monat rum war, schnappte ich mir das größte Blech, das wir hatten, und ging von Tür zu Tür, Maismehl borgen. Das musst du dir mal vorstellen, Mila: der da, dein Djado – in Deutschland! Ich mit deiner Mutter und der kleinen Greta – hier allein. Deine Mutter war sechzehn, die Greta vier. Deine Mutter, Mila, krank: Rippenfellentzündung. Honig mit Butter und kleingehackten Walnüssen, hat der Arzt gesagt, und Weißbrot. Gib ihr das zu essen, sonst kriegst du sie nicht wieder auf die Beine! Greta hat vom Maismehl Pausbacken gekriegt, und ich, ich weiß nicht ein noch aus.

Djado säubert sein linkes Ohr besonders penibel mit dem langen krummen Nagel seines linken kleinen Fingers und wischt ihn sich am Hosenbein ab. Die Haut seiner Stirn bewegt sich nervös auf und ab, woran man sehen kann, dass es ihn doch irgendwie unangenehm berührt.

Maismehl ging ich borgen, fährt Maminka anklagend fort, damit Greta und ich was zu essen hatten, und er trieb sich in Deutschland herum, die Kneipe hatte er vermietet, die ganze Miete 1940 wurde zu Honig und Butter und kleingehackten Walnüssen!

Jetzt säubert Djado sorgfältig sein rechtes Ohr mit dem Nagel des rechten kleinen Fingers, hilft aber hin und wieder mit dem linken nach, da ihm der rechte nicht lang genug erscheint.

Auf dem Fenstersims landet eine graublaue Taube. Gern würde ich die Federn am Hals des Vogels berühren, aber das Fenster trennt uns. Unauffällig drücke ich meinen Zeigefinger gegen die Scheibe. Die Taube pickt mit dem Schnabel nach ihm, plustert sich auf, fliegt fort. Gerne tastete ich mich mit allen meinen Sinnen ins Vergangene zurück, während man mir erzählte, und die Trauerweiden auf dem Platz da unten die Staubwölkchen des Tages auffingen. Mein Jetzt war von der zerbrechlichen Glasscheibe des Erzählens umgeben, und sobald ich ins Damals greifen wollte, blieb ich unwiderruflich draußen. Und sie, die erzählten, waren darin.

Jetzt redet Maminka wieder, jetzt ist sie dran. Das war nämlich so, Mila: Dein Großvater ist 1939, einen Monat vor dem Ausbruch des Krieges, nach Deutschland gefahren. Kaum war er weg, da hieß es: Krieg! Uns ging es schlecht, aber seine Pläne gerieten auch durcheinander. Der hat doch tatsächlich geglaubt, in Deutschland scheffeln sie das Gold nur so, da wird man schnell reich ... Und wie er ausgesehen hat, als er zurückkam! Ein Lied könnte ich davon singen! Vier Jahre später stand er da vor der Tür: ein Gespenst! Ich hab ihn kaum erkannt, ein Bettler sieht besser aus! Die Kleider hingen ihm vom Leib herunter, schmutzig, stinkend, zerzaust und ... verlaust! Da steht er da, dein Djado, auf der Schwelle, und von dort, wo seine Füße stehen, marschiert eine Kolonne Läuse, im Dreieck: an der Spitze eine fette graue Laus und hinter ihr zwei, hinter ihnen noch drei, vier Stück, dann immer eine mehr – wie Soldaten in einer Paradeformation! Ein dichtes graues Dreieck aus Läusen! Und von der dicken fetten Laus an der Spitze – die muss der Führer gewesen sein – bis zu der letzten Reihe Läuse, die an seinen Füßen klebten, waren es zwei Schritte, so eine Armee!

Maminka hat längst ihre Spindel liegengelassen und starrt gebannt auf den Boden, als würde sie nach den Läusen Ausschau halten.

So'n Quatsch! Das war doch höchstens ein halber Schritt, wehrt sich Djado, indem er sie am Ärmel zieht, um die Geschichte noch zu retten. Ich weiß, ich weiß, ruft Maminka, ich hab ja die Viecher mit dem Besen vom Boden gekehrt und ins Feuer geschmissen: geknackt hat es, als sie brannten! Da hat er sich alles vom Leib heruntergerissen und ins Feuer geschmissen, aber draußen im Hof. Glattgeschoren hab ich ihn, geschrubbt und gebadet, nach Strich und Faden entlaust.

Da kann ich doch nix für! Wir sind nach Deutschland gekommen, wehrt sich Djado, wir sind angekommen und fingen in einem Sprudelwasserbetrieb an, irgendwo im Süden. Fein war das dort! Da gab es auch die blankgescheuerten Tische und die unterteilten Teller, und Bier – das beste Bier, das man auf der Welt finden kann, das musst du einfach wissen, Mila! Stimmt, sagt Maminka versöhnt, als Petko und seine Frau Iwanka aus Deutschland zurückkamen, war sie dick geworden, wie aufgeblasen! Dürr war sie, als sie nach Deutschland fuhren, dick und schön kam sie zurück, und als ich sie gefragt habe, wie hast du das geschafft, Iwanka, hat sie gesagt: Bier! Ich hab mittags und abends, manchmal sogar schon zum Frühstück Bier getrunken! – So dick möcht ich auch mal werden! fügt Maminka träumerisch, mit einem tiefen Seufzer, hinzu.

Nachts belagern mich die Geschichten, mich, die Zwölfjährige, mich, die Großmutter der Kinder meiner zukünftigen Kinder. Und immer wieder meine Mutter, die weit weg ist und dem Andrej Bolkonskij beim Tanzen ihr Herz schenkt, während der Hausmeister den beiden die Butterkremtorte, mit den Walzerspiralen verziert, überreicht. Heute Nacht will Rajna die Königin die Butterkremtorte nicht annehmen. Dauernd spricht sie Nonka zu, sie soll, um Gottes willen, nicht gleichzeitig mit einem Russen und mit einem Deutschen flirten. Nonka hält ihr Dekolleté zu und möchte unbedingt entlaust werden. Meine Mutter ekelt sich und Nonka sagt: Wenn man dich braucht, bist du immer nicht da! Gib her, reißt Soja, die fast vergessene Heldin, der Türkin die Rasierklinge aus der Hand, ich mach das schon! Sie trägt einen weißen Schwesternkittel und eine weiße Krone mit dem roten Kreuz darauf. Die Deutschen mögen es sauber und glattrasiert, und ein weiches Ei zum Frühstück, bittescheen, redet sie daher und hilft meiner Mutter auf die Trage. Rajna Knjaginja steht in einer Ecke und kramt in ihrem selbstbestickten Beutel nach Zwirn. Maminka naht mit dem Eimer, den sie damals zum Stall brachte, als das Schaf Wakla das schwarze Lämmchen gebar, und sagt: Ich denke, du solltest entlaust werden? Mutter schließt die Augen, spreizt die Beine und blutet. Pass auf, schreie ich, die Rasierklinge! Ach was, sagt Soja, wenn du nur wüsstest, was die Nazis alles mit mir angestellt haben! Maminka fragt, ob Mutter sterben wird. Endlich, schreit Rajna Knjaginja, ich hab's. Sie reicht Soja den goldenen Zwirn, das hilft! Beide tragen die Trage weit weg... Nonka hält ihr Dekolleté zu, du bist immer weg, wenn man dich braucht, sie entfernt sich und kratzt ihren Kopf blutig.

Ich werde wach mit dem unwiderstehlichen Wunsch, entlaust zu werden. Mein ganzer Körper juckt.

57

Mit dem Zehn-Uhr-Bus kommt niemand an. Gewöhnlich nimmt er nur Reisende nach Tetovo und weiter mit. Meist hängt es vom Schaffner ab, ob man trotz des immer überfüllten Busses mitgenommen wird oder nicht. Maminka und ich hatten auch mal das Glück, trotz ausverkaufter Plätze als einzige noch mitgenommen zu werden, da Maminka besonders eindringlich gebeten und ich besonders laut geweint hatte, und es war auch noch Winter gewesen. Das gleiche Bild wiederholte sich an jeder folgenden Station: Da suchte der Schaffner aus der Menge drängender, heulender, bettelnder Menschen die heraus, die es nach seinem Dafürhalten am allernötigsten hatten, zu reisen – zwei oder drei Glückspilze –, und schließt die Tür vor der Nase der enttäuschten, verzweifelten, immer noch klagenden, sich empörenden, aber stets hilflosen Reisenden, die eher den Namen Ewigwartende verdienen.

Maminka, Djado und ich warten umsonst auf die festlich gekleideten Reisenden mit ihren bunten Tüten und Taschen. Niemand steigt aus. Alle reisen weiter. Moment mal! Da rückt aus Richtung Bushaltestelle eine Ziege mit stramm gespanntem Nacken an. Am Nacken – ein Riemen, am Riemen – ein Fahrrad, das bedrohlich schwankt, auf dem Fahrrad – unser Pope Djado Pop und sein Reisekoffer. Jetzt wissen wir alle drei, warum kein anderer ausgestiegen ist. Der Pope scheint tatsächlich samt Ziege und Fahrrad gereist zu sein, schlägt sich Maminka auf die Schenkel, so stark, dass der Staub aus ihrer Schürze hochfliegt. Ach was, so fromm kann doch kein Busfahrer sein, meint Djado, oder doch! Seine Heiligkeit scheint nur die Haltestellen verwechselt zu haben, sonst säße er nicht so wackelig auf dem Sattel.

An einem späten Sonntagvormittag, nach dem zweiten Selbstgebrannten, hatte Djado Pop mal verkündet: Gott ist überall mit mir! Was immer ich auch tue, er ist immer bei mir, mit mir, in mir! Doch wohl nicht auf dem Fahrrad, denke ich, dort ist nun wirklich kein Platz mehr!

Inzwischen hat die Ziege mit unbeschreiblicher Anstrengung den Sandhaufen vor Lelja Petranas Haus erreicht. Ein Windstoß, unerwartet und tückisch, wirft eine Handvoll Sand gegen das Vieh, das jetzt stur stehenbleibt und es dem Sandhaufen zeigen will. Des Popen Kutte, deren zwei Enden er wohl nicht fest und tief genug in seine Hosentaschen gesteckt hat, breitet plötzlich übermütig die Flügel aus und fliegt in Richtung Lenkrad, stellt des Popen Hintern zur Schau und versperrt seiner Heiligkeit gleichzeitig die Sicht mit einem schwarzen Schleier. Um Gottes willen! gibt Maminka einen verhaltenen Schrei von sich und hält sich den Mund zu.

Was jetzt kommt, kann nur des Teufels Werk sein. Solange die Ziege, wenn auch unwillig, mitlief, hielt sich seine Heiligkeit am Lenkrad fest und schaffte es irgendwie, voranzukommen. Sobald aber die Ziege bremste, kam das Fahrrad ins Schleudern. Da steckt des Teufels Finger drin, ruft Maminka außer sich. Wo des Teufels Finger steckt, weiß keiner von uns, aber im nächsten Augenblick stecken Pope, Fahrrad, Koffer, Ziege und Gott im Sandhaufen und müssen erst mal sehen, wie sie damit fertig werden. Djado und ich lachen laut, Maminka hält sich den Mund zu, um nicht allzu laut zu lachen, Lelja Petrana stürzt aus ihrem Tor, schaut sich nach allen Seiten um, bekreuzigt sich hastig, bückt sich, mit der Linken ihre eigenen Röcke festhaltend, und zieht erst mal des Popen Kutte über seinen heiligen Hintern herunter, dann hilft sie ihm, sich aufzurichten, und läuft schließlich flink hinter seinem Popenhut her, den der Wind respektlos über den ganzen Dorfplatz hin und her rollt, fängt ihn auf, pustet den Staub vom Hut, während der Wind in Bart und Haaren seiner Heiligkeit recht unanständig herumfummelt. Lelja Petrana trippelt zu ihm zurück, setzt dem Popen den Hut mit einer, wie mir scheint, etwas zu heftigen Bewegung auf, wodurch Djado Pop noch mal ins Schwanken gerät, hebt das schwere Fahrrad auf seine Räder, muss noch mit der Ziege kämpfen, die während des ganzen Spektakels wie von Sinnen an ihrem Riemen herumzieht, dann sammelt sie alle Kleidungsstücke, die um den aufgeplatzten Koffer herumliegen, ein, hält das Lenkrad fest, bis seine Heiligkeit wieder relativ fest im Sattel sitzt, steckt ihm auch noch die Enden der Kutte in den Hosentaschen fest, wobei sie sich wieder hastig nach allen Seiten umguckt, gibt der Ziege einen Klaps und wartet, bis die heilige Fünffaltigkeit Pope, Fahrrad, Koffer, Gott und Ziege die Bushaltestelle verlassen hat.

Neinnein, schüttelt Maminka bedenklich den Kopf und nimmt das Spinnen wieder auf. Djado steckt sich eine Zigarette an, die er sich selbst gedreht hat, und erzählt weiter: Einen Monat lang glaubte ich, dass ich in Deutschland reich würde. Hier lässt es sich wirklich leben! Hier werde ich reich, sagte ich zu mir, und wenn es mir weiter so gut gefällt, da kann ich auch die Frau und die Kinder kommen lassen. Dann brach der Krieg aus. Wir, die kein Deutsch konnten, haben die schmutzigste Arbeit gekriegt – und die schwerste. Mehlsäcke hab ich geschleppt, Holz gehackt, die Straßen gefegt. Zum Schluss, als der Krieg zu Ende ging, war ich einer Einheit zugeteilt, die in den Kellern Verschüttete ausgraben musste ... Da hast du wohl endlich die Nase voll gehabt, was, Angsthase, der du bist, spottet Maminka. Halt den Mund, du! Du ... du ... Ich hab wie ein Kind geheult ... Die Armen da unten, die waren samt Kind und Kegel, Nähmaschinen und Schmuckkästchen in die Keller gestiegen, genau nach Vorschrift. Und der Keller mit Etagenbetten ausgestattet – alles nach Vorschrift und ordentlich! Doch als die Keller zusammenstürzten oder brannten, schmolzen die Türschlösser, und die da drin kriegten keine Luft mehr ...

Die Worte glühen. Die Satzbalken, die aus Djados Mund über mich stürzen, drohen mich zu erschlagen. Unbewusst ziehe ich den Kopf zwischen die Schultern, und das Blut steigt mir ins Gesicht. Ich krieche. Djado kriecht in den verschütteten Keller hinein, ich liebe ihn, obwohl er ein faschistischer Kapitalist ist und auch noch Amerikaner und Kneipenbesitzer dazu, aber ich liebe ihn, weil er die Toten gesehen hat, die toten Feinde an den Füßen herausgezogen hat ... Ich liebe ihn, obwohl er nie Geld hat und Maminka und mich zu tanzen zwingt, wenn er besoffen ist. Jeder, der den Krieg überlebt hat, muss ein Held sein. Ich beneide ihn um sein Entsetzen, um sein Angewidertsein beim Anblick zerquetschter Menschenglieder! Warum bin ich nicht damals geboren worden, warum bin ich immer noch ein Kind, warum schickt man mich Kamille pflücken und sagt: Sei ein Held! Wie lange noch gedenkt man mich aus dem Zimmer zu schicken und zu sagen: Geh spielen! Warum kommt denn niemand und sagt: Komm, lass uns für die Freiheit sterben! Warum war ich damals noch nicht geboren, als die Türkenhorden unsere Dörfer überfielen, uns in die Kirchen einsperrten, uns die Köpfe abschlugen und uns die Kinder im Leib erwürgten? Warum gibt es denn keinen Gegner? Nur dieser Kalte Krieg im Radio – immer wieder! Ich würde mich daran beteiligen, ich würde in den Untergrund gehen, ich würde mich opfern, wenn man mich nur ließe! Warum erzählt man mir nur Geschichten, ich hasse Geschichten und Geschichte, ich möchte Geschichte leben!

Djado verjagt die Taube, die zurückgekehrt ist und ungeduldig gurrt, mit einer plötzlichen Bewegung. Ich hab die Kratzer ihrer Nägel im Backstein gesehen, sagt er heiser, nach Luft hatten sie gerungen. Mancher der Kameraden hat sich die Taschen vollgestopft mit Sachen, die bei den Toten zu finden waren. Ich hab mich geekelt, ich hab nichts angerührt. An den Füßen hab ich sie gepackt und herausgeschleift, wie es gerade ging, da blieb manchmal was hängen unterwegs.

Hör auf, schreie ich auf einmal, ich will das nicht hören, Djado! Du bist mir einer, schimpft Maminka drauflos, dem Kind Gruselgeschichten aus dem Krieg erzählen! Das sind keine Gruselgeschichten, so war es, und es stimmt! Sie soll's ruhig wissen! Sie weiß es ja jetzt, und es reicht auch! Und gebe Gott, dass es nie wieder Krieg gibt, bekreuzigt sich Maminka. Es ist nicht Gott, sagt Djado verächtlich, es sind deine Freunde, die Kommunisten, die die ganze Welt glücklich machen wollen! Von wegen, zischt Maminka zurück, solche wie du und deine Freunde, die Amerikaner! Die werden den Krieg wiederbringen, die leiden ja nichts anderes als sich selbst, aber lange wirst du darauf warten müssen, dass sie kommen und dir die Kneipe wiedergeben! Es ist doch alles bloß wegen der Sauferei, und wenn ich so weiter hier herumsitze, essen wir heute zu Mittag Kriegsgeschichten!

Maminka steht demonstrativ auf, nimmt ihre Spindel mit, geht in die Sommerküche. Heute gibt es Mutters Lieblingsessen: Hühnersuppe, Geschnetzeltes aus Hühnerfleisch und Milchreis mit Zimt. Schafskäsekuchen gibt es auch, die berühmte Banitza, die wiederum Vaters Lieblingsessen ist. Ich esse alles gern, was Maminka kocht, und heute, wenn meine Eltern da sind, wird es mir besonders gut schmecken.

Mit dem Zwölf-Uhr-Bus kommen sie endlich an. Ich erblicke und nehme sie auf als ein Ganzes, als einen Doppelmenschen, der strahlend weiße Zähne, eine weiße Bluse und ein weißes Hemd, weißen Rock und helle Hose gleichzeitig trägt. Der Doppelmensch dreht seinen Kopf zum Fenster hinauf und winkt, und es sieht aus als hätte er weiße Flügel statt Ärmel.

58

Wir fahren nach Rawno, wir alle zusammen: Mutter, Vater, meine Mensis und ich. Ich sage: meine Mensis und ich, weil sie während der ganzen Busreise von Novo Selo nach Rawno unser Gesprächsthema ist. Ich erzähle Mutter alles, sie wird es so bald wie möglich Vater erzählen; es geht nicht, dass man sich im Bus frei unterhält. Ich verschweige nur Zlatan und den ersten Kuss, wieso und warum, weiß ich nicht genau.

Es ist eine wunderschöne Reise. Der Bus ist brechend voll wie immer, die Luft dick zum Schneiden, im Gang drängeln sich die Stehenden, die keinen Platz mehr bekommen haben, treten sich gegenseitig auf die Füße und beneiden uns, die Sitzenden. Ich sitze auf Mutters Schoß, Vater uns gegenüber. Zwischen seinen Beinen unsere Tasche, voll mit Überraschungen für Baba Dotschka und Djado Kosta, darunter zwei gekochte Hühnerbeinchen, in Salz und süßer Paprika gewälzt, den halben Schafskäsekuchen vom gestrigen Festmahl bei Maminka, und ein Stück Balkan-Kaschkaval, das ist jener gelbe, milde Schafskäse, den man als Dörfler der Donauebene nur selten zu kosten bekommt.

Kubrat ist eine Stadt, in der es sehr viele Türken gibt. Ich weiß von Vater, dass es eine finstere Zeit gab, in der Vaters Bruder Tschitscho Dimitar als Parteifunktionär Aktionen veranstaltete, die den türkischen Frauen die Pumphosen abgewöhnen sollten. So stürmten kleine Gruppen von Genossen die Truhen der Türkinnen, die trotz aller schriftlichen und mündlichen Verbote weiterhin ihre Pumphosen und Schleier trugen, und zerschnitten die verbotene Kleidung. Tschitscho Dimitar hatte mehrere

Pumphosen und Schleier auf dem Gewissen. Trotz Scherenattacken tragen die Türkinnen immer noch ihre Pumphosen, keiner will ihnen mehr an die Pumphosen, daher tragen inzwischen auch viele von ihnen Röcke und Stöckelschuhe, genau wie unsere Frauen, man kann die Jüngeren nicht mehr voneinander unterscheiden. Wenn es so weiter geht, kann es sogar passieren, dass die Pumphose auch bei uns Mode wird, warum auch nicht?

Wir steigen in Kubrat aus. In zehn Minuten fahren wir weiter nach Rawno. Ob Petjo auch da ist? Mutters Rock sieht nach dem langen Sitzen wie eine Ziehharmonika aus, Vaters Hemd ist völlig durchgeschwitzt, aber wir sind froh, an die Luft zu kommen, und wenn es nur für zehn Minuten ist. Es ist drei Uhr nachmittags, und der Staub auf dem Bushalteplatz rührt sich nicht. Seit langem hat es wohl nicht geregnet; die geduckten Geschäftchen sind von einem schweren Staubmantel überzogen. Ich darf gar nicht daran denken, was geschehen würde, wenn dem Wind gerade jetzt einfiele zu blasen.

Wir trinken an einer klebrigen Theke Bosa. Diese dicke, kalte und erfrischende türkische Spezialität, aus Roggen gebraut und ein bisschen säuerlich schmeckend, aus frisch und sehr flüchtig gespülten Gläsern getrunken, gehört einfach zu einer Reise nach Rawno. Beim Trinken beugen wir uns vorsichtshalber nach vorn, damit uns nichts auf die Schuhe tropft. Herrlich! Dazu esse ich eine Riesenbrezel aus vorgekochtem und erst dann gebackenem Teig, und für die weitere Reise kauft mir Mutter eine ganze Kette mit winzigen, steinharten Brezeln: meine Lieblingsknabberei, an der man sich die Zähne ausbeißen kann.

Heute ist ein großer Tag. Ich habe alles, was sich ein Mensch nur wünschen kann: Mutter, Vater, Reise, Lieblingsessen! An die Kamille denke ich gar nicht mehr, komme was wolle, mein Leben ist ruhiger geworden, seitdem ich den Gedanken an ein Denkmal fast verloren habe ... Es lebt sich viel einfacher ohne Heldentaten und Träume.

Sonnenblumen, Weizen, Mais, abgebrannte Erde, Rauch, einige weiße Kopftücher in der Ferne und Wind, der die Fensterscheiben zum Klirren bringt. Eine erdachte Landschaft. Gemalt und erzählt. Die Grenzübergänge zwischen den Farben – lila. Zwischen Jetzt und Morgen ist alles grün und staubig und … der Sommer.

Diese Felder sind mir so vertraut. Petjo und ich haben sie im Winter durchquert, stundenlang. Wir wollten feststellen, wie lange man vom benachbarten Dorf Kamenovo nach Rawno braucht, wenn man geradeaus, ohne Weg, durch den knietiefen Schnee geht. So wie Vater als Kind gehen musste. Das war sein täglicher Weg zur Schule: Morgens quer durch den Schnee und mittags zurück, auf dem inzwischen entstandenen schmalen Pfad durch den Schnee.

Da sind wir zwei: Wir schreiten durch den Schnee. Wir könnten auf der glatten, gesäuberten Straße gehen. Wir tun es nicht. Nein. Wir möchten wissen, wie es ist, quer durch den Schnee gehen zu müssen wie Vater. Wir tun so, als gäbe es diese Straße nicht. Wir lachen, während uns vor Kälte die Tränen laufen. Wir fallen in den Schnee. Ich zuerst. Petjos Gesicht einen Augenblick lang über mir, mit raureifgestärkten Wimpern und heißem Atem. Steh auf, ruft er aus der Ferne der Kindheit und zieht mich aus einem Schneeabgrund, in dem ich, erzählend, untergehe, steh auf! Wir dürfen nicht sitzen bleiben, sonst frieren wir ein! Möchtest du nicht den weißen Tod kennenlernen, frage ich und stelle ihm ein Bein. Petjo verliert das Gleichgewicht. Er zieht mich mit sich hinab, und es schneit. In der Ferne heulen Hunde. Hörst du, frage ich und bleibe einen Augenblick lang auf ihm liegen. Hast du Angst? Und wenn es die Wölfe sind? Vielleicht sind es die Wölfe, sagt er nachdenklich und steht langsam auf. Es schneit. Lass uns weitergehen … Weitergehen bis zum Wachwerden! Wir tragen keine Schulranzen auf dem Rücken. Alles ist ein Spiel. Es muss verdammt schwer gewesen sein, in der dunklen Frühe mit dem Schulranzen auf dem Rücken durch den Schnee zu stapfen. Wir schaffen bloß den halben Weg und kehren wieder um. Uns tut alles weh.

Ehe der Bus Rawno erreicht, hält er noch einmal in Kamenovo. Genau vor Wujtscho Ljubens Tor. Noch ein Verwandter von uns. Diesmal steigen wir nicht aus. Der Bus steht da, vor dem gediegenen Tor, das wie ein Paar geschlossener Flügel eines Riesenvogels wartet, als wolle es jeden Augenblick die Flügel weit öffnen und den ganzen Bus in sich aufnehmen. Auf der Bank davor sitzt Vaters Großmutter Baba Zlata, einundneunzig Jahre alt. Ba Zakooo, ruft sie und hebt den Spazierstock hoch, fast drohend, gegen den Bus. Sie hat Vaters heftiges Klopfen an der Fensterscheibe gehört und Vater erkannt, obwohl die Fenster des Busses recht schmutzig sind.

Baba Zlata war 1878, als die endgültige Befreiung Bulgariens vom Osmanenjoch durch das damalige Russland erfolgte, sieben Jahre alt. Sie erinnert sich noch an das Osmanenjoch. Wenn ich sie da mit ihrem Stock vor dem mächtigen Tor sitzen sehe, ganz in Schwarz, gleicht sie selber einem Stock, den die Zeit geduldig und konsequent biegt, bis er eines Tages entweder die Erde erreicht oder einfach zusammenknickt. Sie kann längst nicht mehr aufrecht gehen. Das Tor hingegen ist unverwüstlich. Beide haben sogar die Überfälle der Tscherkessen überlebt. Ich versuche sie mir beide damals vorzustellen: das Tor, noch neu, die Eiche, glänzend in der Abenddämmerung, und auf der Bank davor: Zlata, sieben Jahre alt. Sie trägt jene bescheidenen Schweinslederschühchen, die gar keine Schuhe sind, sondern eine Art Mokassins, die zur Volkstracht gehören, dazu den schwarzen gewebten Rock, die Karljanka, eine handbestickte Bluse in rot-weiß-gelbem Kreuzstich und ein helles Baumwolltuch, mit Glasperlen verziert, so wie die Kinder damals halt angezogen waren, und ihre Zöpfe sind über der Stirn zu einem Kranz geflochten.

Zlata, die kleine Zlata, sitzt auf der Bank und zählt die Ziegen, die an ihr vorbeigetrieben werden. Da horchen die Ziegen auf, da horcht Zlata auf. Ein Donner? Plötzlich vernimmt sie Weibergeheul vom unteren Ende des Dorfes: Tscherkessiii! Die Tscherkessen! Lauft, lauft, rette sich, wer kann! Die Tscherkessen! Jetzt hört Zlata die Hufe schlagen, da steigen die Staubwolken vom unteren Ende des Dorfes hoch und wollen der Sonne über Kamenovo die Sicht versperren, der Sonne, die sowieso nur noch wie abgeschlachtet blutet. Zlata läuft ins Haus. Alle laufen ins Haus, man hört nur noch die Türen und Tore zufallen und die Riegel quietschen. Zlata hat vor lauter Angst das Tor offenstehen lassen ... Da läuft ihr ältester Bruder raus und knallt das Tor zu, auf das Kopfsteinpflaster knallen schon die Hufe der Tscherkessenpferde. Juuuuh!

Die Tscherkessen finden ein totes Dorf vor. Sie haben es eilig. Im Anflug rütteln sie an den Toren. Was nachgibt, wird aufgerissen. Schnell mal eben ein paar Hühner im freien Ritt durch den Hof mit dem Säbel geschlachtet, die Sommerküche gestürmt, ein paar Wurstketten um den Hals gehängt, die Alte, die vor dem Feuer kauert und die Arme schützend über den Kopf hält, umgerannt und mit zerquetschten Beinen zurückgelassen ... Weiter geht's zum nächsten Tor, das nachgibt – oder auch nicht.

Eines davon war Zlatas Tor. Oben, in der Stube, saßen sie im Dunkeln hinter zugezogenen Fensterläden, Zlata und ihre Mutter, ihr ältester Bruder und zwei jüngere Geschwister. Mutter, sie kommen, schrie Zlata entsetzt, als sie das Anhalten der Reiter vorm Tor hörte. Dum-dum-dum, schlugen sie mit den Säbeln gegen das Tor. Es gab nicht nach. Sie fluchten. Einer stieg aus dem Sattel und versuchte, übers Tor zu klettern; er wollte von innen aufschließen. Da machte Zlatas ältester Bruder den Fensterladen ganz leise auf und schoss dem Tscherkessen den Säbel aus dem Mund, den er beim Klettern in den Zähnen hielt, und knallte den Laden wieder zu. Jetzt werden sie alle kommen, flüsterte Zlatas Mutter und deckte die Köpfe der Kleinen mit ihrer

Schürze zu. So Gott will, Mutter, verzeih, sagte der Bruder. Ich gehe raus, mich sollen sie mitnehmen und das Gold, das da ist! Er machte noch einmal das Fenster auf – die Tscherkessen waren nicht mehr da ... Einige Schritte vom Tor entfernt lag eine Ziege: gespalten. Die kleine Zlata setzte sich wieder auf die Bank und zählte die mit Blut bespritzten Steine, die um den Ziegenkadaver herum glänzten ... Zlata sitzt heute noch auf der Bank und winkt hinter dem Bus her. Baba Zlata, Vaters Großmutter, einundneunzig Jahre alt.

59

Der Bus fährt ab, aufwärts nach Rawno. Es sind nur noch zwei Kilometer bis dahin, aber der Bus kommt aus der Puste, bis er die Höhe erreicht. Ich liebe die wogenden Felder, die Rübenfelder, die Kartoffel- und vor allem die Maisfelder. Früher, sagt Vater, während er durchs Fenster schaut, waren die Felder klein, da sah das Land wie geflickt aus: hier ein kleines Viereck Mais, dort ein Streifen Kartoffeln, drüben Wassermelonen ... Was hatten sie es schwer, die Bauern! Nicht leben und nicht sterben konnten sie, Mila! Heute, ehee, sind sie fast Beamte geworden: Sie kriegen Rente – wo gab es das denn früher? –, und alle Arbeitstage und -stunden werden genau gezählt und aufgeschrieben und jede bearbeitete Elle Boden auch. Wenn ich an Djado Kosta denke ... Wenn die Ernte gut war, dann war es gut, wenn alles verdarb – Hunger! Weißt du, Mila, dass ich beinahe ein ganzer halber Amerikaner geworden wäre, oder dass es mich beinahe auf dieser Welt nicht gegeben hätte? Wieso, frage ich, und denke: Schon wieder die Amerikaner!

Vater sucht mit einem Blick sein Vaterhaus jenseits des Fensterrahmens. Er findet es, unter Nuss- und Pflaumenbäumen versteckt. Eine laute Gänseschar flattert erschrocken unter den Busrädern hervor und löst sich in Staubwolken auf. Am Wegesrand spielen türkische Kleinkinder. Die rauen Finger ihrer Mütter zupfen Wolle. Eine Frau bückt sich, stellt dem Bus ihren Pumphosenhintern zur Schau. Sie richtet sich nicht auf, während wir vorüberfahren. Sie pflückt Kamille.

Vater erzählt weiter: Mit siebzehn Jahren kam mein Vater, Mila, dein Djado Kosta, mit einigen Gesellen aus Rawno und Kamenovo nach Amerika. Es war zwei oder drei Jahre vor dem Ausbruch des Ersten Weltkrieges. Sie kamen in den Westen des Landes und arbeiteten an der ersten Bahnlinie durch die Prärie. Djado Kosta, Kleines, gehört zu den Pionieren des amerikanischen Bahnwesens, und er ist stolz darauf! Stell dir vor: die Bahnlinie, die im Entstehen ist, die Baracken, in denen die zweihundert Arbeiter schlafen, die Station mit dem Bahnhofsvorsteher – und rundum die Prärie ...

Vater ist in Gedanken schon weit weggerückt und kaut an einem unsichtbaren Erzählzahnstocher herum. Oft sausten ganze Herden von Mustangs an der Bahnlinie entlang, sagt er verträumt, Djado Kosta hat das alles erlebt, was wir heute hin und wieder mal in einem Western zu sehen bekommen. Am Tage schuftete Djado Kosta an der Bahnlinie, und abends besuchte er die Abendschule.Und als einziger der ganzen Kolonie wollte und durfte er an einem Tag der Woche die Tagesschule besuchen und ging zu den Erstklässlern.

Vaters Blick ging hinter den neuen Ziegeldächern von Rawno verloren. Da ritt eines Tages ein richtiger amerikanischer Farmer vorbei, Mila, und hinter ihm – seine Tochter, auf einem braunen Ross. Ein Weib, hat uns Djado Kosta später erzählt, dass sich die ganzen Arbeiter an der Bahnlinie den Hals nach ihr verrenkten. Die Haare hochgesteckt, ein langes Kleid an, dunkelbraun mit weißem Kragen, enggeschnürt, kleine Reitstiefeletten – wie eine aus Hollywood, so sah sie aus, Mila! Sie ritten also an der Bahnlinie entlang, an den Burschen vorbei, die wie versteinert dastanden, den Hut in der Hand, als suchten sie etwas. Als sie am neunzehnjährigen Djado Kosta vorbeiritten, blieben sie stehen. Die Augen, Zako, hat Djado Kosta mal gesagt, die braunen Augen dieser Frau, die vergesse ich nie! This one, hat die Farmerstochter leise gesagt und mit der Peitsche auf ihn gezeigt, und ihr Vater, der Farmer, fragte ihn: What's your name? Und Djado

Kosta antwortete: Konstantin Kostov. Thank you, bedankte sich der Farmer, dann ritten sie davon in Richtung Bahnstation. Der Älteste der Bulgaren, die aus Rawno und Kamenovo stammten, Baj Tenjo, rief den jungen Djado Kosta zu sich und fragte ihn, ob er etwas ausgefressen hätte. Nicht dass ich wüsste, antwortete Djado Kosta und wunderte sich selbst, warum der Farmer seinen Namen wissen wollte. Eines musst du wissen, Mila, dein Djado Kosta war damals ein besonders schöner Mann, ja, schön muss man dazu sagen! Mit seiner Größe von 1,86 Meter, mit seinem stolzen Gang und den breiten Schultern, mit der hohen Stirn, den blauen Augen und mit den braunen Haaren wurde er für einen Amerikaner oder vielmehr für einen Engländer gehalten. Man kann sagen, dass unter den zweihundert Arbeitern der Kolonie kaum ein stattlicherer und besser aussehender Mann zu finden war. Und Mut hatte er, Mila! Mit siebzehn machte es ihm nichts aus, mit den amerikanischen ABC-Schützen einmal pro Woche die Schulbank zu drücken und abends, während die anderen in der Kneipe saßen oder sonstwo, Englisch und Mathematik zu lernen.

Zwanzig Minuten nach der Visite des Farmers und seiner Tochter kam der Bahnhofsvorsteher angeritten und sagte, Konstantin Kostov aus Rawno solle sich bitte um fünf Uhr nachmittags, anständig gekleidet, sauber und rasiert, bei ihm persönlich vorstellen. Er hätte da eine wichtige Angelegenheit zu erledigen, er könne sich direkt zum Waschen und Umziehen in die Baracke zurückziehen. Djado Kosta ließ die Spitzhacke liegen, nahm seinen Hut und schritt langsam die Gleise entlang. Alle drehten sich nach ihm um. So etwas war noch nie vorgekommen.

Er wusch sich also, kleidete sich so anständig, wie er nur konnte, rasierte sich. Du kennst doch das Bild von ihm, das mit dem beigen Strohhut mit der dunklen Schleife dran, das war damals in Amerika aufgenommen worden. Dazu trug er ein weißes Hemd mit Bundkragen, schräg geknöpft, einen braunen Anzug, beige

Weste … Er schaute, noch während er sich rasierte, einige Wörter in seinem Wörterbuch nach und erschien am Nachmittag um Punkt fünf Uhr beim Bahnhofsvorsteher.

An dieser Stelle merke ich, dass der Erzählzahnstocher Vater entschieden fehlt: Die Geschichte ist an ihrem Höhepunkt angelangt, an dem der Zahnstocher normalerweise zerbrochen und weggeworfen wird … Stattdessen setzt sich Vater gerade hin und drückt die Tasche mit den Mitbringseln für Baba Dotschka und Djado Kosta erbarmungslos zwischen den Knien fest, so fest, dass Mutter eingreifen muss, damit die Hühnerbeinchen mit der süßen Paprika nicht in den Schafskäsekuchen hineingedrückt werden.

Komm, Vater, gleich steigen wir aus, ich will das Ende hören! Gut, sagt Vater, Djado Kosta klopfte also an und wurde höflichst ins Wohnzimmer geführt, wo er zu seiner Überraschung den Farmer mit der hübschen Tochter beim Tee mit dem Bahnhofsvorsteher antraf. Er wurde vorgestellt und zum Tee eingeladen, als wäre er ein Gentleman. Er strahlte das aber auch aus, Mila! Der Farmer erklärte, dass er schon viel Gutes über ihn gehört habe, er wisse schon, dass er einer der fleißigsten Arbeiter der Kolonie wäre, dass er als einziger in seiner Freizeit die hiesige Schule besuche und dass er aus Bulgarien käme. Ob er mit Pferden umgehen könne, wollte der Farmer wissen, und Djado Kosta wunderte sich, dass diese Leute ihre mutmaßlichen Stallburschen zum Tee einluden. Er antwortete bescheiden, dass sie zu Hause selbst Pferde hätten, wenn auch nur drei. Das macht nichts, hatte der Farmer gesagt, Hauptsache, Sie können mit dem einzelnen Tier umgehen, das andere lernt man schnell in der Praxis. Jetzt war sich Djado Kosta ganz sicher, dass er als Cowboy angestellt würde, und freute sich. Der Aufwand, den man mit dieser Einladung trieb, störte ihn nicht mehr: fremde Länder, fremde Sitten! Da aber kam der Knall: Sie haben also alle Voraussetzungen, um einen guten Schwiegersohn abzugeben! Gefällt Ihnen meine

Tochter? Ja, Sir, stotterte Djado Kosta und wurde rot bis zum Haaransatz, aber ... Na wunderbar, rief der Farmer, Sie gefallen ihr auch! Sie hat Sie aus zweihundert Männern ausgesucht! Wenn Sie also den Mut haben, in den nächsten drei Monaten der Mann dieser Frau zu werden und Ihre Heimat für immer zu verlassen, sagen Sie Ja, und Sie werden es nie bereuen!

Djado Kosta hatte es die Sprache verschlagen. Sagen Sie doch Ja, Mann, stieß ihn der Bahnhofsvorsteher an, so ein Angebot kriegt man nur einmal im Leben und nie wieder. Mr. Fouls ist der reichste Farmer weit und breit. Eines Tages gehört alles seiner Tochter und Ihnen! Djado Kosta wagte es endlich, die junge Frau anzuschauen: ein Tautropfen, sagte er später, so schön wie ein Tautropfen! So lieb, so adrett gekleidet! Am liebsten hätte er sofort ja gesagt, aber ... Bulgarien für immer zu verlassen, nicht mehr zurückzukehren, wenn alle nach Hause fuhren ... Er bedankte sich für die Ehre und bat um einen Tag Bedenkzeit. O. k., sagte der Farmer, Sie überlegen alles lieber einmal zuviel als einmal zuwenig. Das spricht wiederum für sich – und für Sie! Ohne Zweifel sind Sie der Richtige für meine Tochter und für meine Pferde!

Der Bus biegt zum letzten Mal ab, an der Schule vorbei. Wir sind schon in Rawno. Längst sind wir an Kaka Welitschkas Haus vorbeigefahren, ich habe kurz an die Pilze gedacht. In der Kurve wölbt sich plötzlich der dicke Busen einer stehenden und trotz der Hitze mit Wolljacke bekleideten Türkin über meinem Kopf. Der schwere Geruch der Frau stößt mir in die Nase: Ich bin ja doch froh, dass sie die Wolljacke anhat, sonst ...

Was ist denn, Vater, was hat denn Djado Kosta nun geantwortet, frage ich und möchte es unbedingt wissen, ehe der Bus anhält. Djado Kosta kam in die Baracke zurück und erzählte alles seinen Kameraden aus Rawno und Kamenovo, die ihn beneideten und beglückwünschten. Er war bereit, sein Glück zu versuchen und Farmer zu werden. Da sprach Baj Tenjo aus Kamenovo, der Älteste: Du bist wohl übergeschnappt! Die Welt spricht von schweren Zeiten, die über uns hereinbrechen, womöglich gibt es Krieg oder was weiß ich! Du bist doch Patriot, Kosta, du kannst dein Land nicht im Stich lassen, deine alten Eltern! Überlege es dir dreimal, ehe du den größten Fehler deines Lebens begehst ...

Was ist ein Patriot, Vater, will ich wissen. Ein Patriot ist so einer wie Djado Kosta, Mila. Seine Heimat ist ihm lieber und teurer als sein eigenes Glück. Alle seine Freunde aber nannten ihn einen Dummkopf, jeder von ihnen hätte an seiner Stelle die Farmerstochter geheiratet und wäre dort geblieben! Dass er ein richtiger Dummkopf war, bewies er seinen Kameraden und seiner Familie noch einmal – nicht nur, als er auf den Ältesten hörte und zurück nach Bulgarien fuhr. Alle brachten Geld nach Hause, sogar Gold und teure Geschenke. Djado Kosta aber brachte eine ganze Truhe voll englischer und amerikanischer Bücher mit, darunter Jack London. Ist das alles, was du in diesen Jahren in Amerika verdient hast, Kosta, fragte ihn sein Vater. Alles, antwortete Djado Kosta und schwieg. Du kennst ihn doch, Mila, noch heute liest er diese Bücher ohne Wörterbuch. Jetzt weißt du Bescheid, Mila!

Ich stehe von Mutters Schoß auf, die dicke Türkin reibt ihre wollverpackten Brüste an meiner Wange, so stark, dass ich mir wie unter einem Reibeisen vorkomme, und zwängt sich zwischen Vater und mich. Der Druck von allen Seiten wird unerträglich. Dass der Bus bloß nicht auseinanderfällt!

Ich wiederhole mir also: Patriot ist ein stolzer Dummkopf, der aus Amerika statt Gold eine Truhe voll Bücher mitbringt ... Ich fühle mich irgendwie erleichtert: Langsam klären sich die Begriffe! Mir fällt auch ein, dass Djado Kosta meinem anderen Großvater sehr ähnelt. Beide gingen ins Ausland, um Gold zu suchen; beide hielt es nicht im Ausland, beide brachten etwas anderes als Gold: Djado Kosta Bücher aus Amerika, Djado Iwan

Läuse aus Deutschland. Ich vervollständige den Begriff »Patriot« in meinem Kopf, während ich aus dem Bus steige: Patriot ist ein stolzer Dummkopf, der, wohin er auch immer fährt, um reich zu werden, seinem Land zuliebe arm zurückkehrt und höchstens Bücher oder Läuse mitbringt.

60

»Rawno na bair« – »flach auf dem Hügel gelegen«, so hat dieser Ort seinen Namen bekommen. Ein milder Wind weht hier am Nachmittag. Endlich spuckt der Bus uns aus, mich und meine Eltern. Wir reichen uns gegenseitig Vaters Taschentuch, das immer als Familientaschentuch gilt. Wir wischen uns den Schweiß ab und sehen schon Baba Dotschka und Djado Kosta auf der Bank sitzen: er groß und gerade, als hätte er seinen eigenen Spazierstock verschluckt, sie klein und leicht zusammengefallen, in seiner Nähe noch mehr zusammengeschrumpft. Er einem englischen Gentleman gleich, dem man aus Versehen einen hohen bulgarischen Lammfellhut aufgesetzt und Wollpumphosen angezogen hat, sie gleicht einem dunkelhäutigen Wiesel in Wollstrümpfen, mit ewig vorgebundener Schürze und ärmellosem Westchen, grau und verbraucht, doch zäh und unverwüstlich. Beinahe sehe ich meinen dreijährigen Vater zwischen ihren Knien schreien, während sie ihm die verbrannte Hand mit Seifenlauge kuriert. Dann brauche ich nur mit den Augen zu zwinkern, und mein dreijähriger Vater wimmert in Djado Kostas Schoß; Djado Kosta pinselt seine Wunde mit der Gänsefeder ... Noch einmal mit den Augen zwinkern, und ich sehe meinen Vater jetzt seinen Vater begrüßen: Sie umarmen einander und küssen einander dreimal – links und rechts und links –, und zwischen den Küssen verharren sie und blicken einander tief in die Augen. Baba Dotschka verteilt nasse Küsse auf Mutters und meine Wangen, indem sie sich jedes Mal den Mund mit der rechten Hand sorgfältig abwischt. Dabei stößt sie Freudenschreie aus: Ai,

Kinder, seid mir willkommen, auf dass euch Gott gesund erhalte, dass ihr mir die Freude gemacht habt! Kommt nur herein, kommt!

Mit uns geht unsere türkische Nachbarin Aysche hinein, die Tochter jener Aysche, die meinem dreijährigen Vater die runzelige gelbe Brust in den Mund gestopft hatte, damit er bloß nicht weinte. Mit uns gehen auch der Truthahn und zwei Hühner herein, werden jedoch energisch von Baba Dotschka zum Hühnerhof gejagt.

Meine Mutter geht vorsichtig über die mit Hühnerkot befleckten Steine, die zum Gartentor führen; sie passt auf, dass ihr nichts an den Stöckeln kleben bleibt. Ich gehe genauso vorsichtig, obwohl ich keine Stöckel trage und, solange ich Schülerin bin, auch nicht tragen darf.

Mein Vater glüht, mein Vater blüht auf, er strahlt. Ich kenne keinen anderen Menschen, der sich so auf sein Zuhause freut wie mein Vater! Seine Augen streicheln jede Pflanze des Weingartens, jede Geranie, das niedrige Dach mit den runden »türkischen« Ziegeln, das sich über dem Lehmbackofen bis auf einen halben Meter über der Erde herabsenkt. Sie gleiten über die an alten Ketten hängenden Zinkkübel voll Wasser, die vom Balkon über den Eingang der Küche herabhängen. Mein Vater ist ein Dorfmensch und ein Kind geblieben, und ich bin mitgerissen von seiner Begeisterung. Mutter dagegen ist ein Stadtmensch und eine restlos Erwachsene; sie wirkt kühl, ihre ersten Gedanken sind, sich jetzt einige Tage lang mit dem spärlichen Komfort des Dorflebens arrangieren zu müssen. Sie zieht erstmal die Schuhe mit den hohen Absätzen aus, lässt sich von Baba Dotschka alte Schlappen bringen und bindet sich eine von Baba Dotschkas Schürzen um, möchte sich sofort in der Küche nützlich machen. Baba Dotschka aber holt einen Stuhl aus der Küche und zwingt sie, sich darauf zu setzen: Setz dich hin, Schwiegertochter, setz dich hin! Du bist eine Städterin, deine Hände sind weich!

Baba Dotschka kniet sich vor dem alten Backofen hin und knetet ihr berühmtes Fladenbrot. Ihre Bewegungen sind hastiger, nervöser als die Maminkas. Baba Dotschka ist zehn Jahre älter als Maminka, doch sie ist zäher. Ihre dunkle Haut ist in Hunderte kleine und große Falten gelegt. Ihre Hände, groß, dünn, knotig. Die Finger ähneln Wurzeln, die durch das Lebenswasser aus den slawischen Märchen zum Leben erweckt worden sind. Sie soll mal sehr schön gewesen sein. Djado Kosta behauptet, ihre grünen Augen hätten es ihm angetan, grün auf dunkler Haut, und er wiederholt: Wenn die nicht gewesen wären, hätte ich diese Zigeunerin nie geheiratet! Und seine Stimme schwingt zärtlich und schelmisch beim Wort »Zigeunerin«: Bulgarischer als Baba Dotschka konnte gar keine andere Frau sein.

Die grünen Augen der Baba Dotschka waren es, die die braunen Augen der Amerikanerin erblassen ließen, als er aus Amerika zurückkehrte, und die seine Enttäuschung über den Ausgang des Ersten Weltkrieges für Bulgarien einigermaßen erträglich machten. Geschnippelt und abgeschabt haben sie uns, Hunger und Läuse blieben für uns Patrioten! Was ist bloß aus unserer Heimat geworden, klagte er immer wieder. Bin ich deswegen zurückgekehrt? Djado Kostas Enttäuschung über den Ersten Weltkrieg lebt mit ihm weiter bis ans Ende seines Lebens.

Sie war nicht nur schön, schmunzelt Vater, reich war Baba Dotschka auch! Als Kind hab ich mit Goldstücken gespielt, das Schürzchen voll Goldstücke, so war das, Kind! Die Baba Dotschka! Sie war ja nicht umsonst die Tochter des reichen Djado Todor aus Kamenovo, das war schon nicht irgendjemand!

Noch so ein Kapitalist in der Familie, denke ich. Lauter Kapitalisten um mich herum: Djado Iwan in Novo Selo, Djado Kosta und Baba Dotschka hier in Rawno ... Alle scheinen etwas mit Geld, Gold, Deutschen und Amerikanern zu tun zu haben! Nur Maminka nicht: Sie scheint ein Überbleibsel aus der Zukunft zu sein! Sie als einzige bedauert nicht, dass ihr Land weg ist, dass die Kneipe weg ist. Und während alle anfangen, an neue Häuser, an Autos zu denken, redet sie Djado ständig ein, er möge, um Gottes willen, das große Haus verkaufen und ein viel kleineres kaufen, zwei Zimmerchen und ein Stück Garten. Zwei Zimmerchen, die leichter zu heizen sind, die keine Treppe nötig haben, die ebenerdig sind, wie ihre Hütte damals, am Anfang, als sie noch sechzehn war und Djado siebzehn und beide frisch verheiratet waren und sie bis zu zwanzigmal am Tag die Kellertreppe hinunterlief, um kalte Getränke für die Kneipe zu besorgen, als sie neun Brote in der Woche buk und in ihrer Mittagspause die Wäsche der ganzen Familie mit der Hand wusch – das wünschte sie sich, sonst nichts. Langsam geht mir auf, dass Maminka stets um das Wohl der Gemeinschaft bemüht ist, und die Gemeinschaft sind wir alle, angefangen mit mir. Sie beansprucht auch eigentlich niemals etwas für sich, sondern fast immer nur für andere. Deine Maminka ist eine Heilige, hatte Mutter einmal zu mir gesagt. Djado hatte sie Kommunistin genannt. Er meinte, nur das Parteibuch würde ihr noch fehlen.

So reimt sich für mich alles zusammen, und ich glaube zu wissen, was eine Heilige ist: eine Kommunistin ohne Parteibuch!

61

Der Nachmittag schleicht an den Häusern entlang. Die Hitze jagt die Hühner unter den Nussbaum, den Hund unter den leeren Schuppen im Hof, die Bauern und Bäuerinnen auf den Feldern in den Schatten der Birnen- und Nussbäume, die Alten und die Kinder in die kühlen, mit Papierjalousien verdunkelten Stuben. Die Bäuche der Wassermelonen nehmen zu, speichern die Sonne in sich und werden mit jeder Stunde süßer. Die Blätter der Bäume verbrennen ihre Ränder in der gnadenlos heißen Luft.

Wir besuchen Baba Zlata am Nachmittag, nach dem obligaten Mittagsschläfchen im kühlen Gästezimmer. Baba Zlata. Sie sitzt neben der offenen Feuerstelle im Hof und kocht Sauerkirschmarmelade. Stundenlang sitzt sie da auf der trockenen Erde und rührt die Marmelade mit dem dicken Holzlöffel um. Sie war mal eine feine Frau, eine ›Kokona‹ – so nannte sie Djado Todor, ihr Mann. Sie war eine richtige Kokona, ein Feinfräulein aus Eski Dschumaja. Mit langem Spitzenkleid und Schirm. Eine Städterin durch und durch. Damals war sie gerade zwanzig geworden und galt schon als alte Jungfer. Man verheiratete sie mit dem reichen Todor Abadschi, der viel älter war als sie, mehrere Kinder und viel Geld hatte. Er war aus einem kleinen Dorf hinter Rasgrad, in der Ebene, gekommen: arm, mit einer Rute und einer selbstgenähten und selbstbestickten Volkstrachtjacke, Aba genannt. Und da er nichts anderes bei sich hatte, nannte man ihn Todor Abadschi.

Einige Jahre vergingen, und aus dem armen Schneidergesellen wurde ein reicher Trachtenschneider, der anfing, anderen Leuten

Geld zu leihen, dafür aber kaum Zinsen verlangte. Bald sprach es sich herum, und alle kamen zu ihm, und er wurde noch reicher. Land und Korn kaufte er, verkaufte es weiter, bis er eines Tages der reichste Kaufmann und Geldverleiher in ganz Rasgrad und Umgebung war. Die Hauptgeschäftsstraße hatte er auch aufgekauft. Saufen tat er nach Herzenslust, und er machte sich einen Spaß daraus, seiner Kokona Zlata Hände voll Geld vor die Füße zu werfen: Nimm, Kokona, Gold sollst du riechen, Gold kannst du essen, wann immer du willst, baden sollst du in Gold, Gold soll über dich regnen! Macht nichts, dass du mir nur deinen Schirm und eine Schürze voll mit Parfümflakons aus Eski Dschumaja als Mitgift mitgebracht hast!

Die Goldstücke mit dem Kopf des damaligen Königs darauf, die man zärtlich »Köpfchen« nannte, rollten nur so über den Boden, und die Kinder knieten sich hin und balgten sich darum. Zlata kniete sich auch hin und sammelte alles in ihrer Schürze auf.

So verschwenderisch war Djado Todor vor allem nach der Ernte. Eine ganze Karawane, ungefähr fünfzig Karren voll Korn, begleitet von einem Dutzend bis an die Zähne bewaffneter Wächter, wartete auf Djado Todor Abadschi vor dem Tor. Er kam immer zuletzt. Es machte ihm Spaß, alle auf sich warten zu lassen. Er drehte sich mehrmals nach der Pergola um, wo zwischen zwei knallroten Paprikaschotenkränzen das weißgepuderte Gesicht seiner Kokona Zlata leuchtete. Sie winkte mit dem Spitzentaschentuch, und ihre Hand war so weiß wie ihr Gesicht. Dann schwang sich Djado Todor Abadschi auf sein rostbraunes Ross, zwei Pistolen am Bund, und ritt langsam und würdevoll davon. Die Karawane hinter ihm her, fünfzig Peitschen knallten gleichzeitig durch die Luft, fünfzig Karren ratterten mit ihren Rädern über das Kopfsteinpflaster, so laut, dass es bis Rawno auf dem Hügel zu hören war. Ein Dutzend Schießeisen wurden in die Luft entleert, so dass alle die auf die Karawane wartenden Räuber vor

Angst in die Hosen schissen und jeden Gedanken an einen Raubüberfall vergaßen. Es war immer noch frühmorgens. Die Sonne hielt sich am Schweif des letzten Pferdes fest, als die Karawane Kamenovo verließ und in Richtung Rasgrad verschwand.

Am Abend kam Djado Todor fast allein wieder, begleitet nur von zwei der bewaffneten Wächter. Das Korn hatte er auf dem Bahnhof in Rasgrad verkauft, die Männer ausbezahlt und aus dem Dienst entlassen. Langsam kam er an, da sein Pferd jetzt zwei Säcke voll Gold trug, ihn selbst – mit einem knappen Liter Slivova intus – und die Sonne dazu, die sich auf seiner Schulter niedergelassen hatte und ohne einen Pfennig heimkehrte. Am unteren Ende von Kamenovo blieb sie im Weidengebüsch hängen. Djado Todor Abadschi wurde vom halben Dorf erwartet und begrüßt, worauf er sich schwankend seitwärts beugte und einige Hände voll Gold über die Köpfe warf, links und rechts, links und wieder rechts. Die Menschen liefen ihm alle nach, sie warfen sich ihm zu Füßen, streckten Hände nach ihm aus. Dann ritt er heim zu seiner Kokona Zlata. Nimm, Kokona, nimm Gold, iss Gold, trink Gold! Du heißt nicht umsonst Zlata – die Goldene! Du sollst wissen, wen du geheiratet hast und wofür du Eski Dschumaja verlassen hast!

Mensch, Vater, staune ich, was hast du für einen Großvater gehabt! Glaub nicht, Kleines, dass ich viel davon gehabt habe! Dieser selbe Djado Todor, der so reich war und die fremden Leute mit Goldstücken bewarf, gab mir am Neujahrsfest einen Groschen, nur einen Groschen, mir, seinem Enkel! Schämen musste ich mich für ihn, wo doch die Nachbarn einen Lewa oder zwei Lewa gaben. Baba Zlata, die Kokona, gab mir immer ein Köpfchen, ein Goldstück mit dem König darauf, zwanzig oder fünfzig Lewa waren das, aber sie kam ja selber aus einer armen Familie und hatte nicht vergessen, was es heißt, arm zu sein. Und er, mit seinem miesen Groschen da! Ich nahm das kleine Geldstück und ließ es unauffällig in den Spalt an der

Türschwelle fallen. Der reiche Djado Todor Abadschi. So war er nun einmal.

Ai Zakooo! Baba Zlata erwacht aus ihrem verträumten Marmeladerühren. Das hast du aber gut im Kopf behalten, Junge, genauso war es! Die alte Frau lacht, und ich staune über ihr mehr als achtzigjähriges Gebiss, das weiß und gesund zwischen ihren Wangen blitzt, die geschrumpelt sind wie getrocknete Paprikaschoten. Erzähle doch, Baba Zlata, bittet Vater wie ein kleiner Junge, erzähl doch von Djado Todor und dem Räuber, und von der Nacht im Wald. Die Mila soll's auch hören. Ai Zakooo, heult sie fast auf, ich hab das doch alles vergesseeen! Du hast gar nichts vergessen, Baba Zlata, du sollst erzählen, drängt Vater. Sie füllt die noch heiße Marmelade in die Gläser und erzählt. Und mir tut es leid, dass ausgerechnet heute Petjo nicht dabei ist, um diese Geschichte zu hören.

Djado Todor hatte die ganze Geschäftsstraße in Rasgrad aufgekauft, fängt Baba Zlata an, alles gehörte ihm. Sie reicht uns den Teller mit dem rosafarbenen Marmeladenschaum, den sie während der ganzen Zeit sorgfältig abgeschöpft hat, und zwei Teelöffel dazu und erzählt weiter: Hatte sie also ganz für sich, die Geschäftsstraße, aber er konnte nicht überall zugleich sein, und daher war er auf den Chafusin, den Verwalter, angewiesen, der die Vollmacht über einige Geschäfte hatte. Der Chafusin wollte also Djado Todor übers Ohr hauen, und so mussten sie vor den Richter. Ai Zako, Zakooo, redet Baba Zlata immer wieder nur Vater an, und ihre Stimme schwingt sich heulend über den Zaun, jedes Mal, wenn sie seinen Namen ausspricht. Da kam auf einmal einer aus Eski Dschumaja an, der nannte sich Advukatin, Advokat also. In der Kneipe hat er Djado Todor getroffen. Wo sonst auch hätte er ihn treffen können, ai Zakooo, er hat sich als ein Verwandter meines Vaters ausgegeben, Gott segne seine väterlichen Knochen, den ich nicht kannte, der Räuber, der Gottlose, und hat dem Djado Todor versprochen, die Sache mit der Vollmacht zu regeln. Da kamen sie also spät abends heim, Djado Todor blau wie die Sommernacht über Kamenovo, und tranken und saßen, und ich stand da, dienstbereit.

Baba Zlata reicht mir den dicken Holzlöffel. Ich kratze das Marmeladenblech aus; ich schreibe Buchstaben auf den Marmeladenblechboden; ich lecke meine Finger und Nägel. Ai Zakooo, heult Baba Zlata von neuem auf, Angst habe ich, Zakooo, aber fragen darf ich ja nicht, es sind ja Männergeschäfte. Wir gehen das Geschäft regeln, brummte Djado Todor, legt euch alle schlafen, befahl er und knallte das Tor zu, und die Kinder und ich legten uns hin.

Baba Zlata ruht sich jetzt aus. Sie hat diese Geschichte meinem Vater schon so viele Male erzählt, und jetzt sitzen Vater, Mutter und ich ihr gegenüber, auf dem Boden – drei nach Geschichte hungrige Kinder – und hören zu. Die Marmeladengläser glänzen in der Sonne. Sie treibt die Wespen mit der Schürze fort, ich lecke den Boden des Blechs immer noch ab. Vater sitzt im Schneidersitz ihr gegenüber, und sein Gesicht sieht so gespannt aus, als hätte er die Geschichte noch nie gehört. Dabei kennt er sie schon auswendig. Vor lauter Neugier ist Mutter noch jünger geworden. Jetzt könnte sie meine Schwester sein.

Wir schliefen gerade ein, erzählt Baba Zlata weiter, da warf jemand Steine ans Fenster. Ich stand auf, machte das Fenster auf und fragte, wer ist da? Ich bin's, der Advukatin, mach schnell auf, Djado Todor Abadschi schickt mich! Ich mach auf, ich hab Angst, ai Junge, ai Zakooo, hab ich Angst. Aber wenn Djado Todor gesagt hat, dass ich aufmachen soll, dann mach ich auch auf, Junge, sein Wort war mir Befehl. Radka, meine Tochter Radka, deine Tante Radka, Zakooo, gerade vierzehn Jahre alt geworden, sagt: Mutter, mach doch nicht auf, Mutter. Der ist ein Räuber und bringt uns um! Ich mach aber auf, sonst bringt uns womöglich dein Vater um, flüstere ich, mit Djado Todor darf man nicht spaßen!

Der kommt rein, der Advukatin, guckt sich schnell um, du sollst alles Gold und Geld, das da ist, mitnehmen und mitkommen, Zlata, Djado Todor will es so, aber sofort, sonst geht die Sache mit der Vollmacht schief! Sein Wort – mein Gesetz, stöhnt Baba Zlata, ich hab alles Gold aufgetrieben, das im Haus herumlag, hab mir die drei Goldketten umgehängt, die er mir nach der Ernte geschenkt hatte, ai Zakooo, und ging mit. Mutter, weinte Radka, bleib hier, der da bringt dich bestimmt um, bleib doch, Mutter! Wart nur ab, Kind, sag ich, wenn ich nicht mitgehe, bringt mich dein Vater um. Sein Wort – mein Gesetz! Ich muss gehorchen!

Und während Baba Zlata erzählt, übernehme ich ihre Angst. Es ist nicht die Angst, die mich jedes Mal dann befällt, wenn die Herde der Kooperative an unserem Haus vorbeizieht. Diese Angst hier ist mir noch unbekannt.

Ich gehe, sagt Baba Zlata zitternd, durch die Nacht. Der Advukatin läuft voran. Ich hinterher. Die Goldketten: schwer. Der Beutel mit dem Gold: schwer. Mitgegangen bin ich, ai Zakooo! Ich gehe. Die Büsche langen nach mir, und die Zweige brennen. Sie wollen nach meinem Gesicht greifen.

Ich merke plötzlich, dass ich Baba Zlata das Erzählen nicht mehr überlassen kann. Ich lege ihr meine eigenen Worte in den Mund. Ich bin die Bewegung selbst. Ich bin meine eigene Angst. Weder links noch rechts schauen. Wenn bloß ein Hund bellen würde oder ein Schaf blöken! Gib her, sagt er auf einmal, ai Zakooo, gib das Bündel mit dem Gold her, das wiegt doch schwer!

Baba Zlatas »ai Zakooo« holt mich zurück, aus der Geschichte heraus, ich bin wieder ich, und Baba Zlata erzählt: Ich weiß nicht ein, ich weiß nicht aus. Nimm, hab ich gesagt, ob du ein Advukatin bist oder nicht, Gott sei mit dir und erst recht mit mir! Erst jetzt schaue ich mich richtig um: Wald! Die Käuzchen rufen. Ein Pfad wie ein Scheitel durch den Wald. Und der Mond. – Sein Köfferchen hat er aufgemacht, der Schuft, und den Beutel mit dem Gold hineingestopft. Was zu viel war, steckte er in die Hosentaschen. Klingkling, höre ich bloß, und die Käuzchen. Bleib hier, Zlata, befiehlt er, ich gehe nur etwas nachschauen, dann bin ich wieder da, rühr dich nicht vom Fleck, sonst drehe ich dir den Hals um, und weg war er, der Schuft! Und ich saß da, hockte am Pfad und hatte mein Gesicht in den Schoß gelegt, Arme über dem Kopf, und wartete. Ai Zako, Zakooo! Da sitzt du jetzt, hörte ich eine Stimme, und wartest, und gleich ist er wieder da, dein Advukatin, und schneidet dir den Kopf ab. Lauf, Zlata, lauf weg, weg da, was sitzt du da und wartest, dass man dich umbringt, na los.

Laufen konnte ich nicht, ai Zakooo, aber ich tat drei, vier Schritte vom Weg ab und setzte mich ins Gebüsch mit dem Gesicht im Schoß, die Arme überm Kopf. Tupurrr, lumburrr, tupurrr, lumburrr machten die Käuzchen. Dann Schritte. Zlata, wo bist du, du ... du ... Scheiß drauf! Dann hatte er es auf meine Mutter abgesehen: Mamka ti! Ich schwieg, ai Zakooo, während er fluchte, ich schwieg und rührte mich nicht. Irgendwann gab er das Suchen auf. Tapptapp-tapp, weg war er! Die Käuzchen waren wohl eingeschlafen, der Mond war weg, nichts war da. Nur Äste und Zweige und Dunkelheit. Geh! Gehen musst du jetzt, Zlata, sagte die Stimme, und ich ging geradeaus durch das Gestrüpp, quer durch den Wald. Ich ging, bis ich nicht mehr konnte, und als ich dachte, dass ich nur noch hinfallen und sterben konnte, da wurde das Dunkel hell, da trat das Gestrüpp zurück, und da sah ich: ein lichter Wald vor mir. Vereinzelt standen die Bäume, dann traten auch sie zurück, und ich stand an der Bahnlinie.

Baba Zlata bindet ihr dünnes schwarzes Kopftuch los. Da fallen zwei dünne lange Zöpfe in ihren Schoß, zwei dünne tote graue Schlangen, einen Meter lang oder noch länger. Heutzutage haben wir das Lausen verlernt, ai Zakooo! Baba Zlata kratzt ihren Kopf nachdenklich, über ihre schwarze Schürze schneit es

Schuppen. Sie bindet zwei Enden des Tuches stramm im Nacken fest, packt die Zöpfe mitsamt dem dritten Ende, wickelt sie dreifach um ihren Kopf und steckt die Enden sauber hinterm Ohr fest. Sie steht auf, sie muss den Gänsen und Truthähnen Futter streuen. Für sie ist das das Ende der Geschichte: Sie erreichte die Bahnlinie und war gerettet. Auf dem Rückweg nach Rawno – wir gehen eine gute halbe Stunde – möchte ich vor allem wissen, was mit Djado Todor geschah. Vater erzählt mir, dass der Advukatin den besoffenen Djado Todor in den Zug und sich sogar zu ihm gesetzt und ihm freundlich weitere Gläschen angeboten hatte, bis Djado Todor eingeschlafen war. Und so fuhr der mit einem leicht verklärten Lächeln ins Blaue hinein, während der Advukatin aus dem Zug sprang und Djado Todors Frau sich durch die Wälder schleppte.

Als Djado Todor am anderen Morgen in Senovo erwachte, ziemlich weit weg vom Bahnhof in Rasgrad, wusste er gar nicht, welch barmherzige Seele ihn identifiziert und in den richtigen Zug gesetzt hatte, sonst wäre er in Rustschuk gelandet. Man packte ihn auf einen Karren voll frischgemähten Heus und lud ihn vor den Füßen seiner Kokona Zlata ab, samt Heu und der neuen Sense, die er, schlaftrunken, auch noch dazugekauft hatte. Ai Todor, Todor! Ai Todor Abadschi, weinte Zlata leise und überließ es den anderen, ihn über die Ereignisse im Wald aufzuklären. Die Aufklärung fand statt, allerdings erst am dritten Tag nach seiner Reise mit dem Advukatin, denn so viel Zeit brauchte er, um seinen Rausch auszuschlafen. Er hörte sich dann alles an, schenkte seiner Kokona drei neue Goldketten und fuhr nach Senovo, um denjenigen zu suchen, der ihm die Sense angedreht hatte. Den such ich und den find ich, schwor Djado Todor, ehe er Kamenovo verließ.

62

Durch das Küchenfenster sehe ich auf den Dorfplatz hinaus, der von einem kleinen Meer Kamille umringt ist. Eine ältere Türkin und ein kleines Kind mit Kamillenpflückern in der Hand bücken sich fleißig. Die Kamille wird gut bezahlt. Wenn man die beiden so sieht, scheinen sie ganz glücklich zu sein: Sie pflücken, um sich ein bisschen Geld zu verdienen.

Meine Mutter blickt auch hinaus. Ich sehe ihr Profil gegen das Fenster: die feine Nase, die gerade Stirn, die glänzenden, schulterlangen Haare, die weißen Zähne, die durch den leicht geöffneten Mund schimmern ... Sie ist schön, und ich liebe sie, weil sie schön und jung ist. Man glaubt es ihr nie auf Anhieb, wenn sie mich als ihre Tochter vorstellt. Ihr Gesicht wird streng. Sie denkt nach und schaut immer noch durch das Fenster hinaus. Dann steht sie von dem weichen Kissen, auf dem sie bis jetzt bequem gesessen hat, auf und läuft hinaus zu Vater, ohne ein Wort zu sagen. Durch das Gitterfenster sehe ich die beiden lebhaft miteinander reden. Vater zeigt mit beiden Händen erregt auf seine Brust, dann lässt er die Hände aufspringen wie ein Klappmesser und zieht dabei die Schultern zusammen, als wolle er sagen: Woher soll ich das denn wissen? Mutter redet heftiger auf ihn ein. Jetzt streckt er drohend den Zeigefinger nach ihr aus: Du kannst das machen, aber ohne mich! Ich höre ihn fast: Mach, was du willst, aber auf deine Verantwortung. So was gefällt mir nicht! Sein Gesicht wirkt fast beleidigt. Mutter holt tief Luft, streckt die Hand nach ihm aus und berührt seinen Ellenbogen mit jenem Lächeln, mit dem sie es beim Schuster oder im Milchgeschäft doch noch schafft, irgendetwas zu bekommen, auch wenn eigentlich schon alles restlos ausverkauft ist. Vater kennt dieses Lächeln und wehrt sich, aber jetzt hört er wenigstens zu. Da nähert sich Baba Dotschka, die gerade das Fladenbrot in die glühende Asche eingegraben hat. Vater fragt sie etwas, dann schauen beide auf die Straße hinaus. Ich wundere mich, was es da groß zu sehen gibt, wo doch nur die kamillepflückende Türkin und ihr Kind dort draußen sind.

Mutter und Vater treten ein. Sie setzen sich auf den Strohteppich. Mutter schiebt sich das weiche Kissen unter den Po. Vater setzt sich auf das härteste Kissen. Vater trägt ein undefinierbares Gesicht. Er fühlt sich nicht wohl in seiner Haut. Er muss etwas im Namen beider verkünden, wozu Mutter ihn überredet hat, und das passt ihm nicht. Er fängt an, und er sagt weder »also, Kleines« noch »also, Mila«, sondern: Also, Tochter! Mutter und ich wollen dir helfen. Das heißt, wir selber haben leider keine Zeit, wir können leider keine Kamille pflücken, und außerdem ist es eigentlich ausschließlich deine eigene Aufgabe, aber ... Da du also im Krankenhaus warst und dadurch etwas Zeit verloren hast, ich meine auch ... Kurz und gut, ich bin bereit, die Türkin da – er nickt zum Fenster hinaus – zu fragen, ob sie bereit ist, die Kamille, die sie pflückt oder schon gepflückt hat, dir zu überschreiben! Ich bin bereit, Vater um den Hals zu fallen, aber Mutter berührt unauffällig mein Knie und hält mich zurück, sei still, warte ab!

Eins musst du aber wissen, Mila, fährt Vater fort, ich bin ein ehrlicher Mensch, und das hier geht mir gegen den Strich! So, springt Mutter fast auf, und ich bin kein ehrlicher Mensch, wie? Mutter mustert ihn, als wollte sie sagen, du Verräter, du, aber sie sagt es nicht. So hab ich das nicht gemeint, nimmt Vater seine Selbstverteidigung auf, ich bin nur der Meinung, dass jeder selbst seinen Mann und jede selbst ihre Frau stehen soll! Ich, meine liebe Tochter, habe für meine Schulbücher monatelang Firmenschilder geschrieben. Mein Freund, dein Tschitscho Gentscho, hat sie sich mit dem Schleppen von Mehlsäcken verdient. Wir wussten, wenn wir uns die Schulbücher nicht selbst erarbeiteten, kriegten wir auch keine. So einfach war das eben! So! Und von euch verlangt man sieben Kilo Kamille. Oder drei Kaninchen. Oder so und so viel Kilo Altpapier, und was weiß ich noch. Das eine merk dir gut, mein Kind: Nichts wird einem geschenkt im Leben! Man kann in diesem Leben nicht nur nehmen, auch als Kind nicht. Ihr habt es viel leichter heute: Schule ist Schule, Brigade Brigade, für Kleider und Essen wird gesorgt, Hunger gibt's nicht, es geht ins Pionierlager – ans Meer oder ins Gebirge – und du jedes Jahr! Sogar zweimal in einem Sommer, bist also noch besser dran!

Jetzt reicht's aber! Schluss damit, sagt Mutter. Sie hat ja auch tüchtig gepflückt, aber erst zwei Kilo. Es müssen aber sieben Kilo Kamille sein, wie soll sie das denn alleine schaffen? Maras Vater pflückt für sie, mache ich endlich den Mund auf, die anderen spannen die Großmütter oder Geschwister ein. Ich habe nun mal keine Geschwister. Und ihr seid auch nie da. Wen soll ich denn einspannen? Ist schon gut, Mila, sagt Vater und lässt sein beleidigtes Gesicht fallen, ich wollte dir bloß klarmachen, dass die Kamille an sich eine gute Sache ist. Die dient ja uns allen! Und ich weiß auch, dass du fleißig bist, darum wollen wir dir auch helfen. Eins musst du aber wissen: Wenn deine Mutter nicht gewesen wäre, ich wäre nie auf diese Idee gekommen!

Endlich kann ich Mutter umarmen. Dieser Duft ihrer Haare. Dann falle ich Vater um den Hals. Er trägt mich durch die Tür hinaus. Hosch geldin, grüßt Vater die Türkin in ihrer Sprache, laut, so laut, dass seine Stimme bis zum anderen Ende des Dorfes schallt und die Gänse von der Wasserstelle verjagt, so still ist es um diese Zeit kurz vor Ankunft der Laster und Karren der bulgarischen und türkischen Kooperatori, der Bauern, die in der Rawno-Kamenovo-Kooperative tätig sind. Vater gibt der Frau die

Hand, gibt auch ihrem kleinen Jungen die Hand, spricht fließend Türkisch, strahlt übers ganze Gesicht, freut sich, wieder mal diese Sprache aus seiner Kindheit sprechen zu können, und spricht dabei noch lauter und höflicher als eben. Während er mit der Türkin spricht, zeigt er immer wieder auf mich. Die Türkin nickt. Sie ist eine farblose ältere Frau mit fast weißen Augenbrauen. Sie trägt ihren Schleier offen. Er flattert im Wind und macht sie von weitem jünger, als sie ist.

Hayrimi gör – abgemacht, antwortet sie, schaut Vater verstohlen an, dann lacht sie tief und ruft plötzlich: Ai, Zakooo, und schlägt ihm auf die Schulter. Dann lächelt sie weiter in sich hinein.

Auf dem Nachhauseweg sagt Vater: Stell dir vor, Mila, das war Günay! Mit ihr habe ich bis zum Schulanfang auf der Straße gespielt. Sie hat mich sofort erkannt, ich sie aber nicht. Sie wird eine Quittung bekommen, dass sie sieben Kilo Kamille – oder sogar mehr – gepflückt hat, und diese Quittung bekommst dann du! Sollte also bei der Vergabe der Bücher jemand danach fragen, kannst du sie ihm vorlegen.

Ich bin gerettet! Vater fühlt sich nicht wohl in seiner Haut. Er hat so etwas noch nie getan. Im Grunde ist er damit gar nicht einverstanden und hat ein schlechtes Gewissen. Ich habe auch ein schlechtes Gewissen, aber jetzt, nachdem ich die Norm so plötzlich erfüllt habe, fühle ich mich frei wie ein Vogel: Mein schlechtes Gewissen ist wieder mal so groß, dass ich mich darauf betten und ausruhen kann. Ein gutes Gefühl.

Allahu ekber – Allah ist mächtig, ruft der Hodscha. Der türkische Geistliche ist wie eine Uhr, sein Ruf kündigt unsere Abendbrotzeit an. Sein Gott ist wohl auch hungrig? Oder will er nur beten? Die türkischen Frauen in ihren ausgewaschenen Pumphosen, die bulgarischen Bäuerinnen mit ihren Wollsocken und wadenlangen Röcken versammeln sich vor der Bäckerei. Es duftet nach Weißbrot und Abend. Eine Herde Schafe versperrt den

Dorfplatz, ein Esel bleibt stur stehen und will nicht weiterziehen. Sein Herr zieht verzweifelt am Geschirr. Der Eselsschwanz sperrt sich und erreicht die blasse Mondsichel. Die Peitsche verursacht der Phantasie einen Schmerz, der im Dorflärm und im Gewimmel untergeht.

63

Das letzte neue Schuljahr hat begonnen, ich meine, das letzte neue Schuljahr bei Maminka und Djado in Nowo Selo. Meine neuen Schulbücher habe ich bekommen. Man fragt uns tatsächlich nach einem Beleg oder einer Quittung, die bestätigt, dass wir sieben Kilo Kamille abgegeben haben. Ich habe auch meine Quittung vorgelegt. Mit ruhigem Gewissen. Aber nicht die Quittung der freundlichen Türkin Günay, sondern meine eigene. Auf der Fahrt zurück von Rawno nach Novo Selo fasste ich den Entschluss, die Norm doch noch zu erfüllen. Sobald ich die Quittung der Türkin in der Hand hielt, hatte ich keine Angst mehr. Von dem Augenblick an pflückte ich jeden Tag ein bisschen Kamille, eine halbe oder eine ganze Stunde lang (es kam ja nicht mehr darauf an), bis ich die sieben Kilo zusammen hatte.

Jeden Tag ging ich zur Abgabestelle, schüttete die duftende, warme Kamille auf die alte Waagschale, die mir Pescho Kojkata reichte. 400 Gramm heute, sagte er. He, nicht viel, aber immerhin etwas, lächelt er mit all seinen Fältchen, zieht den Bleistift hinterm Ohr hervor und trägt in das dicke Heft die Grammzahl ein. Ich rechne schnell im Kopf: 4475 Gramm plus 400 Gramm macht 4875 Gramm. Ich bin stolz. Mir saust es in den Ohren. Bis zum Ende der Ferien habe ich noch zwanzig Tage Zeit. Und wenn es so weiter geht, habe ich in fünf oder sechs Tagen die sieben Kilo Kamille doch noch zusammen!

Mila, Mila, sagt Maminka hin und wieder, jetzt hast du doch die Quittung, warum plagst du dich denn immer noch? Nur so, antworte ich. Dann wirst du ja ganze vierzehn Kilo melden können! Mein Gott, staunt sie, du wirst noch als Stoßarbeiterin gefeiert!

Ich sehe mich schon am 15. September, am Anfang des neuen Schuljahres, kurz vor der Morgengymnastik, vom Organisationsleiter vor der ganzen Schule gelobt und gepriesen: Pioniere! Eure Kameradin hat doppelt so viel Kamille gepflückt wie nötig, sie ist eine fleißige Arbeiterin. Seht sie euch alle an: Sie und alle, die sind wie sie, sind die Zukunft unseres sozialistischen Vaterlandes, die Zukunft unseres Volkes. Nehmt euch ein Beispiel an ihr! Unsere Organisation, unser Land brauchen solche wie sie. Er überschlägt sich vor Begeisterung und wischt sein Auge mit der linken Ecke seines seidenen Pionierhalstuches.

Auf dem Weg zur Buchhandlung zerriss ich die Quittung der freundlichen Türkin. Hast du auch die Norm erfüllt, fragt die Buchhändlerin Kaka Ganka und reicht mir die schon fertig sortierten Bücher für die siebte Klasse, als wollte sie sagen: Nimm sie nur, ob du die Norm erfüllt hast oder nicht! Ja, sagte ich und – komisch, mir stiegen Tränen in die Augen – sieben Kilo hab ich gepflückt bis aufs Gramm, nicht mehr und nicht weniger! Ich reichte ihr meine eigene Quittung, und sie warf sie in den Papierkorb, strich meinen Namen auf ihrer Liste durch ... Viel Glück im neuen Jahr! rief sie mir noch hinterher.

Die Bücher waren schwer. Und ich hatte kein schlechtes Gewissen.

Auf dieser schicksalhaften Reise von Rawno nach Nowo Selo entschloss ich mich, Englisch zu lernen. Mir ging das Bild Djado Kostas nicht aus dem Kopf, wie er da mit seinen 186 Zentimetern und siebzehn Jahren die Schulbank als amerikanischer ABC-Schütze drückte oder wie er nach dem türkischen Kaffee und dem lauten, herzerfrischenden Gespräch mit Vater auf Türkisch zu seiner amerikanischen Truhe mit den Büchern ging, sie andächtig öffnete und Jack London hervorholte; wie er seine runde Drahtbrille auf die Nase setzte und, die Lippen stumm, aber rege bewegend, Englisch zu lesen anfing, ohne Wörterbuch, frei. Dann blickte er plötzlich vom Buch auf und sagte zu mir: Unsere Welt braucht Diplomaten, mein Kind, Helden haben wir genug!

Und während Mutter und ich – irgendwann am Ende des Schuljahres – in den kühlen Laken im »anderen Zimmer« liegen, kurz vor dem Mittagsschläfchen, sagt Mutter: Bald musst du dir Gedanken darüber machen, was du eigentlich werden willst, in welcher Schule du lernen willst. Die Grundschule ist längst vorbei, das Vorgymnasium auch. Jetzt musst du dich bald entscheiden! Ich habe mich entschieden, sage ich und berge mein Gesicht in ihrem Haar. Für was denn? fragt sie, und ihre Stimme zittert. Ins Englische Gymnasium unserer Stadt will ich. Und warum? Englisch möchte ich lernen! Es werden dort aber nur fünfundsiebzig oder achtzig Schüler aus ganz Nordbulgarien aufgenommen, gibt Mutter zu bedenken. Da gibt es die Aufnahmeprüfung in Mathe und Bulgarisch. Und die Mathematik – du weißt schon –, die ist nicht deine Stärke. Ich weiß schon, aber ich will es trotzdem versuchen! Überleg dir's noch einmal, du hast keine Privilegien ... Was ist denn das, frage ich und überlege, wo ich das Wort schon einmal gehört habe. Das heißt mit anderen Worten, dein Vater und ich sind bloß Lehrer. Wir sind nicht mal Arbeiter, geschweige denn Verdiente des Volkes, Helden irgendwelcher Art oder Partisanen ... Und sie erklärt mir geduldig, dass meine Schulnote »Zwei« weniger wert ist als die Zwei irgendeines Heldenkindes oder Arbeiterkindes und dass ich mich damit zufrieden geben muss. Diese Welt ist doch komplizierter als ich dachte, geht mir durch den Kopf, aber ich will nicht mehr für die Freiheit sterben, sondern frage weiter: Werden denn die Zeugnisse der Eltern berücksichtigt? Und während ich diese Frage stelle, versuche ich mir Klarheit über diesen Begriff »Privilegien« zu verschaffen. Mutter lächelt. Ach, würden unsere Schulnoten berücksichtigt, würdest du nicht mal so schlecht abschneiden. Da bin ich aber froh, atme ich auf.

Jetzt weiß ich, jetzt glaube ich genau zu wissen, was Privilegien sind: die Eigenschaften und Verdienste der Eltern, die ins Zeugnis der Kinder eingetragen werden, um die Gesamtnote bei Aufnahmeprüfungen zu erhöhen!

Ich bewerbe mich auf jeden Fall, sage ich entschieden. Unsere Welt braucht Diplomaten, Helden haben wir genug! Hat auf jeden Fall Djado Kosta gesagt. Mutter ist regelrecht platt. Beim Einschlafen frage ich leise: Nähst du mir auch einen BH, bitte? Ich nähe ihn dir, bloß ... na schön! Das kommt ja sowieso, und eines Tages brauchst du ja doch einen BH. – ... Diplomat, flüstert Mutter verträumt, ist kein schlechter Beruf! Da muss man nur dafür sorgen, rechtzeitig ins Ausland versetzt zu werden, ehe man vorzeitig nach Hause zurückgeschickt wird. Haben Helden Angst, Mutter? Schlaf jetzt! Ich weiß es nicht. Wenn sie Angst haben sollten, dann nur vor dem Sterben, weil sie ihre Privilegien nicht verlieren wollen. Aber das Denkmal, das bleibt doch, sage ich und drehe mich zur Wand.

Ich möchte schlafen. Der Bus von Rawno nach Nowo Selo fährt an Meeren aus Weizen und Sonnenblumen, Mais und Kartoffeln vorbei. Das Sonnenblumenmeer überflutet den Weizen, der Weizen fließt über den Asphalt hinaus, da liegt das Korn auf der Erde, das Korn blüht auf, Kamillenblüten trägt das Weizenfeld. Ich möchte nicht mehr für die Freiheit sterben, mich von Faschisten quälen lassen, die nach meinem Tode ein Ei zum Frühstück verlangen, ich will nicht Soja Kosmodemjanskaja spielen müssen, dem Anführer Tontscho will ich es auch nicht mehr zeigen, und in den Kalten Krieg möchte ich erst recht nicht ziehen. Ich habe meinen Sommer erfüllt, achtzig Prozent und das Knopfloch entzwei! Ich muss nur noch die Aufnahmeprüfung schaffen ...

In der Nacht schwirren Wörter um mich herum. Kleine, klebrige Wörter kriechen unter die Decke, klopfen ans Fenster, hängen an den Blättern des alten Nussbaumes. »Privilegien«, »Atheist«, »Kalter Krieg« – was wollt ihr alle von mir? »Faschist«, »sozialistischer Mensch«, »Internierter«. »Wir wollen, wir müssen …« Sie huschen an mir vorbei, sie zerren mich zum Dorfplatz hinaus, lauter Wortkieselsteinchen schmeißt jemand nach mir, und der Mond lacht sich kaputt. Da zittern die Zweige der alten Weiden über der Wasserstelle. »Opposition«, »Heilige, Heilige« … »Liste«! Die Sommerliste! Die Sommerliste der unbekannten Wörter! Ich hab die Sommerliste der unbekannten Wörter vergessen!

Ich springe aus dem Bett, schaue durchs Fenster hinaus: Nacht. Durchleuchtet vom Scheinwerfer der Straßenlaternen: die Weiden über dem dunkel hockenden, kleingeduckten Körper der Wasserstelle. Ich habe tatsächlich die Sommerliste der unbekannten Wörter vergessen! Kamille, Schönschrift, Pflichtlektüre … Aber unser Lehrer in Sprache und Literatur hat auch davon gesprochen, dass wir alle unbekannten Wörter, die uns in diesem Sommer auffallen, aufschreiben sollen. Ich habe das total vergessen. Und wir dürfen dabei kein Wörterbuch benutzen, wir müssen alles mit eigenen Worten erklären – »definieren« hat er gesagt.

Mir ist kalt an den Füßen. Was mach ich denn bloß? Schreiben! Ich muss noch die Sommerliste der unbekannten Wörter zusammenstellen, da hilft nichts. Ich hole Schreibpapier und einen Bleistift, setze mich auf die Fensterbank, decke meine Füße mit dem Kopfkissen zu und fange an. Licht will ich gar nicht anmachen: Das Licht der Straßenlaterne, das Licht des Mondes, das genügt. Schön braucht sie nicht zu sein, diese Sommerliste der unbekannten Wörter: Auf die Worte kommt es an!

Sommerliste der unbekannten Wörter

Atheist – ist einer, der Gott beschimpft, aber seinen Schnaps regelmäßig jeden Sonntag mit dem Popen zusammen trinkt, wie Djado Iwan, mein Großvater mütterlicherseits.

Böses, das Böse – An sich ist alles gut. Erst wenn das Gute den Kopf des Menschen verlässt, wird es meistens böse. Das Böse tut weh, daran kann man es vom Guten unterscheiden. Ich bin immer gut. Böse kann nur ein anderer sein. Erst wenn man ein anderer wird, kommt man mit Gut und Böse durcheinander. Dann muss man von vorn anfangen.

Christ – ist einer, der zuerst zuschlägt und dann die Spucke vom eigenen Gesicht abwischt.

Diplomat – ist einer, der es lieber hat, ins Ausland versetzt zu werden, als vorzeitig nach Hause zurückgeschickt zu werden.

Dobrowoletz – ein *Freiwilliger,* ist ein Faulpelz, der lieber in den Krieg zieht, als dass er zu Hause den Acker pflügt, zum Beispiel Tschitscho Kojo, Maminkas Bruder.

Faschist – ist einer, der andere Leute umbringt und anschließend ein Ei zum Frühstück verlangt.

Funktionär – ist einer, dessen Schere niemals klemmt, wenn etwas zu schneiden ist, wie zum Beispiel unerwünschte Pumphosen. Siehe Tschitscho Dimitar, Vaters Bruder.

Held – ist einer, der bei jedem Einsatz Angst hat zu sterben, weil er seine Privilegien nicht verlieren will. Sonst bleibt ihm nur das Denkmal.

Heilige – ist eine Kommunistin ohne Parteibuch, siehe Maminka.

Internierter – ist ein Gefangener, der frei herumlaufen darf, aber jeden Tag unterschreiben muss, dass er nicht weggelaufen ist.

Kapitalist – ist einer, der säuft, seine Frau schlägt und niemals Geld in der Tasche hat, siehe Djado Iwan.

Kalter Krieg – ist, wenn man immer wieder das gleiche hört, wenn man das Radio anmacht. Kommt sowohl im Winter als auch im Sommer vor.

Kommunist – ist einer, der an den Joghurt glaubt, selbst wenn er weiß, dass die Milch schon vorher verdorben war.

Manifestation – ein Wettbewerb der Sportlehrer.

Opposition – ist, wenn einer bewusst die Suppe versalzt, bloß um den anderen zu ärgern; meistens gießt er dann doch noch Wasser nach, um sie selbst auslöffeln zu können.

Pazifist – ist einer, dem jeder den Schnaps austrinkt und der sich immer wieder einen neuen bestellt oder selbst einschenkt.

Prinzip – ist, wenn man Rührei macht, wie Mutter zum Beispiel: jahrelang und immer wieder das gleiche.

Privilegien – sind die Eigenschaften der Eltern und ihre Verdienste, die ins Zeugnis der Kinder eingetragen werden, um die Gesamtnote bei Aufnahmeprüfungen zu verbessern.

Patriot – ist einer, der – egal wohin er fährt, um reich zu werden – seinem Land zuliebe immer wieder arm zurückkehrt und höchstens Bücher oder Läuse mitbringt, wie zum Beispiel mein Djado Iwan und mein Djado Kosta.

Sozialistischer Mensch – ist ein Enteigneter, der aus lauter Not Überstunden macht, auf die Amerikaner wartet und sich in der Zwischenzeit das Allgemeinwohl aneignet, siehe wieder mein Djado Iwan.

Bibliographische Information der Deutschen Nationalbibliothek:
Die Deutsche Nationalbibliothek verzeichnet diese Publikation in der Deutschen Nationalbibliographie; detaillierte bibliographische Daten sind im Internet abrufbar: http://dnb.d-nb.de

Umschlag: Till Kaposty-Bliss, Berlin
unter Verwendung eines Gemäldes von Petko Antonov
Satz: Marina Siegemund, Berlin
Druck: Clausen & Bosse, Leck

E-Mail: info@horlemann-verlag.de
Internet: www.horlemann.info

ISBN 978-3-89502-358-3